공연예술신서 · 59

태풍이 온다

김수미 두 번째 희곡집

태풍이 온다

김수미 두 번째 희곡집

평민사

공연예술신서 · 59

태풍이 온다
김수미 두번째 희곡집

초판 1쇄 인쇄   2011년 11월 6일
초판 1쇄 발행   2011년 11월 10일

글 쓴 이   김수미
펴 낸 이   이정옥
펴 낸 곳   평민사

주   소   서울시 서대문구 남가좌2동 370-40
전   화   375-8571(대표) / 팩스 · 375-8573
           평민사의 모든 자료를 한눈에 볼 수 있는 블로그
           http://blog.naver.com/pyung1976
           e-mail: pyung1976@naver.com

ISBN   978-89-7115-578-3   03800

등록번호   제10-328호

값   17,000원

＊이 책은 2010 서울문화재단 및 한국문화예술위원회의 문학창작활성화 지원금을 수혜하여 발간되었습니다.

차 례

김수미 희곡집

글을 시작하며

걸었다. 걷고 있다.

걷고 싶어서 또다시 걸을 이 길….

마른 모래바닥을 따갑게 걷기도 하고, 이슬이 내린 풀밭을 걸어 기분 좋게 젖기도 하고, 바람을 안고 놀기도 하며 걸어와 지금 여기 서 있다.

어느 만큼 더 가야하는지 모를 이정표도 없는 여기….

이렇게 걸어온 길의 흔적을 두 번째로 엮는 희곡집이다.

1997년 신춘문예 등단작인 「부러진 날개로 날다」는 아버지를 중환자실에 모셔두고 써 내려간 작품이다. 아버지를 보내드린 그해 나는 극작가로서 첫 발을 내딛었다.

아버지가 가시면서 선물처럼 주셨다는 주위의 그 말이 그때는 아프도록 싫었다.

내 삶의 단면이 기록처럼 작품에 박혔다. 그래서인지 이가 시릴 줄 알면서도 차가운 물을 마신다. 가슴이 시림을 숨기기라도 하듯이….

길에서 만난 상실, 고통, 고독, 결핍, 눈물, 상처는 창작하는 이유가 되었고 작품이라는 이름의 나무로 뿌리를 내렸다. 온화한 평화를 갈망하면서도 상실과 결핍을 받아내는 것이 이제는 바람 같다. 계절에 따라 몸서리치게 차가우면서도 때론 시원하고 따뜻하기도 한 바람 말이다.

면역력이 강해진 체력 탓이기보다, 이즈음에 서서 바람이 삶의 자연스러운 일부이며 사람이었음을 알게 된 까닭일거다.

기억의 시간을 열어보니 걸어 온 길목마다 귀한 인연들이 너무도 많았다.

올해 12월 공연 예정인 「녹색태양」은 세상에 소개된 지 7년 만에 무대에 오른다. 이처럼 나의 희곡들은 집필을 끝낸 시점과 공연되는 시점 사이에 시간의 간극이 있다. 그래서 더 고맙다. 희곡은 작가가 쓰지만 연극은 작가 혼자 완성할 수 없는 세계이기에 더 감사하다. 작품을 함께 해준 연출님들, 배우님들, 스텝분들이 없었다면 극장에서 관객분들을 못 만났을 것이다.

운명처럼 제 스승이 되어주신 윤대성 교수님과 모든 선생님들께도 감사의 인사를 드립니다. 선생님들께서 일러주신 길 따라 걸어와 세상과 만나고 '진지한 놀이' 연극과 만나고 있습니다.

독자 분들과 만날 수 있게 다리를 놓아 주신 평민사에도 감사의 마음 전합니다.

혼자 걸어 왔지만 분명 혼자가 아니었다.

이젠 또 어느 시간을 걸어 어떤 길을 갈는지….

꽃 보느라 걸음이 더디어도 좋고, 나무를 만나면 잠시 기대어 쉬기도 하고, 목마르면 누군가 내밀어 줄 물그릇 받아 마시고, 내 물 그대에게 나눠도 주고, 숨 고르며 걸을 거다. 언젠가는 이 작품집에 실려 있는 한 구절처럼 내게서 시간이 걸어 나갈 그날까지… 꼭 그럴 수 있길 바래본다.

나의 첫 작품의 대사처럼 예술이란 게 손으로 물을 뜬 거 같다. 손은 젖었는데 손안에 물이 없는… 그 흔적으로 목마름을 달래기 위해 다시 물을 떠야하는, 영원히 가시지 않을 갈증 탓에 나는 창작을 한다.

불안한 경계선으로 나 스스로를 몰아내며 도전을 두려워하지 않기를….
그리고 그것이 자연스러운 나의 길이 되기를….

여러분은 어떤 길을 걷고 계십니까?
어느 길에서 제 작품들을 만나고 계십니까?
여전히 신발이 없어 맨발이지만,
걷는 거 참 좋은 것입니다.

어느 길목에선가….
다음 작품집으로 또 뵙겠습니다.

2011. 10.
하늘의 별보다
지상의 별이 더 많이 보이는 곳에서
김수미

태풍이 온다

· 등 장 인 물

연희　　　　48세
경구　　　　56세
노모　　　　75세
주원　　　　21세
진　　　　　21세. 아들의 남자친구
연리　　　　39세. 어머니의 여동생

· 무대

장마가 지나고 무더위도 지나고 태풍이 오는 그즈음 계절은 여름에서 가을로 바뀌고 있다.

바람이 분다. 바람의 강도가 극이 진행되는 동안 점점 강해지는 것이 무대에 표현됐으면 좋겠다.

강이 내려다보이는 경치 좋은 곳에 새로 집을 짓고 이사한 지 사흘이 지났지만 짐 정리가 제대로 되지 않은 채다. 정리할 책들이 거실 바닥에 쌓여 있고 열지 않은 상자도 놓여 있다. 거실 한쪽은 책장이고 듬성듬성 책이 꽂혀 있다. 소파가 놓여 있을 거실 중앙은 비어 있다. 거실 한쪽에는 낡은 전축이 있다.

거실은 무대 앞에 두고 테라스는 뒤쪽에 있다. 테라스 멀리로 강이 흐르고, 작은 산은 물들 준비를 하고 있다.

춤곡이 흐르고… 연희, 춤을 추면서 등장한다.

얼마쯤 후 연희의 춤이 암전 속에 묻힌다. 음악도 서서히 잦아들면 무대 밝아진다.

연희는 전축을 닦고 있고, 경구는 책을 책장에 정리하고 있다.

1

경구   (책을 정리하며) 버리고 오라니까.

연희   (전축을 닦으며) 이거 하나 남았어요.

경구   요즘 누가 그런 거 써.

연희   울 아버지, 엄마 없어 혼수준비 제대로 못했단 얘기 안 듣게 하려고 고르고 또 고른 건데… 그게 벌써 22년이네.

경구   고장 났잖아.

연희   나도 버리게…? 당신도 버릴까요?

경구   말본새가 아직도 어린애야.

연희   낡고 고장난 거 사실인 걸 뭐. 그래도 난 났다. 당신보다 8년이나 아래니까. 유통기간이 아직 많이 남은 거지, 당신보단….

경구   고쳐서 쓰던가.

연희   수리비가 너무 비싸.

경구   그러게 쓰지도 못하는 거 왜 끼고 살아. 짐만 되게.

연희   사줄래요?

경구   ….

연희   고쳐 볼래요.

경구   돈 버리는 짓이야.

연희   안 사준다며….

경구   쓰는 거 한 번을 못 봤네.

연희   고장 났으니까.

경구   (박스를 여는데 그릇이다) 바뀌었네. 책 담아 둔 게 이게 아닌가?

경구, 박스를 들고 주방으로 들어간다.

연희 안 보는 책은 좀 버려요.

경구 (소리만) 없네. 못 봤어?

연희, 쌓아 놓은 책에 걸터앉아 책을 뒤적이며….

연희 고전은 고전이라 사야 되고, 신간은 새로 나온 거라 사야 되고… 읽는 거를 못 봤네.

경구 (나오며) 상자가 하나 비는데… 책이 의자야?

연희, 일어서며….

연희 당신 그 얼굴은 이십 년을 넘게 살았는데도 적응이 안 된다. 부모가 자식 혼낼 때나 나오는 표정이에요.

경구 못 봤어? 85번부터 124번까지… 인문 철학책 든 건데….

연희 글쎄요.

경구, 박스를 찾아서 이 방, 저 방을 다닌다.
연희, 거실 바닥에 드러눕는다.

연희 주문한 소파 취소할까? 넓게 쓰는 것도 괜찮은 거 같은데….

경구 뭐?

경구는 연희의 대답도 듣지 않고 안방으로 들어간다.
연희, 거실바닥을 뒹굴고는….

연희 자고 싶다. (잠시) 차다.

경구 (박스를 하나 들고 나오며) 옷장 안에 넣어두면 어떡해.

연희	나 아닌데….
경구	그럼 진이야? 어머니가 이거 들 힘이 있어?
연희	이삿짐센터 사람들….
경구	그러니까 그 사람들한테 이거 거기다 두란 사람이 누구겠냐고….
연희	그래 나야. 됐어요?
경구	버릇 돼. 고쳐. 버릇 됐지. 22년을 똑같이… 잘못한 거 인정하기가 그렇게 힘들어? 말을 말자. 귀찮다. 얼굴에 가득 써가지고는… 당신 말투 나를 나쁜 사람으로 만드는 거 알아?

경구, 책을 정리한다.
연희, 안방으로 가며….

연희	당신은 좋겠어요. 큰 소리 내면 들어줄 사람도 있고… 난 없는데….
경구	지금 그 얘기가 아니잖아.

경구가 돌아다보면 연희는 방으로 들어가고 없다.
경구, 뭔가 말하려다 말고 다시 책을 정리한다.
연희, 힘을 다해 카펫을 끌고 나온다.

연희	테라스 물받이 손봐야겠어요. 고정핀이 떨어졌나봐.
경구	시간나면 볼게.
연희	바람 불 때마다 덜컹대던데… 그러다 부서지면… 사람 부르지.
경구	그것도 돈이야. 내가 하면 돼.

경구, 끙끙거리며 카펫을 옮기는 연희를 보고는….

경구　정리 다 되면 꺼내지. 카펫에 먼지 앉잖아.

연희　바닥이 차서….

경구　일 번거롭게 해. 하여튼….

경구, 일어나 연희가 옮기는 카펫을 들어준다.

연희　올해는 큰 물난리 없이 넘어가는 거 같죠?

경구　태풍이 남았잖아.

연희　언제 온대요?

경구　오겠지.

경구, 카펫을 깐다.

연희　추석도 얼마 안 남았겠다. 달력이 어딨더라… 달력부터 찾아 걸어야겠다, 여보.

경구　….

연희　오늘 고쳐요?

경구　….

연희　예? 물받이요.

경구　알아서 할게. 잔소리는….

연희　다른 여자 잔소리 하는 걸 못 봐서 그러지….

경구　내 여자도 지겨운데 다른 여자는 왜 들먹여.

노모, 꽃무늬 원피스에 모자를 쓰고 나온다.

노모　이걸 찾았다. 있는 줄도 몰랐어. 좀 더 늦게 찾았더라면 있었는지도 몰랐을 거다.

경구	고상한 거 사시지.
연희	오래전 거 같은데…
노모	잃어버린 시간을 찾은 기분이야.
연희	언제 적 거예요?
노모	애비야 기억나니 이 옷?
경구	글쎄요….
노모	이거 입고 꽃놀이 가서 찍은 사진이 있을 텐데….
경구	찾아드려요?
노모	고맙다만 추억을 찾아내는 즐거움을 너한테 양보하고 싶지는 않구나. 즐거운 시간이 될 거야. 천천히 찾을까. 빨리 찾을까.
연희	뒷마당에 텃밭 만들건대… 어머니도 좋으시죠? 소일거리도 생기고…
노모	너나 해라.
연희	왜요? 가지, 고추 달리고, 배추 심어 김장 하고, 감자, 고구마 캘 때는 재미가 솔찮테요.
노모	아픈 허리 구부리고, 시원치 않은 다리로 쭈그리고 앉아, 햇볕에 낄 기미 걱정하며… 됐다. 하고 싶지 않다.

노모, 방으로 다시 들어간다.

연희	어머니는 이 집으로 이사온 거 마음에 안 드신가봐. 어머니 생각해서….
경구	그건 아니지.
연희	그럼 나 좋자 왔어? 사실 공기 좋은 곳에서 여생 마무리하시면….
경구	그 말은 너무 빠르지 않냐?
연희	당신이지. 경치 좋은 곳에 가 자기 손으로 집 짓고 살고 싶다

고….

경구 처제는 언제 온대?

연희 며칠 있지 싶어요. 좀 더 길 수도 있고….

경구 마실 거 한 잔 줘.

연희, 주방으로 간다.

연희 (주방에서 소리만) 싫다는데, 방도 넉넉하고… 내가 그러라 했어요.

연희, 음료수를 들고 나온다.

경구 시집 안 가?

연희 (음료수 잔을 건네며) 가겠죠.

경구 (받아들며) 마흔 됐지?

연희 아니… 서른아홉이에요.

경구 병원엔 왜 있었던 거야?

연희 글쎄… 주원이가 통학하기 힘들데요. 교통편이 그렇잖아요.

경구 그렇긴? 그래서?

연희 하숙이라도 하겠다고….

경구 미친놈.

연희 중고차라도 하나 뽑아주던가….

경구 내가 은행으로 보이지?

연희 그랬으면 돈 쓸 때마다 눈치 보며 물어볼까, 내 맘대로 턱턱 하지.

경구 언제까지 그 녀석 밑으로 돈 들어가야 되는 거야. 대학 보내놓으면 끝인 줄 알았드만….

연희 아직 멀었네요.

경구 자식 키우는 거 밑지는 장사야. 우리 어머니도 나 키워 재미 못 보셨어.

연희 당신 효자야.

마당으로 차가 들어서는 소리가 들린다.

연희 누가 왔나 봐요.

경구 나가봐.

현관 벨소리.

연희 누구세요? 열렸어요.

연리, 여행용 가방과 기타를 들고 들어온다.

연리 언니!

연희 왔구나.

연희, 반갑게 연리를 안는다.

연희 잘 왔어. 안 그래도 네 얘기 하고 있었는데… 형부가 너 온다니까 좋다고….

경구 반가워, 처제.

경구, 악수를 하려고 손을 내미는데….
연희, 붕대로 감긴 오른쪽 팔목을 보여주며….

연리　이게….

연희　잘 찾아 왔네. 쉽든?

연리　어. (왼손을 내밀며) 이쪽이라도 괜찮으시면….

경구　그럼.

경구, 왼손으로 연리와 악수한다.

연리　잘 지내셨어요?

경구　그럼… 잘 왔어.

연희　잘 왔어.

다음 말을 찾지 못하고 어색한 미소를 나누는 연희, 연리, 경구.
그들 사이엔 바람만이 머물고 있다.

2.

거실 창으로 보이는 마당의 나무들이 바람에 흔들린다.
거실 중앙엔 배달 된 새 소파도 놓여 있고 책들도 정리가 다 되었다.
마당으로 차가 들어서는 소리가 들리고
연희와 연리, 장을 본 꾸러미를 들고 들어온다.

연리　바람이 꽤 세다.

연희　태풍 온다잖아.

연리　비켜가야 될 텐데….

방금 샤워를 마치고 아래만 수건을 두른 채, 욕실에서 나오는 진.
서로를 보고 잠시 멈춰선 연희, 연리, 진.

진	안녕하세요?
연희	누구세요?
연리	주원이 친구겠지.
진	네.
연희	어….

연리, 꾸러미를 들고 주방으로 간다.

진　　　땀이 많이 나서… 농구를….

주원, 금방 샤워를 끝냈는지 반바지만 입고 진이 갈아입을 속옷을 들고 자신
의 방에서 나오며….

주원	이걸로 갈아입어. (연희를 보고) 어, 엄마 언제 왔어?
연희	지금.
주원	아버진?
연희	철물점 들렀다가 오신데. 망치도 필요하고 못이랑… 전구도 사고….
진	옷 입고 나올게요.
연희	어, 그래.

주원, 진에게 옷을 건네주면
진, 주원의 방으로 들어간다.

연희	할머니는?
주원	뭐 찾으신다던데….

연리, 주방에서 나온다.

주원	이모! 반갑다.

주원, 연리에게 다가가 안는다.

주원	잘 지냈어?
연리	기분 이상해진다. 옷부터 입지.
주원	이뻐졌다.
연리	용돈 얘기라면 나중에 하고….
주원	마음에 드는데… 엄마 배고파.
연희	….

주원, 방으로 들어간다.

연리	언니!
연희	어? 어. 어!

연희, 주방으로 간다.

연리	바람이 부나.

연리, 테라스로 나간다.
마당에 차 들어서는 소리가 들리고

경구, 꾸러미를 들고 들어온다.

경구　나 왔어.

연희, 주방에서 나오며….

연희　만두 찌는데 생각 있어요?
경구　출출했어.

연희, 주방으로 들어간다.
연리, 테라스에서 들어오며….

연리　주변에 고급 주택도 많고 돈이 꽤 들었겠어요?
경구　가진 거 탈탈 털었어. 빈털터리야. 앞으로 버는 건 대출금 갚으면서 살아야 되고….

경구, 소파에 앉는다.

연리　짓는데 얼마나 걸렸어요?
경구　반년쯤… 부지 보고 설계하고 다하면 2년… 글쎄… 정원수 자리 잡고… 이래저래 정리하려면 얼마나 더 걸리려나….
　　　　(소파를 가리키며) 이거 사는 데 월급에 반이 들었어. 카펫도 월급에 반이 들었으니까… 깔고 앉는 걸 사는데 한 달을 쓴 거지.
연리　….
경구　….
연리　나무보고 강물 보면서 사는 거… 무지 외로울 거 같은데….
경구　처제 나이는 그렇지. 내 나이 되면 안 그래. 조용하지, 넉넉하지.

연리 　속고 있는 거예요, 인간이… 자연이 변하면 얼마나 무서운데요.

옷을 갈아입은 진과 주원, 방에서 나온다.

주원 　오셨어요?
경구 　언제 왔냐?
주원 　좀 전에요. 친구예요. 주말 여기서 보내고 가도 되죠?

진, 경구에게 인사를 한다.

경구 　그래라.

연희, 주방에서 나오며….

연희 　다 됐어요. 가서들 먹어라.
주원 　네.

진, 주원, 주방으로 들어간다.

경구 　처제는 이 집이 싫은가?
연리 　근사해요. 근데 나이 들어 사람들과 떨어져 사는 게 꼭 좋은 건
　　　가요. 장보기도 멀고, 친구 만나기도 쉽지 않고….
연희 　할 일이 얼마나 많은데….
연리 　밥하는 거? 형부 출근하고 진이 학교 가면 사돈어른이랑 언니
　　　둘만 남네.
연희 　책 읽을 거야. 여보, 나 책 읽을 거예요.
경구 　나쁘지 않군.

연희	시장하다면서요? (노모의 방으로 가며) 어머니!

경구, 주방으로 들어간다.
노모, 방으로 들어간 연희를 따라나온다.

노모	찾을 수가 없다. 이사하면서 짐들이 뒤죽박죽···. 다시 다 정리해야 돼. 시간이 얼마 없는데···.
연리	그래도 경치 좋은 곳으로 이사하셨으니 좋으시잖아요.
노모	그것도 어쩌다 볼 때 말이지. 사흘 지나니 그냥 그럽디다. 잠자리 설어 잠 못 자지··· 집 설어 남에 집 같지. 길 설어 나다니기 엄두 안 나지··· 니들은 좋은지 모르겠다만 난 아니다. 늙으면 병원이랑 가차이 살아야 하는 건데···.

노모, 주방으로 간다.

연리	누구를 위한 이사야?
연희	남들은 하고 싶어도 못하는 게 전원생활이야.
연리	마흔여덟에 인생 정리하며 살게? 형부는 몰라도 언니는 너무 빠르지 않아?
연희	엄마는 잘 계시니?
연리	궁금하면 전화해. 그때 엄만 지금의 언니보다도 어렸어···.

연리, 밖으로 나간다.

연희	어디 가? 만두 먹어.
연리	···.

연리의 뒷모습을 쫓는 연희, 시선을 돌려 돌아서면 언제 와 있는지 진이 서
있다.

연희　다 먹었니?

진　　땀이….

진, 연희의 목덜미에 흐르는 땀을 손등으로 닦아준다.

연희　불 앞에 있으면 다 그렇지 뭐.

진　　바람 냄새가 나요.

연희　공기가 다르지, 여긴….

진　　당신한테서요.

연희　….

진, 웃으며, 손가락으로 볼을 가리킨다.

진　　부끄러우면 아직도 얼굴이 빨개져요? 소녀 때나 갖는 얼굴 아

　　　　닌가… 아까도 그랬어요. 처음 저 볼 때….

연희　….

진　　예뻐요.

연희　못됐구나.

진　　혼내시게요?

연희　그럴 거야. 한 번, 더 그러면….

진, 웃으며 방으로 들어간다.

연희, 자신의 얼굴을 감싸는데 이유 모를 웃음이 비집고 나온다.

경구, 주방에서 나온다.

경구	당신!
연희	왜요?
경구	나한테 숨기는 거 있지?
연희	….
경구	죽으려고 했지? 말 안하면 모르나. 당신 동생 말이야. 손목 그은 거… 자살하려고 그런 거잖아.
연희	….

경구와 연희, 서로 쳐다볼 뿐 말을 찾지 못한다.
연희에겐 경구가 살을 에는 바람만큼이나 잔인하다.

3.

흔들리는 나무의 모양새에서 바람이 조금 더 세어진 걸 알 수 있다.
TV를 보던 연희, 소파에서 잠이 들었다.
TV에서 흘러나오는 아나운서의 목소리가 들리고.

TV　(소리로) 제 14호 태풍 나비가 북상함에 따라 남해상과 동해상을 중심으로 태풍경보와 주의보가 발령됐습니다. 화면에서 보시는 거와 같이 태풍의 눈이 또렷이 보일 만큼 강한 대형급 세력을 유지한 채 북상중에 있는데요. 태풍 앞자리에 만들어진 비구름의 영향으로 영남지역에는 현재 비가 내리고 있고 점차 호남과 영동지역까지 비 내리는 지역이 확대되겠습니다. 예상 강우량은 영동과 영남에 30mm에서 최고 100mm 이상의 많은 비가 내리겠고 그 밖의 지역은 5에서 40mm 가량입니다 그 사이 방에서 나온 진, 연희가 자고 있는 걸 보고, TV를 끈다.

연희의 자는 모습을 내려다보는 진, 흘러내린 연희의 머리칼을 손끝으로 쓸어 올려준다.

진, 방으로 들어가 카메라를 가지고 나온다.

진, 연희의 모습을 카메라에 담는다.

잠에서 깨어나는 연희.

연희 몇 시쯤 됐나…?

진 여섯 시쯤 됐을 걸요.

연희 저녁해야겠네… 다들 어디 갔나?

진 그건 모르겠고… 여긴 우리 둘뿐이에요.

연희 사진 찍게? 여기 풍경 좋지?

진 찍었어요. 좋아하는 걸로… 전, 나무나 꽃보다 사람을 좋아하거든요.

진, 연희를 보며 싱긋 웃어 준다.

연희 나? 다음부턴 그러지 마. 무방비 상태로 찍히는 거 불쾌해.

진 보면 생각이 달라질 걸요. 제가 실력이 좀 되요. 모델도 아름답고….

연희 여자는 나이 들어 카메라 앞에 서는 거 별로야. 남기고 싶지 않아. 더구나 화장 안한 얼굴은….

진 거울 자주 안보죠? 꽤 분위기 있어요. 살아 온 시간도 보이고…. 외로움도 읽혀지고… 눈동자 흔들리는 건 불안해서죠? 입술에 침 자꾸 바르는 건 왜 그래요? 비밀 있어요?

연희 (일어서며) 사진이 전공이야?

진 대학 안 다녀요. 주원이랑은 길에서 만났어요.

연희	그래.

연희, 주방으로 가려는데….

진	궁금하지 않으세요?
연희	주원이가 화낼 거야. 어떻게 만났는지 꼬치꼬치 물은 거 알면….
진	저에 대해서요. 난 당신이 궁금한데…
연희	친구 엄마한텐 그렇게 말하는 거 아니야.
진	미안해요. 그런데 어쩌죠. 난 당신하고 키스하고 싶은데….
연희	….

밖에는 하늘이 어두워지고 번개가 치고 비가 내리기 시작한다.

진	어쩌면 얼굴이 거짓말을 할 줄 몰라요.
연희	식구들이 올 거야. 저녁 준비를 해야겠다.

노모, 방에서 나온다.

노모	에미야!
연희	어머니 왜요? 왜 그러세요?
노모	추워. 이 집 춥다.
연희	날씨가 그러네요. 벽난로에 불 지피면 따뜻해질 거예요.
진	제가 할게요.
연희	고마워.

진, 벽난로에 장작을 넣고 불을 지핀다.

연희, 난로 앞 의자에 노모를 앉히며….

연희   여기 앉으세요. 괜찮아질 거예요.

연희, 작은 담요로 노모를 덮어준다.

노모   죽음도 이만큼 추울까….
연희   어머닌 안 죽어요. 아직은 아니에요.
노모   정리가 끝나지 않았는데….
진   나무 더 가져 올게요.

진, 나간다.

연희   자다 깨셨어요?
노모   애비는?
연희   나갔어요.
노모   너희들 싸웠냐?
경구   아니에요.
노모   물 다오. 따뜻한 걸로….
연희   네.

연희, 주방으로 간다.

노모   아직 청춘이구나.

연희, 주방에서 물을 가져온다.

노모   많이 싸워. 나중에 힘없어봐 그짓도 못한다.

노모, 물을 마신다.

노모   머리가 울리는 게 기분 나뻐.
연희   깊은 잠을 못 주무셔서 그런가 봐요.
노모   꿈 탓이야. 깜빡 잠들었는데, 어린 사내놈이 벗은 몸으로 내 옆에 누웠지 뭐냐. 죽을 때가 된 거지….
연희   약 드릴까요?
노모   쓴 거 싫어.

연희, 빈 컵을 들고 일어서는데….

노모   혼자 두지 마.

연희, 노모 곁에 의자를 끌어다 앉는다.

연희   안 가요. 주무세요.
노모   버리지 마. 쓸모없다고….
연희   그런 말이 어딨어요.
노모   네 남편 그러구두 남어. 차갑고 반듯하고 독한 게 정주고 살기 쉽지 않지.
연희   제 인생 위로해 주시는 거예요?
노모   내가 네 나이 땐 내 나이까지 살 수 있을까 싶었어. 뭐하며 사나… 싫증나더라. 근데 요즘은 밥 먹는 것도 고맙다. 걷는 거, 웃는 거, 똥 싸는 거… 다 고마워. 해봐야 얼마 남았겠니… 너 나보다 오래 살 거지?

연희	그건 모르죠.
노모	화장품 뭐 쓰냐? 좋은 거 너만 하고 나는 안주냐?
연희	우리 어머니 또 심통이시네….
노모	나는 쪼글쪼글 주름지고 뒤틀렸는데 넌 반듯반듯 곱잖아. 부럽고 샘난다, 왜?
연희	마사지 해드려요?
노모	방문 여는 것도 무서워. 저승사자가 시키면 옷 입고 서 있을까 봐.
연희	며칠 못 주무시더니 예민해지셨어요.
노모	온몸이 물 먹은 것처럼… 뼈마디가 욱신거리는 게….
연희	날씨 탓이죠, 뭐.
노모	노인네 입버릇이니 대수롭지 않다는 거지, 너? 못된 것.
연희	아니에요.
노모	몸과 기분이 날씨 따라 이랬다저랬다… 이게 기상병이라는 거야. 기온 변화가 심하면 사람 몸이 적응을 못하고 병이 생기는 거. 왜 환절기에 감기 걸리잖아. 그런 것처럼… 날씨가 좋은 날엔 맹장염 환자가 더 많단다. 그러니까 이런 날은 맹장이 터질 확률이 적은 거지. 난 아직 붙이고 사는데 넌 뗐냐?
연희	저도 아직이요.
노모	점점 더 할 거다. 겨울은 짧고, 봄은 여름 같고, 여름엔 비만 너무 오고, 가을인지 겨울인지… 계절이 달력이랑 맞질 않잖아. 날씨가 이러고 변덕인데 사람 몸이 적응 못하는 것도 당연하지.
연희	요기할 거 드릴까요?
노모	한숨 자고 먹자. 입안이 까끌까끌 맛을 모르니 삼키는 게 고역이다.
연희	그러세요. 한숨 푹 주무세요.

노모   (눈을 감으며) 나이 먹어봐. 슬픔도 혼자 해결해야 돼. 그게 얼마나 두려운데… 넌 미리미리 준비해라. 잘 넘길 수 있게… 난 그걸 못했어.

노모, 스르르 잠 속으로 빠져든다.

연희   전 벌써 그래요. 준비도 못 했는데….

비에 젖어 들어오는 경구, 손에 책을 들고 들어온다.

경구   (책을 들어 보이며) 여보. 굉장한 걸 발견했어.
연희   쉿! 어머니 주무세요.
경구   방에서….
연희   깊이 잠드시면 옮겨드려요.

비에 젖은 주원, 연리, 쇼핑본 걸 들고 웃으며 들어온다.

연희   쉿!

주원, 술병이 든 쇼핑백을 흔들어 보인다.
진, 장작을 들고 들어온다.

진   어디….
연희   쉿!
모두   쉿! 쉿! 쉿!

손가락을 입에 대고 서로를 보는 그들….

침묵 속에 빗소리만 바람을 타고 들려온다.

4.

가볍게 몇 잔을 걸친 그들. 경구, 진, 연희, 연리, 주원, 맥주캔을 하나씩 들고 있고 테이블에는 먹다 남은 안주 접시가 있다.
소파를 중심으로 모여 앉아 있는 그들의 모습이 자연스럽다.
노모는 벽난로 옆에서 잠들어 있다.

경구   그런 어리석은 질문이 어딨어. 내용을 어떻게 다 기억해.

진   다 읽긴 하셨어요?

경구   더러는 읽었고 더러는 읽을 거고… 책이란 건 읽을수록 좋은 거야.

진   인간의 머리는 지식의 폭격을 원하지 않을 수도 있어요.

경구   근육은 쓰면 쓸수록 발달하는 거다. 머리도 마찬가지야. 써야 지능이 높아지지.

주원   책만한 짐도 없어요. 필요한 지식이 있으면 컴퓨터에서 얻으면 되요.

경구   만질 수도 없고… 냄새도 없고… 그건 내 것이 아니야.

주원   그건 아버지가 컴퓨터랑 친하지 않아서 그래요.

경구   모든 걸 컴퓨터에 의존하다간 뇌세포가 점점 줄어서 결국엔 바보가 되고 말 걸. 정보나 지식만 많이 가지면 뭐하냐. 사고능력이나 판단력은 급격히 떨어지고 있는데… 얼마 안 가 원시인 수준이 될 거다.

진   불을 얻기 위해서 부싯돌을 쓰진 않잖아요. 과학이 있으니까요. 과학이 진보하면 인간도 진보해요.

경구 생활이 편리해진 거지. 수많은 기계들 덕분에… 계산기가 계산을 해주니 머리는 자연히 계산력을 키우지 않을 테고, 요리야 인스턴트 식품이 책임져주니 미각이 하나로 통일이 되어가고, 맞춤법까지 기억해주는 컴퓨터가 있는데 까다로운 철자법을 기억하려는 멍청이가 있겠냐? 뇌세포가 줄고, 오감이 죽고, 마침내 인간이 죽는 거지.

잠시, 정적.

연희 어머니 방으로 옮기는 게 좋겠어요.

경구 그러지.

주원 제가 할까요?

경구 아직은 아니야. 애비가 할 수 있어.

경구, 잠든 노모를 안고 노모의 방으로 간다.

연리, 바닥에 세워진 그림을 본다. 붉은색으로 물결치듯 그려져 있다.

연리 네 작품이니? 아는 척은 해야겠는데 모르겠다.

주원 뭐 같은데? 그냥 보이는 대로.

연리 붉은색….

주원 이모 마음속에 떠오르는 거….

연리 어렵다.

연희 불꽃, 태양, 노을, 사과….

주원 역시, 내 그림을 알아주는 건 우리 엄마 밖에 없어.

연리 피… 첫 생리… 이거 재밌는데… 너한텐 뭐니?

주원 진이. 너는?

진	홍조. 부끄러움.
주원	그 작품 제목이 자화상이야. 그림을 보면서 떠오르는 단상이 바로 자기 거지.
연리	살짝 어려운 게… 너 예술가 다 됐다.
주원	예술가라… 돈 벌지 않아도 된다면 할 수 있을 거 같은데, 먹고 사는 문제 해결해야 된다면… 모르겠어. 될 수 있을지….
진	쓸 일을 만들지마. 그럼 벌 필요도 없잖아.
연리	일하지 않고 산다?

경구, 노모의 방에서 나온다.

연리	형부! 일하지 않고 살 수 있어요? 이 친군 그런다네….
경구	내 아들만 한심한 줄 알았더니 요즘 젊은 애들은 다 그런가… 노동은 신성한 거야. 어떤 기도보다 구원의 힘이 강할 거다.
진	삶의 방향을 부와 명예에 두지 않으면 충분히 가볍게 즐기면서 살 수 있어요. 잃을 것도 없으면 두려울 것도 없고… 의미를 생산하지 않는 제가 마음에 들어요, 전.

경구, 술을 마시려고 하지만 비었다.

경구	술 더 없어?
연희	지금도 과했어요.
주원	제가 가져 올게요.

주원, 주방으로 간다.

경구	노동의 시대를 살지 않은 네들은 밥 벌어 먹고 사는 게 얼마나

힘겨운 일인지 몰라서 그래.

연리   80년대에 머물러 사는 거 훈장은 아니죠.

진   아저씨 말대로 저 몰라요. 그 시대도 모르고, 전태일도 모르고, 근로기준법도 모르고, 비정규직의 눈물도 몰라요. 하지만 자랑스럽게 말씀하시는 노동의 시대가 유지 시켜준 생활이 뭔지는 알죠. 인간이, 인간이 아닌 노동을 더 존중했다는 거….

주원, 술을 가지고 나온다.

경구   가난한 삶의 기록을 가진 아버지들은 존경받아야 돼.

경구, 술을 단숨에 마신다.
다시 술을 마시려고 하자 연희가 말린다.

연희   내일도 할 일이 많아요.

경구   어허, 이 사람이… 당신이 이러니까 내가 이상한 사람이 되잖아.

연리   이 정도 대화는 축복이야. 눈 둘 데 없어서 TV에 시선 꽂고 연예인 뒷담화 까는 것보다 얼마나 생산적이야.

연희   들어가요. 자자구요.

경구   가볍게만 사는 네들이 가족들을 먹여 살리는 힘겨움을 어떻게 알겠냐. 비난도 평가도 자유다만 그 전에 예의는 갖추도록 해라.

연희   그만해요. 제발….

경구   자라.

경구, 방으로 간다.

연리	재밌어지는데 왜 그래?
연희	재미없어. (진에게) 언제 갈 거야?
주원	여기서 같이 살지도 몰라. 얘, 갈 데 없거든.
연희	그건 안 돼.
주원	그러고 싶어.
연리	둘이 연애하니?
연희	농담을 해도… 남자끼리….
주원	우리 그럴까?
진	(연희에게) 저도 그럴 생각 없습니다.
주원	그러자.
연희	집도 익숙치 않은데 낯선 사람까지…? 엄마가 힘들 거 같아. 기분 나쁘게는 듣지 말고.
주원	들었어. 하지 말아야지, 기분 생각했으면… 아버지 저러는 거….
연희	(일어서며) 분명히 말했다.

연희는 방으로 가다 테라스 쪽을 보고….

연희	비가 무섭게 오네.
연리	태풍이 해상으로 방향을 틀지 않으면 피해가 상당할 거래. 비도 며칠 더 오고….
연희	자라.
연리	자.
진	쉬세요.

연희, 방으로 들어간다.

주원   이모, 엄마 갱년기지?

연리   그러게 말투가 싸늘하네. 원래 친절한 사람인데….

진   먼저 일어납니다.

주원   나두….

진, 주원, 방으로 들어간다.

연리, 술이 떨어진 걸 확인하고 주방에서 맥주를 꺼내온다.

오디오를 켠다. 고장이다.

연리, 기타를 들고 줄을 튕겨 본다.

연리, 기타를 치며 노래(난 어떡하라고-김건모)를 부른다.

연리   (노래) 바람이 불어오누나. 조용히 들어본다.

내 사랑 소식들이 혹시나 따라 올까

너무나 고요하구나. 세상이 비었구나.

또 한 번 내려앉은 가슴이 시려온다.

은하수 길을 따라 걸으면 만나려나

난 어떡하라고 어이 살아가라고

그대의 향기가 내 몸에 배어있는데

미운 정이라도 남아있다면

돌아와 다시 내게 돌아와.

잠옷으로 갈아입은 연희, 방에서 나온다.

연희   뭐하니?

연리   술 마시고, 기타치고, 노래하고….

연희   네 형부 잠 귀 예민해.

연리   술 마시고, 기타치고, 노래하고, (담배를 피워 물며) 담배 피고….

연희　　연리야!

연리　　왜 안 물어? 손목은 왜 그었는지, 왜 죽으려고 했는지….

연희　　말하기 싫을까봐.

연리　　말하고 싶어. 말하고 싶어서 온 거야. 그러니까 언닌 나한테 물어봐야 돼. 왜냐고….

　　　　잠시 정적.

연희　　담배 한 대 주라.

　　　　연희도 담배를 피워 문다.

연리　　피우지도 못하면서.

연희　　어때? 타락한 여자로 보이니?

연리　　언니 얘기 들어 줄 여력 없는데….

연희　　울 일 생기면 아홉 살이나 어린 너한테 매달려 울곤 했지. 엄마가 떠난 날도 그랬어.

연리　　무서웠대. 아빠 죽고 어린 우리 둘 데리고 살기가… 어떻게 결혼을 한 번만 하니? 사랑은 몇 번씩 하면서….

연희　　넌 쉽니? 난 어려워.

연리　　엄마한테 전화 해. 이젠 늙어서 혼자 있었으면 더 보기 힘들었을 거야.

연희　　몇 번의 사랑을 했니? 너는….

연리　　첫 남자밖에 기억 안나. '이루어지지 않았다.' 그 정도.

연희　　그래….

연리　　형부 사랑한 적 없지?

연희　　비난으로 들린다.

연리　　언니 재미없는 사람으로 만든 형부, 난 싫어.

연희　　그러지 마. 내 인생 절반 넘게 같이 산 사람이야.

연리　　풍요가 언니를 비겁하게 만든 거야. 무엇을 욕망하는지조차 잊어 버리고 살잖아.

연희　　그런 거 없어. 넌 어때? 괜찮니?

연리　　난 괜찮은데 내 몸은 아니래. 죽어가고 있어.

연희　　왜 그래. 십대도 아니고….

연리　　방사성 동위원소에서 발생되는 감마선을 이용해서 종양을 제거할 거래… 근데 그게 잘 안 되나봐.

연희, 연리를 보면….
연리, 천천히 쓰고 있던 가발을 벗는다. 방사선 치료로 머리가 듬성듬성 빠져 있다.
연희, 떨리는 손으로 연리 곁에 앉는다. 숨이 멎을 거 같고 말 대신 눈물만 흐른다.

연리　　3개월이래. 무지 고통스럽대. 그게 두려워, 그래서 손목도 그었는데 3개월은 채워야 하나봐. 다시 살아난 거 보면….

연희, 소리도 못 내고 울기만 한다.

연희　　언니가 고쳐 줄게. 걱정마.

연리　　요양소로 갈 거야.

연희　　그러지 마.

연리　　아침에 일어나서 나 없으면 간 줄 알아.

연희　　왜 왔어? 보여주질 말지.

연리　　살아 있을 때 인사하고 싶어서….

연희   가지마. 비 오잖아. 비 맞으면 감기 걸려.

      연리, 방으로 들어간다.
      연희, 가슴을 쥐어뜯으며 운다.
      진, 방에서 나오다, 울고 있는 연희를 본다.
      진, 연희를 감싸준다.
      연희는 울음을 그칠 수가 없다.
      진, 연희의 어깨에 입을 맞춘다. 팔에… 손에… 머리에… 이마에… 눈에…
      그리고 입술에….

5.

      간밤에 빗줄기는 더욱 세졌고 바람은 더 강해졌다.
      밖에서 들리는 경구의 목소리….

경구   (소리만) 예, 알겠습니다. 고맙습니다. 조심해서 가세요.

      경구, 나온다. 비옷을 입었다.
      연희, 연리의 방에서 기타를 들고 나온다.

경구   강이 범람할 거 같대….
연희   연리가 갔어요.
경구   지금 대피해야 된다니까 뭐해. 필요한 거 얼른 싸.
연희   내 동생이 갔다구요.
경구   들었어. 이러고 미적거릴 시간 없어. 얼른 준비해.

주원아! 주원아! 어머니! 어머니!

경구, 노모의 방으로 들어간다.

주원, 방에서 나온다.

주원 무슨 일이에요?

연희 강이 넘친대….

주원, 테라스로 간다.

주원 물살이 무섭게 불어나네. 서둘러야겠어요. 뭐 준비해야 돼요?

연희, 방으로 들어간다.

진, 비에 젖어 들어온다.

주원 어디 갔었어?

진 일이 있어서… 다리를 막았어.

주원 대피해야 된대. 너도 준비해.

연희, 외투를 걸치고 방에서 나온다.

연희 네 이모 찾아오마.

주원 못 들었어? 잘 못 하다간….

진 마을 입구까지 물이 들어찼어요.

연희 할머니 모시고 아버지랑 먼저 가 있어.

연희, 나간다.

주원   엄마! 엄마!
진   내가 가볼게.

진, 나간다.
경구, 노모의 방에서 노모와 나온다.

노모   거긴 태풍이 피해 간다든?
경구   여기보단 안전할 겁니다.
노모   집보다 안전한 곳이 있다니… 그런 일은 있어선 안돼. 그럼 사람들이 슬퍼지기 시작하거든….
경구   준비 다 했냐? 어서 서둘러.
주원   네.

주원, 방으로 가서 외투를 걸치고 작은 가방을 들고 주방으로 가 뭔가를 챙긴다.

노모   찾아도 없다. 사진 말이다. 어디 갔나 없어.
경구   찾아 드릴게요.
노모   누가 그러래. 내가 찾는다잖아. 그냥 그렇다는 거지.
경구   (주원에게) 서둘러라.
노모   돌아오는 거지. 돌아올 수 있는 거지, 애비야?
경구   그럼요. 태풍이 가고 나면 집으로 돌아와야죠.
노모   아무 일 없이… 내 방에서 다시 잘 수 있는 거지?
경구   걱정마세요. 아무 일 없을 거예요.

주원, 짐을 챙겨들고….

주원   가요. 아버지.

경구, 노모, 주원, 나간다.
천둥 번개에 빗소리 거세지고
깜박이던 전등이 꺼진다.
잠시 어둠 속에서 스위치 켜는 소리와 진의 목소리가 들린다.

진   전기도 나갔네요.

진, 라이터를 켜면 작은 불빛이 생긴다.
비에 젖은 진, 비에 젖은 연희를 부축해서 들어와 소파에 앉힌다.
젖은 몸으로 덜덜 떠는 연희.

진   잠시만요. 몸을 따뜻하게 해야겠어요.

진, 벽난로에 불을 지피려고 하지만 잘 안 붙는다.

진   젖어서 잘 안 붙네요.

진. 책장의 책을 찢어 불을 붙이자 벽난로에 불이 잘 붙는다.

진   책이란 게 정말 필요한 거네요.
연희   찾아야 돼.

진, 젖은 옷을 벗으며…

진   젖은 옷은 벗는 게 좋을 거예요. 한기 들면 고생할 테니까요.

연희 도와 달라고 온 건데… 살려달라고… 살고 싶다고 말한 건데….

진 (담요를 들고) 벗어요. 벗겨줘요?

연희 시커멓게 말라가는 몸을 끌고 태풍을 뚫고 떠나는데 난 그것도 모르고 잠만 잤어. 보내시 않겠다고 약속했는데… 내가 깨어나길 얼마나 바랬을까… 난 한 번도 그 앨 지켜준 적이 없어. 언제나 내가 먼저 힘들었고, 내가 먼저 아팠했거든… 그런 나를 위로하고 간호하느라 연리는 제대로 울지도 못 했어. 내가 싫어. 이런 내가 너무 싫어.

연희, 울음을 터트린다.

진 소리 내요. 소리 내서 울어요. 요즘은 기침약도 속으로 삭이는 게 아니라 기침을 하게 하는 약을 짓는데요. 그래야 다른 병이 생기질 않는다고… 소리내라구요. 소리내요.

연희, 엉엉… 소리 내 운다. 아이처럼….

진 나도 내가 싫었어요. 그때 그랬어요. 열다섯 살 때… 이룰 수 없는 게 세상에는 반드시 있다는 걸 알았을 때…. 그때… 새벽에 아버지가 절 깨우더니 엄마가 죽었대요. 병상에 누운 지 5년만이었어요. 그 사이 엄마의 병에 지친 아버지와 난, 할머니에게 엄마를 맡기고 떠나 있었어요. 공부 잘하고, 밥 잘 먹고, 어른 말씀 잘 들으면… 엄마 병 낫는다고 했는데… 나만 속았죠, 뭐. 뻣뻣한 엄마를 닦아 주는데 솜에 피가 묻어나요. 죽음이 이런 거구나. 피가 밖으로 흐르는 거구나. 무서워서 도망쳤어요. 죽음을 옆에 둘 자신 있어요? 죽음을 지켜 볼 자신 있어요?

연희	….
진	난 없었어요. 도망치고 처음 든 생각이 '난 살아 있어서 다행이다', '내 몸은 차갑지 않아서 다행이다' 열다섯 소년은 엄마의 주검을 붙잡고 울면서도 엄마를 잃은 슬픔보다 살아 있다는 사실을 감사했어요.
연희	….
진	그러므로… 그리하여… 결국… 따라서… 할 수 있는 건 아무것도 없어요.

연희, 한참을 울어서일까 편안해진 얼굴이다.

연희	따뜻한 게 마시고 싶다.
진	후레쉬 있어요?
연희	책장 옆에 보면….
진	나한테 좋은 허브차가 있어요.

진, 후레쉬를 들고 주원의 방으로 간다.
연희, 젖은 옷을 벗고 담요로 몸을 감싼다.
진, 다시 나와 주방으로 간다.

진	로즈힙인데 몸을 따뜻하게 해 줄 거예요.

무대 밖에서 진의 동선에 따라 후레쉬 불빛이 비춘다.

연희	(읊조리듯) 바람이 불어오누나. 조용히 들어본다.
	내 사랑 소식들이 혹시나 따라 올까
	너무나 고요하구나. 세상이 비었구나.

연희, 자고 싶다.

진, 주방에서 차를 가지고 나온다.

진   잠들면 안돼요. 차가운 몸으로 잠들면 병 생겨요.

연희, 차를 마신다.

진   먼저 몸부터 따뜻하게 하자구요. 그래야 머리도 맑아지고, 맑
         은 머리로 판단을 해야 실수가 적죠. (손바닥을 문지르며) 사람 몸
         으로 찬바람이 들어가는 자리가 있거든요. 먼저 손을 따뜻하게
         한 다음… (연희의 목 아래, 등 부분에 손을 가져댄다) 어때요? 따뜻
         한 기운을 보내고 있는데 느껴져요? 긴장을 풀고 받아 들여요.
연희   ….
진   감추고 다녀서 몰랐는데… 상상했던 것보다 속살이 하얘요.

연희, 몸을 빼며….

연희   이러지 않는 게 좋겠다.

진, 연희의 손을 끌어다 심장에 대준다.

진   뛰죠? 뭐라고 말하는지도 들어봐요.
연희   ….
진   사진 볼래요?

진, 사진을 가지고와 연희 곁에 앉는다.

진	아까 나가서 찾아 왔어요.

연희, 사진을 본다.

연희	이게 나야? 아닌 거 같다.
진	너무 이쁘죠?
연희	넌 내가 예쁘니?
진	네.
연희	… 난 어른이야.
진	여자죠.

진, 연희에게 입을 맞추려고 한다.
연희, 진을 막으며….

연희	특별한 연애는 상상해 본 적도 없어.
진	누구든 그래요.
연희	미안하다.
진	시작도 안했어요.
연희	생활에 너무 많이 노출된 여자야, 나는… 너를 보는데도 남편, 아들, 늙은 어머니, 하루를 잃어가고 있는 동생이 보여.
진	난 당신만 보이는데… 자기 목소리를 잃어버려서 울면서도 소리조차 못내는 당신이 보이고… 하고 싶은 말을 누르느라 힘들어서 눈물만 흘리는 당신만 보이는데….
연희	….
진	사진기 앞에 섰다고 생각해봐요. 사람들은 카메라 앞에 서면 거짓말을 잘 하거든요. 슬퍼도 웃고, 기뻐도 울고… 알고 있던 자신과 다른 모습을 발견하기도 하고… 뭐든 좋아요. 진정한

나를 찾든 생소한 타인이 되든….

연희 세상은 나를 용서하지 않을 거야.

진 비에 젖은 옷은 말리면 되지만 사랑에 젖은 몸은요?

연희 어떻게 아니?

진 그러니까 가봐요.

연희 ….

비바람이 집을 흔들고… 문을 흔들고… 그들을 흔든다.

진, 연희에게 입을 맞춘다.

연희, 진에게 입이 열리고 몸이 열린다.

천둥, 번개, 그리고 폭우….

덜컹이는 테라스 문, 마당에 서 있는 나무가 바람에 넘어지면서 테라스를 부순다.

그 소리가 너무 크다.

연희의 비명소리….

집안으로 바람, 비가 들이 닥친다.

모닥불이 꺼지고 다시 어둠이다.

진, 연희를 안는다.

진 걱정 말아요. 당신은 내가 지킬 수 있어요.

이때, 비치는 후레쉬 불빛. 다급하게 들어오는 주원의 것이다.

주원, 진과 벗은 연희를 보고는 굳은 듯 멈춰 선다.

'우르르 쾅' 천둥 번개가 친다.

주원 뭐야?

진 창문부터 막아야겠어.

주원 놔둬. 태풍이 오는데 그깟 비, 들이 닥치면 어때. 답이나 해. 두 사람, 무슨 짓을 한 거야? 무슨 짓이야?

연희 죄인 다루듯 그러지 마. 아무것도 아니야.

주원 내가 보고 있는데… 엄마 벗은 몸을 내가 보고 있다구고.

경구, 노모를 업고 들어온다.

경구 뭐해? 차 키 찾아오라니까.

경구도 안으로 들어서다 그들을 보고 굳은 듯 선다.

연희 무슨 일이에요?

경구 병원에… 어머니가… 정신을 놨어.

연희, 노모에게로 가 몸을 만져본다.

연희 몸이 뜨거워. 119에 연락했어요?

경구 다리를 건널 수 없데. 내가 가려고….

연희 같이 가요.

경구 당신은 옷을 입는 게 좋겠어. 진아, 차 키 다오.

연희 방에 있어요. 잠깐만요.

연희, 방으로 들어간다.

주원 옷이 젖어서… 감기 걸릴 수도….

경구 아무 말도… 아무 말도 하지마. 아무 말도… 지금은 태풍이 오고 있다.

연희, 열쇠를 찾아 옷을 입고 나온다.

연희　어서 가요.

노모를 업은 경구, 연희와 나난다.
진과 주원만 태풍 속에 남았다.

진　나도 가는 게 좋겠다.

주원　그러지 않아도 돼. 지금 바깥은 전쟁이야.

진　내가 어떻게 했으면 좋겠니?

주원　미안해. 우리 엄마가 너한테 무슨 짓을 했는지 모르겠지만….

진　아니야. 나야. 내가 안고 싶었어.

주원　넌 단지, 아주 잠깐 낯선 공기를 마시고 싶었나 보지. 넌 여행
중이고 여행이란 게 그렇잖아.

진　넌 모든 게 그렇게 쉽니?

주원　안 쉬워. 나를 보고 있기는 한 거야? 내가 얼마나 힘든지 보고
있기는 해?

진　잘못은 내가 했어.

주원　엄마를 용서하지 못해서가 아니야. 그건 아버지의 몫이니까….
내가 묻고 싶은 건, 하필 왜, 우리 엄마야? 왜?

진　미안해.

주원　길을 걷다가 널 봤어. 너를 쫓아가지 않고는 견딜 수가 없었지.
멈출 생각도 못하게 네가 나를 끌어 당겼어…. 사랑해.

진　그건 사고야. 넌 남자야. 나도 남자고….

주원　난 널 사랑해. 슬프게도 나도 너도 남자일 뿐이지.

진　그런 사랑, 난 안해.

주원　정말 안 되겠니? 너도 나처럼….

진   (목소리를 높여) 난 아니라고. 그런 눈으로 보지 마. 보지 마. 구역
        질이 나. 역겹고 더러워.

        진, 방으로 간다.
        천둥 번개가 치고 거센 바람이 그들을 흔든다.

주원   가지마.

        진, 방에서 가방을 들고 나온다.

주원   밖엔 태풍이 왔어.
진   여기도 위험하긴 마찬가지야.
주원   (잡으며) 가지마. 가지마.

        진, 주원에게 주먹을 날린다.
        쓰러진 주원에게 퍼부어지는 진의 폭력.

진   사내새끼처럼 굴어. 죽여버리기 전에… 미친새끼.

        진, 다시 가방을 들고 나가려는데…. 마지막 힘을 다해 일어서는 주원, 벽난
        로 옆에 있는 화구를 들어다 진을 찌른다.
        순간, 무릎이 꺾이는 진.

주원   (발악하듯) 진심으로 이해하려고 했어야지. 엄마한테서 아들을
        빼앗지 않으려고… 참고… 세상이 알고 있는 나를 지키려고 거
        짓말로 버티고 선 불쌍한 인간을… 보려고 했어야지.

진, 피를 토하며 쓰러진다.
주원, 진 옆에 털썩 주저앉는다.

주원   깨지 말았어야지. 그럼 나도 버텼을 텐데… 세상 누구에게도
       말하지 않고… 일상을 흔들지 않고… 평화를 위해서….

주원은 울고….
빗줄기도 바람도 서서히 약해진다.

주원   내 사랑이 끝나길 기다려 주기라도 하지. 그랬으면 아무도 모
       르게 끝낼 수 있었는데…

연희가 들어온다.

연희   다행히 가는 길에 구급차를 만났어. 나까지 탈 자리가 없어
       서… 아빠는 병원으로 가셨고… 날이 밝으면 같이 가자.
주원   ….
연희   초가 어디 있을 텐데… 이사하느라 모든 게 뒤죽박죽이야.

연희, 서랍에서 초를 찾아내 켠다.

연희   여기까지 비가 들어왔니? 바닥이 흥건하구나.

촛불에 드러난 건 진이 흘린 피다.

연희   피!

연희, 놀라서 주원을 보면 주원은 시간을 놓아버린 사람 같다.

연희   무슨 일이야? 아니지? 아니야. 아니야. 엄마 놀리는 거지? 겁주
       는 거지? (진을 흔들며) 일어나. 일어나봐. 무슨 일을 저지른 거야?

주원   태풍이 지나가도 하늘은 멀쩡한 모습으로 아침을 맞지만, 우린
       그럴 수 없어. 가슴에서 피가 철철 흐르는데… 손톱 밑에 티끌
       만 박혀도 고통을 숨기지 못하는데… 엄만 나를 아무렇지 않게
       바라볼 수 없겠지? 예전과 같은 눈으로… 우린 돌아가지 못하
       겠지.

연희   주원아, 왜 그래? (주원의 뺨을 때리며) 정신 차려. 안 돼. 안 돼.
       아들, 엄마 봐봐. 엄마가 지켜줄 게. 그럴 수 있어. 엄마가…
       엄마가… 어떡하지? 어떻게 해야… 그래, 지금 밖에는 태풍
       이 왔고 강이 넘쳐. 이런 날 실종자가 한 명쯤 생긴다고 이상
       할 건 없겠지.

       주원, 진의 옆에 웅크리고 눕는다.

연희   일어나. 피가 묻잖아.
주원   ….

       연희, 진에게서 화구를 빼낸 뒤 진을 끌고 테라스 쪽으로 나간다. 힘겹게….
       잠시 후, 들어오는 연희, 피 묻은 자신의 옷을 벗어 마루에 묻은 피를 닦는다.
       주원은 움직임도 없다.

연희   아버지에겐 아무 말도 하지 말자. 누구에게도 말해선 안돼. 오
       늘 밤 일은 일어나지도 않은 없었던 일이야. 태풍이 지나가고
       나면 우린 아무 일도 없었다는 듯이 아침을 맞이하면 돼. 아들,

할 수 있지?

주원　가슴에서 피가 나. 내 가슴에도 피가… 엄마 가슴에도….

주원, 피 묻은 손으로 연희의 가슴을 만진다.

주원　내 사랑은 건들지 말았어야지, 엄마. 내가 아니라 엄마를 사랑
　　　한다잖아.
연희　괜찮아. 이건 아픈 거야.
주원　다 끝났어. 모든 게 다….
연희　네가 아파서 그래. 고칠 수 있어. 엄마가 고쳐줄게.

비바람도 서서히 약해진다.
테라스 너머로 아침이 밝아 온다.
많이 약해진 빗줄기가 내리고 있다.

6.

구름이 덮인 하늘, 가는 비가 쉬지 않고 내린다.
비어 있는 거실. TV소리만 들린다.

TV　태풍이 동해상으로 빠져 나가고 있습니다만, 완전히 태풍의 영
　　　향권에서 벗어나지는 못했습니다. 이번 주말까지 전국적으로
　　　비 소식 있겠습니다. 비가 그치는 주말 이후는 가을하늘의 청
　　　명함을 만끽하실 수 있을 거 같습니다.

경구의 목소리가 밖에서 들린다.

경구   (소리만) 저희는 마당까지 흙이 쏟아졌어요. 나무도 부러지고…
이거 다 치우려면 한참 걸리겠습니다. 그러게요, 이만하길 다
행입니다. 마을회관서요. 가야죠. 네, 살펴 가세요.

경구, 집안으로 들어온다.
경구, TV를 끈다.
연희, 외투를 걸치며 방에서 나온다.

연희   언제 왔어요? 어머닌요? 지금 가려던 길인데….

그들 사이엔 바람소리도 들리지 않는다.

경구   잘 잤어? 배고파.
연희   아직 안했어요? 금방이면 되요.

연희, 주방으로 들어간다.
경구, 외투를 벗고 소매를 걷어 올리고 테라스로 가 무너진 나무를 살피기도
하고, 다시 들어와 연장통을 찾아들고 테라스로 나간다.
연희, 작은 상에 차려진 식사를 들고 주방에서 나온다.

연희   다 됐어요.

경구, 반응이 없자 연희, 테라스로 가 문을 열고….

연희   비라도 그치면 하지.

경구　….

연희　어서 들어와요.

연희, 아들의 방으로 간다.

연희　(노크를 하며) 밥 먹자.

방에선 아무런 기척도 없다.
연희, 문을 열려고 하지만 잠겨 있다.

연희　아들! 아들! 밥 먹자. 주원아!…. 방에만 있지 말고 나와서 아버지 좀 도와.

방안은 여전히 반응이 없다.

연희　전구가 나가서 주방이 어둑해요. 여기서 드세요.

경구, 부서진 물받이를 들고 들어온다.

연희　고쳤어요? 태풍이 오기 전에 고치라니까… 못 쓰게 됐네.
경구　사와야겠어.
연희　수제비 끓였어요. 당신 좋아하는 호박, 감자 듬성듬성 썰어 넣고. 조갯살이랑 새우 넣고….

경구, 상 앞에 앉는다.

연희　어머닌 괜찮아요? 그러니까 당신이 왔겠지만…. 먹어요. 속 뜨

듯하라고 먹는 게 수제빈데 식으면 뭔 맛이에요.

경구 차단기도 손 봐야겠어.

연희, 수저를 들어 경구에게 쥐어준다.

경구 마당에 흙을 씻어 내려면 긴 호스가 필요하겠어. 물살이 대단
했나봐. 큰 돌도 마당까지 떠내려 왔더라구. 집을 덮쳤다면 위
험할 뻔 했어. 쓰러진 나무도 세워야겠고….

연희 햇빛에 비라도 마르거든… 아직 비 오는데 마당 씻어 봐야, 사
람 오가며 흙 옮기게 되어있어요.

경구 기다릴 거 뭐 있어. 어차피 할 거. 끝내야 사람이 살 거 아니야.
저러고 어떻게 살아.

연희 어둑어둑 흐린 날씨에 차단기 만졌다 사고 나면… 해날 때까지
기다렸다가….

경구 못 기다려.

연희 ….

경구 오는 길에 옆집 사람을 만났는데 마을회관에 모이래. 장비를
나눠 쓸 순서를 정한다고….

연희 다른 말은…?

경구 그 사람들 어젯밤에 집에 있었는데. 나도 도망가지 말 걸 그랬어.

연희 사람 불러서….

경구 안돼. 혼자 할 거야. 나 혼자서 제자리로 돌려놓을 거야. 태풍
의 흔적 따위 깨끗하게 치울 거야.

연희 ….

말없이 수제비를 먹는 연희와 경구.

정적을 깨고 현관벨이 울린다.

연희　누구세요?

연희, 현관으로 나간다.
경구, 모든 동작을 멈추고 바깥 소리에 귀를 기울인다.

연희　(소리만) 괜찮아요. 저희끼리 할게요.

경구, 현관으로 나간다.

연희　(소리만) 마을 분들이 우리 집 복구하는 걸 도와주신다고….
경구　(소리만) 고맙습니다. 어쩌나 했는데… 네 그러십시오. 네….

연희, 경구, 들어온다.

경구　아무 일 없었다는 듯, 그게 그렇게 힘들어?
연희　당신이 혼자 하겠다고….
경구　도와준다는 데 거절해봐, 사람들이 뭐라 하겠어? 그렇게 살고
　　　도 아직도 몰라. 예의가 있어야지. 예의가….
연희　….
경구　마당에 빨래줄 치는 건, 비 그치면 해 줄게. 망치 어디 뒀더라.
　　　나무부터 세워야겠다. 일 끝내고 먹을 테니까, 당신부터 먹어.
연희　우리 얘기 좀 해.
경구　지금은 말할 때가 아니라 일을 할 때야.
연희　이러지 마.
경구　우리에겐 아무 일도 없었어. 태풍이 지나갔을 뿐이야.
연희　다른 부부들처럼 싸우자. 그게 자연스러워.

경구, 다시 들어온다.

경구 　당신이 힘들어? 뭐가 힘들어? 마당에 나가봐. 난 저걸 다 치워
　　　야 돼.

연희 　추웠어. 당신도 알잖아? 날씨가 어땠는지….

경구 　….

연희 　너무 지쳤고… 슬픔 때문에 몸을 가눌 수가 없었어.

경구 　또 당신 잘못이 아니라고 말하고 싶은 거지. 나는 안간힘을 쓰
　　　며 버티고, 이를 악물고 버티는데… 당신은 흠집 하나 안 나고
　　　도망칠 생각만 해.

연희 　제발….

경구 　그렇게 깨고 싶어?

연희 　….

경구 　나도 때때로 일상이 지겹고 버리고 싶어. 거창한 삶을 갈망하
　　　느라 내 삶의 대부분을 채우는 일상을 사랑하지 못해. 이렇게
　　　지키기 힘든 건데… 이 책 중 어느 것도 내게 그걸 가르쳐주지
　　　않더군… 이런 빌어먹을….

경구, 소파에 앉는다. 어깨가 들썩인다.
연희, 경구의 등을 쓸어 준다.

경구 　다리가 복구 됐으니 내일 아침이면 출근을 해야겠지. 한 시간
　　　가량 고속도로를 달려서… 10시쯤 회의실로 배달된 커피와 빵
　　　으로 빈속을 채우고… 일하고… 밥 먹고… 뒤꿈치가 갈라지고
　　　굳은살이 박히도록 버티고 서서 일하고… 일하고… 저녁이 되
　　　면 집으로 돌아와 늦은 저녁을 먹고… 내가 그 대가로 누린 게
　　　뭐지?

전화벨 소리.

연희   나도 그래. 두 다리, 두 팔 쉴 새 없이 일해.

경구   익숙한 것들이 싫어지는 건, 휴식이 필요하다는 거야. 쉬자,
우리.

전화벨 소리.

연희   날 여기로 데려온 건 당신이잖아.

경구   전화 받어.

경구, 방으로 들어간다.
연희, 전화를 받는다.

연희   엄마!··· 아니야. 말해요··· 잘 지내죠? 나도 괜찮아요··· 아니···
연리요? 갔어요. 어제 아침에··· 엄마··· 연리가··· 알고 있었어
요? 그랬구나. 나만 몰랐구나···. 미안할 거 없어. 엄마 그러지
마. 그러지 마요. 내가 미안해요. 연리 전화 오면 어딨는지 어
딘지 물어봐 줘요. 기타를 두고 갔어요.

경구, 외투에 여행 가방을 꾸려 나온다.

연희   엄마··· 내가 전화할게요··· 어··· 아니요··· 내가 전화할게요···
꼭 할게요··· (전화를 끊고) 어디 가요?

경구   걸으려고···.

연희   그러지 말아요.

경구   바람이 쐬고 싶어서 그래.

연희   집안 공기가 답답해서 그래. 환기를 시키면 좋아질 거야.

연희, 테라스 문을 연다.

경구   무슨 책을 가져갈까….

경구, 책장에서 『그리스인 조르바』를 꺼내 첫 장을 읽는다.

경구   [나는 피라에우스에서 조르바를 처음 만났다.] 이 구절을 읽을
때마다 가슴이 떨려. 나도 피라에우스에서 조르바를 만날 테니
까. 당신 이 책 읽어 봤어? 풍경묘사가 추상적이지 않고 영상
을 옮겨 놓은 듯 직접적이야. 이야기 중심에 사건은 없어. 단지
생각하는 인간이 있지. 이 책에는 자유를 꿈꾸기만 하는 사람
과 자유롭게 사는 사람이 있어. 당신은 어느 쪽이야? 주인공
조르바는 교육을 거부했어. 하지만 누구보다도 아는 게 많아.
자연에서 배웠거든. 그래서 생각이 길들여지지 않았어. 그는
본능만으로 행동하고 생각해. 그의 생각은 행동으로 이어지지.
내가 가지지 못한 거야. 난 이 책에 나오는 알렉시스를 닮았어.
생각이 생각으로만 머무는… 지식은 행동을 위한 것이 되어야
하는데 행동을 정지시키는 것으로 되고 말지. 모든 만물은 나
름대로의 의미를 갖고 있지만 사람들은 자기의 논리로 사물을
인식해. 그러면서 다른 사람에게도 강요하지. 물론 알렉시스는
이 단계에서 갈등하고 있어. 어느 누구도 누구의 삶에 대해 좋
다 나쁘다 말할 수 없으니까.

연희, 경구의 말을 듣고 있다.

경구 당신이 내 말을 듣고 있다니. 이렇게 재미없는 말을… 내가 떠나려고 하니까 이제야 내 말에 귀를 기울여 주는 거야? 이런 말이 얼마나 하고 싶었는데… 태풍이 오기 전에 그래주지 그랬어?

연희 당신도 내 얘기 안 들어쉈잖아.

경구 이 책은 당신이 읽는 게 좋겠어. 나는 다른 책을 가져갈게. (책을 고르며) 조르바는 책에만 있는 줄 알았거든. 세상엔 없는 줄 알았어. 그런데 있을 수도 있겠어. 내가 조르바일지 모르잖아. 아버지로 사느라 잊고 산 거지. 얼마나 위대한 발견이야. 난 이래서 책이 좋아. (책을 꺼낸다 – 연기할 배우가 개인적으로 좋아하는 책이어도 좋을 것 같다) 난 이걸 가져갈게.

경구, 책을 가방에 넣으며….

경구 돈은 아껴 쓰는 게 좋을 거야. 나는 더 이상 일을 안 할 거거든….

연희 어머니는…? 당신 찾을 거야.

경구, 더는 참지 못하고 몸부림치듯….

경구 나도 좀 살자! 나도 좀….

정적.

경구 걷다가 더는 걸을 길이 없으면 그땐 돌아올지도….

연희 혼자 두지 마. 나 지금 너무 무서워. 어제 무슨 일이 있었는지 당신이 안다면… 옆에 있어줘. 제발….

경구, 가방을 들고 나간다.

연희 주원아! 주원아!

연희, 아들의 방문을 두드리며….

연희 주원아! 문 좀 열어봐. 아버지 좀 잡아 줘. 주원아!

주원의 방문이 열린다.
주원의 온몸에 물감으로 그림이 그려져 있다.

연희 ….
주원 ….
연희 네 아버지가 갔다.

말 없이 서 있는 주원과 연희.
서서히 먹구름이 걷히고 해가 뜬다.

7.

하늘은 너무도 맑지만 비는 멈추지 않았다.
벽난로에 기대고 앉아 있는 주원.
연희, 테라스에서 들어오며….

연희 밖에 좀 나와 봐. 하늘이 너무 깨끗해. 이 비마저 그치면 금방 가을 올 테지… 긴 팔 옷도 꺼내 놔야겠다. 아침이 늦어서, 점심 먹기엔 이르지? 책 읽어줄까? 제목이 '그리스인 조르바'야. 책이 이렇게 시작해. [나는 피라에우스에서 조르바를 처음 만났다. 크레타 섬으로 가는 배를 타려고 항구에 나가 있을 때였다. 날이 밝기 직전인데 밖에서는 비가 내리고 있었다. 세찬 시로코우 바람이 유리문을 닫았는데도 파도의 포말을 조그만 카페 가득히 날리고 있었다.] 다음 부분은 책을 좀 봐야 돼. 여기 밖에 못 외웠어. 다섯 번째데… 공부 머리는 아니었나 봐. (책을 펼치며) 책이 재밌어. 이렇게 재미난 걸 그렇게 재미없게 설명하는 사람은 네 아빠 밖에 없을 거야. 네 아버지가 돌아와야 나무를 세울 텐데… 그건 남겨 둘 거야. 집에 돌아 왔을 때, 할 일이 있어야지. 남자들은 그러길 원한단다. 어깨를 으쓱이며 우쭐 거리는 걸 좋아하지. (책을 책장에 꽂으며) 의도했든, 의도하지 않았든 우린 타인의 삶에 어떤 형태로든 영향을 주고 영향을 받는 거 같아. 자연이 인간에게… 인간이 자연에게… 사람이 사람에게… 책이 사람에게… 시간이 사람에게… 너도 느끼니? 집이 말을 하면 울려. 집에 바람이 가득 찬 모양이야. 전에 집은 안 그랬는데 이 집은 여름 끝자락에도 보일러를 틀어야 돼.

주원은 반응이 없다.
전화벨이 울린다.

연희　(전화를 받는다) 여보세요! 네, 네. 그런데요. 네? 그랬군요. 네. (전화기를 내려놓는다) 우리 어디까지 얘기했지? 단풍이 제대로 색을 먹으면 산을 가자했나? 비가 그치면 빨래를 할 거야. 내가 말했던가? 안 했던가?

연희, 말을 찾지 못하자 몸도 움직이질 못한다.

잠시, 그러고 있다가 다시 말을 시작하면 별 할 일 없이 분주히 움직이며 말을 한다.

연희 예전엔 친구들 사는 얘기 들으면서 겁없이 동정했는데⋯ 다들 어쩌고 사는지. 전화라도 해볼까 하다가도 잘 사냐고 물으면 뭐라고 해야 될지⋯ 그러다 주책없이 목이라도 메이면⋯ 무슨 큰일이라도 난 줄 알 테고⋯ 나이 드니까 이유 없이 눈물만 많아져. 젓가락질을 하다가도 잘 흘리고⋯ 침도 세고⋯ 할머니도 그랬을까? 사진은 찾으셨나? 잠만 너무 자면 기운 빠진다고 말했는데⋯ 다시 찾은 꽃무늬 원피스 입고, 놀러가자고⋯ 사진도 찍고, 맛있는 것도 먹고⋯.

연희, 울컥 하더니 흐느낀다.

연희 병원에서 전화가 왔어. 할머니가 고비를 못 넘기셨다는구나. 나라도 옆에 있을 때 인사라도 하고 가시지⋯ 어쩌지? 난 혼자서 슬퍼할 준비가 안 됐는데⋯ 무서워, 주원아.

주원은 연희의 눈물에도 여전히 반응이 없다.

연희 넌 왜 안 울어? 할머니가 죽었다잖아. 울어. 울어. 엄마를 비난하려거든 대들고 싸워. 스무 살이 넘었으면 너도 어른이야. 어른은 이렇게 안 해. 정상적인 어른이 되란 건데 그게 뭐 그리 어려운 일이라고? 무슨 말이든 해. 무슨 말이든⋯. 주원아! 엄마 좀 도와줘. 마당도 치우고, 부서진 물받이도 고치고⋯ 그러면 아버지도 돌아오실 거고⋯ 우리도 돌아가겠지. 돌아가게 도와줘.

주원   ….

연희, 주원을 말없이 끌어안는다.

연희   그래, 천천히… 먼저 비가 그치길 기다리자.
(사이)
슬프다.
(사이)
바람이 조금만 크게 불어도 무심히 보내지 못하는 사람이….
(사이)
바람이 조금만 크게 불어도 도망쳐야 하는 사람이… 내가….

소슬 바람이 그녀의 얼굴을 스치고 지나간다.

연희   (아들을 어루만지며) 상복을 준비해야겠다.

일상과 각자의 방식으로 이별을 하고 집을 떠난 사람들이 하나, 둘 돌아와 춤을 춘다.
작렬하는 태양 아래 시원하게 부는 바람을 맞으며 춤을 추는 사람들.
그 축제에서 막이 내린다.

녹색 태양

· 등장인물

A	31세. 털모자 쓴 여자.
B	42세. 남자. 공무원.
C	56세. 남자. 교수.
D	45세. C의 아내. 교수.
E	14세. C와 D의 딸.
F	37세. 남자. 배우.
G	25세. A의 남자 친구.
H	37세. 남자. F의 애인.
I	28세. 연애중인 여자.
J	29세. I와 7년간 연애중인 남자.
K	52세. 34년 만에 친구를 만나는 여자.
L	34년 만에 만난 K의 동창생.
M	32세. 맞선 남.
N	25세. 맞선 여.
O	17세. 여고생.
P	17세. 남고생.
Q	17세. O, P의 친구지만 학교는 다니지 않는다.
R	22세. 군인.
S	40세. 양복을 입은 남자.
T	35세. 여자. S의 후배. B의 애인
U	31세. 그림 그리는 남자.
V	37세. 가정주부. (아이와 함께 외출)
W	63세. 유서 쓰는 남자.
X	29세. 여자. 해고 된 커피 전문점 종업원.
Y	43세. 여자. 커피 전문점 주인.
Z	20세. 새로 온 아르바이트 생.

· 무대

상상의 공간이며, 비현실의 공간이고, 무의식의 세계와 꿈의 세계를 표현하되 무대는 현재이며 실존이다. 피카소나 혹은 달리의 작품을 여행하듯….
아까시나무가 진한 향내를 품어 내며 만개해 있다.
5월의 달콤한 공기와 좋은 햇살이 평화롭다.
커피전문점 입구를 뒤 배경으로 두고 무대는 하얀색 나지막한 담장이 둘러쳐져 있는 노천카페다. 테이블은 1부터 8까지 있다. 1,2번 테이블이 중앙에 위치하고 앞쪽으로 3,4,5번 테이블이 뒷줄에는 6,7,8번 테이블이 있다.
cafe 앞으로는 도로가 있고 길 건너에는 극장이 있다.
극이 진행되는 사이에도 cafe 앞으로 지나다니는 행인들의 다양한 모습이 연출되었으면 좋겠다. 단, 극 진행에 필요한 경우는 그 역할을 다해야 한다.
칸소네 〈fantasia-1 pooh〉가 흐른다.

극은 오고 가는 사람들의 모습들과 함께 시작된다.

Y와 Z가 안에서 나오며….

Y   블랙잭?

Z   (수첩을 훔쳐보며) 얼음을 반쯤 채우고 식혀놓은 블랙커피를 부은 다음, 콜라를 채워서 거품이 많이 생기도록 해서 위스키를 넣고 섞는다.

Y   내가 젤로 좋아하는 커피야.

Z   전 헤즐럿이 좋던데… 향도 좋구. 향 좋으면 맛도 있는 거 같잖아요.

Y   흔하잖아. 흔한 건 평범해 보여. 과테말라 안티쿠아 마셔봤니? 스모크 커피라는 건데, 타는 향을 지녔지. 토양 대부분이 화산재라.

     Z, 수첩을 꺼내 적으려 한다.

Y   학교 공부 아니야. 마셔보면서 몸으로 익혀. 몸이 기억하는 건 잊혀지지 않거든.

Z   간혹 깜빡할 때 꺼내 보면 좋아요.

Y   상냥한 건 좋지만 지나치면 가식으로 보인다.

Z   걱정 마세요. 저 눈치 있어서 사람들 싫어하는 거 안 해요.

Y   네, 한 마디면 간단할 걸 말 참 길다.

Z   제가요, 어릴 때부터 호기심이 남달랐거든요. 저랑 있으시면 심심치 않으실….

Y   길 건너에 극장이 있기는 하지만 손님이 넘칠 정도는 아니야. 주말도 아니고… 주말이라고 별다를 것도 없지만… 예술 영화 보러 오는 사람은 많지 않거든….

Z   영화배우도 오겠네요?

Y   햇살 참 곱다. 공기도 달콤한 게 봄이 깊었다. (Z에게 동의를 구하듯

본다)

Z   봄날 햇볕은 즐기는 게 아니라던데… 살갗 깊숙이 파고들어서 숨어있는 물기까지 쪽쪽 빨아 들인데요. 피부의 건조정도를 보면 햇빛에 노출된 시간을 알 수 있다잖아요. 나이 들수록 햇빛이랑 친하면 안 되는데….

Y   말 길게 하는 거, 듣는 것도 하는 것도 힘들고 지치는 일이야.

Z   말이요? 설마요.

Y   너 뽑은 거 후회되기 시작했다.

Z   그러지 마세요. 조용히 해요. 할게요.

Y, 안으로 들어간다.

Z   건조하다. 건조해. 바스러지겠다.

계절과 어울리지 않는 털모자를 쓴 A, 테이블1에 앉는다.

Z   어서 오세요. 주문하시겠어요?

A   (메뉴를 살피며) 진한 게 좋겠는데….

Z   향이 강한 거 좋아하시면….

A   향은 없는 걸로….

Z   향 없이 강한 맛으로는 에스프레소가 있는데 어떠세요?

A   주세요.

Z   (가려다) 영화 배우세요?

A   ….

Z   모자가 특별해 보여요. 극장 앞이라 배우도 가끔 온다고 들었거든요.

A   (담배를 꺼내 피우며) 시계 찾어요?

Z   (보며) 10시 조금 지났습니다.

말쑥하게 양복을 입은 남자 S가 들어와 A와 떨어진 좌석 5에 앉는다.

S   (핸드폰을 건다) 나야. 어. 카페골목에… 녹색태양. 아니. 아까시나무 있는… 괜찮아. 시간 많아, 나.

O, P, Q, 들어와 3번에 앉는다.

P   뭐할래?
Q   시원한 거 마시자.
O   난 아이스티.
Q   나도.

Z, 나와서 A에게 커피를 주고 S에게로 간다.

Z   어서 오세요. 주문하시겠어요?
S   일행 올 건데….
Z   네. 그러세요.

Z, O, P, Q에게 간다.

Z   어서 오세요. 뭘로 드릴까요?
P   아이스티 두 잔이랑 키위주스 주세요.
Z   네.

Z, 안으로 들어간다.

A는 화장을 하고, S는 책을 읽는다.

P   집엔 안 들어갈 거야?

Q   못 들어가는 거야. 들어오지 말라잖아.

K와 L, 들어온다.

O   노력이라도 해보지.

P   죽을 만큼 맞는 거? 죽겠다고 약 먹는 거?

O   설득하고 이해시키고… 애원이라도 해봤어?

P   안해서가 아니라, 못해서가 아니라… 벽은 들리지 않아. 보이지 않고, 눈물 따위에 젖지도 않아. 망치 들고 부수자니 힘이 작고, 그러니 그냥 두는 거야.

L, 4번 쪽으로 가자

K   여기 앉자.

K와 L, 7번에 앉는다.

K   오랜만이다. 길에서 마주쳤으면 못 알아보겠다.

L   세월이 얼만데… 삼십… 아니다. 삼십사 년 정도 되겠다. 잠깐 뭐 좀 했다 싶은데 벌써 삼십사 년이다.

K   자식은?

L   셋. 둘은 제 짝 찾았고 하나 남았다. 너는?

K   둘인데… 막내가 고등학생이야.

L   너무 오랜만이다. 반갑다.

K   바깥 분은…?

     Z, O, P, Q에게 차를 주고 K이와 L에게 가서 주문을 받는다.

L   뭐 마실래?

K   글쎄….

L   비싼 거 마셔. 내가 살게.

K   내가 사야지. 나는 시원한 걸로….

L   그러면 여기 샤워커피 돼요?

Z   네.

L   그걸로 줘요.

Z   두 잔이요?

K   그게 뭐야?

L   마셔봐. 어떻게 살았나, 얘기 좀 해봐라.

     Z, 가려는데 T, 들어온다.

K   잘 살지 뭐… 너는…?

L   너 소식 궁금해서 만나는 애들마다 다 물었다.

     서로 손 인사를 하는 S와 T.

Z   어서 오세요.

     T, S에게로 가서 앉는다.

S   아가씨, 여기도 차 주세요. 뭐할래?

T   바뀌었네.

Z   네. 자주 오시나 봐요?

S   마시던 걸로 할까? 스모크 두 잔 주세요.

Z   네.

Z, 안으로 들어간다.

T   이 시간에 일 안하고 나와도 돼?

S   그만뒀어.

T   선배 짤렸어?

S   그만뒀다는 뜻 모르니?

U, 들어와 4번에 앉는다.

O   뭣 하러 까발리냐? 적당히 살지.

Q   어른은 관대할 줄 알았지. 너는 설교에 속지마라.

O   솔직하면 너만 다친댔잖아.

Q   법이 인정한다잖아. 법과 현실의 거리를 잘못 잰 거지.

O   성급했어.

P   성적 나와 주고, 애들이랑 적당히 거리 두고, 그래야 반에서 문제 생겨도 엮이지 않거든. 선생님한테 네, 네만 잘해주면 모범생 타이틀 주잖아. 그것만 받으면 그 다음부터는 프리해지는 거지. (O를 가리키며) 전형적인 모범 사례잖아.

O   수학과 거짓말을 배우기에 학교만한 곳이 없지.

Q   (O에게) 수시에 합격했다며?

O   덕분에 엄친딸 등극했다.

I와 J, 들어와 6번에 앉는다.

I 웬일이야. 여기 손님 많은 적 없었는데… 다른 데 갈래?

J 익숙하잖아.

I 길들여진 거야. 손님 많으면 오래 앉아 있기 눈치 보이잖아.

J 그냥 마시자.

I 금방 일어나기에는 이 집 커피 값 비싸단 말이야.

J 안에는 아무도 없어.

Z, K와 L에게 차를 준다.

L 마셔봐. 알코올이 살짝 들어 있거든. 기분을 적당히 풀어줘.

K 아침부터 술 마시긴 그렇잖아.

L 커피야.

Z, S와 T에게 차를 내 주고 I와 J에게 주문을 받는다.

Z 주문하시겠어요?

I 가자.

J 브랜드 커피주세요.

Z 두 분 다 같은 걸로요. 네. (돌아서 간다)

J 기본 커피는 값 똑같아. (노트북을 꺼내며) 낯설면 작업이 안 돼. 공간
   이 주는 친숙함이라는 게 있잖아.

Z, U에게로 간다.

U 키 큰 여자분 안보이네요? 그 아가씬 아는데 내가 마시는 거….

Z   그만 두셨어요.

U   항상 탄자니아 마시거든요. 기억하고 그걸로 줘요.

Z   그럴게요.

    Z, 들어간다.

S   일하다 죽으려고 태어난 거 아니야. 이제부터 그걸 알아 볼 거야. 태어난 이유에 대해서….

T   부럽다.

S   애들은 벌써 알더라. 일하는 거보다 노는 게 재밌다는 걸. 행복하게 사는 방법을 알고 있더라고… 나만 몰랐어.

T   선배가 순수했지. 예전부터….

S   똑똑해진 거야.

    Z, 나와서 I와 J에게 차를 주고 들어간다.

K   오랜만에 카페 오니까 너무 좋다.

L   자주 만나자. 늙어 갈수록 필요한 게 친구더라.

K   영화가 몇 시더라?

L   (표를 보며) 12시 10분이네. 점심은 영화 보고 먹자. 먹고 보기엔 애매하네.

    U, 공책과 연필을 꺼내 스케치를 한다.

J   (모니터를 보며) 읽을 만한 기사가 없어.

I   시나리오는 잘 돼가?

J   잘 돼야지. 이리와 봐. 이거 너무 웃긴다.

I, J옆으로 가서 앉는다.

I   진짜. 얘네 사귄데… 웬일이야. 너무 아니다.

B, 들어와 2번 탁자에 앉는다. 양복을 입었는데 맨발이다. 넥타이도 매지 않았다.

S   노동의 목적이 뭐냐? 가난을 벗어나기 위해서? 아니다. 일해도 가
     난한 사람은 가난하다. 왜 일을 하냐? 생각해 볼 일이지만 아리스
     토텔레스는 여가를 얻기 위해 일한다고 했다.

T   지금 입기엔 감이 두꺼워 보인다. 겉옷 단추라도 풀든지….

S   이상해보여?

T   신선해.

S   자유로워진다는 거 약간의 용기만 있으면 돼. 어렵지 않아.

Z, U에게 차를 가져다준다.

O   (선물을 내밀며) 생일 축하해.

Q   갖고 싶었던 건데… 고맙다.

P   가고 싶은 데 없냐? 하고 싶은 건 말만 해라. 네가 원하는 건 뭐든
     해준다.

Q   (P를 안으며 볼에 입을 맞춰준다) 최고다. 고맙다.

O   나는?

Q   너도 뽀뽀해줘?

Q, O의 손에다 입을 맞춰 준다.

I   쟤네 영화 찍는다.

J 당당하고 좋잖아. 감정 숨기지 않고 표현하고 싶은 대로….

I 자기는?

J 우린 으슥한 데서 해야지. 몸이 배운 대로 살자.

　　I, 은밀한 곳을 슬쩍 만지는 J의 손길에 움찔하며 자지러지게 웃는다.

　　Z, B에게로 간다.

Z 뭘로 드릴까요?

B 시원한 물부터 한 잔 주세요.

Z 네.

　　Z, 들어간다.

　　B, 핸드폰을 건다.

　　L, 핸드폰을 받는다.

L 예, 여보. 여보라고 입력이 되어있네. 친구 만난다고 했잖아요. 34
　　년만에 만난다는 동창… 너무 좋지. 어… 아니… 길어질 게 뭐 있
　　어.

　　T, 전화를 받는다.

B 나야. 녹색태양으로 와.

T 어딘데?

B 여기?

T 아니.

B 나? 왔어. 조금 전에….

T, 둘러보다 B와 눈이 마주치자 시선을 돌린다.

B   누구야?

T   응. 알았어. (표정이 환해진다)

B와 T, 전화를 끊는다.

S   일하지 않고 사는 삶을 꿈꾼 적 있지? 상당수 사람들이 꿈꾸는 인생. 사는 걸 즐겨 본 적이 없다. (손을 펴 햇살에 비춰보며) 아름답지? 내 손. 아름다운 줄 모르고 죽는다고 생각해 봐.

T   뭘 하고 싶은데?

S   잘 놀 거다. 한 번뿐인 인생 제대로 즐길 거다.

T   멋지다.

B, T를 볼 수 있는 자리로 옮긴다.

S   행복하다. 정말 오랜만에 느끼는 거다.

T   (B를 곁눈질하며 미소를 머금고) 그 기분 알 거 같아.

X, 들어온다. U를 알아보고 인사를 나눈다.

U   그만 뒀다면서요?

X   쉬고 싶어서요. 맛있게 드시고 가세요.

X, 8번에 앉는다.

Z, B에게 물을 가져다준다.

Y, 나온다.

Y 웬일이야?

X 차 마시러요.

Y 통장 확인했어? 일한 거 계산해서 넣었는데….

X 제 계산보다 5만원이 더 들어 왔던데….

Y 그동안 애썼다는 내 마음이야.

X 사장님은 쉴 때 뭐하세요?

Y 뭐… 이것 저것….

X 아무도 가르쳐 준 적이 없어서. 쉴 때 뭘 해야 하는지.

Y 자신한테 휴식을 선물했다 생각하는 건 어떨까….

X 한동안 게으르게 지내려고요.

Y 잘 생각했어.

X 손님이 많네요.

Y 그러게… 날이 좋잖아. 뭐 마실래? 내가 서비스할게.

X 손님으로 온 거니까 그러지 마세요.

Y 괜찮아. 뭐 좋아 하더라. 프렌치 로스트 어때?

X 블랙잭으로 주세요.

Y 그래.

　　　Y, 들어간다.

　　　Z, 들어가려는데….

U 아가씨!

　　　Z, U에게로 간다.

Z 필요한 거 있으세요?

U, 스케치한 종이를 내민다.

Z   어머. 저예요?

U   그리기에 참 좋은 대상이에요. 표정에 거짓이 없는 게….

Z   탄자니아… 맛이 그려져요. 굳이 먹어보지 않아도 상상만으로도
     충분히 좋아질 거 같아요. 꼭 기억할게요.

U   야생적이죠. 아가씨랑 잘 어울릴 겁니다.

     Z, 그림을 받고 환하게 웃는다.
     순간 모두 웃는 표정에서 정지한다.
     거리를 지나던 사람들도 모두 정지한다.
     목이 잘려나간 광대가 거리의 사람들 사이로 지나간다.
     광대가 등장하면서 무대는 초현실의 시간이 된다.

A   시대는 광대를 잃은 채 웃어대고 있다.
     그저 웃을 뿐이다.
     말이 죽었다.
     말하는 광대가 죽은 탓이다.
     광대가 없어 지루하다.
     나는 광대를 잃은 채 오늘도 산다.
     살아가고 있다.

     광대, 무대에서 나가면 무대 현재의 시간이 된다.
     G, 들어와 A에게로 가 앉는다.

Z   어서 오세요.

G, 의자에 앉으며….

G 많이 기다렸어?
A 그러라고 늦게 온 거잖아.

Z, 1번으로 온다.

Z 차 드릴까요?
A 뭐할래?
G 아무거나.
A 같은 거 할래?
G 뭔데?
Z 에스프레소 하셨습니다.
G 달콤한 게 좋은데… 비엔나 주세요.
Z 네.

Z, 들어간다.

A 화장 마음에 들어? 너 위해서 한 거야. 점점 시간이 많이 걸린다.
   화장품도 많이 들어. 화려해지기가 예전 같지 않아.
G 담배 있어?
A (담배를 건넨다)
G (담배를 물며) 다음부턴 위하지마.

G, 재떨이가 없다고 생각하는 순간, X, 자신의 테이블에 놓여 있는 재떨이를 G에
게 가져다준다.

X   필요하실 거 같아서요.

G   고맙습니다.

     X, 테이블로 돌아가 앉는다.

S   난 어제도 일을 했지만 오늘 봐, 내게 남은 게 뭔가?

T   (시선은 B에게 가 있다) 잘 노는 것도 철학이 있어야 돼.

S   내 말이… 보이지 않는 내일을 위해 일만 하면서 오늘, 오늘을 사
     는 건 멍청한 짓이야. 죽어라고 일만 하는 사람들 정신적으로 문제
     있다.

T   선배가 바라는 게 뭔데?

S   돈이 있으면 행복하다고 생각하지? 성공하면 행복해질 줄 알지만
     그러니? 이젠 구분해야 돼. 진정한 행복이 뭐냐는 거지.

     Z, X에게 차를 가져다준다.

Z   사장님이랑 취향이 같으시네요.

X   수다스러운 거 싫어하는데….

     Z, G에게 차를 가져다준다.

L   잘 살지?

K   잘 살지. 잘 살지?

L   애들이 공부를 잘했어. 변호사, 의사, 막내는 신문사에 다니고…
     막내만 짝 찾으면 홀가분하게 여행 다니면서 살아야지.

K   여행 다니기 마음처럼 쉽지 않지? 나도 그렇더라. 사는 게….

L   저번 달에는 일본에 가서 골프 치고 왔는데 국내서 치는 거랑 돈

차이가 얼마 안나… 너는 애가 너무 늦었다.

K 결혼이 늦었어.

L 필드 나가니?

K 난 등산이 좋던데….

L 애, 우리 나이는 무릎에 무리 주면 안 돼. 집은 어디야? 몇 평 살아?

K 내 번호는 어떻게 안 거야?

B, 핸드폰을 건다.

S 노동은 인간을 노예로 만들어.

T 인정. 선배의 선택에 박수를 보내. (핸드폰을 받는다) 네.

B (2번 테이블에서) 빨리 끝내. (핸드폰을 끊는다)

T 네. 알겠습니다. 지금 들어가겠습니다. (핸드폰을 끊고는) 그만 들어가야겠어.

S 돈은? 늙어서는? 아내가 묻더라. 너는 다른 말 할 줄 알았어. 오래 전부터 알고 있었어. 확신을 한 건 저번 날… 왜 우리 술 한잔 했었잖아. 네 생일날… 덕분에 용기 낼 수 있었어.

T 지금 가봐야 돼.

S 같이 가자. 한 번뿐인 인생 아름답게 살자. 사랑도 사랑답게 하고… 그러고 싶댔지?

T 다음에 얘기하자.

S 너 누구야? 다른 사람처럼 말하고 있잖아. 네가 말한 열정은… 봄 날의 연희는… 청춘은…? 그러고 싶지 않다며, 이건 사는 게 아니라며?

T 10원 가졌을 때와 100원 가졌을 때 사람 마음이 어떻게 같아?

S 아니… 아니… 내 말은 너도 너무 일만 하지 말고 인생을 즐기라

고. 나처럼 돈이나 벌자고 청춘을 버리지 말라고. 중요한 건… 지금, 여기, 내가 있는 거라고… 가자… 같이 나가자….

T   ….
S   너 먼저 갈래?
T   선배부터 가.
S   그래.
T   잘 가.
S   어.

S, 계산을 하러 Z에게 간다.

I   일 그만뒀어.
J   돈은? 모아둔 거 있어?

S, 계산을 하려다 다시 T에게로 온다.

S   모자르네. 4천원만 빌려줘.
T   내가 낼게.
S   아니야. 4천원이 모자라서 그래.
T   (만 원권을 준다)
S   4천 원만 있으면 되는데….
T   됐어. 나중에 줘.
S   그래. 나중에 보자.
T   조금만 놀아.

S, Z에게 돈을 내고 거스름 돈을 받길 어색하게 기다리다 T와 웃음을 주고받고는 돈을 받아 나간다.

J 뭐 먹고 살게? 애들 가르치는 거 힘들어서 그래? 그렇겠다. 날은 더워지는데 집집마다 다니려면… 알아. 아는데 조금만 기다려. 이번 시나리오만 잘되면 그때 그만둬. 지금은 아니야.

I 결혼해.

T, Z의 모습이 보이지 않자 B에게로 간다.

B 좋아하나봐.

T 자기가 생일날 바람맞혀서 그래. 이상하게 엮일 뻔 했잖아.

B 위에서 호출이 있었어.

T 와이프겠지.

B 신문 봐봐. 나라가 시끄럽잖아.

T 높으신 분이 나라일 안 보시고 웬일이세요? 이 시간에….

B 할 말 있어.

T 사과하러 왔어? 그렇구나. (B의 볼에다 입을 맞추려다 발을 보면 맨발이다) 맨발이네…?

B 버렸어. 오는 길에… 뭐가 묻었길래….

T 여기서 기다려. 가서 사 올게. (나가면서 핸드폰을 건다) 저 거래처 들렀다가 들어갈게요. 거래처에서 퇴근할지도 몰라요.

T, 나간다.

J 이 좋은 관계를 왜 망치려고 하니? 결혼하면 이 일 못해. 영화는 내 꿈이고 존재야. 알잖아?

I 자기랑 한다는 말 안했어.

J 선 보니?

X, 5번 탁자의 잔을 치우려 한다.

Z, 다가온다.

Z   제가 할게요.

X   여기서 8년 일했어요, 나.

Z   두 시간 전부터 내 일이에요.

Z, 5번 탁자의 커피 잔을 치워, 안으로 들어간다.

I   7년이야. 지겨워. 결혼을 해도 자기랑은 안하겠다, 생각했어. 자기
도 그렇지?

J   두 달 전에도 그 말 했잖아. 작년에도 했었지? 1년에 서너 번은 하
는 거 같다.

I   남자 있어.

X, 자리로 돌아가 앉는다.

O   수술할 거야?

Q   언젠가는….

O   지금도 네가 좋아.

Q   나도 너 좋아.

O   친구로?

P   내가 더 좋다잖아.

O   내가 여자라서?

Q   내가 여자라서.

V, 들어온다. 세 살 아이의 손을 잡고… 아이의 엄마다.

V, 5번에 앉는다.

I 바꾼다고 했잖아.

J 가라. 얘기 길어지겠다.

I 커피 값은 내고… 그 말 빼먹었네.

J (노트북을 거칠게 닫고 담배를 꺼내 문다)

I 월급의 반 이상은 너한테 썼어.

J 지겹니? 나는 지친다.

Z, V에게로 온다.

Z 어서 오세요. 커피 주문하시겠어요? 너, 너무 귀엽다.

V 하라가 뭐예요?

Z 하라요? 잠시만요. 사장님께 여쭤 볼게요. (돌아서는데)

V 코스타리카는 맛이 어때요?

Z 제가 처음이라… 잠시만요.

Z, 들어간다.

K 아까시 향이 짙다.

L 잡목이야. 주위에 나무도 죄다 못 쓰게 만들고.

K 성경에서는 귀하게 쓰였어.

X, V에게 온다.

X 제가 도와 드리죠.

V 이거랑 이거 맛이 어떤가 하구요.

X 하라는 꽃향기가 나고 부드러운 반면에 코스타리카는 신맛을 머금
   은 강한 쓴맛이 훌륭합니다. 봄날을 즐기시려면 하라가 어울리고,
   봄날에 울적해진 마음에는 코스타리카를 추천합니다.
V 하라가 좋겠네요.

   Z, Y와 안에서 나온다.

Q 절에도 가보고 교회도 가서 부처님도 찾고 하나님도 불러 봤지만
   대답이 없다.

   Z가 Y, V에게 오면….

X 하라로 주문 하셨어요.
V 코코아랑 주세요.

   X, 자리로 돌아가면 Z는 안으로 Y는 X에게로 간다.

Y 여기서 일하기엔 나이가 너무 많아. 말했잖아.
X 차 마시러 왔어요.
Y 그럼 차만 마셔.
X 도와줄게요.
Y 고마운데 그러지 마. 신경 쓰여.

   Y, 들어간다.

A 병원 갔다 왔어.
G 남자들 아픈 여자 싫어해요.

A   아파.

G   그러니까 병원 갔겠죠.

A   많이….

G   털모자는 벗어요.

A   샀어. 쓰고 싶어서….

G   조금 있음 여름 와요.

U, V에게로 간다.

V   (아이에게) 가만히 있어. 과자 줄까? (가방에서 사탕을 꺼내 준다)

U   그림 한 장 그려도 될까요?

V   저요? 아니 됐어요.

U   그려 드리고 싶어서요.

V   (도망가려는 아이를 다시 앉히며) 아니요. 됐어요.

U, 자신의 자리로 돌아가 앉는다.

Q   예수도 부처도 죽었어. 온통 죽은 자들뿐이야. 살아 있는 자의 목소리가 듣고 싶다.

O   난 정말 안 돼?

P   너 취향이 여자냐?

M과 N, 들어온다.

Z, 나온다.

Z   어서 오세요.

M   자리 없어요?

Z   안에는 있는데….

M   답답해서….

Y   (안에서 나오며) 자리 나면 바꿔드릴게요.

M   다른 데로 갈까요?

N   상관없어요, 전.

   M, 앞서고 N, Y, 안으로 들어간다.
   물론 유리문을 통해서 안이 보인다.
   Z는 V에게 차를 가져다준다.
   안에서는 Y가 M과 N에게 차를 주문 받는다.

L   생각나지? 그때 너 대단했는데… 선생님들이 너 많이 이뻐하셨지.
     노래도 잘 불렀지, 너? 그래. 너 모르지? 너 부러워서… 네가 왜 하
     얀 운동화 앞에 끈 묶는 거 그거 신고 학교 온 적 있었잖아. 깜장
     교복치마 아래로 눈이 부시더라. 우리 학교에서 네 교복이 가장 깨
     끗했을 걸? 빳빳하게 다림질한 하얀 깃을 세우고 걸어오면 전교생
     이 다 쳐다봤잖아. 너 곱기도 참 고왔는데, 머리숱 많이 빠졌다.

   T, 구두를 사가지고 들어온다.

Q   키는 성장하고 몸무게는 비대해지는데 어른이 안 된다는 거지.

O   우리 반에도 화장실에서 애 낳은 애 있다. 원조교제했대. 40대 아
     저씨랑. 가정도 있고 평범한 회사원이래. 더 깨는 건 우리만한 딸
     이 있다는 거지.

P   너도 하니?

   T, B에게 양말과 구두를 내밀며….

T   신어 봐요.

B   ….

T   무슨 일 있어요?

B   고마워. 마음에 든다.

B, 움직이지 않는다.

T, B에게 양말과 구두를 신겨준다.

L   건강이 가장 중요한 나이야. 이젠 관리하면서 살아야 돼.

K   척박한 땅 위에 뿌리를 내리고 산다.

L   얼마나 살지는 모르겠지만 살 날이 살아온 날보다 짧은 건 분명해.

K   온몸에 가시를 두르고 다른 생명은 살지 못하게 만드는 질긴 생명력.

L   그리고 살 거 없어. 남은 인생 즐겁게….

K   눈이 멀어서 숨통을 조이는 거조차 모르게 만든다. 무섭다.

L   뭐가?

K   (일어서며) 아까시가….

K, O, P, Q에게로 간다.

Q   우리도 나이를 먹겠지?

K   (다가와서) 학생들이지?

O   누구세요?

K   학교에 있어야 될 시간에 여기서 뭐해?

Q   안 다녀요.

K   공부할 나이에 그러면 되나.

P   개교기념일이라 학교 안 가는 날인데요.

K 부모님 생각도 해야지.

O 아줌마가 상관하실 일이 아니죠?

L이 와서 K를 끌며….

L 왜 그래. (그들에게) 우리 집 막내보다도 어리구만. 엄마 같은 사람이
   걱정스러워서 한마디 한 거 가지고….

O 우린 차만 마셨어요.

L 커피도 안 좋아.

P 쥬스 마셨거든요.

Q (일어나 나가며) 이 땅 어디도 우리가 있을 자리가 없구나. 가자.

O (일어서며) 아줌마 자식이나 잘 가르치세요. 저희, 학교에서 모범생
   이거든요.

O, P, 일어나 나간다. P는 계산하러 안으로 들어갔다가 간다.
L은 K를 끌고 자리로 간다.

L 오지랖까지 넓은 줄은 몰랐다. 험한 말 한 마디 못하고 나서기 싫
   어하던 애가… 세월이 바꿔놨구나. 허긴 세월이 비켜 갔다면 이러
   고 늙지 않았겠지.

Z, 3번 탁자를 치운다.

L 일어나. 자리 옮겨서 간단하게라도 먹고 들어가자.

K 우리 아들 집 나갔다.

L 고등학생이랬지? 한 번은 그럴 수 있지. 우리 애들은 속 썩이지 않
   아서 그런 거 모르고 살았는데 주위에 보면 더러 있더라. 속 썩지

마. 네 몸 축나.

K 여자가 되겠단다.

L 집에 문제 있었니?

K 친구들한테 연락 듣고 전화한 거 아니었어?

L 꼭 그런 것만은 아니야.

K 아들 나가고 석 달 만이다, 밖에 나온 거. 옛날 친구 만나면 허물없이 이 애기 저 애기 할 수 있을 거 같아서 나왔는데… 아무 얘기도 할 수가 없더라. 그냥 가자니 가슴이 터질 거 같아서 얘기한 거야. 나 말할 사람이 필요했거든… 벌써 후회되긴 한다. (일어서며) 영화는 다음에 보자. (돌아서는데)

L 나, 이혼했다.

K, 다시 앉는다.

J 우린 사랑하는 사이잖아.

I 둘 중 하나는 아니야.

J 작가가 인물을 만드는데 사랑하는 역만 허락해봐. 그건 무능한 탓이다. 우리의 창조자를 무능하게 만들지 말자.

I 사랑이라도 잘해.

거리를 지나는 사람들 사이로 새의 깃털을 단 사람이 지나간다.
그 위로 흐르는 A의 목소리.

A 날기를 꿈꾸는 자, 날개에 불을 지르고
자유를 꿈꾸는 자, 사형시켜라.
사용불가 날개를 달고
자유를 밟고 섰다.

과거에 잡혀서, 사람들에게 잡혀서, 도덕에 잡혀서….
자본도 수갑을 채웠다.
그래서 걸어간다.
그래도 걷기라도 한다.

깃털을 단 남자, 나간다.
반대쪽에서 짙은 분장을 한 F, 등장해 3번에 앉는다.

B   인생은 멋진 만큼 위험해.
T   자기 만나지 않았다면 몰랐을 말이야.

Z, F에게 온다.

Z   어서 오세요.
F   나중에요.
Z   일행 분, 오시기로 하셨어요?
F   ….

Z, 돌아서 간다.

K   왜 나를 골랐니?
L   다른 사람 말 잘 들어 줬잖아. 내가 추억하는 너는 그래.
K   그땐 하고 싶은 말이 없었어. 하는 방법도 몰랐고.
L   52년을 산 내 삶이 헤어진 전 남편의 손에 달렸다는 사실을 깨달았
     을 때의 절망… 어땠을 거 같니? 더 억울한 건, 그 절망을 말할 상
     대가 없다는 거야.
K   통화한 사람은… 여보라고 했잖아.

L 샀어. 위자료로… 그 돈으로 내 남은 인생도 살 거야. 인생의 봄날은 지금부터 시작이야.

K 나는 어쩌지. 나눠 가질 재산도 없고, 남편이 바람이라도 펴주면 고맙겠는데….

핸드폰이 울리고 L이 받는다.

L 그래. 알았다. 가야지. 그래.

K 바쁜 일 있나보다.

L 둘째가 산통이래.

K 빨리 가봐라.

L 나보다 스무 살이나 어려. 새로 들인 년이….

X, 나간다.

A 말 좀 해.

G 누나랑 나, 할 말 없어진 지 오래 됐어요.

Z와 Y, 나온다.

Z 계산 안했는데요.

Y 조용히 가준 것만도 고마워. 치워라. 그리고 안에 손님 밖으로 자리 옮겨 드리고… .

Y, 들어가고 Z, 8번 탁자의 컵을 치운다.

F 아가씨!

Z, F에게로 간다.

F   음악 좀 끄죠. 시끄럽네요.
Z   다른 손님들도 계셔서요. 소리를 좀 줄일게요.
F   다른 걸로 틀던지….
Z   네. 알겠습니다.

M과 N, 8번 자리에 앉는다.
Z, 안으로 들어간다.

N   훨씬 좋으네요.
M   나랑 있는 거 갑갑해요?
N   날이 좋잖아요. 안 좋으세요?

K, L, 나가려고 일어선다.

L   술 한잔 할래?
K   너무 일러. 엄마 기다릴 거야. 첫 애라며….

Z, M과 N의 잔을 가져다준다.

L   아가씨, 계산.
Z   네.

Z, L에게로 가서 돈을 받는다.

J   오늘 정말 글 안 된다.

L과 K, 나간다.

L과 헤어진 K, 카페 앞을 걸어가며 휴대폰을 건다.

K 어. 나야. 만났어. 너도 알고 있었니? 걔 이혼했대. 저라고 별 수 있
   니. 문제없는 사람이 어딨어. 그렇게 잘난 척 많이 했니? 글쎄 내
   앞에선 못하지. 학교 다닐 때 내가 쓰다 버린 학용품 주어다 쓰면
   서 학교 다녔잖아. 걔 젊은 남자도 만난다더라….

K, 사람들 사이에 묻히면서 무대 밖으로 사라진다.

M 주말에 맞선 보는 거 싫어해요. 어딜 가든 나랑 같은 목적을 가진
   사람이랑 마주친다는 게 부담되잖아요. 남는 시간에 만나는 거 보
   다 일하는 시간을 쪼개서 만나는 게 더 귀해 보이구요.
N 저야 좋죠.
M 대학원 졸업하면 뭐할 거예요?
N 글쎄요. 직장을 알아보든지….
M 오늘 나온 것도 직장 때문인가요? 결혼만큼 괜찮은 직장도 없죠.
N 네?
M 그렇게 당황하면 어떡해. 진짜 같잖아요. 남자 잘 모르죠?
N 남자를 알기엔 제 나이가 좀 어리죠.
M 스물다섯이 어려요?
N 서른은 넘어야 남자 맛을 안대요, 여자는….

Z, 7번 탁자를 치운다.

I 언제까지 나보다 못한 삶을 보면서 위로 받자는 거야?
J 절망 속에서도 희망을 잃지 않고 서로를 의지하며 살아가는 따뜻

한 감동이 흐르는 드라마야.

I 그런 사람들 중에 몇이나 보러올까?

J 네가 글에 대해서 뭘 알아? 고난과 역경이 없는데 무슨 감동이 있겠니? 극작법에도 나와 있어. 주인공이 극한 상황에 처해있으면 있을수록… 주인공을 위험에 빠트리는 상대자가 강하면 강할수록 극이 재미있다고… 문제없는 주인공은 한마디로 실패야.

I 공장에서 제품 찍어내는 것도 아니고 식상하다.

J 사람들이 원해.

Z, 빈 잔을 들고 안으로 들어간다.

H, 들어와 F에게로 간다.

F 왜 이리 늦었어?

H 공연해야지?

F 안 돌아 갈 거야.

H 기다리는 사람들 생각해야지.

F 꼭 죽을 거 같아. 불길해.

H 오랜만에 서는 무대라 긴장해서 그래.

Z, 나와 3번으로 온다.

Z 주문하시겠어요?

H 시원한 걸로 줘요.

Z 아이스티 어떠세요? 복숭아 맛, 레몬 맛 어떤 걸로….

H 시원한 거 달라는 말, 못 들었어요? 아무거나 줘요.

Z 네.

H 얼음은 빼고.

Z 네.

Z, 들어간다.

H 널 봐. 너한텐 아무 일도 일어나지 않을 거야. 아무 일도….
F 여기 오는 길에도….

거리를 지나가는 사람들이 모두 각기 다른 검은 옷을 입었다. 그들 사이에 한 사람이 검은 우산을 쓰고 지나간다.

F 저길 봐. 온통 죽음의 색이야.
H 요즘 블랙이 유행이야.
F 안 들려? 내가 죽을 거라고 말하고 있는 게….

쨍. 아이가 컵을 떨어트려서 깨진다.
V, 닦을 것을 꺼내 닦는다.

F 안 좋은 일이 생길 거라고 했잖아. 분명해. 안 좋은 일이 생길 거야.
H 컵이 깨졌을 뿐이야.

U, V에게 가며….

U 괜찮아요?
V 네.

U, 안으로 들어가 Z에게 뭔가 말한다.
Z, 닦을 것을 들고 나온다.

F　아침에 양치질을 하는데 칫솔이 부러졌어.

H　그런다고 사람이 죽진 않아.

F　리허설 중에 조명기가 떨어진 건….

H　실수… 그래 실수. 공연 첫날이라 그런 거야.

F　피곤해. 처음이야.

U, Z를 도와 깨진 컵을 치우다 손이 찔려 피가 난다.

V　괜찮아요?

Z　많이 다치셨어요?

U의 피를 닦아주는 V.

V　약국에라도….

U　괜찮습니다. 별거 아닙니다.

V　(아이의 손을 잡고) 가자. 안 되겠다.

U　차는 마시고 가세요. 차 마시러 왔잖아요. (Z에게) 아이에게 코코아 다시 가져다주세요.

Z, 안으로 들어간다.

V　고맙습니다.

U　그러면 차 한 잔, 사 주세요.

V　….

U　(앉으며) 웃으라고 농담한 겁니다. 얼굴이 굳었어요. 이 정도도 안하 면 아이가 아니라 어른이게요.

V　아이 있으세요?

U 결혼도 안했습니다. (아이에게) 몇 살?

V 3살이에요.

U 눈이 엄마를 닮아서 묘하네요. 색깔도 짙고… 빛을 머금는 시간이 기네요. 사람을 담으면 오래 기억하시겠어요.

V, U의 시선을 피하며 차를 마신다.

F 죽음이 내 앞에 와 있어.

Z, H에게 차를 주고 아이에게 코코아를 가져다 주러간다.

H 아가씨.

Z 필요한 거 있으세요?

H 얼음 담아줘.

Z 주문하실 때….

H 마셔봐. 먹겠나?

Z 다시 가져다 드리겠습니다.

H 냉커피로 가져와.

Z 저흰 그런 커피 안 파는데….

H 차가운 커피 달라고. 못 알아들었어?

Z, H의 잔을 들고 안으로 들어간다.

M (J와 I가 앉아 있는 6번 테이블을 가리키며) 저 커플은 갈 때까지 간 사이라고 볼 수 있죠.

N 어떻게 아세요?

M 남자랑 여자가 한 테이블에 앉아서 각자 볼 일을 본다는 건 서로에

대해 긴장감이 떨어졌다는 증거죠. 다시 말해 사귄 지가 족히 3년은 넘었을 거고, 둘 다 나이로 봐서 아직 관계를 안 가졌다면 둘 중 하나가 성적으로 문제가 있다는 뜻이죠. 봤어요? 여자 등을 감싸고 있는 남자 손이 가슴을 만지고 있죠?

N 그래요?

M 여자의 반응을 봐서는 시간에 시간을 덕지덕지 붙이고 있는 게 저 정도라면, 얼마 안가 헤어지거나, 감정적으로는 이미 헤어졌지만 마땅한 다른 상대가 없어서 만나고 있는 사이 정도….

N 재밌어요. 근데 우리 선보는 거 맞죠?

Z, 차를 가지고 나와 H에게 가져다준다.

B 머리가 어지러워.

T 아까시 향이 사람 취하게 하잖아.

Z (U에게) 잔 치워 드릴까요?

V 이분한테 차 한 잔 가져다주세요. (U에게) 뭐하실래요?

U 됐어요. 그 잔은 치워주세요.

Z, U의 잔을 치운다.

H 조금 우울해져서 그래. 잠을 못 잔 탓이야.

F 아무에게도 발견되지 못한 채, 혼자인 내 방에서 육체가 썩어 들어 가겠지.

H 그 따위 일은 일어나지 않아. 제발… 넌 살아 있어.

F 그러니 죽지.

H 머리를 맑게 해봐.

F 수백 개의 얼굴을 만났는데 모두 하나의 얼굴을 하고 있어. 무서워.

Z, 안으로 들어간다.

U 결혼한 사람의 대다수는 돈과 섹스 때문에 싸우죠.
V 어느 쪽이냐고요?
U 바람이 부네요. 밀하기 좋은 내에요.

군복을 입은 R, 들어와 4번에 앉는다.

I 관습적인 영웅에 불과해.
J 영웅을 만든다는 게 얼마나 힘든 줄 알아?
I 사람들은 영웅을 보는 거에 지쳤어.
J 정말로 패주고 싶은 인간이 있다고 쳐. 아니 죽이고 싶은 악질이
   있어. 근데 그놈을 때리면 폭행죄, 죽이면 살인죄로 잡혀 들어간단
   말이지. 그게 현실이야. 영화는 환상이거든. 꿈이란 말이야. 나쁜
   놈, 악랄한 놈들 마구 혼내줘도 잡혀가기는커녕 영웅소리 듣거든.
   그게 영화야.
I 죄의식이 들 수도 있잖아. 폭력을 휘두르는 데 있어서….
J 인간이…?

Z, 나온다.

A 영화 볼래?
G 최악이다.

Z, R에게로 간다.

Z 어서 오세요. 일행 분 있으세요?

R 아니요.

Z 주문하시겠어?

R 커피 주세요.

Z 어떤 커피로 드릴까요?

R 커피요.

Z 그러심 오늘의 커피 추천해 드릴까요?

R 커피요.

Z 네.

　　　Z, 들어간다.

　　　R, 물을 한 모금 마시고 주위를 둘러보는데 왠지 어색하다. 핸드폰을 건다.

　　　M, 3번 테이블을 가리키며….

M 저 남자 둘. 분명히 돈 꿔달라고 부탁하고 있는 거예요.

N 누가 누구한테요.

M 친구 간에 돈 거래가 그래요. 빌리는 쪽도 거절하는 쪽도 어둡고
　　간절하죠. 여기서 누가 더 생활이 힘든 연기를 잘하느냐에 따라 희
　　비가 엇갈립니다. (H, 담배를 꺼내는데 담배가 없다) 빈 담뱃갑은 가장 흔
　　히 쓰이는 소품이죠. 효과도 그만이구요. 이천오백 원이 없어서 담
　　배도 못 핀다. 그런 내가 큰돈이 있겠느냐.

N 어떻게 아셨어요? (5번 테이블에 U를 보며) 저 남자 아까 옆 테이블에
　　앉아 있었는데….

M 좋아요. 그렇게 시작하는 겁니다. 관심. 그 다음은 관찰을 해야죠.
　　동공을 확장시키고 상대의 행동 하나도 놓치면 안돼요. 아주 작은
　　거라도… 이 시간에 카페에 앉아….

N 이번엔 내가 해 볼게요.

T, 벌떡 일어선다.

T 그럼 우리가 헤어져야 하는 거네.
B 앉아.
T 와이프랑 이혼하지 않겠다면서….
B 그럴 필요가 없어졌다고 했잖아.
T 갈래.
B 죽었어.

T, 다시 자리에 앉는다.

F 징조야. 느낄 수 있어.
H 머리를 맑게 해봐.
F 도심에서 까마귀를 보는 건 흔치 않아.
H 도시에서 흔한 새는 없어. 비둘기정도를 빼고는….
F 믿으려고 하질 않는구나. 듣질 않아. 안 보여? 두려움에 떨고 있는
   이 손이… 죽음이 다가 오고 있어.

아프리카 가면을 쓴 무리들이 지나간다.
타악을 두드리며 가는 행렬이라 그 모습이 괴이하고 요란하다.

G 가장 행렬인가 봐.
A 아프리카 가면은 사람을 다른 세계로 연결시켜준대. 과거나 다른
   세계로 초대하는 거지. 상상력이 없으면 갈 수 없는 곳이야.
G 우린 너무 다른 세계에 살아. 자살을 막아 준 건 고맙지만 연인은
   여기까지야.

무대 위 모든 소리가 사라진다.

A의 시선으로 보면 분명 모두 입을 움직이고 있는데 소리가 들리질 않는다.

G도 A에게 계속 말을 하고 있지만 소리는 들리지 않는다.

잠시 후… 웅성거리는 소음과 함께 다시 소리가 들리는 무대.

A에게도 G의 목소리가 들린다.

G … 사랑했다고… 사랑했었어. 그건 사실이야. 처음엔 여섯 살 차이가 좋았어. 그런데 지금은 무거워. 무거워.

A 목소리가 예쁘다고 했잖아. 노래 불러줄까? 좋아했잖아.

G 사랑이 죽었다고. 잔인한 말을 얼마나 더 해야 하니?

Z, R에게 차를 가져다준다.

V 내가 왜 이런 얘길 하는지 모르겠네요. 조금 전에도… 지금도 모르는 사람인데, 당신….

U 공통된 대상을 두고 그려도 지향하는 목표가 무어냐에 따라 달라지죠. 본 것을 재현할 것인가. 작가의 눈에 보인 대로 그릴 것인가. 전 그래서 얼굴 그리기를 좋아합니다. 두 가지 목표를 다 담아낼 수 있죠.

V 당신 누구예요?

U 당신 얼굴을 보고 있는 남자요.

V, 갑자기 울음을 터트린다.

U 말하기 싫으면 말아요. 당신이 우니까 내가 잘못한 거 같잖아요.

아이가 엄마를 따라 운다.

V   (가방에서 휴지를 찾으며) 미안해요. 미안해요. 아침부터 적당한 장소를 찾아다녔는데 없었어요. 영화관에 들어가려고 했는데 아이가 어리다고 못 들어간다잖아요. 정말 울 곳이 없었어요.

U, 아이를 안아서 울음을 달랜다.
V의 울음은 설움이 더해진다.

U   울지 마. 네가 울지 않아야 엄마도 눈물을 그치지. 알았지? 착하지? 아저씨가 사탕 사줄게. 그래 그게 좋겠다. 가게 갔다 올게요.

U, 울음을 그치지 않는 아이를 안고 밖으로 나간다.

B   신발을 버렸어. 아내가 사준 거였거든. 더는 신고 있을 수가 없었어.
T   다른 사람한테도 말 했어요?
B   일이 있은 후 곧장 이곳으로 왔어.
T   복잡할 거 없어요. 시체가 없으면 살인도 없어요.
B   지금쯤 세상이 다 알아버렸는지도 몰라.
T   완벽하게 버리면 돼요. 누구의 눈에도 보이지 않게… 찾아내더라도 그게 누군지 모르면 당신은 안전해요.
B   그럴 계획은 없었어. 경찰에게 설명하면….
T   뭐라고 설명할 건데요? 어리석은 판단은 당신과 어울리지 않아.

V, 울음을 지우고 주위를 보면 아이도 U도 보이지 않는다.
V, 순간 불길한 예감이 스치고. 옆 테이블 R에게….

V   우리 아이 못 보셨어요?
R   같이 계시던 남자분이….

V   어디로요? 어디로 갔어요? 잠시만 내 가방 좀 봐줘요.

Z, 황급히 달려 나가는 V에게….

Z   손님!
R   그 여자분 가는 거 아닌데… 가방 있잖아요. 아이가 납치된 거 같아요. 아까 같이 앉아 있던 남자가 아이를 데리고 갔어요.
Z   그 남자 아는데. 여기 단골이거든요.
R   나이, 직업, 그 사람 사는 곳 알아요? 그 외 어떤 거라도….
Z   ….
R   모르면 모르는 사람이에요. 모르는 사람은 많은 일을 저지를 수 있죠.
Z   신고해야겠어요.

Z, 안으로 들어간다.

F   어둠 속에서 나 혼자 묻고 대답을 반복해. 정신을 놓을까봐. 영영 어둠에 갇힐까봐. 손끝에 세포들을 깨워서 문을 찾아. 모든 문이 한 길로 통해.
H   누구든 시시때때로 죽음을 경험하면서 살아. 가벼운 접촉 사고를 포함한다면 교통사고 한 번쯤 당해 보지 않은 사람 없을 걸. 자연재해로 집이 물에 잠기기도 하고, 산도 무너지고, 강도를 만나기도 하고, 벼락에 맞기도 하지만 모두가 죽지는 않아. 그건 너무도 흔한 일상이야.
F   보여. 들려. 낯설지만 친숙한 그가 말을 걸어온다고. 알 수 있는데 왜 너는 나더러 아프다고 하니? 난 환자가 아니야. (잠시) 너와 있으면서 외롭다는 생각 처음 해봐.

U, 아이를 안고 들어와 5번 테이블에 앉는다.

아이는 사탕을 들고 웃고 있다.

U, 눈으로 V를 찾다가 가방을 보고는 화장실에 갔을 거라는 가벼운 마음으로 자리에 앉는다.

A 행복하게 해주고 싶어서, 행복해서 미치겠다는 말이 듣고 싶어서⋯. 너랑 가까이 하면서 가족도, 일도, 친구도 멀리했는데⋯.

G 돌려준다잖아. 가족, 친구, 일, 모두⋯ 우리 그만 제자리로 돌아가는 거예요.

A 아침마다 눈을 뜨고, 때때마다 밥을 먹고, 좋아하는 일은 아니었지만 최선을 다 할 수 있었던 것도⋯ 위험을 피해가며 살고자 조심했던 것도 왜냐고 물어오면 난 주저하지 않고 말할 수 있었어. 그건⋯.

G (말을 자르며) 하지 마요. 거기에 내 이름이 나오면 일어나 갈 거예요.

A 누가 더 오래 있는지 내기 할까?

G 나를 대신해서 어떤 일을 결정해줄 여자를 찾기 위해 25년을 살았다는 기분이 들어요. 그건 사랑이 아니죠?

A 나를 진심으로 사랑해주는 애인역이 필요해.

G 그 따위 역할은 존재하지 않아요.

A 마지막 선물이라고 생각해도 좋아.

G 싫어요.

A 하게 될 거야. 이 상황을 빨리 끝내고 싶을 테니까.

G 초콜릿을 먹어야겠군요.

V, 넋이 나간 듯 들어서다가 U를 보고는 빠르게 다가가 분노로 뺨을 때린다.

V 내 아이에게 무슨 짓을 했어요?

U 사탕을 사줬어요.

아이, 울음을 터트린다.

V (아이를 달래며) 울지 마. (U에게) 미안해요. 미안해요.

Y와 Z, 무슨 일인가 싶어 나오는데 U, 손을 들어 괜찮다고 저지한다.

M 빠르면 몇 시간 후, 아니면 내일쯤 저 둘은 한 침대에 누워 있을 겁니다. 따귀만한 강렬한 신체 접촉도 드물죠. 저 둘이 진정하고 마주앉게 된다면 아마 많은 것을 나눈 느낌을 가지게 될 거예요. 저들은 더 이상 낯선 남자, 낯선 여자가 아닙니다.
N 저들 중 누군가는 우릴 만들어 가고 있겠군요.
M 아마도 그렇겠죠.
N 재미없어요. 그만해요. 다른 사람이 우리가 무슨 짓을 하고 있는지 안다면 한심하다고 할 거예요. 우리도 우리 얘기를 해요.
M 결혼하면 몇 평짜리 아파트에 살고 싶어요? 아이는…? 난 가지고 싶지 않은데 어때요, 그쪽도 책임지는 삶보다는 자유로운 삶이 좋죠? 결혼해도 경제권은 각자 가지는 걸로 하죠. 아! 일하고 싶지 않다고 했죠. 꽤 심심할 텐데… 괜찮아요. 내 연봉으로 둘은 넉넉하게 먹고 살 수 있어요. 다이어트는 결혼 후에도 계속 하도록 해요. 모임에 데리고 나갔을 때 능력 있는 남자로 보이고 싶으니까. 어때요? 만족해요?
N 전 선보러 왔어요.
M 나도 같은 목적으로 앉아 있어요.
N 비난 받는 느낌이 들어서 불쾌해요.
M 거울 앞에 선 인간은 모두가 불쾌합니다. 자신을 바라보는 관객이

되는 순간 멋진 모습을 상상하며 연기를 하게 되죠. 그리고는 최면을 겁니다. 나는 멋진 놈이라고… 나는 다르다고… 수치심에 대해, 부끄러움에 대해 조금이라도 안다면 누구든 연기를 합니다.

　　G, A에게 키스를 한다. 진하고 감미롭게….

J　해줄까?
I　눈에 익은 장면이 아니라 그런지 불쾌해.
J　돈 있어?
I　얼마나?
J　얼마 있는데?
I　여기 계산하고 나면 이만 원 정도….
J　금방 나와야 하잖아. 기다려.

　　J, 나간다.

U　동화 탓이에요. '왕자랑 공주랑 행복하게 살았대요.' 그 덕분에 여자들은 왕자를 꿈꾸고 남자에게 의지하죠. 공주는 예쁘기만 하면 되죠. 머리를 쓸 필요도 없어요. 멍청할수록 착하다는 미명 아래 동정을 받기에 적당하니까요.
V　무서운 말이네요.
U　자기 몸이 하는 말을 들어 본 적 있어요?
V　어렵네요.
U　인간이 불행해진 건 육체의 소리를 듣지 못하면서 시작 됐어요. 세상을 둘러싸고 있는 소리보다 더 다양한 소리를 낼 수 있어요. 세상 어떤 냄새보다 독특한 냄새를 가질 수 있어요. 하지만 인간은 스스로를 육체에 가둡니다. 락트 인 신드롬(Locked in syndrome) 증

상이죠. 뇌는 기능을 하는데 신경 계통이 뇌에 반응하지 않는 상태를 말하죠. 우리는 자기 안에 감금되어 살아가고 있습니다. 분노를 지우고 쾌락, 욕구를 죄악시하면서 평균적인 존재가 되어 획일적인 세상을 꿈꿉니다.

V 맞아요. 나한테 남은 거라곤 내 몸에 덕지덕지 붙은 생활과 우울한 기분이 전부예요. 의사신가요? 아님 화가…?

U 쉬고 있어요. 요즘은 다들 그렇죠.

R, 손을 들어 Z를 부른다.

T 날 봐요. 당신은 경찰서에 안 가요. 알겠어요. 우린 당신 집으로 가서 시체를 치우고 언제나처럼 지내는 거예요. 당신은 사무실로 돌아가서 다시 일을 시작하면 되요. (B의 얼굴을 매만져 주며) 수염을 깎아야겠어요. 까칠해 보여요.

B 어디다…?

T 퇴근 후에 생각해도 늦지 않아요. 그리고 내일쯤 실종 신고하는 것도 잊어선 안돼요. 친정에 먼저 전화도 하고. 친구 집도 물론이구요.

Z, R에게로 간다.

B 돌아가선 뭐라고 말하지?

T 점심이 길어졌다고 하세요. 종종 있던 일이잖아요. 의심하지 않을 거예요. 흉기를 썼어요?

B 아니.

T 치우는데 어렵진 않겠네요.

Z, R에게 뭔가를 듣고는 안으로 들어간다.

B 이 일을 잊을 수 있을까? 잊어도 될까?

T 당신은 나랏일을 하고 있어요. 행정 관리로 직급도 높고, 원만한
   대인 관계에 가정에서도 문제없는 기장이죠. 당신은 도덕적으로
   문제없는 사람의 조건을 갖췄어요. 누구도 의심하지 않아요. 당신
   은 죄의식만 지우면 되요. 할 수 있죠?

B 하지 말아야 했어. 해서는 안 되는 일이었어.

T 훌륭한 일이라고 말한 적 없어요.

Z, 다시 R에게로 간다.

Z 남겨진 메모는 없다는대요. 만나기로 하신 분이 안 오세요? 전화
   한 번 해보세요.

R 안 받아서… 이 근처에 녹색태양은 여기뿐이죠?

Z 아마 그럴 거예요.

R 군대 가기 전이랑 거리가 많이 변했어요.

Z 휴가 나오셨나 봐요?

R 나만 두고 시간이 가버린 거 같네요.

Z 여자 친구 기다리세요?

R 글쎄요. 그 비슷한….

Y, 안에서 문만 열고 Z를 손짓으로 부른다.

Z, Y에게로 간다.

F (의자에 올라 앉아 몸을 웅크리고 떨고 있다) 불길해. 무슨 일인가 일어날
   거야.

H 수면제를 먹고 한숨 자자. 극장엔 전화해서 오늘은 무대에 설 수 없다고 말하자. 자고 일어나면 공포는 문 밖으로 사라지고 없을 거야.

F 죽는 마지막 순간에 잠들어 있으라고…?

H 나와 같이 있는 거야. 네 침대에서….

F 와이프는…?

H 오늘은 우리만 생각하자.

H, F의 손등에 입을 맞춘다.

N 사람은 사랑에 취해 죽을 수도 있어요.

M 우린 부부가 될 수 없는 채로 끝나겠군요.

N 결혼을 왜 하려고 하세요?

M 그쪽은요?

N ….

M 대답을 찾기 힘든 질문은 하는 게 아닙니다. 현실적인 부분은 딱히 들키고 싶지 않은 부분이고, 거짓말을 하자니 민망하죠? 적당한 가면을 써야 하는데 이미 들켜 버린 듯한 느낌….

N (일어서며) 우린 부부가 될 수 없는 채로 끝나겠군요.

M 계산은 내가 하죠.

M이 계산을 하러 안으로 들어간 사이 잠시 기다리는가 싶던 N, 그곳을 떠나 거리의 사람들 속에 묻혀 그녀의 보습은 보이지 않는다.

A 삶은 짧지만 내 거야.

G 당신은 매력적이라 누굴 만나도 어울려요.

A 달래는구나.

G 거짓말 못 하는 거 알잖아요.

A 그래서 하는 말이야. 들켰어.

M, 안에서 나와 N이 갔음을 알고 M, 핸드폰을 꺼내 전화를 걸며 나간다.

M (나가며) 사랑을 찾더라. 조건 보고 이 지리에 나왔으면서… 앞뒤 안
   맞지. 개념 상실 아니면 연기….
Z 안녕히 가세요. (M과 N의 잔을 치운다)

J, 들어온다.

J 가자.
I 어딜?
J 여관에.
I 애들 수업해주러 가야 돼.
J 아프다 그래.
I 미쳤어?
J 어. 너 안고 싶어서 죽겠다. 내일까지 같이 있게 2시에 맞춰 들어가
   자.
I 싫어.
J 돈 구해왔어. (3만원을 꺼낸다) 너 2만원 있다고 했지? 3만5천원으로
   방값 내고 남는 걸로 먹을 거 사자.
I 비 쫄딱 맞고 서 있는 기분이다.

T와 B, 가려고 일어서다가 B, 다시 앉는다.

B 미래가 보여.
T 잘 될 수 있어요.

B 지켜보고 있는 거 같아.

T (다시 앉으며) 처음이라 겁나는 거예요.

B 잊을 수 있어? 그래도 될까?

T 감옥은 더 잔인해요.

B ….

T 가요. 가서 당신의 각본을 끝내요. 막을 내릴 시간이에요.

B, 천천히 일어선다.

T, 테이블 위에 커피 값을 두고 B와 나간다.

B, 구두를 벗어 놓고 맨발로 나간다. T는 그 사실을 모른다.

Z, 2번 테이블을 치운 잔을 들고 R에게로 간다.

Z 안 오시나 보네요.

R 영화를 보기로 했어요.

Z 몇 시 거요?

R 갈 수가 없어요. 그 사람이 올 거 같아서….

C, D, E, 들어와 8번 테이블에 앉는다.

Z 어서 오세요. (R에게) 차 더 드릴까요?

R ….

Z, 빈 잔을 들고 안으로 들어간다.

U 눈을 감고 여기 있는 컵을 떠올려 보세요. 우린 같은 걸 떠올렸지
   만 분명 다릅니다. 형태를 우선시하면서 다양한 의미를 창조하는
   거죠. 당신과 나는 다르니까요. 피카소나 달리 작품 본 적 있죠? 저

는 개인적으로 '파올로 우첼로'를 좋아합니다. 우첼로가 이탈리어로 '새'라는 뜻이거든요. 그래선지 유독 동물과 새들을 즐겨 그린 작가예요. 우첼로는 그림을 유희로 생각했어요. 신기하고 재미있는 장면을 채워 놓기도 하고 극단적인 변형으로 재미를 추구했죠.

V   초현실 작품은 이해하기 어렵던데.

U   해석을 하려고 해서 그래요. 주제가 중요한 게 아니라 보는 사람이 어떻게 느끼느냐가 더 중요한 건데… 무의식과 본능의 세계를 무슨 수로 해석합니까? 새로운 세계를 창조하면 되는 겁니다. 그래서 단골소재가 꿈과 욕망인 거죠. 내용과 상관없는 제목을 붙이는 작가도 있는데, 왜곡된 표현을 통해서 존재하는 세계 그 너머, 보이는 세계가 품고 있는 보이지 않는 세계에 대한 탐구입니다. 그러면서 그들은 이상이 실현되는 세계를 만들고 싶다는 욕구를 표현하죠.

V   당신과 닮았어요. 초현실주의. 여자를 유혹하면서 미술사를 떠들어 대는 당신과….

아이가 졸린지 엄마에게 칭얼댄다.
Z, 8번 테이블로 가서 주문을 받는다.

Z   주문하시겠어요?

D   아침에 브라질 마셨으니까 케냐로 하는 거 어때요?

C   그러지 뭐. (Z에게) 케냐는 진하게 볶아야 하는데… 볶은 지 얼마나 됐나?

Z   갓 볶아서 신선한….

C   금방 볶은 거 맛없는데, 삼사 일은 지나야 맛이 나지.

Z   그러셨을 거예요.

C   제대로 알고 주문을 받아야지.

Z   물어보고 올 게요.

D   우리가 맞춰요, 그냥. 수제라고 다 같아요. 반만 갈아서 융드립으로 내려주세요.

Z   네.

D   코코아 한 잔이랑….

Z   네.

     Z, 안으로 들어간다.

D   상식이 통하는 세상에서 살았으면 좋겠어요.

C   요즘 젊은 사람들 가볍고 천박하지.

E   우리 반에도 기준이 없는 애들 있어.

     Z, 커피를 들고 와서 R에게 준다.

Z   휴가 나와서 이러고 있기 아깝지 않으세요?

R   귀환했다는 게 정확합니다. 사람이 적이었는지, 사막이 적이었는지 모를 전쟁터에서… 서울 가면 한가로이 커피 한 잔을 마시고 싶었어요. 우습죠? 사막에서 뜨거운 커피를 생각하다니… 동료가 총에 맞아 죽었어요. 바로 옆에서… 그 순간, 커피가 마시고 싶었어요. 쓰고 쌉싸름한… 기다리는 사람 따윈 처음부터 없었어요.

     Y, 8번 테이블에 차를 가져다준다.

Z   (Y의 눈치를 보며) 지금은 일을 해야 되서… 저녁때 시간 어떠세요?

     W, 들어와 2번 테이블에 앉는다.

Z   어서 오세요.

    Z, W에게로 간다.

Z   뭘 드릴까요?
W   (주머니에서 쪽지를 꺼내 읽는다) 인도네시아 수마트라 만데링.
Z   인도네시아….
W   수마트라 만데링. (쪽지를 주며) 여기.

    Z, 안으로 들어간다.

A   너의 본질이 뭐니? 네가 어떤 인간인지 알고 싶어. 나를 미워하는
     남자라는 건 알겠지만 너를 말할 수 있는 게 내겐 남아 있질 않아.
G   당신이 시간을 많이 준 덕에 거짓말을 할 수 있었어요. 다른 남자
     를 만나거든 거짓말할 시간을 주지 말아요.
A   뭔가 얻고 싶어.
G   깨어있다는 움직임이죠.
A   얼마 못 산대… 의사가 그랬어.
G   우울증으로 자살이라도 하게요? 난 빼줘요. 상관없다구요, 우리.
     그만하자고요.

    Y와 Z, W에게로 간다.

D   내 아이는 아니길 바라는 부모들의 생각이 불행을 만들어요.
C   진짜 부모다운 부모가 몇이나 되겠어.

    Y, W에게….

Y   죄송해서 어쩌죠. 저희 집에 준비가 안 되어 있는 커피네요.

W   처음으로 부려보는 사치인데.

Y   제가 다른 걸로 추천해드려도 될까요? 블랙잭이라고 저도 즐기는 커핀데 위스키가 살짝 들어간 겁니다.

W   위험해 보이는군요.

Y   그 맛을 알면 다른 걸 찾지 않죠. 카드를 아는 사람들이 블랙잭만 하는 것처럼….

음악이 끊긴다.

Z, 안으로 들어간다.

F   조용하다. 죽음처럼….

H   음악이 멈췄잖아.

F   어제와 달라.

H   어제와 오늘은 달라.

노파가 꽃을 들고 거리를 지나간다.

F   어느 죽음 앞에 내려놓을 꽃일까? 노인은 얼마나 많은 죽음을 봤을까? 먼저 간 친구의 장례식에 꽃을 들고 간다. 나의 무덤에 내려놓을 꽃이다.

H   넌 죽지 않아. 내가 아직 허락하지 않았어.

H, F에게 가볍게 입을 맞춘다.

F   어색하다.

H   사람들 앞에서 하는 게 처음이라 그래.

Y는 W와 앉아 있다.

Y   여긴 수많은 사람들이 오고가지만 아무 일도 일어나지 않아요.
W   여자를 잘 몰라요. 35년을 한 여자와 살았거든요. 결혼이 사람을
    바보로 만들었어요.

다시 음악이 흐른다.

V   거창한 말을 지껄인다고 위대해 보이지 않아요.
U   고상하게 굴지 말아요. 페니스, 자지, 당신도 원하잖아요.
V   실패했어요. 난 당신과 호텔에 안 가요. 당신이 마신 커피는 내가
    낼게요. 따귀 때린 값이에요.

U, 일어나 나간다.
V, 아이를 안는다. 아이, 잠이 오는지 엄마 품에서 눈을 감는다.

D   싸워서 이기는 기쁨을 몸이 기억해야 돼. 한 번 지면 두 번도 지게
    돼. 알겠지?
C   세상은 네 거라는 걸 잊지 마. 그래야 성공할 수 있어.
E   네.
C   아빠랑 네 엄마는 믿는다.

Y, 일어서며….

Y   차를 가져올게요.

W, 품에서 종이와 펜을 꺼내 뭔가를 적는다.

Y, 안으로 들어간다.

J   무일푼, 컴퓨터 앞의 노예. 경우는 다르지만 악마와 거래를 한 파우스트를 이해해. 그는 젊음을 가졌지만 난 영화와 돈을 갖겠어. 진짜 비참한 건 나와 거래할 악마가 없다는 거지. 내 영혼을 탐내는 자가 없어. 내 비극을 넌 알지 못해.

I   지겹다.

R, V에게로 간다.

R   말을 들어 줄 사람이 필요해서 그러는데….

V   결혼한 여자는 다루기 쉽다고 누가 가르쳐 주기라도 했어요?

몸에 가학적인 폭력을 가하는 차력사가 구경꾼들을 끌고 지나간다.

H   위험을 찾아서 하는 사람들이 있지. 몸에 고통을 가하는 서커스를 하거나 탐험가들, 생사의 경계선에서 줄타기를 하는 사람들 말이야. 그들은 왜 그 짓을 할까? 스스로 인생에 폭력을 행사하는 사람들이 궁금했어. 왜 균형을 스스로 무너뜨릴까? 그들은 살아 있기 때문에 할 수 있는 거야. 살아 있잖아. 확인하는 거야. 너에게 죽음이 보인 건 살아 있어서야.

F   느낌이 말을 해. 죽을 거라고… 죽는데 나.

R은 V와 앉아 있고
Z, 차를 들고 나와 W에게 가져다준다.

C   이성과 윤리가 진리였던 시대가 있었지. 지금도 그 선이 지켜지고

있는가? 아니, 이미 낡은 질문이 된 지 오래야. 그 시대에는 문제없 었던 것이 현대에선 도덕적으로 문제가 되기도 한다는 건, 다시 말 해서 지금의 문제가 시대의 변모와 함께 문제가 될 수도 있고, 그 반대가 될 수도 있다는 사실은 우리가 경험적으로 알고 있지. 여기 서 강의를 듣는 학생들한테 질문을 던져. 그것을 주도하는 게 무엇 인가?

E 그러면 뭐라고 대답해요?

C 질문도 이해 못해. 그게 요즘 애들이야.

D 몸을 아름답게 쓰는 방법도 점점 잊어 가고 있어요. 몸을 돈이 되 는 방법으로만 써먹죠. 4살짜리 아이에게 발레복을 입혀 학원에 보내면서 정작 발레공연은 안 봐. 그래선지 요즘 애들은 동작만 외 우면 발레를 할 수 있다고 생각해요. 비극이죠.

I, 일어선다.

I 가.

J 어딜?

I 하자며?

J 나쁜 버릇이야. 사람 비참하게 만들만큼 만든 다음에 손 잡아주는 거.

I 그래서 이것도 조만간 그만둘까 해.

J, 일어나 I와 나간다.
J가 먼저 나가고 I가 Z에게 계산을 하고 나간다.

C 생각을 잊어버린 인간들이 너무 많은 탓이다.

D 몸의 언어에 모두 귀 닫았어요. 오감을 닫았으니 영혼이 춤 출 수

가 없죠. 흉내쟁이는 될 수 있겠지만.

C　과학은 부도덕을 생산했어. 시대가 철학을 죽인 대가를 치루고 있
　　는 거지.

E　한심해요.

　　Z, 4번 테이블의 R의 잔을 치운다.

　　Y, W에게로 간다.

Y　차 어떠세요?

W　아직…. (한 모금 마신 뒤) 괜찮네요. 좋아요.

Y　감사합니다. 뭘 적고 계세요?

W　유언장이요.

　　Y, 의자에 앉는다.

R　생사를 넘나들다 보면 연대감이 형성되고 개인보다 전체가 중요하
　　다고 생각만 남아요. 처음엔 전체가 낯설었는데 지금은 개인이 낯
　　설어요. 어떻게 각자 앉아 있는지….

　　Z, 안으로 들어간다.

A　절박해서 뭘 할지도 몰랐는데 이젠 머리가 아파.

G　약 사다줘요?

A　반은 놀리고 반은 화난 얼굴로 나를 위하는 대사를 치네. 교육을
　　잘 받은 사람은 어떤 상황에서도 침착할 수 있나봐.

G　언제까지 싸우자는 거예요.

A　죽음 앞에서 같이 해줄 사람은 아무도 없는 걸까? 죽기에 적당한

장소가 어딜까?

G 갈게요. 그럼 간단하잖아요.

A 내가 죽는다는데 넌 듣질 않는구나.

W, 펜이 써지질 않는다.

W 펜을 빌릴 수 있을 까요?

Y 하는 일이 잘 안되세요?

W 실컷 혼자였어요. 이젠 끝입니다.

Y 중심을 잡고 서 있기 힘든 시간이죠.

W 글을 끝내야겠는데….

Y, 일어나 안으로 들어간다.

R 굳게 다문 입은 고문을 불러요. 몸한테라도 듣겠다는 거죠. 전쟁은 아내를 윤락녀로, 아이는 고아로, 군인을 고문관으로 만들어요. 적의 약점을 잡아서 활용해야 해요. 선택권은 없어요. 명령을 거부하면 죽음이니까.

V 꽤 오래전부터 내 몸이 하는 얘기 듣지 못해. 내 몸이 닫혔어.

R 군복 입고 총 맞아 죽고 싶진 않았어요. 그래서….

V 모든 사람들은 많은 비밀을 가지고 있어. 그들은 타인을 아는 걸 두려워 해. 가끔은 비밀을 지켜 주는 게 상대를 보호하는 거야.

R 슬퍼요. 슬픔을 잊을 수가 없어요.

Y, W에게 펜을 가져다준다.

C 진실이 통하지 않는 시대야. 눈물이 넘치는 시대를 살아왔기 때문

이겠지.

D 강한 자만이 경쟁에서 살아남는다. 어쩌면 가장 정직한 방법일지도 몰라. 실력만 있으면 누구든 자유롭게 경쟁할 수 있다는데 얼마나 순수해요. 문제 될 거 하나도 없어요.

죽은 금붕어가 매달려 있는 겨울 나뭇가지가 지나간다.
무대 위로 비현실의 시간이 흐른다.

A 태양 아래 시선은 변하는 진리다.
변화하는 사물은 개인마다 다르게 읽힌다.
변형된 정체를 숨겨 놓은 듯
비어 있는 뼈가 소리를 낸다.
죽는다는 사실을 명심해라.

무대 위로 다시 현실의 시간이 흐르면….

Y 정말 죽으시게요?
W 훌륭한 일은 아니지만 부끄럽지도 않습니다.
Y 저도 한번 보여주세요.

Y, W의 글을 읽는다.

W 자라면서 부모님이 정해준 진로에 의문조차 가져본 적이 없어요. 분에 넘치는 생활이었죠. 머리가 반백이 되서야 추하다는 생각이 듭니다. 주어진 거라도 잘하자는 생각이 스스로 역을 작게 만들었어요.
Y 잘 못 들으신 거 아니에요?

127

W 분명히 들었어요. 잘 못 듣지 않았어요. 날 무시하는 아내와 자식 놈의 대화를… 실종자 명단 가지고는 안돼요. 사망자 명단에는 이름이 올라야 돼요.

X, 들어와 8번 자리로 간다.

X 일어나 주세요. 거기 내 자리에요.
D 무슨 소리에요. 우린 빈 테이블에 앉은 건데….
X 일어나라구요.
C 이봐. 저기 빈자리들 많잖아.
X 내 자리라구요.

Y, X에게 다가가서….

Y 왜 그래? 죄송합니다. 아까 간 거 아니었어?
X 누가요? 주문했던 차 다 마시지도 않았어요.
Y 알았어. 이쪽으로 앉아, 차 가져다 줄게.
X 내 자리는 여기에요.
Y 왜 이래? 무슨 의도야?
X 이 자리에서 차를 마셔야겠어요.
C 됐어요. 우리가 자리를 바꾸죠.
Y 죄송합니다.

C, D, E, 4번 자리로 옮겨 앉는다.

E 우리가 왜 옮겨. 여긴 우리 자리잖아.
D 피하는 거야. 싸우자 대놓고 덤비잖아. 영화 시작하려면 얼마 안

남았어. 조금 앉았다 일어서면 돼.

E   이건 말도 안 돼.

Y   차, 다시 가져다 드리겠습니다. 차 계산은 안하셔도 됩니다.

X, 8번에 앉는다.

Z, 평상복으로 갈아입고 나온다.

Y   너 뭐하는 거야? 여기 차 다시 가져다 드려라.

Z   죄송해요. 오늘은 일을 할 수가 없어요.

R과 V, R이 아이를 안고 일어선다.

V   계산해 주세요.

Y   네.

Y, V와 안으로 들어간다.

Z   (R에게) 아까….

R   얘기할 사람 찾았어요. 그리고 그쪽은 날 이해하기엔 너무 어려요.

V, 나온다.

R과 V, 밖으로 나간다.

Y   (나오며) 일을 그만 두고 싶거든 내일 그만둬. 지금은 안 돼. (X에게) 조용히 있어. 차 가져다 줄 테니까. 너란 앤 정말….

X   당신이 나한테서 일을 빼앗았잖아. 후회하게 해줄 거야.

Y   너 막무가내라는 거 알았지만 이 정도인지는 몰랐다.

Y, 안으로 들어간다.

E 무식해. 상식도 없는 사람이야, 저 여자. 이건 정당하지 않아. 왜
   참아, 왜? 저 여자가 잘못한 건데 왜 우리가 양보를 하냐고? 아빠
   는 저 여자보다 배운 것도 많고 나이도 많잖아. 엄마가 그랬잖아.
   불합리한 일을 당하면 당당하게 맞서라고….
D 저런 애, 상대하면 우리가 지저분해져. 그만해.
E 비겁해.
C 말 들어.
E 잘못 된 건 바로잡아야지.

X, E에게로 온다.

X 너 나한테 손가락질한 거야? 조그마한 계집애가 어디 버릇없이….
E 어른대접 받고 싶으면 똑바로 해요.
X 뭐야?
D 아가씨도 잘한 거 없잖아요.
C 이봐. 그냥 가지.
D 그래요.
X 어딜 그냥 가. 어린애가 잘못을 했으면 사과를 시켜야지.
D 이 아가씨 안 되겠네.
E 왜 우리 엄마, 아빠한테 반말이에요.
C 배운 본새가 없는 것들은 상종을 말아야 돼.
X 뭐야? (C를 툭 쳤는데 중심을 잃고 쓰러진다)
E 아빠. 야 너 뭐야? 뭔데 우리 아빠를 쳐.

X, 달려드는 E의 목덜미를 틀어쥔다.

E, 숨을 쉴 수가 없다.

X   까불어보지. 또 떠들어 봐.

X의 살기에 모두가 얼어 버렸다.
D, 소리를 지르며 울부짖는다.
E의 몸에선 점점 생명이 없어지고 있다.
주위 모두는 눈앞의 광경이 현실이 아닌 듯 낯설기만 하다. 아무것도, 아무것도
할 수가 없는 정지된 시간이다.
아이의 늙은 아버지인 C는 절대적 폭력의 공포 앞에서 높은 학식도 교양도 소용
없다. 죽어 가는 딸을 위해 할 수 있는 게 아무것도 없는 힘없는 인간일 뿐이다.
아이의 엄마 D가 미친 듯 울어댄다. 동물의 몸부림이다.
Y, 차를 들고 나오다 그 광경을 보고 들고 있던 걸 떨어트린다.
그릇 깨지는 소리와 함께 X의 손에서 던져지는 E. 싸늘한 죽음이다.
D만 E의 주검을 부여잡고

D   누가 좀 도와주세요. 누가 좀 도와줘요.
Y   전화. 전화.

Y, 안으로 뛰어 들어간다.

D   (아이의 몸을 주무르고, 자신의 옷을 벗어 아이를 감싸주며) 차가워. 차가워
져. 안 돼⋯ 당신 뭐해. 주물러 아이 몸이 굳잖아. 주물러. 주물러.

C, 기어서 E에게로 간다.
D, C의 가슴을 친다. 치고 또 친다.

H 이 죽음을 볼 징조였나 봐.

F 무대로 돌아가야겠어.

W, 자신이 쓴 유서를 찢는다.

A 앉아 있다. 나는 앉아 있다. 전쟁은 선포됐는데 나는 여기 앉아 있다. 나는 진정 이곳에 있는가. 여긴 모든 게 이상하다. 시간조차도….

시계 초침소리가 영혼을 잠식한다.
온몸에 시계를 매달은 형상이 지나간다.
극은 초현실의 시간이 된다.

A 내 안의 시간들이 걸어간다.
신화와 역사를 품은 들판으로… 들판으로
표정과 언어에서 걸어 나온 시간들이 찾아 나선다.
태양이 태워버린 시간을….

앰뷸런스 소리. 현재의 시간.
들것을 든 사람이 아이를 싣는다.
'사망 시각이 12시 5분. 정오를 조금 넘겼네.'
아이를 싣고 나가는 사람들.
따라나가는 사람들과 그 자리에 서 있는 사람들.

A 이 극의 주인공은 누굴까? 나도 곧 죽는데… (모자를 벗으며) 눈물은 아껴두자. 앞으로 남은 얼마간의 내 인생에서 필요할 테니까… (걸어 나가며) 아까시 향이 사람을 미치게 만든다.

앰뷸런스 소리가 들리면서 암전된다.

어둠 속에서 들리는 소리.

'이제 곧 영화를 시작하겠습니다'

불이 다시 켜지고 잠시의 웅성거림과 함께 정면의 스크린에 제목이 뜬다.

[커피 농장의 아이들]

화면에는 먼지투성이의 아이가 커피 열매를 따고 있다.

C.U 된 화면엔 눈망울이 큰 아이가 메마른 몸뚱어리로 서 있다.

그 위로 흐르는 내레이션

'1달러를 벌기 위해 빨간 열매를 딴다. 태양이 나를 태운다. 사람들
은 향에 취해 나의 피를 마신다.'

칸소네가 흐르면서 막이 내린다.

fantasia - I pooh (이뿌)

Fantasia legna sulla fiamma e ci si scalda un po'
Vedrai sopra l' acqua il vento argento sciogliera per te.
Sul tuo corpo bianco l' ombra mia sara fra un attimo carezza
e fuoco e tu
vedrai con gli occhi semichiusi cio che c' e e non c' e
la danza della fiamma al vento e su te
e intorno a te e dentro te la liberta.
Fantasia le stanze della notte in quest' isola mia pero
han breve il fuoco e rapido il risveglio e direi

che sul tuo viso l' alba rende a te di gia
la scialba ed immutabile realta e tu
con triste tenerezza intorno a noi vedrai
il mare nell' acquario
e il fuoco spento ormai la stanza di un ragazzo
e non sorriderai.

저 뜨거운 불꽃 속에 유혹하는 붉은 아픔이여
올가미 속에 있는 달콤한 유혹
환상은 나에게 아픔을 주지만
나는 그 속에서 행복한 낭만을 꿈꾸고 있네
당신에 대한 그리움이 아무리 허무한 것이라도
나는 믿어요. 당신이 준 끝없는 기쁨을
환상은 영원할 수 없지만
그것의 아름다움은 끝없이 날 눈부시게 하네
나는 알고 있어
무엇이 옳고, 그르고
무엇이 사실이고 허무인지
하지만 나는 당신의 사과를 받아먹어요.
그 속에 독이 들어있을 지라도
그것이 나에게 더욱 달콤한 환상을
선물해 줄 테니까.
나의 허무를 깨달을 때
나는 다시 눈이 멀어 버릴 거야.

나비효과 24

· 등장인물

1   나
2   그녀
3   기관사
4   4250원, 소녀가 받는 일일 시급
5   죽은 자 예술가
6   개
7   늙은 사내
8   88만원
9   소리

· 무대

2010. 서울… 어느 평범한 24시.
그곳에 사는 그들….

〈4시 35분〉

1, 2, 3, 4, 5, 6, 7, 8, 9가 어둠 속에 앉아 있다.
인물들이 대사를 할 때마다 어둠 속에서 성냥불 하나씩 켜졌다… 꺼진다.

1, 2, 3, 4, 5, 6, 7, 8, 9….

불을 켠다.
하나의 몸짓으로 어둠에 말을 건다.
어둠은 침묵의 시간이다.
유일하게 깨어 있는 시간이다.
사실이 진실이 되거나 영원히 잠드는 시간이다.
(개 짖는 소리)
꿈을 꾼 지 오래다.
휴식은 없다.
세상은 어차피 하나의 색깔이다. 기차가 타고 싶다.
(개 짖는 소리)
돌아갈 시간이다.
성냥불이 타들어 가는 시간 10초.
내게 주어진 시간이다.

성냥불이 꺼지고 객석에서 무대로 비추는 손전등 불빛이 말을 쫓아간다.
그들의 언어가 섞이면서 새로운 의미를 만들어내고 그 속도가 점점 빨라지면
서 언어도 불빛도 혼재된다.
순간, 모든 것이 정지되는 정적.

1, 2, 3, 4, 5, 6, 7, 8, 9….

우리는 보고 싶은 것만 본다.
우리는 듣고 싶은 것만 본다.

〈6시 15분〉

빛이 서서히 무대로 스며들면 다양한 종류의 자명종 시계가 요란하게 무대를 깨운다. 달리의 그림처럼 시계에 잠식된 무대. 시간의 연속성에 지배당한 인간 그리고 세상의 모습처럼….

자명종 소리와 함께 사람들이 움직인다.

일렬종대로 걷는다. 시선은 신문에 고정시킨 채… 무미건조하게 신문기사를 읽어 내려가는 그들….

(신문기사는 공연 당일 날, 조간신문이어야 한다)

사람들이 차례로 읽어 내려가던 기사는 하나로 엉키면서 단지 소리로만 존재한다.

화장을 하는 사람, 꾸벅꾸벅 조는 사람, 남의 신문을 힐끔거리는 사람, 음악을 듣는 사람, 아침을 해결하는 사람 등등 이 모든 게 걸으면서 이루어진다.

그들 사이에 문득 멈춰서는 한 사람, 1. 1은 행렬을 따라오다 길을 잘못 들어섰는지, 잃었는지, 아니면 더는 가고 싶지 않은지, 다시 걸어온 길을 돌아가려고 한다.

돌아서 걷기 시작하는 1은 사람들과 부딪치고 밀리면서 중심을 잃는다. 사람들과 다른 방향으로 걷는다는 것은 혼란이고 질서의 파괴다. 방향을 잃고 혼잡해지는 그들…. (나와 다름을 인정하지 않는다. 질서와 평화를 명분으로 나와 다른 방향을 용납하지 않는 강요의 시대)

사람들이 나가고 그 자리엔 신문만 남는다.

늙은 사내, 자루를 끌고 가며 신문을 담는다.

〈8시 37분〉

지하철을 기다리는 사람들. 그들 사이에 1이 통화중이다.

1 집에서는 늦지 않게 나왔어. 어제 일찍 집에 갔다니까. 길을 잘
   못 들었다고 몇 번 말해. 항상 출근하던 길이긴 했지. 그럴 때
   있잖아. 무슨 일이 있어서가 아니라 그냥 가다 보니까. 위에다
   아파서 좀 늦는다고 해줘. 택시 타려고도 했지. 이 시간에 더
   막히는 거 몰라. 안 그래도 중고라도 차 하나 장만할까 해. 부
   탁해. 말 좀 잘 해줘. 거짓말 아니야. 진짜 걷다 보니까… 한심
   하지… 한심한 건 맞지만 거짓말은 아니야.

지하철이 들어온다는 안내방송이 들린다.

줄을 서 있던 사람들 플랫폼에서 일제히 한 발 뒤로 물러선다.

그 자리에서 움직이지 않고 서 있는 2.

역으로 들어오는 지하철, 점점 바람이 거세지는데 위태롭게 흔들리며 플랫폼
으로 몸을 기울이는 2. 그 찰나의 순간에 1이 2를 잡는다. 빵! 굉음과 함께 플
랫폼으로 들어서는 지하철. 사람들의 비명소리.

그 광경에 멈춰서고 놀라는 주변 사람들.

그렇게 정적이 지나고… '아가씨 괜찮아요?', '큰일 날 뻔했네.' '이 아저씨
아니었으면 아가씨 큰일 났어.' 등등 웅성거리는 사람들….

2 　당신 뭐하는 거예요? 이 손 놔요.

1 　아가씨가 죽으려고 했잖아요.

2 　쪽 팔리게… 사람들 다 쳐다보잖아요.

기관사인 3이 그들에게로 온다.

3 　괜찮습니까?

2 　네. 아무 문제없어요.

1 　조금 전, 상황이 얼마나 위험한 상황이었는지….

2 　잠깐 현기증이 났을 뿐이에요.

3 　역무원실에 연락해 둘게요.

2 　그러지 마세요. 아무 문제 없어요.

'아저씨 안 가요?'. '하필 바쁜 출근 시간에…' 등등 사람들의 불만 섞인 웅
성거림.

3 　아가씨, 조심하세요. 그러다 큰일납니다.

2 　….

3 　(가려다 말고) 만약… 그럴 리는 없겠지만… 전철에 뛰어 들어서
　죽을 생각이었다면… 다른 방법을 생각해 주세요. 부탁합니다.
　1주일 밖에 안됐어요. 터진 남자의 사체를 치운 지가… 제발,
　다른 방법을 택해주세요. 저도 좀 살게….

기관실로 가는 3, 전철이 출발한다는 방송이 들리고 전철 출발한다.
전철이 떠나고 2와 1만 남았다.

1 　거참, 아니라는데… 저 아저씨 말 신경 쓰지 마세요. 아니면 됐

어요. 저는 순간 얼마나 놀랐던지….

2   아저씬 출근 안 하세요?

1   어차피 늦었는데요, 뭘. 가족한테 연락해 줄까요?

2   한 달을 고민하고 선택한 방법인데… 당신이 1분 만에 망쳐 버렸어요.

1   죽으려고 했죠? 그럴 줄 알았어.

2   어떻게 알았어요?

1   당신 눈이 아무것도 보질 않더라고요.

그들이 대화하는 사이, 지하철을 타기 위해 플랫폼으로 하나, 둘 모여드는 사람들….

1   말은 안 해도 생각은 보이기 마련인데… 가령 신문을 읽는 건 주변에서 일어나는 일에 관심이 많다는 증거죠.

2   습관일 수도 있죠. 여긴 눈 둘 데가 마땅치 않으니까.

1   저기 인상 쓰고 있는 사람. 어제 과음했을 거예요. 저런 사람은 안 죽어요. 저러고도 출근하는 거 보면, 전날 과음이 회식이었거나 아직은 술잔을 나눌 상대가 있다는 증거니까. 여자들은 대개 못 다한 화장에 신경을 쓰거나, 옆에 있는 여자가 든 가방이나 신발에 눈이 가기 마련인데 그쪽은 오로지 달려오는 전철만 보더란 말이죠. 그 흔한 시계도 쳐다보지 않은 채. 이 시간 이곳에 올 사람이 아니란 거죠.

2   재밌어요? 신나 보여요.

1   어쨌든 내 덕에 살았잖아요.

2   어떻게 알아요?

1   진짜 죽고 싶어요?

2   살고 싶지 않아요.

1	이유야 있겠죠. 그리고 그 이유도 그럴 만할 겁니다. 그런데 그거 알아요. 세상에 그 정도 사연은 다 가지고 살아요. 나도 죽고 싶었던 적 있어요. 하지만 살아 있잖아요. 살아야 돼요. 이대로 끝내기엔 억울하잖아요. 억울하지 않게… 제대로….
2	사는 게 끔찍한 사람도 있어요.
1	원하는 삶을 살아 본 적 있어요? 난 없어요. 당신은 있어요?
2	모르겠어요. 내가 원하는 게 뭔지….
1	물어봐요. 가슴은 알아요.
2	그건 안돼요.
1	한번은 살아봐야죠. 매일 아침 눈이 떠져서 그냥 살아지는 그런 삶 말고… 진짜배기….
2	진짜배기….
1	그리고서 죽어도 손해 볼 거 없을 걸요.
2	… 하고 싶은 거 있어요.
1	거봐요. 있잖아요. 해요. 당신, 그럴 가치 있어요.
2	해도 될까요?
1	그럼요. 나도 할 거예요.
2	얼마간이 될지는 몰라도 내가 살아 있는 시간은 당신 덕이에요.
1	제대로 살아 볼 겁니다. 가치 있게… 지금까지 산 건, 산 게 아니었어요.

전철이 들어온다는 안내 방송이 들린다.

1	난 이 전철을 타야 돼요.
2	난 지상으로 올라갈 거예요.

1과 2, 악수를 한다. 전철이 들어온다. 1, 전철에 오른다.

2   고맙단 말 했던가요? 당신이 나 살렸어요.

전철이 떠나고 2, 지상으로 발길을 돌린다.

〈10시 15분〉

노트북을 든 사람들의 행렬, 교복을 입은 학생들, 망치를 들고 톱을 들고 노동을 하는 무리들, 가사 일을 하는 주부 등 그들의 모습이 처음엔 마치 연주처럼 리드미컬하게 소리와 춤으로 표현되다가 점점 기계처럼 한 동작을 반복해서 표현되면서 노동이 스케치 되듯 흐른 뒤, 그들 도열하고는 일제히 환한 얼굴로 인사를 한다,

88만원   안녕하세요.
소리   (무대 밖에서) 여러분의 웃음은 고객을 위해서가 아닙니다. 여러분 자신을 위한 겁니다. 우주의 에너지를 끌어당기세요. 더 밝게….
88만원   안녕하세요.
소리   여러분은 87대 1의 경쟁을 뚫고 당당히 인턴사원으로 근무하게 된 겁니다. 자부심을 가지세요.
88만원   안녕하세요.
소리   6개월 후에 반드시 재계약을 하겠다는 굳은 의지를 담아보세요. 자신에게 주문을 거는 겁니다.
88만원   안녕하세요.

1, 뛰어나와 도열에 서려고 하지만 자리를 내주지 않는 무리, 밀리고 밀려 끝으로 간다. 웃는 얼굴로 '안녕하세요'를 반복하는 그들….

소리   지각을 할 것 같으면 그만두세요. 일할 사람은 넘칩니다.

1   사람을 구해주느라… 의미 있는 일이죠. 전철을 타려고 하는데… 너무도 평범해 보이는 여자였어요.

88만원   안녕하세요.

1   플랫폼에 바람에 흔들리듯 위태롭게 서 있었어요.

소리   일 안 할 겁니까?

1   모두들 저를 영웅 보듯이… 왜 그런 눈빛 아시죠. 용기 있는 사람을 볼 때… 감탄과 존경의 의미가 섞인… 뉴스에 나올지도 몰라요.

88만원   안녕하세요.

1   나 아니었으면 그 여자 죽었어요. 내가 사람을 구했다구요. 놀랍지 않아요? 난 영웅이란 말입니다. 엄청난 일을 해냈다구요.

소리   당신, 대열에서 빠져.

1   누구요? 저요? 이해를 못 하셨습니까. 제가 사람 목숨을 구했다구요. 굉장한 일인 거죠. 예전과 다름없는 그저 평범한 하루일 거라고 생각했는데….

소리   야!

일순간 정적….

소리   나가주세요. 영웅이라고 떠들어대는 당신 말입니다. 여긴 회사입니다. 나보다 전체가 되어야 하는 공간이죠. 당신에게 급여를 주는 건 회사를 위해 이익을 내라는 뜻이지 잡담이나 늘어놓으라고 주는 게 아닙니다.

88만원의 무리들, '안녕하세요, 고객님. 무엇을 도와드릴까요?'를 반복하며 무대 뒤로 물러선다.

1 　제 말 좀 들어 보세요. 잠깐이면 되요. 태어나서 처음으로 쓸모 있는 인간이란 생각을 했단 말입니다.

소리 　우리 회산 당신이 필요 없습니다.

1 　좋습니다. 내 가치를 몰라주는 이런 개 같은 회사에서 일하고 싶지 않습니다. 의미 있는 일을 찾을 겁니다. 영웅에게 어울리는 그런 일을… 여러분도 같이 갑시다. 우리도 원하는 삶을 살아보자구요.

순간, 짧은 정적이 흐르고….

1 　진심으로 웃고 싶어서 웃는 겁니까?

88만원 　좌절도 하면 안 됩니다. 비관적인 사고는 필요악입니다. 긍정의 힘. 하루를 웃으며 시작해서 웃고, 웃고, 웃으며 하루를 끝냅니다. 웃다보면 내가 왜 웃는지도 모릅니다. 안면 근육이 조금 뻑뻑할 뿐… 슬픔을 나눌 상대가 줄어듭니다. 힘들다고 말하면 친구는 내 전화를 받지 않습니다. 난 잘 지낸다고 말합니다. 다 같이 잘 사는 사회가 불가능한 건 사람들이 원하지 않기 때문입니다. 나눔보다 경쟁에서 이기는 게 더 짜릿하니까. 내가 생산해내는 물건들처럼 나도 가격이 매겨졌습니다. 88만 원….

1 　우리의 가치는 우리가 만들어 냅시다.

88만원 　나는 일하고 싶습니다. 나는 일하는 자로 기억되고 싶습니다.

1 　88만 원에 20대를 팔아치울 겁니까?

88만원 　고객님을 위해 만들어진 물건입니다.

1	우리는 달라질 수 있습니다.
88만원	이 물건을 쓰시는 순간 당신은 이미 특별한 존재. 영웅도 만들어 드립니다.
1	우리가 태어난 건 뭔가 중요한 의미가 있을 겁니다.
88만원	고객님을 위해 만들어진 물건입니다. (반복)···.

88만 원의 무리들, 1의 말이 이어질 때마다 한 걸음 더 뒤로 물러선다.

1, 한 걸음 다가서면 무리는 한 걸음 더 뒤로 물러난다.

1, 쓸쓸히 혼자 남겨진다.

〈12시 05분〉

공원. 우유와 빵을 먹고 있는 양복 입은 사내, 수다를 떠는 주부, 평일 한낮의 공원이 스케치 되고 그들 사이에 벼룩시장을 뒤적이는 4, 박스를 깔고 자는지 누워 있는 5. 늙은 사내가 큰 자루를 끌고 지나간다. 휴대폰 벨소리가 울리자 모든 사람들 일제히 전화를 받고는 각자의 얘기를 쏟아낸다.

비닐봉지를 든 2, 걸어와 벤치에 앉는다. 2, 5가 누워 있는 곳에 천 원을 둔다.

5	돈 얻자고 누워 있는 거 아니요. 햇살이 좋아 누워 있는 거지.

2, 다시 돈을 집으려 하는데···.

5	(발가락으로 돈을 누르며) 잠시 빌리는 걸로 합시다. 준 사람 성의도 있으니···.

2, 봉지에서 소주병을 꺼내 나발을 분다.

5   남았으면 나눠 마십시다.
2   사서 드세요.
5   (천 원을 내밀며) 여깄수. (돈을 주고 소주를 마신다) 돈 찾아가는 방법
     도 여럿이유.

2, 순간 울컥 어깨를 들썩이며 흐느낀다.

5   소주 때문이요. 뭐 그렇게까지… 여깄수.

흐느낌소리 더 커진다.
5, 입 닿은 곳을 닦을 만한 게 마땅치 않자 바지 속에서 팬티를 끌어 올려 입
구를 뽀독뽀독 닦아준다.

5   내가 지닌 것 중에 젤 깨끗한 걸로 닦았으니 안심하고 드시오.
     난 돌려 줬수다.

5, 슬쩍 돌아서려는데….

2   아무도 그런 말을 해 준 적이 없었어요.
5   뭘 또 그렇게까지 고마워하고….
2   네가 원하는 것을 하라.
5   기도하는 사람입니까? 난 기도 안 합니다.
2   신은 그런 말 안 했어요. 용서하라고 했지.
5   말할 사람 필요해요?

2, 빤히… 5가 무안할 정도로 쳐다본다.

2 아무리 없어도 아저씬 아니죠.

5 그거 대답하라고 묻는 거요? 사람 면상에 대고….

2 흥분 마세요. 물음표 생략했어요.

5 누구에게나 인지하는 방식이 있습니다. 그게 인간이든… 세계든… 캐나다 중부의 원주민이었던 크리 사람들은 원추형 천막 속에서만 살아왔기 때문에, 사선을 특히 잘 지각했다고 합니다. 그와 반대로, 고층 빌딩의 숲에서 사는 데에 길들여진 시카고 사람들은 사선 형태로 제시된 정보들을 지각하지 못했습니다. 그들은 오로지 수직적인 형태와 수평적인 형태만을 지각하도록 길들여져 있었습니다. 그건 바꾸기 쉽지 않은 습관입니다. 어떤 환경에서, 어떤 사람들과 만나며 습관을 길러 왔는지는 몰라도 당신 같은 경우가 많은 것을 놓치고 사는 겁니다.

2 아는 게 많으시네요.

5 내가 철학 좀 합니다. 글을 쓰거두요. 여기 이리고 있는 건 경험이 필요해서고, 이러다 보면 어찌 압니까. 엄청난 걸 발견할지….

2 오늘 날씨 참 좋죠? 지하철역에서 지상으로 나오며 처음 든 생각이었어요. 이렇게 햇살이 좋은 날 난 죽으려고 했구나. 슬프진 않았어요. 이미 살고 싶어졌으니까. 철물점에서 필요한 걸 사고, 사람을 찾아다녔어요. 오전 내내… 그런데 찾을 수가 없어요. 사라진 거죠. 흔적도 없이… 난 아직도 이렇게 생생한데… 그 사람이 없어요. 그 사람이 없으면 다시 시작할 수가 없어요. 내가 간절히 원했던 거, 그걸 할 수가 없을까봐 두려워요. 다시 죽어야 할까 봐요.

5 개미는 두려움이 없다. 개미는 두려움을 전혀 느끼지 않는다.

그 이유는 간단하다. 개미에겐 죽음이나 자기의 나약함에 대한 의식이 없기 때문이다. 어쩌다 자기 도시와 공동체 전체의 생존 문제 때문에 걱정을 하기는 하지만, 그렇더라도 자기가 죽을 것을 두려워하는 일은 없다. 개미에게 두려움이 없다는 사실을 이해하려면 개미집 전체가 하나의 유기체처럼 살아 있다는 점을 감안해야 한다. 각각의 개미는 인체의 세포와 똑같은 역할을 수행한다. 손톱을 깎을 때 우리의 손톱 끝이 그것을 두려워할까? 면도를 할 때 우리의 턱수염이 면도기가 접근해 오는 것에 전율할까? 뜨거운 욕탕 물의 온도를 가늠하려고 발을 집어넣을 때 우리의 엄지발가락이 두려움에 떨까? 그것들은 자율적인 단위로 존재하지 않기 때문에 두려움을 느끼지 않는다. 마찬가지로 우리의 왼손이 오른손을 꼬집어도 오른손은 왼손에 대해 아무런 원한을 품지 않는다. 오른손에 왼손보다 더 많은 반지가 끼워져 있다고 해서 시샘 따위가 있을 리 없다. 자기를 잊고 유기체와도 같은 공동체 전체만을 생각한다면 근심이 사라진다. 어쩌면 그것이 개미 세계의 모듬살이가 성공한 비결 가운데 하나일지도 모른다.

2 좋은 말인 거 같기는 한데… 이 상황에 어울리는 건지는 잘 모르겠지만… 뭔가 철학적인 게….

5 쉽게 알아들으면 그건 예술이 아니죠. 아무나 떠들어 댈 수 있는 이야기라면 철학이라 할 수 있겠습니까?

2 어렵다는 뜻이 아니라 왜 그 말을 하는지 모르겠다는 얘긴데….

5 설명하리다. 왜 해야 했는지… 그건… 그건… 당신이 말한 두려움이 나를 통해 해소될 수 있다는 겁니다.

2 그 말이 그거였어요. 개미는 두려움이 없다. 왼손이 오른손을 꼬집어도 원한을 품지 않는다. 하나다.

5 　우주 공간은 캄캄하다. 별빛을 반사시킬 벽이 존재하지 않기 때문이다. 그래서 광선은 무한한 공간 속에서 소진되고 만다. 언젠가 우리가 우주의 깊숙한 곳에서 희미한 빛을 발견하게 된다면, 그것은 우리가 우주의 경계가 되는 한 모퉁이에 도달했음을 의미하는 것이리라.

2 　우주의 깊숙한 곳에서 희미한 빛을 발견한다는 건… 그 빛이….

5 　그래요. 예술은 그런 겁니다. 그것이 예술가들의 짓거리죠. 그럽시다. 내가 빛이 되어 주리다. 지금까지 내가 떠든 이야긴 내 얘기가 아니요. 책에서 읽은 글이거나 주워들은 거지. 난 죽은 자였소. 예술가가 자기 말을 갖지 못한다는 건 관 속에 누은 시체란 말이요. 내 말을 찾기 위해 세상을 헤매고 다닌 지도 계절이 한 바퀴 돌았수다. 사람들한테 어떤 의미가 된다는 건, 모든 예술가들의 마지막 종착역이지.

2 　당신을 통해서 내가 원하는 걸 이뤄라.

5 　내가 어떤 가치를 가질 수 있는지 찾게 된다면 집으로 돌아갈 수 있을 거 같소.

2 　….

5 　무엇이라도 좋소. 당신이 간절히 원했던 게 무엇이요? 망설일 거 없어요. 당신은 나로 하여금 가치를 만들어 주는 거니까. 예술가라는 게 영혼을 달래 주는 일이라, 진짜가 되는 거요. 당신과의 소통을 통해….

2 　여기였어요. 이 공원….

5 　무대는 만들어줬군.

2 　어둠에서 모습을 드러냈어요.

5 　극이 시작됐으니까….

2 　길을 물었는데… 나와 같은 방향이었죠. 그러니 날 쫓아오고

있다는 생각을 전혀 할 수 없었어요. 친절한 아저씨가 사준 아이스크림이 달콤해서… 아저씨가 아이스크림을 떨어트렸어. 끈적이는 손을 씻어야겠다고 화장실로 가자고… 친절한 아저씨 변기통에 나를 누르고 아프지 않게 하겠다고… 살 수 있는 방법을 선택하라며 속삭이던 헐떡거림… 아홉 살 계집아이는 녹아서 짓이겨진 아이스크림을… 죽일 거야. 죽일 거야. 죽어.

2, 봉투에서 칼을 꺼낸다. 순식간에 5를 찌른다.
2, 피 묻은 칼을 들고 물러선다.
5, 배를 움켜쥐며….

5   피가 따뜻해. 그래도 살아는 있었던 모양이야. (나무에 기대어 앉는다) 조금 쉬자고… 그 쪽도, 나도 사느라 애썼으니까.

2, 주춤주춤 뒷걸음쳐 도망치듯 나간다.

5   이렇게 죽게 될지는… 일상을 잃어버린 내 삶을 끝내고는 싶었지만… 끝내는 방법으로 꽤 괜찮았지. 적어도 한 사람에게는 의미가 되었으니… 햇볕은 비춰도 날이 차다.

5, 신문을 덮고 눕는다.
그 곁을 웃으며, 음악을 들으며, 통화를 하며, 장난을 치며 지나가는 사람들. 더러는 동전을 던져주기도 하고, 코를 막기도 하고, 공부 안 하면 저렇게 된다는 엄마의 훈계도 있고, 나른한 오후의 하품도 있고….

〈16시 01분〉

편의점 계산원 옷을 입은 4.

편의점 앞에 놓여진 파라솔을 청소한다. 작은 수첩을 보며….

4 　파스칼의 정리. 원뿔곡선에 내접하는 임의의 육각형에서 대응하는 세 쌍의 변의 연장선이 만나는 세 점은 한 직선 위에 있다. 원뿔곡선에 외접하는 임의의 육각형에서 대응하는 세 쌍의 꼭짓점을 맺는 직선은 한 점에서 만난다. 두 개의 삼각형의 서로 대응하는 꼭짓점끼리를 맺는 직선이….

4가 수첩을 읽는 사이 편의점으로 들어가는 2.

4, 따라 들어간다.

6, 어슬렁어슬렁 음식을 찾아 킁킁거리다 지친 듯 파라솔 옆에 웅크리고 눕는다.

2, 먹을 걸 잔뜩 사들고 편의점에서 나와 파라솔에 앉는다.

빵을 먹으려는데 손에 피가 묻어있다. 휴지를 꺼내서 침을 뱉어 피를 닦고는 우적우적 빵이며 도시락이며 닥치는 대로 먹는다.

6, 2를 애처롭게 쳐다보며 낑낑거린다.

2 　배고프구나. (6에게 먹을 걸 준다) 나도 개를 키운 적 있어. 사람보다 낫지. 먼저 배신하는 법이 없으니까. 날씨 참 좋지? 오랜만이야. 정말 맛있어.

6, 발로 테이블에 있는 먹을 걸 집어서 먹는다.

4, 통화를 하며 편의점에서 나온다.

4   3900원씩 쳐서 계산한 거 알아? 완전 짜증나. 시급 4250원은 지켜줘야 되는 거 아니야. 법도 개무시야. 미성년자라 위험부담이 있었다나. 내 노동의 가치가 4250도 안 된다는 거지… 열라 열심히 했거든… 수학공식 외우면 뭐하나. 등록금이 있어야 대학을 가지. 졸라, 짜증나. 콱 죽어버릴 거다. 왜?

4, 핸드폰을 끊는다.

2   진짜 죽을 거야?
4   아줌마 뭐예요?
2   손님. 이거 계산했잖아.
4   (유니폼을 벗으며) 일 그만 뒀어요. 아줌마랑 나랑은 서로 쌩까는 게 자연스러운 사이거든요.
6   우리 개들은 인간과 다르게 넓은 시야를 가졌어. 이상하리만치 넓은… 붉은색의 세계. 우리는 색맹이라 붉은색으로만 사물이 보여. 내 눈에 보이는 건, 경계도, 차이도, 구분도 필요 없어. 그냥 붉은색이야. 두 여자들도… 그리고 인간의 100만 배의 후각을 가진 덕에 인간의 눈으로 찾아내는 것보다 훨씬 많은 것들을 찾아내지. 이 여자에게선 익숙한 냄새가 나. 빵을 줬다고 해서 좋게 말하는 건 아니야. 난 거짓말은 안 해. 말을 못하니까. (떼굴떼굴 구른다)
2   더 달라고?

2, 6에게 빵을 준다.

6   인간들이 얼마나 단순하냔 말이야. 난 그저 근지러워서 굴렀을 뿐인데… 내가 하는 모든 걸 저들은 저들을 위해서 하는 줄 알

지. 세상 살기 참 쉽지. 난 그래서 단순한 일상이 좋아. 언제나 하나만 보면 되지. 주인… 한 사람 말만 들으면 돼. 주인… 간단하지. 인간은 그럴수록 더 좋아해. 주인은 그 보답으로 애정 어린 시선과 상냥함으로 나를 대하지. 가끔 개를 버리는 인간들이 있지만, 인간들끼리도 서로 욕을 하는 걸로 알고 있어. 단순한 삶이 얼마나 행복하고 아름다운지… 이번엔 좀 쎈 걸 해볼까. (개짖는 소리를 내며 꼬리를 흔든다) 표정도 하나 날려주고….

2   너 귀엽다.

4   주지마요. 버릇 되요. 집 없는 개는 시도 때도 없이 와서 비빈다구요. 가. 가.

2가 6에게 먹을 걸 주면 입에 물고는 4를 향해 다리를 들어 찍 오줌을 싸고는 달아난다.

4   저런 개새끼.

2, 먹을 걸 입에 구겨 넣듯이 밀어 넣으며….

2   죽지 마.

4   뭐라는 거야…?

2   평생을 어린 시절에 자라난 몸을 구겨 넣고 사느니 죽겠다 결심했어. 그래야 해방시켜 줄 수 있을 거 같았거든. 그런데 말야. 살아 있으니까 기회가 오더라구.

2, 순간 구역질을 하며 먹은 걸 토해낸다.

4   일 그만두길 잘 했네. 드럽게….

2 다 쏟아내고 나니까 살 거 같다.

4 입이나 닦아요.

2 경험으로 알게 된 거니까, 믿어. 오늘 날씨 참 좋지? 바람도 불고… 살아 있는 게 이래서 좋아.

2, 일어나 간다.

4 미친년… 황사구만… (작은 수첩을 꺼내 읽으며 나간다) 두 개의 삼각형의 서로 대응하는 꼭짓점끼리를 맺는 직선이 한 점을 통과하면, 대응하는 변의 교점은 일직선 위에 있다.

〈19시 30분〉

모니터 앞에 앉아 클릭을 반복하는 PC방의 PC족들.
그들 사이에 4가 있다.

4 클릭. 클릭. 새로운 세상을 여는 주문이다. 클릭….

4의 휴대폰이 울린다.
그곳의 모든 시선이 4에게 날카롭게 꽂힌다.

4 나, PC방이야. 나중에 전화할게. 전화한다고… 뭐? 진수 생일….

'에이 씨팔' 여기저기서 터지는 거친 말들….

4 돈 없어. 그냥 어떻게 가 쪽팔리게… 끊어. 끊으라고….

4가 휴대폰을 끊자 다시 모니터를 집중하는 PC족들….

4 클릭. 클릭. 새로운 세상을 여는 주문이다. 클릭… 모든 것이 이루어지는 세상… 무엇이든 될 수 있는 세상…. 전사, 공주, 성주, 어떠한 폭력도 용서 되는… 그리고 내가 꿈꾸는 내가 거기 있다.

4의 대사와 함께 무대는 PC속 가상의 세계가 된다.
빠른 템포의 뮤지컬 장면 중 한 장면으로 4와 PC족들이 가상세계의 존재가 된다.

주문을 걸어
오늘도 뜨거운 환상 속 어디에선가
내 열정 채워줄 새로운 세상 열리네
현실은 지루해, 난 별 볼일 없지
날 깨워줄 세상 여기선 내가 영웅
세상을 열어!
밤을 지새워 세계를 만드는 거야
완벽한 권력, 완전한 희열, 나를 위해 펼쳐진 파라다이스
사랑을 걸어
날이 샐 때까지 사랑을 즐기는 거야
이름도 없고 얼굴도 없지만 불가능도 없어
꿈꾸는 모든 게 이루어지는 세상
클릭, 클릭, 클릭

노래가 끝나고 다시 현실의 세계로 돌아오는 4와 PC족들.

4   그러나 나는 존재하지 않는다. 게임이 끝나고 현실로 돌아오는 시간… 끔찍한 자각만 있을 뿐이다.

[얘기를 나눌 사람을 찾습니다]
[나이, 성별?]
[말할 수 없음. 남자]
[얼마 줄 건데?]

4   존재하지 않는 세상에서 관계를 맺자고 신호를 보내는 건 현실이 뜻대로 되지 않는다는 증거다.

[한 시간에 십만 원]
[… OK]

4, 일어나 나가며 전화를 건다.

4   생일파티에 갈 수 있을 거 같아.

PC족들의 따가운 시선을 아랑곳 하지 않고 나가는 4.

〈20시 05분〉

공원에서 만나는 4와 1.

신문을 덮고 있는 5의 주검은 그대로 나무 아래 누워 있다.

4   와줬군.

1   진짜 주는 거죠?

1, 벤치에 앉는다.

4   여기서 하자구요?

1   싫으면 다른 곳으로 갈까?

4   모르겠어요.

1   돈부터 줘야 하나?

4   아저씨, 저 이런 일 처음이거든요.

1   (십만 원을 건네며) 한 시간이면 돼.

4   내 노동의 가치가 한 시간에 십만 원이라니….

1   오래전 세우기만 했던 삶의 계획들을 실천해보고 싶었어.

4   5시간이면 오십. 그렇게 열흘이면 오백. 대학입학금이 해결되
     네요. 한 시간에 4250원. 하루에 5시간씩 21250원. 한 달을 일
     해도 60만 원 넘기기가 힘든데… 그렇게 1년… 아무것도 못하
     고… 그래도 등록금이 모자라네….

1   현대를 살면서 꿈을 꾼다는 것이 얼마나 많은 용기가 필요한
     지… 넌 아직 모르겠구나.

4   안 되겠어요.

1   한 시간이면 돼. 빨리 끝내줄 수도 있어. 네가 말을 잘 들어주
     면….

4   (흑…) 잘못했어요.

1   뭘?

4   아저씨를 놀리려고 했거나, 거짓말을 할 생각은 없었어요. 그

냥… 집에 가고 싶어요. 아저씨가 화를 안 냈으면 좋겠어요.
저, 무서워요.

1   (다가서려 하며) 왜 울어?

4   그냥. 거기 서서 얘기해도 되잖아요. 돈 드릴게요.

1   그러지 마.

4   아저씨가 원하는 걸 해줄 수가 없어요.

1   제발….

4, 비명을 지르며 주저앉는다.

1   그냥 얘기만 들어달라는 거잖아. 집에 전화를 해도 아무도 안
받아. 친구는 바쁘다 그리고… 헤어진 여자 친구는 나더러 미
쳤다더군. 하루 종일 말할 사람을 찾아다녔어. 내 얘기를 들어
줄… 정말 안 되겠니?

4   빈 공간에서 혼자 떠드는 느낌… 그거 알아요. 아무도 안 들어
줘요. 말을 해도 내가 듣고 싶은 대답을 해주는 사람은 없어요.
대답이 자기 안에 있대요. 그게 뭐야. 그럴 거 같으면 아무도
필요 없는 거잖아. 아무것도….

1   관계를 만들어 간다는 게 허무하지.

4   스무 살이 넘어도 그럴까요?

1   서른이 넘었는데도 여전히 그래.

4   아저씨 얘길 들을게요. 착한 척, 이해심 많은 척, 똑똑한 척, 세
상 다 아는 척, 안 해도 되요. 싫은 사람 있으면 욕하고, 욕심도
좋고, 질투도 좋고, 뭐든….

1   재미는 없을 거야.

4   거짓말은 흔해서 지루하지만, 솔직한 이야긴 흥미로워요. 그럼
이 돈은 내가 가져요.

1   이런 말 들어봤어? 사회에 필요한 사람이 되라.

4   무지 듣죠.

1   우린 어떤 사람을 필요로 할까?

4   일자리 많이 만들어 주는 사람. 우리 아빠가 그랬어요. 우리 엄마는 집세 안 올리는 주인….

1   영웅. 난 영웅이 되고 싶었어.

4   슈퍼맨 같은 거요.

1   그래. 사람들에게 일어난 어려운 일을 불가사의한 힘으로 해결해주는… 오늘 아침, 내가 얼마나 엄청난 일을 했는지 알아. 사람 목숨을 구했어. 대단하지….

4   뉴스에 나와요?

1   아니… 뉴스거리가 넘치나봐.

4   요즘 사건 사고가 많기는 하죠.

1   얼마만인지 몰라. 뜨거워지더라.

4의 휴대폰이 울린다.

4   잠깐만요. (전화를 받고) 어. 금방 갈 거야. 알았어. 기다려. 노래방 쏠게. (전화를 끊고) 계속하세요.

1   세상은 영웅을 필요로 하지 않아. 영웅의 이야기도….

6, 어슬렁어슬렁 걸어와 5의 주위를 서성인다.

4   아까 그 개네….

6, 5를 건드리며 신문을 걷어낸다.

6, 손으로 5의 가슴에 묻은 피를 닦아서 자신의 몸에 닦는다. 개가 혀로 피를

핥는 것과 같은 행위다.

4, 5의 피를 보고 비명을 지른다.

1, 조심스럽게 5에게 간다. 5는 죽은 지 오래다.

4	얼굴이 보라색이에요.
1	죽었으니까.
4	경찰을 불러야죠?
1	내가…? 좋은 생각일까? 여길 왜 왔냐고 물으면 뭐라 그러지?
4	이 상황이 아저씨를 필요로 해요.
1	나를…? (휴대폰을 걸며) 112죠?

1, 나간다.

6, 여전히 손으로 피를 닦아 몸에 문지른다.

6 일어나. 너 이거 좋아하지. 꼬리 흔드는 거. (혼신의 힘을 다해 흔든다) 먹은 것도 별로 없어서 힘들어. 그만 일어나. 나… 혼자 두지 마. 집은 없어도 주인은 있어야지. 안 그럼, 개 팔자가 너무 불쌍하잖아. 혼자 두지 마….

4, 갑자기 자기 몸을 구석구석 만지더니 휴대폰을 건다.

4 나, 거기 안 가. 기다리지 마… 살아 있는 게 좋은 거라고… 어떤 여자가 말해줬거든… 근데… 그땐 그 말이 뭔지 몰랐는데… 난 아직 살아 있더라고… 고통을 겪으며 어른이 된다는 말도 이해가 될 거 같아. (휴대폰을 끊는다)

4, 주머니에서 십만 원을 꺼내 5의 곁에 놓는다.

4   여행 경비로 쓰세요.

4, 도망치듯 나간다.

7, 자루를 끌고 들어온다.

7, 5를 자루에 담는다.

6, 7의 자루를 잡는다.

7   치워야 돼. 그래야 산 사람이 그 자리를 차지하고 살지. 삶은 그렇게 덧칠하며 사는 거야. 내가 가고 나도 그 자리엔 또 누군 가가 오듯이… 같이 갈래? 네 놈도 주인이 필요할 거 아니냐? 내 눈이 되어주면 좋겠다.

6, 일어나 앞서 나간다.

7   (나가며) 일이 좀 수월하겠구나.

〈20시 20분〉

3, 나와 공원 벤치에 앉는다. 전화를 건다.

3   여보, 나야. 당분간 집에 못 갈 거 같아. 안 가는 거야. 맞아. 당 신은 언제나 맞지. 난 언제나 시시하고… 생각할 게 있어서 그 래. 알아, 아이들이 아직 어린 거. 아침까지도 확인했어. 당신, 진심으로 내가 아무렇지도 않길 바라는 거야? 사람이 터져 죽 었어. 피로 떡진 머리뭉치가 유리창에 달라붙었다구고. 항상

같은 말… 그래 사고가 내 탓은 아니지. 알지만… 오늘 아침에
도 한 여자가… 의사도 만나봤잖아. 노력했다구… 쉬고 싶다.
(전화를 끊는다)

휴대폰이 울린다.
3, 나무 아래에 자리를 잡으며….

3   지내기에 꽤 괜찮겠군.

6, 다시 걸어와 나무 아래에 자리를 잡는다.

3   네 자리냐? 같이 지내도 되겠지?

6, 대답 없이 엎드린다.
3, 6을 쓰다듬어주며….

3   잘 지내보자.

계속 울리는 휴대폰 벨소리.
3, 돌덩이를 들고 와 휴대폰을 내리찍는다.

3   조용한 게 맘에 드는군.
6   새로운 인간의 사연을 듣게 되겠군. 거리에 사는 개들의 특권
        중 하나지. 주인으로 따를지는 그 다음에 결정해도 늦지 않아.

1, 통화를 하며 등장한다.

1	거기가 아니구요. 공원에 보면 나무 있잖아요. 물론 공원에 나무 없는 곳이 없죠. (하고 보는데 3이 6과 앉아 있다) 여기… 여기서 혹시 죽은 사람 못 보셨어요?
3	보시다시피….
1	언제부터 있었어요?
3	네?
1	(전화에 대고) 제가 잘못 알았네요. 네. 죽은 게 아니었어요. 죄송합니다. (전화를 끊고) 아저씨 언제부터 살아 있었어요?
3	마흔일곱인데… 통성명 트는 인사치고는 좀….
1	전… 죽은 줄 알았어요….
3	우리 집사람도 그걸 걱정하긴 합디다만, 아직 죽을 준비가 안 돼서….
1	네… 근데 우리 만난 적 있나요?
3	글쎄… 워낙에 공적인 일을 하는 처지라 그럴 수도 있고….
1	그러게요. 사람들이 관계 맺은 경우만 기억을 해서 그렇지, 살면서 한두 번 스쳤을 수도 있죠.

1, 휴대폰을 걸며….

1	소주 한잔 할래? 내일 출근해야 한다고? 출근이야 나도 하지. 그래….

1, 휴대폰을 끊는다.
6, 3에게 십만 원을 준다.

3	일을 안 해도 돈이 생기는구나. (1에게) 술 한잔 어때요? 나한테 공돈이 생겼는데….

1   ….

3   말할 사람이 필요해서 그러는데….

1   … 제가 도와드리죠.

1과 3, 서로 바라보면서….

6, 나무 아래서 잠을 청한다.

〈00시 25분〉

무대는 네온사인으로 현란하다.

술을 나누는 사람들, 웃음을 나누는 사람들, 소란을 나누는 사람들….

사람들 마치 마라톤 출발 선상에 서있듯 일렬로 선다.

그리고 달린다. 달리다 벽에 쳐 박히기도 하고

제자리 뛰기를 하기도 하고

출발을 하지 못한 사람도 있고

뒤로도 달리고

각자의 인생 달리기….

1, 2, 3, 4, 5, 6, 7….

인생 속도 (각자의 나이를 외친다) ….

인간은 처박혀 죽을 벽을 향해 돌진 중인가.

(툭 멈춰 선다)

달릴 기운이 없다.

달리고 싶지 않다.

생각을 할 시간이 필요하다.

허기진 배가 달리라고 말한다.

(달린다)

다시 달린다.

살아 있기에 달려야 한다.

(순간, 무대 벽에 객석의 모습이 투영된다)

하늘을 볼 시간과 바람을 즐길 자유와 선택할 용기가 필요하다.

나는 살아 있다. 나는 산다. 너와….

(음악과 함께 점점 고조되는 그들의 외침)

그들의 대사가 흐르는 사이….

천천히 옷을 벗으며 걸어 나가는 사람들. 느림 속에서 느껴지는 외로움,

거기 벗겨진 구두여도 좋고, 사진이어도 좋고 흔적들이 버려진 거리.

늙은 사내가 지나가며 버려진 흔적들을 자루에 담는다.

점점 무너져 내리는 그들의 뒷모습 위로 알람시계가 울린다.

다시는 밝아질 거 같지 않은 어둠의 시간은 자명종 소리와 함께 다시 깨어난다.

막 내린다.

문

· 등장인물

　환웅
　웅녀
　호녀
　X라 불리우는 남자
　반장
　여기자
　형사1, 2

　그 밖의 경찰들, 카메라맨

· 무대

환웅의 연구실을 기본 무대로 하고, 연구실 밖에서 대치하고 있는 형사들의 장면
은 무대 뒤쪽으로 이층무대를 쓰는 것으로 한다.
연구실 내부는 실험도구가 올려 있는 커다란 책상과 진열장, 수술대가 놓여 있다.
진열장 중앙 부분 잘 보이는 곳에 환인의 표본인 '반지가 끼워진 손가락'이 유리
병 속에 담겨져 놓여 있다.
실내는 지하라 한쪽에 지상으로 나가는 계단이 있다.

무대는 어둡다.

※ 2011년 6월 공연한 대본을 수록했다. '옥랑희곡상'을 수상한 원작은 '옥랑희
곡상' 수상집에 수록되어 있다.

환웅　나는 누구인가? 내 아버지의 아들. 내 어머니의 아들. 날 증명해 줄 사람은 어디에 있는가?

무대 서서히 밝아온다.
환웅, 연구 중이다.

환웅　삶과 죽음의 문제를 논하긴 너무 진부하다. 나의 인간복제 연구가 마지막 단계를 남겨두고 있기 때문이다. 과학의 발전을 답보상태에 빠트렸던 생명윤리에 대한 견해는 연구의 성공이 가져다 줄 인류의 행복 앞에 함구하게 될 것이다. 하지만 실패하게 된다면 난 이 어둠에서 벗어나는 기회를 영영 잃어버릴지도 모른다. 난 이 연구를 위해 내 젊은 날의 연희를 학문에 바쳤다. 그러나 난 아직 알지 못하는 것이 있다. 내가 만들어낼 인간이 누구인지. 난 그에게 완벽한 육체와 완전한 유전자를 줄 수 있다. 그 외에 내가 줄 수 있는 건 아무 것도 없다. 물론 완벽한 육체와 완전한 유전자는 신조차 인간에게 주지 못한 선물이다. 주지 않은 것이라면 신의 오만함은 끝이다. 난, 보이지 않는 상대와 싸우고 싶진 않다. 그건 너무도 어리석은 행위다. 인간은 스스로 함정을 파 놓고 놀이를 즐긴다. 신이 있고 없음은 중요하지 않다. 나를 증명하는 게 중요할 뿐이다. 신의 유무보다는 나의 있고 없음이 더 간절하다. 내게도 죽음을 거부하는 거센 본능이 나를 지배하고 있지만 그 이유를 나는 알지 못한다. 왜 살고 싶어 하는지 나는 모른다. 그 답을 찾고 싶다. 난 세상이 지금과는 다른 모습이길 원한다. 그 이유는… 아직 알지 못한다. 모른다기보다 너무 많은 이유가 나를 흔들고 있다. 그것도 아니면 너무도 보잘것없는 이유이기에 인정하기 힘든 건지도… 난 내 안에서 얻지 못하는 답을 밖에서 구하고자 한

169

다. 문 밖에 서 있는 지상의 사람들에게서. 나는 두렵다. 내가
만들어낼 그 어떤 생명체보다 강하고 완벽한 그를 거부할지도
모른다는 생각에. 어둠으로 스며드는 내가 보인다. 끔찍하게
일그러진 영혼이 허덕이고 있다. 보고 싶지 않다. 눈을 감는다.
지워지지 않는다. 더 힘껏 감는다. 너무도 선명하게 나를 삼킨
다. 그는 문 밖의 사람들이 원하는 인간이어야 한다. 신의 섭리
라는 기존의 자연적인 방법이 아닌 방법으로 태어날지라도 그
는 인간이다. 인간의 형상을 하였고 인간의 육체를 이루고 있
는 모든 구성을 완벽하게 갖추었다. 다만… 난 이 물음이 싫다.
분명 답을 얻지 못할 것이기 때문이다. 다만 내가 만든 인간복
제 1호는 날 어둠에서 끌어 내주듯이 모두를 희망의 문으로 인
도할 것이라 믿을 뿐이다.

환웅, 손가락이 담긴 유리병을 책상 위에 올려놓는다.
X의 모습이 어둠 속에서 실루엣으로 보인다.

환웅　이 연구는 죽어 있는 남자의 신체 일부분에서 성체줄기세포인
　　　　DNA를 추출하여 배아줄기세포인 여자의 난자에 이식시킨 후,
　　　　난자핵을 제거한다. 적출한 자궁은 촉진제가 담긴 시험관에서
　　　　배양시킨다. 완벽한 생명체의 탄생이다. 그의 이름은 단군으로
　　　　명명한다.

X, 박수를 치며 모습을 드러낸다.

X　　　제 믿음을 저버리지 않으셔서 감사합니다.
환웅　그런 말을 듣기엔 이른 감이 있는 거 같군.
X　　　지나친 겸손은 비굴해 보입니다.

환웅	나갔던 일은 어떻게 됐나?
X	오늘 밤에 넘겨받기로 했습니다.
환웅	실험이 잘못될 수 있다는 말은?
X	그런 일은 없겠지만 만에 하나, 잘못되는 일이 있더라도 시끄럽지 않을 여잡니다.
환웅	연구의 성공 여부와는 상관없이 그 여자의 운명은 정해졌겠지.
X	그분을 뵌 적은 없지만 상대가 무슨 생각을 하는지 미리 읽고 질문을 하셨다 들었습니다. 놀라운 건, 한 번도 틀린 적이 없으셨다죠.
환웅	자넨 내 아버지에 대해 나보다 더 많이 아는군. 두 번, 세 번… 이젠 흐릿하지만… 기억에 남은 아버진 여전히 입을 굳게 다물고, 근엄한 표정으로 날 봐. 자네 아버진 내 아버지였고, 세상이었지.
X	살아서 들으셨다면 기뻐하셨을 겁니다.
환웅	그랬을까?
X	(살피고) 지치신 건 알겠지만 안색이 안 좋습니다.
환웅	….
X	연구가 완성되기만을 기다리고 있는 많은 사람들을 잊으신 건 아니겠죠? 혹시나 해서 드리는 말씀입니다.
환웅	나에게 돈을 대는 그 사람들? 한 번이라도 그럴 수 있었으면 좋겠군.
X	어릴 때부터 그러셨다죠. 꼭 무슨 일을 끝내야 하는 상황이 오면 투정도 부쩍 느시고 식사도 거르고 잠도 주무시질 않으시고… 아버지의 가슴 조림이 제게도 삶의 일부가 됐죠.
환웅	만약… 실험이 당신들 뜻대로 되지 않는다면…?
X	우리들입니다.
환웅	….

X	약한 모습은 보이지 마십시오. 그건 당신의 것이 아닙니다.
환웅	살아계셨다면 독방에 가두고 벌을 내렸을 테지. 어둠을 무서워할 나이가 이미 지났는데도….
X	전 그저 누구보다 강해지시길 바라는 마음에서….
환웅	우리 아버지처럼… 자네도 자네 아버지와 같은 말을 하는군.
X	도련님도 원하고 바라는 이상세계를 만들기 위함입니다. 이 일은 인류를 위한 길입니다. 지표를 잃어버리고 표류하는 사람들에게 등대를 만들어주는 겁니다. 제가 보여 드리지 않았습니까. 얼마나 많은 사람들이 악마의 손에 더럽혀지고, 고통의 쇠사슬에 묶여 신음하고 있는지… 도련님의 연구만이 세상을 구원할 수 있습니다.
환웅	그래도 세상이 달라지지 않으면… 그땐 어쩔 거지? 어쩔 거라든가 그 사람들은?
X	사람들은 절대적인 힘을 가진 지도자를 기다립니다.
환웅	끔찍할 거야. 기다리지 않는 사람들에겐.
X	다른 건 생각지 마십시오. 어둠에서 벗어나길 기다린 시간만 생각하십시오. 더는 숨어살지 않아도 됩니다. 태어난 이 땅에서 떳떳하게 살 수 있습니다. 지금은 그것만 생각하십시오.
환웅	내 아버지의 명령이라고 했어. 그럼 자네는? 왜 내 꿈을 돕지?
X	아버지의 명령이셨습니다. 도련님은 그분만 살려내시면 됩니다. 약속시간이 되어서 전 그만…. (가볍게 인사를 하고 나가려는데)

희미하게 경찰 사이렌 소리 들린다.
호녀와 웅녀, 이층계단을 통해 뛰어 들어온다.
동물가면을 쓰고 총과 자루를 들고 있다.
가면과 복장으로 그들이 여자인지 남자인지 구분할 수 없다.
호녀, 환웅과 X에게 총을 겨눈다.

호녀   (거칠게 숨을 몰아쉬며) 움직이지 마. (X에게) 움직이지 말랬잖아! (환웅에게) 내가 볼 수 있는 쪽으로 나와.

웅녀, 문을 잠그고 문틈으로 밖을 살핀다.

호녀   (웅녀에게) 어때?
웅녀   아직은 괜찮아.
호녀   (총을 계속 겨누며) 너무 놀라지마. 우린 조금 있다 나갈 테니까. 대신 허튼 짓을 하지 않는다는 조건이 붙지만….

X, 뒤로 몇 발짝 물러선다.

호녀   지나친 거 아닐까?
웅녀   모르겠어. 잘 보이질 않아.
호녀   (총을 겨눈 채) 죽었을까? 빌어먹을.
웅녀   아직 아무것도 몰라.
호녀   돈도 거의 다 담았고, 조용히 나오려고 했어. 아무 문제 없었는데… 그놈의 손이 총으로 가지만 않았어도… 그럴 생각은 없었어. 그놈 때문이야. 그놈 때문에 일이 이렇게 됐어.
웅녀   네가 쏘지 않았다면 내가 죽었을 거야.

웅녀, 호녀의 어깨를 다독여준다.

X   마중 나온 사람들을 따돌리지 못한 모양이군.
호녀   입 닥쳐. 난 지금 인내심이 바닥이거든.
X   일을 치루는 데 있어서 흥분은 가장 무서운 적이야.

호녀, X에게 무섭게 총을 겨눈다.

X   인질을 죽이면 살아서 나갈 확률은 그만큼 줄어드는 거 아닌
가.

웅녀   (호녀에게 다가가 참으라는 듯 총구를 잡는다) 오래 걸리진 않을 겁니
다. 해칠 생각도 없구요. 밖이 잠잠해지면 곧 나갈 겁니다.

X   (웅녀에게) 목소리가 조금 떨리긴 하지만 침착하군. 사람은 궁지
에 몰릴수록 자신을 다스릴 줄 알아야 돼.

호녀   이봐, 당신 목숨이 우리 손에 달렸다는 걸 잊지 마.

X   사냥개들은 먹이를 포기하는 법이 없어. 야수치고는 너무 어리
석군. 스스로 우리에 갇히다니.

호녀   정말 못 들어 주겠군.

웅녀   여기 다른 문은 없나요?

X   출구를 찾는 거라면 단념해. 문이라곤 지금 당신들이 들어온
곳 뿐이야.

호녀   거짓말이면 재미없어.

환웅   문을 찾느니 자수를 하는 게 살 확률이 높을 거요.

호녀   닥쳐. 놈들에게 순순히 잡힐 거 같았으면 여기까지 오지도 않
았어. (집기를 걷어찬다)

X   여기 있는 도구들은 건드리지 않는 게 좋을 거야. 안 그러면 그
들보다 내가 먼저 너희들 숨통을 끊어 놓을 테니까.

호녀   겁주는 거야? 이봐, 아저씨. 사람 죽여봤어?

웅녀   그만해.

환웅   나라면 일을 더 크게 만들지 않겠어. 당신들이 잠시 몸을 숨기
기 위해 들어온 거라면….

호녀   얌전히 있으면 우리도 건들지 않아. 시끄러워지는 건 원치 않
으니까.

웅녀, 밖을 살피고 호녀는 연구실을 둘러본다.

호녀　(실험용 도구를 살피며) 뭘 만들고 있었지… 혹시 마약?

사이렌 소리. 차 멈추는 소리.
위층 무대는 [연구실 앞 도로]가 되고, 제복을 입은 경찰들이 에워싼다.
호녀, 긴장해서 다시 총을 겨눈다.
웅녀, 문쪽으로 다가가 밖을 살핀다.

웅녀　이런 제장. 쫙 깔렸어.
X　언제까지 이러고 있을 거야? 난 나가봐야 돼.
호녀　당신 죽고 싶어?
X　(문쪽으로 걸어가며) 내가 저 문으로 걸어 나가면 쏠 건가?
호녀　필요하다면.
X　총소리가 나면 '나 여기 있소'라고 광고하는 거나 마찬가질 텐
　　데….
환웅　날 죽이겠다고 위협하는 게 효과적일 거요.
호녀　(총구를 환웅에게 겨누며) 가르쳐줘서 고맙군.
환웅　누구라도 다치는 걸 원치 않을 뿐이요.
웅녀　(X에게) 나라면 위험한 도박은 하지 않겠어요.

호녀는 불안한 기색으로 그들을 감시하고
웅녀는 다시 밖을 주시한다.

[연구실 앞]
반장과 형사1, 들어온다.

형사 1　도주 차량을 버리고 근처 건물로 잠입한 거 같습니다.

반장　같은 거야. 그런 거야?

형사 1　그렇습니다.

반장　어딘지 확인됐어?

형사 1　알아보고 있습니다.

반장　주변 검색 강화하고, 지원부대 요청해… 그리고 기자들 출입
철저히 막아.

형사 1　예.

반장　근데, 차는 왜 버린 거야?

형사 1　기름이 떨어졌습니다.

반장　풋내기군.

　　　　형사2, 뛰어온다.

형사 1　알아봤어?

형사 2　목격자가 나타났습니다.

형사 1　어디래?

형사 2　이 건물 지하랍니다.

반장　뭐하는 곳이래?

형사 2　아는 사람이 없습니다. 그저 창고라고만….

반장　인질이 없으면 기다릴 필요 없잖아.

형사 1　통신 단자함은?

형사 2　찾았습니다.

반장　찾았으면 연결해야지.

형사 2　여쭤보고….

반장　넌 마누라하고 잠자리할 때도 나한테 물어볼래?

연구실에도 조명이 들어온다.

[연구실]
요란하게 울리는 전화벨 소리.

호녀 우리가 여기 있다는 걸 안 거 아니야. 이젠 어쩌지?

웅녀 (X에게) 받아요. 자연스럽게… 당신이 잘하면 금방 끝날 수도 있어요.

X, 웅녀가 내미는 수화기를 받아든다.

−X   네.

[연구실 앞 도로]와 [연구실]이 동시에 보인다.

−반장 (수화기에 대고) 나 강력반 최반장인데… 너희들이 거기 있는 걸 알고 있다.

−X   당신들이 찾는 사람은 내가 아닌 것 같소. (수화기를 웅녀에게 내민다) 이미 알고 있어.

−웅녀 (수화기를 받아들고) 우리의 요구 조건은 간단하다. 한 시간 내로 출입구에 차를 준비해. 그리고 가까운 공항에 비행기를 대기시켜. 그렇지 않으면 이 안에 있는 인질들의 목숨은 장담할 수 없다.

−반장 인질이 있다는 걸 어떻게 믿지?

−웅녀 방금 전에 통화했잖아.

−반장 물론. 하지만 같은 일행일 수도 있지. 너 같은 풋내기가 날 속일 수 있다고 생각해?

-**웅녀** 인질이 있는지 없는지는 내일 아침 신문이 말해 줄 거
       야. 당신은 우리가 시키는 대로나 해.
-**반장** 인질이 몇이야?
-**웅녀** 요구조건을 들어주면 알려주지.
-**반장** 너흰 이미 사람을 죽였어. 어쩔 수 없었던 상황이었다
       는 건 알아. 더 이상 살생을 하면 죄만 더 커질 뿐이야.
-**웅녀** … 한 시간이야.

웅녀, 수화기를 내려놓으려는데, 호녀가 수화기를 뺏는다.

-**호녀** 똑똑히 들었겠지? 만약 들어주지 않으면 모두 죽여버
       릴 거야. 알겠어? 그리고 지금 당장 경찰도 철수시켜.
       난 네놈들을 보면 참을 수가 없어. (전화를 끊는다)

[연구실 앞]

반장 (전화를 끊고, 형사2에게) 주변에 탐문 수사해봐. 여기가 뭐하는 곳
      인지. 누가 사는지. 시간이 없어.

형사2, 달려 나간다.

반장 (형사1에게) 주변도로 통제하고 저격수들 배치해. 일단 범인들 눈
      에 띄지 않는 곳으로 철수하는 걸로 하지.
형사 1 왜 죽었다고 하셨습니까? 민형사는 다리만 스쳤을 뿐인데.
반장 사냥감을 잡기 위해선 미끼가 필요하니까.
형사 1 살아 있다고 사실대로 말해 주는 게 자수라고 설득하는데 도
        움이 될 텐데요.

반장　자네는 내가 그들을 자수시킬 것 같나? 천만에. 그놈들은 경찰한테 총을 쐈어. 감히 경찰한테. 죽었는지 살았는지는 중요하지 않아. 쐈다는 게 중요한 거지. 한 시간 후, 저 문을 나서기만 하면 그대로 사살이야.

형사 1　인질들이 위험하지 않을까요.

반장　인질이 있을 수도 있지만, 없을 수도 있어. 밝혀진 건 아무것도 없어.

형사 1　그러다 기자들이 알기라도 하면….

반장　철저히 통제해. 시끄럽게 떠드는 거 딱 질색이니까.

형사 1　네.

형사의 지시에 따라 경찰들 몸을 숨긴다.

형사1과 반장도 몸을 숨긴다.

저격수들의 총구만 입구를 주시하고 있다.

[연구실]

웅녀는 환웅과 X에게 총을 겨누고 있지만 생각에 잠겨 있다.

호녀　(바깥의 동정을 살피고) 철수했나 봐. 밖이 조용해.

X　처음이군.

호녀　(거칠게 총을 대며) 인질은 살아 있어야 협상의 대상이 되지만, 언제까지 그 계산이 유효할 거라 믿지 마.

X　눈에 보이지 않는다고 해서 너희들 가슴을 향한 총구까지 없어진 건, 아니라는 걸 가르쳐주는 것뿐이야.

호녀　내 총구는 당신 머리통을 겨누고 있다는 걸 명심해.

X　돈은 요구하지 않는 걸 보니, 꽤 큰 걸 털었나 보지. 영화를 많이 보긴 봤는데, 끝까지 보질 않았군.

호녀 나와 내 친구가 주연한 영화는 아직 못 봤겠지. 둘은 유유히 이 거리에서 벗어나 안개 속으로 사라져. 아무도 찾지 못하는 곳으로 떠나는 거지. 이게 이 영화의 마지막이야.

X 어디로? 너희들이 갈 곳은 없어.

호녀 이 방만 떠나면 돼. 여기만 아니면 어디든 상관없어.

환웅 포기하는 건 시작보다 어렵겠지만 포기할 줄 아는 것도 아름다운 겁니다.

호녀 분명히 말하지만 우린 안 잡혀. 그저 시간이 조금 필요할 뿐이야. 그들이 헬기를 준비할 시간과 생각할 시간.

환웅 요구조건을 들어 줄 거 같소?

생각에 잠겨 있던 웅녀, 환웅을 보며….

웅녀 여긴 뭘 하는 곳이죠?

X 너희하곤 상관없는 일이야.

호녀 닥쳐. 뭘 모르는 모양인데 당신들은 우리 인질이야. 당신들이 누군지, 뭐하는 자들인지 알아야겠어.

환웅 … 연구실이요.

웅녀 뭘? 연구의 대상이 뭐죠?

X 그런 것까지 신경 쓸 여유는 없을 텐데.

환웅 완벽한 인간을 만드는 겁니다.

호녀 그런 건 없어. 이미 완벽한 인간은 필요 없는 세상이라구. 더구나 만들어 낸다는 건 불가능해. 쓰레기 같은 세상에 어울리는 인간이 누굴지 생각해 내는 게 빠를 걸.

환웅 만들어 낼 수는 있소. 과학의 힘은 그런 거요. 과학은 신을 살릴 수도 죽일 수도 있소. 과학의 힘을 빌리지 못했다면 이미 인류는 종말을 맞이했을 거요. 우리에게 남은 마지막 구원자는 신이 아니라 과학이오.

웅녀   어떤 방법으로?

환웅   복제를 하는 거요. 인간복제.

호녀   아직도 그런 허망한 이야기에 인생을 걸고 사는 인간이 있다니….

웅녀   누구를? 당신이 말하는 자가 누구죠?

X   이들은 알 권리가 없습니다.

웅녀   (환웅에게 총구를 들이대며) 들어야겠어요.

환웅   (총구를 손으로 치우며) 목숨을 위협 받는다고 모든 얘길 할 수 있는 건 아니지만 살아 있는 사람을 복제하는 건 아니라는 정돈 말해줄 수 있소.

웅녀   죽은 사람이 부활이라도 한다는 건가요?

X   우리를 이끌어 줄 지도자를 잠에서 깨우는 거지. 당신들 때문에 시간이 지체되고 있지만….

호녀   당신이 말하는 그가 우리에게 신천지라도 안내해준다는 거야?

X   우리가 사는 이 땅을 신천지로 만드는 거지.

호녀   누군진 모르겠지만 꽤 재밌는 발상이군. 진짜 멋있어. 당신이 말한 그가 이 땅에서 쓰레기 같은 인간들을 청소해 줄 수 있다면….

X   (말을 가로채며) 물론.

호녀   기대가 되는군. 당신들 생각이 이루어지길 바래. 진심으로.

웅녀   어떤 방법으로?

X   그분의 식으로.

웅녀   살인광이라도 만들 건가요.

X   우리의 과업을 그런 식으로 표현하는 건 용서할 수 없어.

웅녀   영웅을 만들려면 피는 필요조건이죠.

환웅   전쟁은 없을 거요. 피는 한 방울도 흘리지 않을 거요.

호녀	잘됐어. 세상은 뒤집어져야 돼. 정리가 필요하다고. 그래야 제자리를 찾을 수 있어. 세상엔 죽어야 될 놈들이 너무 많이 살아 있어.
웅녀	그 기준을 누가 정하는데?
호녀	복잡할 거 없어. 사람들에게 '죽이고 싶은 놈들이 누굽니까?'라고 물어봐. 거의 비슷할 걸.
웅녀	그렇게 따지면 살 사람도 몇 안 돼.
환웅	폭력은 없소. 어리석은 생각이라 할지 모르지만 내가 꿈꾸는 세계는 만들어질 거요. 반드시.
웅녀	그렇게 살고 싶어요? 왜요? 뭘 위해서요?
환웅	….
웅녀	부럽군, 그 믿음이. 하지만 당신들은 너무 위험한 일을 시작했어요. 성공하지 못할 거예요. 사람들은 세상이 좋아지길 꿈꾸긴 하지만 바뀌는 걸 원하진 않아요. 이미 그런 사람은 살아 있지 않아요.
호녀	(X에게) 아쉽군. 그 재밌는 걸 보지 못하고 이 땅을 떠나야 하다니.
웅녀	… 우린 아무 데도 못 가.
호녀	무슨 소리야? 헬기 준비할 거야. 한 시간만 기다려 보자.
웅녀	죽었어.
호녀	설마… 아닐 거야. 괜히 겁주려고 그러는 거야. 그럴 리 없어. 분명히 다리를 쐈다고. 피를 많이 흘리긴 했겠지만….
웅녀	사람을 죽였어. 그것도 경찰을… 잡히면 뻔해. 그 대가로 우리도 죽을 거야.
호녀	이런 젠장. 안 돼. 그럴 수 없어. 그걸 왜 지금 말해. 왜?
웅녀	….

호녀, 어떻게 해야 할지 몰라 서성이다 다시 총을 겨누며….

호녀   걱정 마. 우리에겐 인질이 있잖아. 살 수 있는 방법은 이 둘뿐이야.

웅녀   못 들었어? 그들이 이곳에서 뭘 하고 있었는지. 모르긴 몰라도 저 바깥에 있는 사람들한테는 우리보다 더 위험한 인물일 걸. 인질은 선량한 국민이거나, 보호할 가치가 있는 중요 인물일 때만 가치가 있어.

잠시 정적이 흐른다.

호녀   (뭔가를 찾으며) 묶을 걸 찾아봐. 어서. 여기서 끝낼 수 없어. 무슨 방법이 있을 거야. (웅녀가 움직이지 않자) 묶을 걸 찾아보든지. 싫으면 제발 총이라도 겨누고 있을래? 이자들을 묶어 둬야 출구를 찾아보든지 할 거 아니야.

웅녀   있지도 않다는 걸 어디서 찾아.

호녀   뭐든 해야지. 그래야 될 거 아니야. 네 말대로라면 기다리고 있는 건 자살 행위야. (여기저기 뒤지며 묶을 걸 찾으며) 이럴 시간 없어. 뭐든 찾아 봐. (그러다 문득) 아니면 처음 방법대로 이 둘을 이용하는 수밖에… 만약. 아직 이들의 정체를 모르고 있다면… 알았다면 아직 움직이지 않을 리 없지. 그들이 알아내기 전에 우리가 먼저 결정을 내면 돼. (웅녀가 보면) 가면을 씌워서 이들을 범인인 것처럼 꾸미는 거야.

웅녀   이 연구실은….

호녀   처음부터 아무것도 없었던 거지.

웅녀   그건 안 돼.

호녀   우린 살아야 돼.

호녀, 끈을 찾아 X에게로 간다. 총을 바지춤에 꼽고 X를 묶으려고 한다.

X, 그 틈을 이용해 한 손으로 호녀의 팔을 뒤로 비틀고 다른 손으로 총을 빼 호녀의 머리를 겨눈다.

웅녀도 거의 동시에 X를 겨눈다.

X   나라면 현명한 판단을 하겠어. 이만큼 놀아 줬으면 됐어.

호녀   이 자를 쏴. 나 상관 말고.

웅녀   내 총알이 당신 가슴을 먼저 관통할지도 몰라.

환웅   (막아서며) 이건 서로에게 결코 옳은 일이 되지 못해요. 만약 빗나가기라도 한다면 친구만 잃게 될 테니까. (웅녀에게) 나라면 그의 말을 듣겠소.

웅녀   당신 둘 다 죽일 거야.

X   사람을 죽여봐서 겁나지 않다는 소린가. 그런데 왜 떨고 있지?

         (호녀를 인질로 잡고 웅녀에게로 다가선다)

웅녀   죽여버릴 거야.

X   (점점 다가서며) 좋을 대로. 삶에 미련이 별로 없어서… 방아쇠는 아무나 당길 수 있는 게 아니야.

호녀   미련이 없기는 마찬가지야.

X, 뒤로 꺾은 호녀의 팔을 세게 비튼다.

고통으로 일그러지는 호녀의 신음소리.

웅녀   다가오지 마. (방아쇠를 당기려고 하지만 차마 그러지 못하고) 제발 가까이 오지 마.

X, 웅녀에게 다가가 총을 뺏는다.

무릎을 꿇고 마는 웅녀.

X, 호녀를 확 밀친다.
그러는 사이 환웅은 서서 보기만 할뿐 아무런 행동도 하지 않는다.

X   얌전히 구는 게 좋아. (웅녀와 호녀를 한쪽으로 몰아 놓으며) 좋아. 아
        주 맘에 들어. 난 니들이 누구든 무슨 짓을 했든 상관하지 않
        아. 관심도 없고. 하지만 니들 때문에 내 일이 방해받는 건 용
        서할 수 없어.

        X, 호녀의 가면을 벗긴다.

웅녀   우리가 죽으면 당신들도 죽어.

        X, 웅녀의 뺨을 거세게 때린다.
        웅녀, 쓰러진다.

호녀   (무섭게 노려보며) 다시 내 친구에게 손을 대면 널 내 손으로 갈기
        갈기 찢어주겠어.

        X, 호녀를 때리려고 팔을 치켜들자 환웅이 그의 팔을 잡는다.
        X, 환웅을 노려보다가 팔을 거둔다.

        [연구실 밖]
        불빛조차 희미한 거리.
        어둠 사이로 조심스럽게 형사2 들어온다.

형사 2   반장님.
반장   어떻게 됐어?

형사 2 그게… 좀 이상합니다. 조회를 해봤지만 아무도 살고 있지 않은 걸로 나옵니다.

반장 그럼 우리가 범인들한테 속고 있다는 거야. 다른 문은?

형사 2 없습니다.

반장 꽤 재밌어지는군.

형사 2 그런데….

반장 자네는 형사생활 오래 하고 싶거든 말부터 빨리 해. 사건 종료 후에 보고할 거야.

형사 2 목격자의 진술로는 이곳에 거주자가 있다고….

반장 뭐 하자는 거야, 지금? 이러고 날 샐 거야?

그때 여기자 나온다.

반장 접근시키지 말랬잖아. 적당히 둘러대.

숨을 깊게 들어 마시며 주위를 둘러보는 여기자.

여기자 (옷매무새를 가다듬으며) 흥분되는데….

형사2, 기자에게로 간다.

여기자 PBS방송국 사회부 김 기잡니다. 사건 담당자를 만나고 싶은데요.

형사 2 꽤 매력적이시군요. 기자치곤.

여기자 초면인데 소속을 밝혀 주시겠어요?

형사 2 강력계 안 형삽니다.

여기자 잘 지내봅시다. (카메라맨에게) 시작하죠.

카메라맨, 카메라를 들이댄다.

여기자 사건 전말에 대해 말씀해 주시죠.

형사 2 아직은 말할 때가 아닙니다.

여기자 범인들이 인질을 잡고 있습니까?

형사 2 현재론 그렇게 알고 있습니다. 제가 확인한 바에 의하면….

여기자 인질의 안전은 보장됩니까?

형사 2 물론입니다.

여기자 어떻게 장담하실 수 있으시죠?

형사 2 그게….

여기자 범인은 두 명이라고 하던데요. 신원은 밝혀졌습니까?

형사 2 아직….

여기자 (마이크를 치우며) 아는 게 별로 없군요.

형사 2 (여기자가 돌아서자) 범인들은….

형사1, 형사2의 말을 막으며….

형사 1 보안상 말씀드릴 수 없습니다.

카메라, 형사1을 비춘다.

여기자 범인들의 요구조건은 뭡니까? 협상은 하셨습니까?

형사 1 사건 종료 후, 공식적으로 발표하겠습니다.

여기자 인질들의 신원은 밝혀졌습니까? 인질은 몇 명입니까?

형사 1 인질들의 신변보장을 위해….

여기자 (카메라를 치우며) 밝힐 수 없다고요? 인질도 모른다. 범인도 모른다. 아직 파악조차 못했군.

반장, 앞으로 나서며….

반장　사회질서를 무너트리는 암적인 존재지.

여기자　안녕하세요, 최 반장님. 자주 뵙는군요.

반장　기분 좋은 일은 아니지.

여기자　사건이 많이 터지는 것에 대한 유감으로 해석하겠어요.

카메라를 반장에게 비춘다.

여기자　현재 상황을 정리해 주시겠습니까?

반장　법을 우습게 보는 괴물이 법에 도전장을 내밀었소. 난 법이 가진 위대한 힘으로 질서를 바로잡기 위해 이곳에 있는 거고. (카메라를 막으며) 문화생활이나 취재하면 좋을 텐데….

여기자　왜요? 여자라서요?

반장　남의 호의를 곡해하는 건 피해의식 때문인가?

여기자　반장님은 절대 바뀌지 마세요. 그래야 제가 싸울 맛이 나죠.

반장　상대를 제대로 보라고. 누구와 싸워야 하는지. 김 기자가 좋아하는 그 정의를 위해선 말이야. (돌아서려고 한다)

여기자　이번에도 저번 사건처럼 과잉진압으로 선량한 시민을 죽음으로 몰아넣는다면, 국민들의 분노를 피할 수 없을걸요.

반장　내가 잡은 건 선량한 시민이 아니라 범죄자였어. 남의 집 담을 넘어 돈을 훔친.

여기자　고작 열일곱이었죠. 사흘을 굶었고.

반장　배고프다고 모두 남의 걸 훔치진 않아. 그 녀석은 지가 하는 짓이 죄라는 것도 알고 있었고.

여기자　법보다 사람이 먼저죠.

반장　또 인권 타령이군. 죄진 놈들 인권 생각하기 전에 그놈들 잡느라 집에도 못가고 고생하는 우리들 인권부터 보호하지 그래. 밤낮으로 피땀 흘리며 이 고생을 해도 범죄가 줄지 않는 건 당신들의 대책 없는 동정심 때문이야.

여기자 당신이 법을 남용하도록 두진 않겠어요.

반장 당신 눈 따원 무섭지 않아.

여기자 (반장의 등에 대고) 당신을 지켜보는 건 내가 아니라, 카메랍니다.

반장 (다가가 은밀히) 얼굴이 상기됐군. 이 상황을 즐기고 있다는 거 알아. 향수를 바꿔보는 게 어때?

여기자 제 상대가 되기엔 너무 늦은 거 같군요.

반장 그래도 밤은 새야 할 걸. (돌아서며) 유 형사.

형사 1 네.

여기자, 카메라맨과 나간다.

형사1, 반장에게로 간다.

반장 다시 연결해.

형사1, 전화를 건다.

[연구실]

X, 호녀와 웅녀를 향해 총을 겨누고 있다.

환웅은 한쪽에 앉아 담배를 피우고 있다.

X (수화기를 잡고) 내가 한 말 잊지 마. 살고 싶으면…. (수화기를 내민다)

호녀, 전화를 받는다.

[연구실]과 [연구실 앞]이 동시에 보인다.

-호녀   준비가 됐나?

-반장   준비하고 있다. 그전에 인질들의 생사 여부를 확인하
        고 싶다.

-호녀   (수화기를 막고 X에게) 당신과 통화하고 싶다는데.

        X, 수화기를 받아든다.

-X   네.

-반장   신변은 안전합니까?

-X   네.

-반장   인질이 몇 명입니까?

-X   둘입니다.

-반장   범인은 지금 뭘 하고 있습니까?

-X   ….

-반장   저희가 곧 들어갈 테니 염려 마십시오.

-X   들어오지 않는 게 좋겠습니다. 흥분한 상태라 우리들
        생명이 위험합니다.

-반장   걱정마세요. 우리가 들어가면 안전하게 끝날 겁니다.
        모든 게….

-X   설득해 보죠. 자수하도록. 그러니 들어오지 마세요.

-반장   좋소. 그럼 당신들의 신원을 밝혀주시겠소? 그래야 우
        리도 도울 수 있고….

        X, 뭔가 이상히 여겨 수화기를 내려놓는다.

        문을 자신만의 자물쇠로 잠그고 의자를 끌어다 바리케이드를 친다.

[연구실 앞]

반장 (전화를 끊고, 잠시 생각하다 형사 2에게) 이들의 신원을 확인해. 외계
인이 아니라면 어딘가 흔적이 있겠지. 빠를수록 좋아.

형사2, 대답하고 나간다.

반장 (형사1에게) 잘하면 생각지도 못한 사냥감을 잡겠어. 뭔가 냄새가
나.

형사 1 무슨 말씀이십니까?

반장 5년 전 부산 주유소 사건 기억하나? 범인들이 인질 다섯을 데
리고 주유소를 폭파하겠다고 했었지. 그런데 사건 종료 후에
보니까, 인질 중에 수배 중인 폭력배 두목이 껴있었어. 인질이,
인질이 아니었던 거지. 뭔가 냄새가 나. 또 다른 먹이일지도 모
르고… 공범일 가능성도 배제할 수 없지.

형사 1 만약 반장님의 추측이 틀리면요.

반장 마누라는 못 믿어도 내 감각은 믿어. 한 번도 날 배신한 적이
없거든.

형사 1 무고한 시민이 죽기라도 한다면….

반장 범인들 요구조건을 들어주지 않으면 당연히 안에 있는 인질들
의 안전이 위협받게 되지. 그때 우리가 안으로 들어가는 거야.
마치 구세주처럼. 한 시간! 내 논리를 뒷받침해 줄 시간이 필요
할 뿐이야. 그들도 그 시간이 필요하겠지만….

한쪽에선 기자가 통화중이다.

여기자 타이틀로 약하다니요? 이만한 사건이 어딨어요? 무장한 은행

강도가 인질을 잡고 있다고요… 물론 특별하지 않지만… 제발
요. 이번엔 메인 주세요. 청년실업하고 묶으면 사회적으로…
뻔하잖아요. 잘 풀리는 인생이 총 들고 은행을 털겠어요? 흔하
긴 하죠. 하지만… 아니요. 있어요. 금방 다시 연락할 게요. 기
사 꼭 내보내 줘요. 그럴만한 걸로 건지면 되잖아요. (전화를 끊
고) 흔해? 연예인 결혼기사는… 젠장, 독한 게 필요한데….

[연구실]

X의 모습은 보이지 않는다.

총을 든 환웅의 모습이 초조하다.

웅녀   우릴 왜 경찰에 넘기지 않는 거지?

환웅   ….

호녀   우리 모르게 일을 꾸미는 게 분명해.

환웅   난 아무것도 대답할 수 없어.

웅녀   저자의 감시를 받는 건가?

환웅   (머뭇거리다) 그는 내 보호자고, 여긴 내 안식처야.

웅녀   우릴… 도와줘.

환웅   미안하지만 그럴 수는 없어. 그리고 일을 이렇게 만든 건 당신
들이잖아.

웅녀   조금 후면 경찰들이 차를 대기시킬 거야. 그럼 아무 일 없었던
것처럼 우린 떠날 수 있어. 서로가 원하던 걸 가지는 거지.

호녀   댁이 뭘 하든 상관 안 해. 난 살고 싶어. 목숨을 구걸할 마음은
없지만 정말 한 번쯤은 멋지게 살아보고 싶어. 우리가 여길 들
어온 건 죽기 위해서가 아니야. 당신은 살인을 할 사람이 아니
잖아. 그렇지? 우릴 봐. 당신의 도움이 필요해. (환웅에게 서서히
다가간다)

환웅   (총구를 겨누며) 난 아직 그들을 저버릴 생각이 없어.

호녀   난 살아야 된단 말이야. 살아서 복수를 해야 돼. 그 기회를 당
       신이 뺏지 않길 바래.

환웅, 미동도 하지 않는다.

호녀   빌어먹을! 여길 나가야 된다구. 그것도 무사히….

환웅, 그대로 있다.

호녀   난 포기할 수 없어. 우리 둘의 운명이 당신 손에 달렸어. 도와
       줘. 당신도 우리 얘길 들으면 이해하게 될 거야. 우리들도 여기
       까지 올 줄은 몰랐어. 하지만 이미 와 버렸어. 우린 너무 절박
       했거든.

환웅   세상에 절박한 사람은 너무나 많아. 그렇다고 모두 당신들 같
       은 선택을 하진 않지. 난 당신 같은 사람들 때문에 세상을 증오
       해. 술과 약물에 취해 자신이 누군지도 모르고, 정의는 사라진
       지 오래며, 힘없고 가난한 자의 희생은 당연한 거며, 부정은 가
       진 자의 특권이며, 도덕성은 이 땅에 있었는지 기억에도 없고,
       하늘이 썩고 땅이 병들고, 자유는 이미 자유가 아니고, 지식은
       돈의 노예에 불과하고, 땅의 지배자는 폭력이고, 인간이라고
       부르기엔 짐승에 가깝고 짐승이라고 하기엔 짐승에게도 모욕
       이 돼. 이젠 바뀌어야 돼.

호녀   능력만 있으면 도덕은 개나 줘버려도 그만인 세상이야.

환웅   그러니까 바꾸겠다는 거야.

호녀   어느 날, 부장이 날 부르더군. 결재 올린 서류가 잘못 됐다고.
       내일 아침까지 다시 올리라고 했어. 모두 퇴근한 사무실에 남

아서 업무를 봤지. 능력을 인정받고 싶었어. 그래야 비정규직 딱지를 떼니까. 부장은 친절하게도 간식거리까지 사들고 왔더군. 수고한다며⋯ 눈 주위가 붉은 게 냄새가 아니어도 술을 마셨다는 걸 알 수 있었지. 술 냄새가 역겨웠을까, 숨을 쉴 수가 없었어. 신선한 공기를 마시고 싶어서 밖으로 나가려는데 부장의 팔이 날 눌렀어. 벗어나려고 약을 쓰면 쓸수록 부장의 몸은 더 거세게 나를 눌렀지. 앞단추를 뜯어낸 손은 어느새 속옷을 파고들면서⋯ 난 손에 잡히는 대로 집어 들고, 그를 찔렀어. 어디를 찔렀는지도 몰라. 비명소리를 듣고 사무실을 뛰쳐나왔으니까. 그 다음 내가 뭘 했는지 알아? 도둑질하다 걸린 아이마냥 바들바들 떨기만 했어. 그리곤 누가 알기라도 할까봐 아무 일도 없는 듯 출근을 했지. 그런데 내 책상이 없는 거야. 업무 처리 능력이 모자르다며 나를 짜른 거야. 그 개자식이. 팔엔 붕대를 감고 더러운 웃음을 흘리며 그딴 식으로 일하지 말라고 하더군. 그딴 식. 그 자식의 방식은 가랑이를 벌리고 지놈의 물건을 받아주는 거였어.

환웅 비겁하군. 당신의 선택을 남에 탓으로 돌리다니⋯.

호녀 훈계 따윈 집어 쳐. 댁도 자격 미달이야. 세상을 엎어버리겠다. 엎을 수만 있다면 뭐든지 하겠다. 당신이 만드는 인간도 남자지, 여자는 아니겠지? 한 번도 여자를 만들겠다고 생각조차 안 했겠지. 세상을 남자들이 만드는 이상 달라지는 건 아무것도 없어. 변호사라고 선임한 자가 나더러 뭐랬는 줄 알아? 나에게도 책임이 있대. 무슨 책임? 여자라서? 아니면, 몇 천만 원 박아 넣고 받아든 대학 졸업장으로 한 달에 80만 원씩 받아 쥐는 비정규직이라서? 내 책임이 뭔데?

환웅 당신들은 대가를 치루게 될 거야.

웅녀 이 세상에 남의 죄를 심판할 수 있는 사람이 누가 있어? 모두가 죄인인데… 엄만 항상 당신이 죄인이다 하셨지. 내 죄다. 집에 쌀이 떨어져도 당신 죄. 아버지가 사고를 당했을 때도, 아버지 영전 앞에서 당신 탓이라 했어. 교정에 피범벅으로 널브러진 오빠를 부둥켜안고서도 당신 죄라고… 책임질 사람들은 뒷짐 지고 외면하는데… 우리 엄마, 그날 입은 피 묻은 치마를 벗지 않으시더니 끝내 정신을 놓으셨지. 근데 아직도 엄마의 죄가 뭔지 알아내지 못했어. 무슨 죄로 스스로 목숨을 거뒀는지….

호녀 당신의 세계는 없어. 당신이 만들어낼 자도. 그저 오래전부터 있었던 그렇고 그런 인물에 불과해.

환웅 내 아비를 욕하지 마.

웅녀 당신 아버지. 실험으로 살려낸다는… 누구지?

환웅 몰라. 아직은… 세상을 바꿀 인물이라는 것밖에.

웅녀 당신이 생각하는 세상은 오지 않을지 몰라.

환웅 곧 정해지겠지. 이미 정해진 운명일지도 모르고.

웅녀 힘 있는 자들은 여전히 군림하려 들 거야. 권력의 단맛은 죽어서도 포기하기 힘든 최고의 유혹이니까. 이미 그 맛을 본 자들이 자리를 내놓을 거 같아?

환웅 사람들이 꿈꾸는 대로 될 거야.

웅녀 꿈꾸긴 하지만 바뀌는 걸 원하진 않아. 이미 그런 사람은 살아 있지 않아. 사람이 없으니 희망도 없는 거지.

환웅 당신이 그렇다고 모두가 그렇다는 말은 하지 마.

X, 안쪽에서 나오며….

X 정말 그럴까? 악마의 유혹치곤 너무 쓰군. (환웅에게서 다시 총을 받으며) 비상구는 안전합니다. 만약을 위해 준비해 둔 거죠.

호녀 저 자식이 거짓말을 했어. 내 손에 다시 총이 주어진다면 널 죽이는 데 망설이지 않을 거야.

X   살고 싶지 않다는 얘기로 들리는군.

호녀, 굴복하지 않으려고 하지만 X의 기에 눌린다.

웅녀   우릴 어쩔 거죠?

X, 대답이 없다.

환웅   다른 방법이 있을 거야.

X   경찰의 움직임이 예사롭지 않습니다. 이렇게 있다간 우리의 계획이 수포로 돌아갈 위험이 있습니다. 나가서 불어버리면, 모든 게 끝입니다. 도련님. 그래서… (웅녀와 호녀에게 시선을 돌린다)

환웅   그건 안 돼.

X   동정심이 일을 그르칠 수 있습니다. 이렇게 된 이상, 저 둘 중 한 명을 이용할 수밖에요.

환웅   그럴 순 없어. 출구로 빠져나간 뒤 다시 준비하면 돼.

X   도련님! 여기까지 오기 위해서 얼마나 많을 걸 참고 인내하며 살아왔는지 잊으신 건 아니겠죠?

환웅   ….

X   (웅녀와 호녀에게) 둘 중 한 명은 살 수 있는 기회를 주지. 운이 좋으면 둘 다 살 수도 있고… 너희 한 명이 우리의 실험을 도와줘야겠어. 물론 거절할 수도 있겠지만 그럼 둘 다 죽게 돼.

환웅   보내는 게 좋겠어. 처음부터 우리와 상관없는 사람들이야.

X   밖에 나가야 하는 번거로움도 없애고, 엄청난 돈을 지불하지 않아도 되고, 무엇보다 시간이 없습니다.

환웅   그렇다면 실험을 할 수 없는 거 아닐까?

X	바깥쪽 사람들과 연락을 취했습니다. 동이 트기 전 약속 장소로 가면 됩니다. 저흰 밖에서 움직이기 전에 실험을 끝내고 지하 출구를 통해 연구실을 빠져나가면 됩니다. 그럼 모든 게 완벽하게 끝나는 거죠. 그분을 맞이하려는 사람들이 우릴 구해줄 겁니다.
환웅	난 찬성할 수 없어.
X	이미 이들의 목숨은 우리 손에 있습니다.
환웅	자네 손에 있겠지.
X	실망시키지 마십시오. 그게 도련님이라도 용서할 수 없습니다. 내일 아침과 함께 그분이 우리 곁으로 오실 겁니다. 이건 위대한 시작입니다. 그분은 말씀하실 겁니다. 다시 돌아오기 위해 잠시 떠났었다고. 기다리느라 수고했다고. 삶의 의지와 고통과 맞서 싸울 힘을 주실 겁니다. 우리를 강하게 만들어 주실 겁니다. 이 땅의 백성들이 그분을 맞이하는 환호가 제 귀에 들립니다.
환웅	이들을 제물로 삼을 순 없어.
X	정히 반대하시겠다면 저희와 이 둘의 운명은 여기서 끝입니다.

환웅, 묵인의 뜻으로 돌아선다.

| X | (총을 겨누고, 웅녀와 호녀에게) 누가 남겠나? |

그들 사이에 무거운 침묵이 흐른다.

X	마지막으로 묻는다. 누가 남겠나?
웅녀	내가 남죠.
X	너의 이름은 역사에 기록될 거다. 그분의 어머니가 될 테니, 얼

197

마나 영광스러운가.

웅녀 집어 쳐. 역겨우니까.

호녀 내가 남겠어.

웅녀 이미 정해진 일이야.

호녀 이들 얘기 못 들었어. 실험이 성공하든 말든 상관없이 죽일 거야.

웅녀 알아. 아니까 내가 남는 거야. 넌 가족이 있어. 내겐 아무도 남아 있지 않지만. 내 이름을 기억하는 유일한 사람을 잃고 싶지 않아.

호녀 이 일을 하자고 한 건 나였어. 거기다 살인을 저질렀고 난 나가도 살지 못해.

웅녀 똑똑히 들어. 경찰을 쏜 건 나야.

호녀 거짓을 말할 수 없어. 아무도 속이지 못할 거야. 넌 내 유일한 친구잖아. 만약 네가 죽고 내가 산다면 죽는 날까지 괴로워 할 거야. 네가 준 생명이니 스스로 끊지도 못하고. 날 고통 속에 살게 두지 마.

X 난 누가 남아도 상관없지만 시간을 많이 줄 수는 없어.

웅녀 어리석게 굴지 마. 넌 나가고 내가 남아.

호녀 나쁜 년. 언제까지 고상한 척 할 거야. 너의 잘난 연기도 자신은 속이지 못할 걸. 널 똑똑히 봐. 네가 떠벌리는 학생운동이나 여성해방도 다 허울 좋은 껍데기 아냐? 가지지 못한 자의 분풀이라고, 못 생긴 외모 덕에 누구도 널 여자로 보지 않기 때문이라고, 한 번쯤 솔직해져 봐.

웅녀 넌. 성폭행 당한 피해자라고 떠벌리면서 여전히 네 몸을 탐내는 사내들의 시선을 즐기고 있어. 사내 밑에 깔린 걸 감투라도 쓴 것마냥 으스대는 꼴이라니. 반반한 네 얼굴과 육체는 이미 더러운 오물을 뒤집어썼어. 넌 섹스 놀잇감에 불과해. 그것도 움직이는 최상의 장난감.

호녀 넌 장난감도 못 되잖아. 차라리 수녀원이나 들어가지 그랬어. 그랬으면 널 여자로 보지 않는 세상의 눈을 조금은 견디기 쉬웠을 텐데.

웅녀 그래 나도 여자이고 싶어. 남자 품에도 안기고 싶어. 널 친구로 생각하다니… 수녀가 되지 못한 것보다 더 후회가 돼. 네 맘대로 해. 차라리 속 시원히 죽어버려. 다신, 보고 싶지 않으니까. 난 나가겠어.

X, 전화를 건다.

[연구실]
반장, 시계를 보며 담배를 피우고 있다.
전화벨 소리.
형사1, 전화를 받는다.

-형사1 범인이랍니다.

반장, 담배를 끄고 전화를 받는다.

-반장 그래, 뭔가?

[연구실]과 [연구실 밖]이 동시에 보인다.

-호녀 일행 중 한 명이 나갈 거다. 그는 자수하는 거다. 물론 인질은 아직 살아 있다. 인질을 살리고 싶으면 그녀를 잘 보호해라. (수화기를 내려놓는다)

반장, 전화를 끊는다. 이제는 연구실 밖만 보인다.

형사 1 무슨 일입니까?

반장 범인 중 한 명이 자수 의사를 밝혔어. 무슨 속셈인지 모르니까, 저격수들 확인하고 모두 경계를 늦추지 말라고 그래.

형사 1 네.

반장 대체 저 안에서 무슨 일이 일어나고 있는 거야.

[연구실]

문 앞에서. X, 둘에게 총구를 겨누고 있다.

호녀 열세 살 때부터, 아버진 내 침실을 찾아들었어. 하루는 엄마가 내 방문을 열었지. 아버지가 알몸인 나를 누르고 있는 걸 본 거야. 도와달라는 나를 못 봤을까? 조용히 문을 닫더라. 무서울 게 없어진 그 인간은 낮에도 내 이불 속으로 기어들어왔어. 난 용서할 수가 없었어. 아버지의 짐승 같은 행위보다, 엄마의 침묵보다, 아무 저항도 하지 않은 날… 부탁이 있어. 우리 엄마 보거든 사랑한다고 말해줘. 그래도 사랑한다고….

웅녀 네가 직접 말해.

호녀, 씩 웃고는 웅녀에게 가라는 고갯짓을 한다.

웅녀 (환웅에게) 난 다시 친구를 보고 싶어요. 실험을 성공할 거라고 약속해줘요.

환웅, 대답 없이 고개만 끄덕인다.

X   명심해. 밖에 나가서 이곳 얘기를 하면 그 순간 친구는 죽어.

웅녀, X를 무섭게 노려본다.

X   명심해.

웅녀   (나가려다 호녀에게) 네가 얘기한대도 널 원망하지 않겠어.

X, 호녀의 머리에 총구를 들이댄 채, 한 손으로 의자를 치우고 자물쇠를 여는
순간….

웅녀, 순간적으로 호녀의 팔을 잡아 밖으로 밀쳐내 버리고 문을 닫는다.

문에 등을 기댄 채, 문을 잠그는 웅녀.

[연구실 밖]

밖으로 나온 호녀, 어떻게 해야 할지 몰라 멍하니 서 있다.

헬리콥터 소리가 요란하고 조명등이 호녀에게 집중된다.

눈이 부셔 눈을 가리는 호녀.

형사 1   천천히 손을 올려.

호녀, 지시에 따라 손을 머리 위로 올린다.

무장한 경찰들 경계를 하면서 호녀를 반장에게 데리고 간다.

반장, 호녀에게 수갑을 채운다.

반장   여잔 줄은 몰랐군. 건방진 년. 총을 쏜 게 너냐?

호녀   죽었나?

반장   아쉽게도 살짝 스쳤을 뿐이야. 정말 아쉽게도. 너희들의 죗값
       이 조금 더 무거워질 수 있었는데.

호녀   더러운 자식.

반장   저 안에 누가 있지?

호녀   널 심판할 자.

반장   내 앞에서 건방지게 굴 수 있는 인간은 아무도 없어. (형사1에게) 감시해. (사이) 법을 거역한 자의 최후가 어떤 건지 똑똑히 볼 수 있게 해. (시계를 보며) 앞으로 십오 분 뒤 정확히 들어간다.

형사 1   안에 있는 인질은…?

반장   어떤 일이든 희생은 필요해.

호녀   안 돼.

반장   (호녀에게) 너 같은 인간들은 지옥으로 돌려보내야 돼.

형사1의 지시에 따라 들어가려고 준비하는 경찰들….

군화 소리.

[연구실]

X   제가 떠날 준비를 하는 동안 수술을 끝내 주십시오.

X, 안으로 들어간다.

잠시.

환웅   원하지 않는다면 하지 않을 수도 있어.

웅녀   그런다고 달라지는 게 뭐지?

환웅   당신을 도울 수도 있어. 도망치게.

웅녀   그러기엔 늦었어.

환웅   죽음이 두렵지 않나?

웅녀   준비됐을 뿐이야.

환웅　죽음 앞에서 여유를 부리는 건 영웅이 되고 싶은 바보들의 행동에 불과해.

웅녀　세상을 바꾸고 싶다고 했지? 우리 오빠가 그랬어. 열 살 차이 나는 삼촌 같은 우리 오빠. 이 땅을 위해서, 이 땅에 사는 사람들을 위해서 세상은 좋아져야 한다고 소리치고 다녔지. 누가 듣는다고 누가 본다고 저러나. 그런다고 세상이 바뀌나. 그런다고 세상이 좋아지나. 시간이 아무 일도 없다는 듯이 흐르고, 다른 사람들은 잘만 사는데 우리 오빠만 왜 저러나. 영웅이 되고 싶은 바본가 보다. (사이) 이제 조금은 알 수 있을 거 같아. 믿었던 거지. 당신처럼. 좋아질 거라고. 자신이 꿈꾸는 세계가 만들어질 거라고… .

환웅　어머닌 언제나 아버질 기다리셨어. 기다리다 지치면, 날 안고 아주 나지막이 아버지의 이름을 불렀어. 어머닌 아버지가 언제 오냐고 물으면 날 때리셨어. 다시는 묻지 말라고 물어선 안 된다고. 난 한 번도 어머니가 고개를 들고 걷는 걸 보지 못했어. 열 살배기 꼬마에게 그 모습은 끔찍했지. 할 수만 있다면 어머니에게 아버질 지우고 싶었어. 그러던 어느 날. 아버지의 만류에도 불구하고 이 세상을 바꾸겠다고 이곳으로 잠적해 버리자, 며칠 후 어머닌 떠나지 말아야 할 길을 떠나셨어. 아버지도 그 뒤를 따랐고, 두 죽음 다 이 지하실에서 들었지. 내가 아버지에 대해 아는 건, 그에게 들은 게 전부야. 그로부터 난 세상에 버려져 어둠 속에 나를 감추고 살아야 했지. 그것이 너무 지긋지긋했어. 그게 다야. 다음은 없어.

웅녀　다음은 당신이 살려낼 아버지의 몫이야.

환웅　아버지. 그랬지. 그는 내가 없어지길 원했는지도 몰라. 그렇지만 난 아버질 부활시키려 해. 그가 나의 희망이 되어줄까… 새로운 세상으로 데려다 줄까.

웅녀   어느 아침. 오빠가 운동화 끈을 꼭 묶으면서 내게 이런 말을 했어. '내가 하고 싶은 일이 있는데, 내가 꼭 해야 하는데, 너랑 어머니가 자꾸 걸린다.' 그래 내가 그랬지. '그러지 마. 그럼 우린 너무 슬플 거야. 오빠하고 싶은 일 있으면 해.' 그게 마지막이었어. 다시 오빠를 봤을 땐 맨발이더군. 운동화는 끝내 못 찾았어. 날이 화창해서 벗었을까. 그놈의 해는 떠서 질 생각도 하지 않아. 오빠가 죽었는데도… 아무것도 변하지 않았어. 아무것도 변하지 않을 걸 알았을지도 모르지만 오빤 했어. 당신처럼 많이 망설였을 테지만, 그래도 했어. 나도 세상이 바뀌길 원해. 당신들보다 더 깊이 원할 걸. 하지만 기준은 필요해. 누굴 없앨 건지, 누굴 희생시킬 건지, 누굴 살릴 건지. 그 기준은 매우 중요한 거야.

환웅   당신이 꿈꾸는 세상은 어떤 거지?

웅녀   … 몰라. 잠에서 막 깨어난 것처럼 아롱거릴 뿐이야. 지금은 살아 있으니까 믿지는 않아도 있길 바랄 뿐이지. 살아야 하니까. 내가 만약 아이를 낳는다면 그 아이가 찾다 줄까. 아직은 오지 않은 미래 어느 날쯤에. 그것도 생각일 뿐이지. 아무것도 확실한 게 없는….

환웅   여긴 어둠뿐이야. 빛이 들어오기엔 문이 너무 좁아.

웅녀   당신 아버지가 누군지 안다면 어둡지만은 않을 텐데… 당신을 위해서라도 당신 아버지가 죄인이 되지 않기를 빌겠어.

환웅   사람들이 원하지 않으면… 변화를 힘겨워 하고 길들여진 세계를 버리기 두려워한다면… 필요로 하지 않는다면….

웅녀   놓아 버릴지도 모르지. 우리 엄마처럼. 오빠가 간 뒤 내 이름조차 기억하지 못했어. 그저 낯선 여자였지. 훨훨 날고 싶은 자신을 묶어두는 올가미로 여겼는지도 몰라. 새벽에 숨이 막혀 눈을 떠 보면 내 목을 누르고 있는 엄마의 눈과 마주쳐. 힘이 빠져 더는 조일 힘이 없어지면 제발 죽어 달라고 애처로운 눈빛으로 날 내려다 봐. 엄마가 가던 그날도 엄만 내게서 도망치기 위해 달렸는지 몰라. 자꾸만, 자꾸만… 길이 아닌 곳으로. 내게서 멀어지려고. 내가 쫓아가지 못하게.

환웅   사람들은 어떤 아비를 원할까? 어떤 기준으로 인간이라 말하는 걸까? 난 아비일 수 있을까?

웅녀   세상에 순종하며 살 건지, 세상을 거부하며 살 건진, 누구도 알지 못해. 오늘은 생각만 할 수 있을 뿐이야. 내일이 돼봐야 아는 거지. 만약 그때까지도 살아 있다면.

환웅   인간은 어차피 미완의 역사인 걸….

웅녀   그러니까, 그래서 내일이 필요한 거지. 내일이 우릴 완성시켜 줄 테니까.

X, 가방을 들고 나온다.

X   (가방을 내려놓고) 아직 수술을 끝내지 않으셨습니까?

환웅   아버지를 생각하고 있었어.

X   위대한 분이셨습니다. 지금 새로운 세계가 기다리고 있고, 그분은 예전에도 그랬듯이 우리의 영웅이 되실 겁니다. 그분이 오시면 우리의 혁명신화는 완성되는 겁니다.

환웅   내 아버지를 아는 듯이 말하는군.

X   제 아버지가 그랬습니다.

환웅   자넨, 이 일을 왜 하나?

X   아버지가 제게 맡겼습니다.

환웅   내 아버지가 뭘 할 거지? 시대가 원하는 인물이 그가 아니라면?

X   강력한 지도자를 원하지 않는 국민은 없습니다. 그분만큼 이

땅을 위한 분은 없으니까요.

환웅   자네의 믿음이 부럽군.

X   수술을 끝내시죠. 새로운 역사를 만들어야 합니다. 우리가 해야 합니다.

환웅   왜, 내겐 가르치지 않았을까?

X   그들을 기다리게 하지 마십시오.

환웅   하지 않겠어. 자네를, 아니 자네 아버지를, 나에게 돈을 대는 그들을, 나의 운명을, 역사를 거역하겠어.

X   저를 화나게 하지 마십시오. 언제까지 투정을 부릴 겁니까? 그들이 아니었으면 도련님은 누구의 손에 죽음을 당했을지 모릅니다.

환웅   이 여자의 권리는?

웅녀   난 준비됐어.

환웅   이 여자의 몸을 내 맘대로 할 수 없어.

X   이 여잔 도구에 불과합니다.

환웅, 돌아서려 하자….

X   (총을 겨누며) 실험하지 않으면 이 여잘 죽이겠어.

환웅   후회하게 될 거야.

X   그분만 돌아오시면 돼. 그럼 우린 힘을 모아 다시 제국을 건설할 수 있어. 힘이 지배하는 시대가 다시 오는 거지. 깃발 아래 모인 군사들은 그날의 영광을 되새기며 용감하게 나설 거야. 그들은 피를 두려워하지 않아. 그분을 맞이하기 위한 대가라면, 이상의 세계를 만들기 위해서라면 역사는 피를 두려워하지 않아. 무장을 한 군사들은 모두 거리로 몰려나와 힘 있게 외치는 거지. 그분이 돌아왔다. 이제부터 우리의 세상이다. 싸우자,

싸우자, 그들을 몰아내자. 그분이 이 땅을 장악했던 그날처럼 우리는 전진할 거야.

웅녀　총칼을 들고 내 오빠를 죽인 자가 이 땅의 구원자라고. 우리 엄마를 죽음으로 내몬 자가 구원자라고….

환웅　내 아비가 누구야? 누구냐구?

X　어느 곳도 병들지 않은 곳이 없어. 몸이 병드는 건 정신이 나약해졌기 때문이야. 우리에게 필요한 건 강력한 지도력이야. 그일을 할 수 있는 사람은 단 한 사람. 그분뿐이야.

환웅　그건 아버지의 방법일 뿐이야. 내가 원한 건 그게 아니야. 이런식으로 바꿀 생각은 아니었다구.

X　배고파 우는 아이한테는 밥을 주면 그만이야. 그게 지도자의 역할이지. 자유? 손에 쥐어 주면 뭐해? 어떻게 써야 하는지도 몰라 우왕좌왕, 저마다 한마디씩 질러대며 싸우느라 앞으로 나가질 못하는데… 선택을 하라니 골치만 아프고 책임을 지라니 도망가기 바빠. 자유 그거, 모두들 불편해 해. 알아서 해주겠다는 사람 있으면 언제든 쥐버리고 싶어. 그게 그들이 원하는 거야.

환웅　(사이) 열심히 생각했어. 누가 이 땅에 남아야 하는지를… 잃어버린 과거를 부활시키려 했던 나의 어리석음에 시간은 비웃고 있었던 거야. 내가 여태까지 무슨 일을 한 건지… 진정 해답은 어디에도 없는 것인가. 난 패배자야. 나 자신한테까지도 패배했어.

X　어서 시작해. 어서!

환웅　내게 속삭였던 시작이 이거였나. 시작이 끔찍한 끝이군.

X　피를 보고 싶지 않으면 어서 해.

환웅　이젠 내가 당신을 비웃어 줄 차례야.

X, 웅녀를 수술대에 묶는다.

웅녀   놔. 그를 살려내는데 내 몸을 쓸 순 없어. (벗어나려는 몸부림의 비명)

X   내일 아침이 밝아오면 우리의 시대가 다시 시작된다. 태양보다도 찬란한 영광이 우리를 맞이할 것이다.

환웅, 1단계 수술을 끝낸다.

웅녀   차라리 죽여. 죽음은 감당할 수 있어도 이건 못해.

환웅   당신을 살리려는 거야.

웅녀   그러니까 죽여.

환웅, 수술대에 묶인 웅녀를 풀어준다.
웅녀. 수술용 메스로 자신을 찌르려고 한다.
환웅, 웅녀의 팔을 잡는다.

웅녀   (환웅에게서 벗어나려고 하며) 당신들을 막을 수만 있다만 배를 가르고 자궁에 칼을 꽂겠어.

환웅   당신 몸속에 있는 건 내 정액에 불과해.

웅녀   당신이라고?

X   (괴성을 지르며 분노에 차 환웅에게 죽일 듯 달려들어 움켜쥔다) 살려내! 그분을 살려내!

환웅   내가 살려내고 싶었던 건 아버지가 아니라 희망이었어. 그의 그늘로 들어가기엔 그는 더 이상 내게 아무 의미도 아니야.

X   그렇지 않아. 그분은 너의 아버지고, 나의 힘이고 우리의 미래야.

환웅	태어난 이유가 있을 거라 생각했어. 지구의 어느 구석, 우주에서 보면 모래 같은 존재지만… 누군가는 날 원할 거다. 살아 있는 이유도 알 수 있을 거다. 그게 내가 여기까지 온 이유야. 하지만 내가 아는 거라곤 책들이 쏟아내는 말과 자네 아버지가 들려준 세상이 전부야. 울 때도 얼마나 울어야 분노가 전달되는 건지 슬픔을 표현할 수 있는 건지도 알지 못해.
X	(무릎을 꿇으며) 제발. 그분을 돌려줘. 이대로 사라질 순 없어. 다시 한번만 내게 기회를 줘. 그러기 위해선 그분이 있어야 돼.
환웅	늦었어.
X	날 속이고, 내 아버지를, 세상을 속여?
환웅	난, 나이고 싶었을 뿐이다.
X	넌 너만 본다. 내 아버지도 너만 봤지. 눈앞에 있어도 난 없는 아이였다. 이젠 세상이 날 볼 차례였는데… 네가 빼앗았어.
환웅	여긴 지상의 빛이 없다.
X	아버지가 어둠에 가두는 걸로 널 벌하셨듯이, 내가 널 어둠으로 보내주마.

X, 분노에 차 환웅의 목을 조른다.

웅녀의 비명소리….

| X | (손에 마지막 힘을 주며) 나도 나이고 싶었다. 나도…. |

웅녀, 수술용 메스로 X를 찌른다.

X, 비명을 지르며 웅녀에게 총을 쏘려고 하자 환웅이 X를 끌어안는다.

총성.

총을 맞고 쓰러지며 고통스러워하는 환웅.

X   (웅녀에게 총을 겨누며) 네년이 모든 걸 망쳤어. 네년 때문이야.

X, 웅녀에게 총을 쏘려고 할 때, 최루탄가스를 터뜨리며 들이닥치는 경찰들….
결찰이 총을 겨누어 X를 쏜다.
아수라장이 된 연구실.
암전.
밝아오면 무대 전면이 연구실 밖이 된다.

[연구실 앞]
경찰들 들것에 X를 싣고 나온다.
반장과 호녀, 그들을 보고 있다.

반장   공범이 누군가?
호녀   얼굴을 확인해야겠어.

들것을 든 경찰, 호녀 앞에 선다.
호녀, 시트를 들쳐본다. X이다.
이때 웅녀가 기침을 하면서 형사의 부축을 받고 나온다.

호녀   (웅녀를 한번 보고는 X를 가리키며) 이 자야.
반장   (웅녀를 의심스러운 눈초리로 한번 보고는) 정말이야?

호녀, 웅녀와 눈이 마주치자 마치 모르는 사람처럼 고개를 돌린다.
경찰, X의 들것을 들고 나간다.

반장   경찰을 쏜 건?

호녀, X가 나간 쪽을 가리킨다.

반장, 형사2에게 호녀를 끌고 나가라는 눈짓을 한다.

형사2, 호녀를 끌고 나간다.

호녀, 끌려 나가며 웅녀와 눈을 떼지 못한다.

다른 경찰들이 들것에 환웅을 실고 나온다.

웅녀, 환웅에게로 다가간다.

환웅   결국 아무것도 하지 못했군. 그래도 이런 끝은 너무 잔인해. (사이) 늦기 전에 지워야 할 거야. 내게 시간이 조금 있다면 당신 이름을 부르고 싶은데… 당신은 죽지 않았으면 좋겠어.

환웅, 웅녀에게 손을 내밀다 숨을 거둔다.

웅녀, 환웅의 눈을 감겨준다.

경찰, 환웅을 들것에 실려 보낸다.

반장, 웅녀에게 다가간다.

반장   당신들 여기서 뭘 했지?

여기자   (웅녀에게 마이크를 대며) 같이 잡혀있었던 인질은 누구였습니까?

웅녀   … 당신들한테 죽임을 당한 희생양이죠.

반장   당신들 여기서 뭘 했냔 말이야?

웅녀   전 말을 잊어버렸습니다. 내 아이가 태어날 때까지 그렇게 살 겁니다. 여기자 무슨 뜻입니까?

형사1, 여기자를 저지하고 웅녀를 데리고 나간다.

여기자   (카메라 앞에서) 이번 경찰 진압은 선량한 시민 한 사람의 목숨을 앗아간 것만이 아니라 단란한 한 가정을 파괴한 용서할 수 없는 공권력의 폭력이었습니다. 경찰은 이번 사건도 과잉 진압으로 해결하려 했으며 그 결과로 희생자를 한 명 더 만들었습니다. 범인과 사투를 벌였던 신원이 밝혀지지 않은 여성은 경찰의 행동을 용서할 수 없다는 말을 했으며 법적 대응을 불사하겠다고 밝혔습니다. 이상 사건 현장에서 PBS 김**기자였습니다.

카메라맨 사실과 다르잖아요?

여기자 상관없어. 어차피 세상은 이런 얘길 좋아하니까. 현장 안에서 한 컷 더 가지. (전화를 걸며) 저예요. 메인 비워 두셔야 할 겁니다. 제대로 건졌어요.

여기자와 카메라맨 안으로 들어간다.
사건 현장을 수습하는 경찰들 모습에서 무대 암전….
막 내린다.

그런 눈으로 보지마

· 등장인물

강수인 (30세) … 변호사.
　　　누구에 의해서든 자신의 영역을 침범 당하는 것도 벗어나는 것도 두려움
　　　이다. 두려움을 숨기기 위해 모든 일에 정면승부를 피하지 않는 성격으로
　　　자신을 표현한다. 생존본능처럼….
박인수 (33세) … 살인의 탐닉자. 방송국 MC이면서 또한 검은 비옷.
　　　끊임없이 음울하게 내리는 비와 같은 사람.
　　　인생의 아름다운 색채를 전부 죽이는 사람이다.
　　　그의 정체는 마지막에 밝혀진다.
곽준하 (20세) … 이상심리에 의한 연쇄살인범.
　　　하얀 피부에 어리숙한 얼굴로 연쇄살인하곤 거리가 멀어 보인다.
최형사(48세) … 강력반 담당의 베테랑 형사로 준하를 검거한 담당형사.
　　　무뚝뚝한 성격으로 말수가 적고 눈매가 매섭다.
형진 (32세) … 준수한 외모의 베스트셀러 작가. 수인의 애인.
민주 (23세) … 청순한 얼굴의 매력적인 모델.
옆집여자 … 만삭의 20대 후반.
소녀 … 준하에게서 살아남은 유일한 생존자.
눈 없는 여인 … 메마른 체형의 40대 중반. 정신분열로 인한 알코올 중독자
검사
판사
증인들 … 1인 다역으로 가능

· 무대

빈 무대.
무대 전환 시 장소를 상징해 줄 수 있는 의자가 중앙에 놓여 있다.

흙투성이에 이리저리 찢겨진 교복을 입은 소녀가 무언가에 쫓기듯 들어선다.
무엇엔가 쫓기는 듯 자꾸만 뒤를 돌아보며 달리던 소녀가 무대 중앙에서 비명을
지른다. 헤드라이트를 비추며 급정거하는 자동차 소리.
강렬한 빛과 함께 소녀 쓰러진다.

1. 법정

검사와 판사, 변호사인 수인이 등장한다.

그들 중앙에 곽준하가 포승줄에 묶인 채, 고정되지 않은 시선으로 뭔가를 계속 중얼거리며 피고석 의자에 앉아 있다.

검사　증인을 신청합니다.

소녀, 경찰관과 나온다.

검사　증인은 피고에 의해 납치 감금된 사실이 있습니까?

소녀　네.

검사　지금 이 자리에 그자가 있습니까?

소녀　(조심스럽게 고개를 끄덕이며) 네.

검사　지목할 수 있겠습니까? 힘들겠지만….

떨리는 손으로 준하를 지목한 소녀, 더는 참지 못하고 오열한다.

웅성거리는 법정.

판사　(재판봉을 두드린다) 정숙하세요. 증인, 내려가도 좋습니다.

경찰관의 부축을 받으며 나가는 소녀.

검사　법은 인간을 보호하기 위해 만들어진 겁니다. 그러나 이 법정에서는 법의 보호를 받아서는 안 되는 자가 있습니다. 그는 7명의 고귀한 생명을 인간으로는 상상도 할 수 없는 방법으로 잔인하게 살해한 살인자이기 때문입니다. 만약 피고가 이 법정에 없었다면 제8의 희생자가 우리들의 가족 중에서 나왔을지 모릅니다. (잔인하게 살해된 사체의 사진을 보여주며) 피고의 행위는 피해자의 가족들마저도 죽음보다 더한 고통으로 몰고 갔음을 기억해 주십시오. 존경하는 재판장님. 여러 가지 진술과 증거물에 의해 형법 제41조에 의거 피고를 연쇄살인 및 납치, 강간, 사체유기, 폭행 등의 혐의로 피고를 법정 최고형에 처할 것을 신청하는 바입니다.

판사 변호인, 변론하세요.

수인, 나오며….

수인 사람들은 많은 꿈을 꾸며 살아갑니다. 현실에서 이룰 수 없는 행동을 하기도 하죠. 심지어 평소에 미워하던 사람을 죽이기도 합니다. 그러나 꿈속에서의 살인은 처벌할 수 없습니다. (준하를 보며) 여기 상상과 현실을 구별하지 못하는 한 남자가 있습니다. 여러분이 아시는 바와 같이 피고 곽준하는 상당히 충동적이며 위험한 인물입니다. 또한 그가 벌인 7건의 살인 사건은 피고인이 인간이 아닌 악마로 보이기에 충분합니다. 그러나 우리가 알아야 할 것은 그의 충동이 어디서부터 출발했느냐 하는 겁니다.

수인, 도화지에 닭이 도끼를 들고 사람의 목을 자르는 모습을 크레파스로 그린 그림을 펼쳐 보인다.

수인 이 그림은 피고가 열두 살 때 그린 겁니다. 누가 봐도 정상적인 이성을 지닌 아이가 그린 것이라곤 볼 수 없을 겁니다. 피고인의 유년시절. 피고는 부모로부터 인간의 이성으로는 이해되지 않는 심한 폭행과 성적인 모독을 당하면서 성장했습니다. 심지어 아버지가 보는 앞에서 강제로 누나와 성관계를 갖기도 했으니까요… 이 그림은 바로 그때부터 시작되었습니다. 저항할 힘조차 없었던 어린 피고에게 삶은 고통 자체였습니다. 저는 최소한의 인간다움조차 지켜주지 못한 사회와 법에게 그 책임을 묻지 않을 수 없습니다. 유년의 기억에서 기인한 고통으로 극심한 정신분열 증세에 시달리고 있는 피고를 형장의 이슬로 사라지게 하는 것이 과연 옳은 일일까요? (호흡을 가다듬고는) 여기 피고인이 아직도 정신 분열증에 시달리고 있다는 전문의사의 진단서 및 자료를 제출하는 바입니다.

수인, 비디오테이프와 서류를 판사에게 제출한다.

수인   뇌파 측정 결과 이성과 감정을 통제하는 데 핵심 역할을 하는 전두신귤레이트 피질이 피고인의 경우 정상인보다 심각하게 손상되어 있습니다. 외국에서는 이를 심신상실상태라 하여 정상적인 사고를 할 수 없다고 판단, 무죄를 인정하고 있습니다. 본 변호인은 피고 곽준하에게 처벌 대신 정신치료 및 보호 감호를 요청하는 바입니다.

동시에 방청석에서는 야유가 터져 나온다.

판사   양측의 최후진술재판은 2주 뒤, 본 법정에서 같은 시각에 개정하도록 하겠습니다. (재판봉을 두드린다. 쾅. 쾅.)

판사, 나간다.

경찰관 준하를 끌고 나간다.

검사 (수인에게) 보호할 사람만 보호해야지 않나? 최소한의 양심을 걸고서….

수인 판단은 법이 해 줄 겁니다.

검사 영웅이 되고 싶은 건 아니고?

수인 ….

검사, 나간다.
수인, 나가려고 하면 최형사, 다가온다.

최형사 섬뜩하지 않습니까? 그런 놈과 같은 하늘 아래 있다는 거.

수인 ….

최형사 애들까지 죽였어요. 누가 봐도….

수인 (가로채며) 누가 봐도 정상이 아니죠.

최형사 우리가 놈을 잡느라 얼마나 뻥이 친 줄 압니까? 누군 잡느라 고생인데 누군 풀어주면서 돈 벌고….

수인 최형사님! 이러시면 변호사에 대한 협박으로 고소할 수도 있습니다.

최형사 놈은 치료가 필요한 병자가 아니라 처벌이 필요한 범죄잡니다. 눈을 뜨고 똑똑히 보란 말입니다.

수인 열 명의 죄인을 놓친다 하더라도 죄 없는 한 사람을 벌하지 말라고 했어요.

최형사 그 눈이 문제군. 그놈이 인간으로 보이니….

수인 다음 재판 때 뵙죠.

수인, 나간다.

최형사, 휴대폰이 울린다.

전화를 받는다.

최형사   어, 강형사. 재판이 쉽게 끝날 거 같지 않아.

최형사, 통화를 하며 나간다.

2. 방송국

'큐' 사인과 함께 타이틀 음악이 흐르고

'집중, 시선!'이란 로고가 무대에 보인다.

중앙에 놓인 회전의자에 앉아 있는 MC.

강렬하게 쏟아지는 탑 조명과 함께….

MC   안녕하십니까? 시청자 여러분. '집중, 시선!'입니다. (일어서며) 오늘도 이 자리의 앉을 주인공을 모셔야겠죠? 소개합니다. 온 나라를 공포에 떨게 했던 연쇄 살인범 '곽준하 사건'을 변호하고 있는 강수인 변호사입니다. 박수로 맞이해 주십시오.

박수 소리와 함께 나오는 수인, 회전의자에 앉는다.

MC   나와 주셔서 감사합니다.

수인   안녕하세요. 강수인입니다

MC   요즘 바쁘시죠?

수인   네.

MC	이번 곽준하 사건은 세인의 관심이 집중돼 있는 만큼 강수인 변호사에 대한 비난도 거센 게 사실입니다.
수인	저는 그의 죄를 변호하자는 것이 아니라 인간을 변호하려는 겁니다. 분명 곽준하는 죄인입니다. 하지만 문제는 그가 범행을 저지르면서 죄를 인식할 수 있었느냐 하는 것인데, 다시 말해 선과 악에 대한 판단을 했느냐 못했느냐 하는 것이죠.
MC	그래도 정신분석에 따른 법률적인 해석이 우리나라 실정에 있어서 이르다고 판단하진 않으십니까?
수인	21세기에 들어 범죄는 점점 다변화 되어가고 있습니다. 전에 볼 수 없었던 선진국형 범죄가 늘어나는 추세이구요. 그만큼 대처능력도 발전해야 한다고 생각합니다. 통계적으로 우리나라 국민 중 1퍼센트가 알콜이나 약물중독 등으로 인한 정신분열증을 지니고 있습니다. 한마디로 폭탄 같은 인간들이죠. 그렇다고 해서 그들 모두를 범죄자 취급하며 가둬놓을 순 없습니다.
MC	곽준하는 무죄입니까?
수인	곽준하는 스스로 판단해서 저지른 살인이 아니라 유년시절의 고통이 그를 지배하고 조종한 것입니다. 그는 이 사회가 만들어낸 한 단면에 불과하며 그 또한 희생자입니다.
MC	시청자 여러분! 여러분의 판단은 어떠십니까? 여러분을 배심원으로 모시겠습니다. 다음 순서는 올해 최고의 모델이죠. 최민주 씨 모십니다. 잠시 후에 뵙죠.

'컷' 소리 나고 녹화가 끝난다.

MC	수고 하셨습니다.
수인	네. 수고 하셨어요.

MC   사무실 문에 써진 욕설을 보면 어떠세요?

수인   뭐가요?

MC   카메라도 꺼져 있는데 솔직해지셔도 됩니다. '살인마' '미친 년' 갖가지 저주의 욕설이 가득하던데… 인터넷에선 피에 굶주린 마녀로 통한다죠?

수인   가볍게 넘겨요. 벽이야 다시 칠하면 되고 문도 새로 달면 되니까요.

MC   그게 답니까?

수인   네.

(정적)

MC   카메라 돌고 있다는 거 알았어요?

수인   (상황을 파악하고) 불쾌하군요.

MC   (카메라 끄라는 싸인을 보내고) 간혹 대어가 낚이기도 하거든요.

수인   ….

민주, 나온다.

민주   안녕하세요?

MC   어서 오세요. 민주 씨가 등장하니까 스튜디오가 환해지네요. 두 분 모르세요?

민주,수인   …?

MC   신문 1면을 서로 주거니 받거니 하는 사인데 몰라요? 화제의 변호사와 주목받는 신인….

민주   신문을 볼 시간이 없어서… 제가 나온 영화는 보셨어요?

수인   시간 없기는 마찬가지인 거 같네요.

민주	스트레칭 안 해주면 뼈가 굳지만, 문화생활을 안 해주면 가슴이 굳는데
MC	준비하죠.
민주	네.

수인, 황당한 표정으로 나간다.

MC	오늘 녹화 잘 해 봅시다.
민주	(의자에 앉으며) 네.

'큐' 사인과 함께 암전.

3. 수인의 아파트

중앙에 모던한 소파가 놓여 있다.

불 꺼진 실내.

현관문이 열리고 수인이 들어선다.

거실 불을 켜기 위해 손을 뻗는 순간, 누군가의 손이 수인의 입을 막는다.

수인, 공포에 질려 빠져 나오려고 몸부림치는데.

형진	나야. 진정해.

불이 켜지고 형진이 미안한 표정을 짓고 있다.

수인, 할 말을 잃고 보다가 '어휴' 하면서 형진을 때린다.

형진	가볍게 한 잔 할까?
수인	그럴까.
형진	(주방으로 가며) 매스컴마다 온통 이번 사건 얘기더라. 나까지 흥분되던데… 얼굴 알아보는 사람 있지?
수인	(혼잣말로) 끔찍한 질문이다.

형진, 와인을 들고 나온다.

수인	다 접고 결혼이나 할까봐.
형진	그러던지. 나도 기다리는 거 재미없는데. 날 잡을까?
수인	누가 자기랑 한대?

형진, 기습적으로 수인에게 입을 맞춘다.

수인	뭐야, 이건?
형진	싫어?
수인	…. (살짝 웃는다)
형진	사람들 말 듣지 마. 승소만 하면 돼.
수인	이번 재판, 그리 간단하지가 않아.
형진	네가 틀렸다는 생각이 든다면 모르지만… 난, 널 믿는데, 넌 어때?
수인	… 고마워. 자긴 요즘 어때? 준비하는 소설은…?
형진	… 어. 그냥….
수인	내용이 뭐랬더라?
형진	(수인의 와인잔을 뺏어 내려놓으며) 자고 가도 되지?
수인	안 된다고 하면…?

형진, 수인을 잡아 번쩍 안고는….

형진　힘으로 할 수밖에….
수인　간지러워.

웃으면서 방으로 들어가는 두 사람.

다음날 아침, 초인종 소리가 요란하다.
수인, 가운을 걸친 채 방에서 나온다.

수인　(스피커폰을 들고) 누구세요?
형사(E)　서에서 나왔습니다.
수인　무슨 일이시죠?
형사(E)　몇 가지 여쭤볼 게 있어서요.

수인, 간단히 머리와 옷매무새를 다듬고 현관문을 연다.

수인　남에 집 방문하기엔 너무 이른 시간 아닌가요?
최형사　여기가 변호사님 집입니까?
수인　알고 오셨잖아요?
최형사　알았다면 이런 식으로 찾아오진 않았겠죠.
수인　무슨 일이죠?

최형사, 환하게 웃고 있는 젊은 여인의 사진을 내민다.

최형사　이 여자분 아십니까?
수인　아뇨.

최형사 2년간 같은 층에 살고 있으면서 한 번도 본 적 없어요? 그것도 옆집인데….

수인 그게 문제가 되나요?

최형사 오늘 새벽 아파트 비상계단에서 변사체로 발견됐습니다. 7층에서 5층까지 칼에 찔린 채 끌려 내려갔어요.

무대 밖에서 들려오는 여자의 비명소리. '액!!'

수인 ….

최형사 작은 거라도 상관없습니다. 다 단서가 될 수 있으니까. 어젯밤 이상한 소리 못 들었어요?

수인 (사진을 돌려주며) … 도움을 드릴 게 없군요.

최형사 (집안을 살피며) 기록엔 혼자 산다고 되어 있던데 아닌가 보죠? (와인잔을 보며) 손님이 계신가?

수인 더 물어보실 거 없으시죠?

최형사 감사합니다. 협조해 주셔서. (명함을 내밀며) 아차! 제 번호 아시죠? 나중에라도 생각나시면 연락 주십시오.

수인 그러죠.

최형사 요즘은 섹스도 연애도 참 자유로운 시대죠? 젊은 사람들 부러운 게 있다면 그거죠.

수인 오전에 고객과 상담이 있어요.

최형사 꺼져라. 쉽게 말해도 될 것을… 하긴 어렵게 말하면 뭔가 있어 보이긴 하죠. 또 봅시다.

최형사, 나간다.

형진, 옷을 입으며 부산하게 방에서 나온다.

형진   좀 깨우지.

수인   간밤에 살인 사건이 벌어졌대.

형진   (시계를 보며) 이런, 늦어서 아침도 못 먹겠다.

수인   옆집이래.

형진   중요한 미팅이거든….

수인   내 말 들었어?

형진   먼저 간다. (수인의 볼에 입을 맞추고는) 어젯밤에 좋았어.

형진이 나가면 혼자 남은 수인, 양팔로 자신의 몸을 감싸 안는다.

초인종 소리.

놀란 수인, 스피커폰을 든다.

수인   누구세요?

옆집여자   옆집이에요. 그러니까 사건 난 704호 말고 702호요.

수인, 문을 열어주면 옆집 여자 들어온다. 만삭의 몸이다

옆집여자   여기도 다녀갔죠? 우리 집에도 왔었어요. 형사 말이에요.

수인   네.

옆집여자   얼마나 놀랐는지, 아까는 배가 다 뭉치더라고요.

수인   전 지금 출근 준비를 해야 되거든요.

옆집여자   하세요. 방해할 생각은 없어요. (갑자기 '흑' 하며 눈물을 흘린다) 집에 있기가 너무 무서워요. 남편이 출장 중이거든요.

수인   ….

옆집여자   무섭지 않아요? 우리 집과 너무 가깝다는 게… 어떻게… 그렇게 가까운 곳에서 사람이 죽을 수 있죠?

옆집여자 두려움으로 가득차서 눈물을 흘린다.

수인　　　앉아서 쉬세요.

옆집여자　보셨어요? 난 봤어요. 그 피… 사람 몸에 피가 그렇게 많은지
　　　　　몰랐어요.

수인　　　다른 생각하는 거 어때요? 한 감정 상태로 오래 있는 거 정신건
　　　　　강에 안 좋아요.

옆집여자　기쁜 일을 떠 올린다고 기뻐질까요? 이런 상황에서….

수인　　　살인사건이건 사고건, 남자건 여자건 죽으면 다 똑같아요. 피
　　　　　흘리고 썩고….

옆집여자　착한 분인 줄 알았는데, 말끝이 무섭네요.

수인　　　이성적으로 생각하자는 뜻이에요.

옆집여자　사람들이 언제부턴가 착한 영화를 보거나, 착한 사람을 만나면
　　　　　지루하다고 하죠. 착한 건 감동인데….

수인　　　우리 쪽 일을 하다보면….

옆집여자　무슨 일을 하시는데요?

수인　　　와 줄 가족에게 전화를 하는 건 어떠세요?

옆집여자　말 돌리는 거 말 섞기 싫다는 뜻이죠? 사람 취급하지 않는 거
　　　　　같아서 불쾌한데… 저도 몇 가지 방식이 있어요. 이름을 부르
　　　　　지 않거나, 말할 때 눈을 보지 않거나. 꽤 효과적이죠.

수인　　　마음에 안정을 찾는 데 도움이 될 거 같아서….

옆집여자　친정에 전화는 했어요. 엄마가 오고 있을 거예요.

수인　　　다행이네요. 가까운 데 사세요?

옆집여자　절 혼자 두진 않겠죠?

수인　　　잠을 좀 자는 건 어떨까요?

옆집여자　무서워요. 악몽이라도 꾸면….

전화벨이 울린다.

수인 사무장님. 웬일이세요? 그랬나요? 지금은 곤란하겠네요. 집에 낯선 사람을 두고 나갈 수가 없어서요. 네. 알아서 처리해주세요. 네.

수인, 전화를 끊는다.

옆집여자 저 모르세요? 옆집요. 꽤 많은 얘길 했잖아요, 우리. 엘리베이터에서 인사도 했고… 분리수거 하는 날, 내가 도와줬는데 기억 안 나세요? 택배도 두 번이나 받아줬는데….

수인 제 말은… 손님을 뜻하는 거예요.

옆집여자 이웃이 낫지. 낯선 사람이라니까 제가 꼭 침입자 같잖아요. 우리엄만 여기서 두 시간이나 떨어진 곳에 사세요. 우린 1분 거리지만… 당신과 제가 얼마나 가까운데… 우린 벽 하나를 사이에 두고 잠을 잔다고요.

수인 아침은 먹었어요? 산모한테 식사 거르는 거 안 좋을 텐데….

옆집여자 그리고 보니 고프네요. 참, 친절하세요.

수인 그래요. 뭐라도 먹자고요.

옆집여자 고마워요. 제 아이가 태어나면 당신 얘길 꼭 해줄 거예요. 세상엔 좋은 사람도 많다고….

옆집여자와 수인, 주방으로 간다.

4. 정신 병동

하얀색의 철제 의자가 놓여 있고 바닥에 준하가 웅크리고 누워 있다.
수인, 준하와 얘기가 끝났는지 서류를 정리해 가방에 넣는다.

수인 오늘은 이 정도로 하지. (A4용지를 건네며) 마지막 변론 때 말해야 할 걸 정리했어. 아직 단정 짓긴 이르지만 아직까진 우리에게 유리해. 물론 마지막까지 방심해선 안 되는 거 알지? 사소한 문제를 일으키는 것도 금물이고. 잊지 마. 불쌍한 표정 짓는 거… 그럼 법정에서 만나. (나가려다 말고) 요즘도 목소리가 들려? 너한테 지시를 내린다던….

여전히 수인의 말에 반응이 없는 준하, 웃음만 흘릴 뿐….
수인, 문으로 다가가 벨을 누른다. 한 번. 두 번.
초조해지는 수인, 다시 벨을 누른다.
허나 아무런 인기척이 들리지 않고….

준하 몇 시죠?
수인 2시 45분. 조금 지났어.

웅크리고 누워 있던 준하, 서서히 일어선다.

준하 시간이 좀 걸릴 걸. 오늘 롯데와 두산이 경기가 있거든. 벨소리를 놓친 건, 볼륨을 키웠다는 거고, 아마 루상에 롯데 주자가 나가 있을 거야. 입에는 도너츠를 물고, 달달거리는 선풍기도 틀어 놓고는 연신 엉덩이를 들썩이며 땀을 닦을 생각도 안하겠지. 냄새나는 비곗덩어리….

수인, 점점 준하를 의식한다. 애써 긴장을 감추며 뒤돌아서는데….
철제 의자를 소리 내 끄는 준하. 기분 나쁜 웃음소리를 낸다.
준하의 표정이 일순간 잔인하게 바뀌며 입가에 기분 나쁜 미소가 흐른다.

준하   크크크… 겁먹었군.
수인   딴 생각 마. 난 널 지켜 주는 사람이야.
준하   넌, 날 지키지 못해.
수인   (애써 태연한 척하며) 널 도울 수 있는 사람은 나밖에 없어.
준하   (향기를 맡는 시늉을 하며) 땀 냄새를 맡고 싶었어. 시큼한 인간 냄
      새. 화학 냄새로 변질된 허물을 벗겨내기 시작했지. 아주 천천
      히. (웃고는) 내 손이 닿을 때마다 지금의 당신처럼 가늘게 떨었
      어. 축축하게 젖은 아랫도리에 입을 가져다 댔지. 그 냄새를 알
      아? 죽어 있던 내 몸의 세포들이 깨어나는 달콤한….

수인, 태연한 척 하면서 문에서 떨어지며….

수인   난, 네가 무섭지 않아.
준하   크크… 날 이길 수 있을 거라 생각해? (의자에 걸터앉는다) 건방 떨
      지 마. 간수가 문을 열고 들어오는 시간이면 네 보지에 볼펜을
      꽂기에 충분한 시간이야.
수인   … 날 죽이면 넌 아무것도 얻지 못해.
준하   내가 죽인 건 다섯이야.
수인   지금 와서 그런 말이 죄를 가볍게 해 줄 거라 생각해?
준하   넌… 그자를 몰라….
수인   누구?

230

준하	사방이 어둠이야. 나는 걷고 있고 내게 전화가 와. 크크… '여
	보세요?' 그는 말해. '재미있는 일을 할 때야.' 그가 열었어. 기
	억의 문을… 열려서는 안 되는 그림자의 세계. 보지 말아야 했
	는데… 죽이고 싶다. 엄청난 살의가 나를 지배해. 그때 여자가
	앞에 있어. 누나를 닮은… 아니 누구라도 상관없어. 파괴해야
	돼. 찢고, 찢고, 찢어서… 악마가 나를 먹었어. 크크크….

잠시 침묵이 흐른다.

수인	아버지가 아니었어?
준하	나머진… 그가 죽였어.
수인	그가 누구지?
준하	… 당신이 찾아.
수인	누군지 아는 거야?
준하	날 믿어야 돼.
수인	….
준하	(웃음을 흘리며) 크크… 당신도 보게 될 거야.

이때 덜컹이며 열리는 문, 간수가 들어온다.
준하, 일순간 얼굴에서 잔인함을 지운다.
간수, 준하를 데리고 나간다.

5. 수인의 아파트

모던한 소파가 놓여 있고 사건 서류들이 어지럽게 널려 있다.

사건 현장을 찍은 일곱 장의 사진을 골라 벽에 붙인다.

주차장, 야산, 길가, 하수구….

수인   모두 뚜렷한 동기가 없는 살인. 무작위 선택… 살의가 느껴지
        시 않는 살인….

형진, 언제 왔는지 수인의 뒤에 서 있다가….

형진   이게 같은 여자야?

수인   어… 언제 왔어?

형진   방금. (사진을 보며) 끔찍하군.

형진   이게 다 그 녀석 작품이야?

수인   ….

형진   (사진을 보며) 상당히 정교한데….

수인   (사진을 정리하며) 내가 죽어서 이렇게 변해도 날 사랑할 수 있어?

형진   글쎄… 이게 대답이 될까?

형진, 주머니에서 작은 보석함을 꺼내 뚜껑을 열면 반지다.

수인, 반지를 물끄러미 바라본다.

수인   … 지금… 이럴 때, 어떻게 해야 하는 건지 배우질 못했어.

형진   어색해지는 거 싫은데….

수인   … 이렇게 살아 있는 내 자신이 너무 행복해.

형진, 수인을 안고 입을 맞추는데….

초인종 소리.

형진　누가 오기로 했어?

수인　형사야.

형진　이 시간에 집으로?

수인　보여줄 게 있어서….

형진　(소파에 앉으며) 같이 있어도 되지?

수인　중요한 얘기가 있거든. 미안해.

형진　가란 뜻이야? 날 못 믿어?

수인　….

형진　너한텐 항상 너만 있어.

다시금 울리는 초인종 소리.

수인　열어야 될 거 같아.

형진　넌….

형진, 뭔가를 말하려다 말고 나간다.

수인　형진씨!

형진이 나가고 최형사, 들어온다.

최형사　저 사람도 나만큼이나 화가 났군. 사람 화나게 하는 재주 있어
　　　요? (널려져 있는 사건 기록들을 보며) 수사본부를 차려도 되겠구
　　　만….

수인　전화로 말씀드렸듯이….

최형사　무죄석방이라도 시키고 싶어요?

수인　사실을 말하는 겁니다.

최형사 사실? 사실은 없어요. 물론 일어난 일이 있기는 하겠지. 하지만 사람 수만큼 존재하는 게 사실이라, 당신이 말하고 있는 사실이라는 것도 당신만의 사실인 거지.

수인 (자료를 내밀며) 다시 봐주세요.

최형사 진저리나게 봤수다.

수인 범인을 보지 말고 범행을 보라고요.

최형사, 수인이 건넨 사진을 받아들지만 유심히 보지 않고 내려놓는다.

수인 곽준하는 비체계적인 살인을 저지르는데 반해 이 두 사건은 체계적인 구도를 지니고 있어요. (서류를 꺼내며) 그리고 이걸 좀 보세요. 일반적으로 살해 후 토막이 났다면 혈액이 멈추기 때문에 생활반응이 나타나지 않아요. 하지만 이 두 사람은 혈액에서 생활반응이 발견됐어요.

최형사 진짜 너무 하는군.

수인 (형사의 팔을 잡고) 그리고 음부는 건들지도 않았어요. 보면 알겠지만 다른 사체에서는 발견되지 않는 공통점이 있어요. 첫째 사체를 유기한 장소요. 쓰레기를 버려서는 안 되는 곳을 선택해 사체를 유기한 점은 사회에 대한 적대감과 오만함이 드러나는 형태로 반사회적인 인물로 추정 되요. 이런 경우는 질서를 거부하는 인물로 사회 질서에 반항하는 행위로 볼 수 있어요. 두 번째로 사체에 난 이빨자국을 들 수 있는데….

여인의 어깨에 뭉개지듯 난 이빨자국 사진을 벽에 붙이는 수인.

수인 식인 현상으로 보여지며 동시에 자신의 흔적을 희생자에게 남김으로써 존재를 확고히 드러내고자 하는 의지로 읽을 수 있어요. 불행히도 사체가 워낙 부패한 상태고 절단 부분과 겹치기 때문에 확인하기 어려운 거죠.

최형사 그러니까 결론은 곽준하 외에 다른 살인범이 있다는 거네.

수인 예… 사체를 절단해 각기 다른 곳에 유기한 것으로 보아 피해자와 자신의 신원을 숨기려는 의도로 보입니다. 희생자를 그대로 방치했던 곽준하의 범행과 차이가 있다고 볼 수 있죠. 다시 말하자면… 제2의 연쇄살인범이 있다는 거죠.

최형사 이봐, 변호사 양반! (웃옷을 위로 끌어올리자 배에 커다란 칼자국이 보여진다) 이게 그 새끼가 나한테 남긴 거라고. 조금만 더 위를 찔렀어도 황천행이었어.

수인 ….

최형사 (겉옷을 내리며) 끝난 사건 가지고 속 시끄럽게 들먹이지 맙시다.

수인 이 두 사람은 산 채로 몸이 잘려나갔단 말예요.

최형사 당신 옆집에서 갈기갈기 찢겨서 죽은 여자에 대한 단서도 아직까지 하나도 찾은 게 없어. 시체를 끌고 복도를 질질 끌고 갔는데 그 흔한 발자국 하나 남기질 않았어. 지문도 없고, 단서 하나 없이 너무 깨끗해. 교활한 놈이지. 증거는커녕 아직 동기조차도 파악이 안 돼. 주변인물들을 조사해 봤지만 단서도 없어. 하지만… 그래도 난 잡아. 반드시… 그 자식이 살아 있고, 내가 살아 있는 한. 왜? 그게 내 일이니까.

수인 사건을 제대로 보자고요.

최형사, 수인의 팔을 위협적으로 낚아채며….

수인 이 손 놔요.

최형사 연쇄 살인범을 쫓으면서 그놈이 실수하기만을 기다려. 한 번만 더 저질러라 그러면 잡을 수 있다. 살인을 기다리는 내 몸에서 썩은내가 나. 점점 현장 냄새를 닮아가지. (잡은 팔을 놔주며) 하긴 며칠 날밤을 깠으니 당연하지만. 704호에 대해 말해줄 게 있을 때, 그때 다시 봅시다.

최형사, 나간다.
수인, 얼굴을 감싸며 주저앉아, 흐느낀다.
검은 비옷의 그림자가 들어서더니 불을 끈다.

수인   (어둠 속에서) 자기야?

흉기를 들어 수인을 내리치는 그림자.
둔탁한 소리에 함께 쓰러지는 수인.

6. 창고

쇠사슬이 묶인 의자에 수인이 결박되어 있다.
테이프로 입이 막혀 있다.
눈을 뜨는 수인, 통증을 느끼며 불안한 시선으로 주위를 살핀다.
무대 한쪽에서 절그럭절그럭 쇳소리와 함께 여자의 흥얼거림이 들린다.
서서히 빛 속으로 모습을 드러내는 여인, 보면 안구가 뽑혀있고 팔과 다리가 쇠사슬에 묶여있다.
여자의 모습에 겁에 질려 몸부림을 치는 수인.
어디선가 음악 소리가 들리자 여인은 갑자기 동작을 멈추고 구석 쪽으로 몸을 피한다. 육중한 철문이 열리는 소리와 함께 나오는 검은 비옷.
여인은 알 수 없는 비명소리를 질러대고….

그의 손엔 커다란 종이 상자와 비닐봉지가 들려 있다.

검은 비옷은 물건들을 내려놓고 즉석카메라를 꺼내 묶여있는 수인을 향해 연이어 셔터를 눌러댄다.

검은 비옷, 수인의 머리카락에서 얼굴, 그리고 턱까지 쓰다듬으며 내려가고 갑자기 수인의 블라우스를 찢는다.

수인의 한쪽으로 드러난 하얀 어깨와 브래지어.

검은 비옷이 수인의 젖가슴을 깨문다.

비명을 지르는 눈 없는 여인.

검은 비옷, 수인에게서 테이프를 떼준다.

수인　죽여버릴 거야!

검은 비옷　참을성이 부족하군.

수인　… 살려줘.

검은 비옷, 대답 없이 종이 박스에 무언가를 담는다. 잘려나간 여자 다리다.

검은 비옷　살면서 이토록 삶이 간절했던 적이 있었나? 감동적이야. 안 그래?

수인　(극에 달한 공포로 소리를 지르며) 나한테 왜 이러는 거야? (흐느껴 운다)

검은 비옷　흥분하지 마. 넌 여길 나갈 거야. 언제가 될지는 아직 정하질 못했지만… 반드시….

검은 비옷, 물을 마시고는 수인에게 내민다.

검은 비옷　줄까?

수인　죽일 마음도 없다면 뭐야? 이유 정도는 말해 줄 수 있잖아.

검은 비옷 조급증은 실수만 만들 뿐이야. 천천히 하자구….

수인 당신 누구야?

검은 비옷 경멸하는 눈으로 바라보면 미친놈으로 보이겠지만 존경하는 눈으로 바라보면 신으로 보일 거고, 대등한 눈으로 바라보면 내 안에서 널 보게 될 거야.

수인 ….

검은 비옷 넌 그 잘난 변호사란 이름으로 얼마나 많은 사람들을 경멸했을까… 두려움에 떨고 있는 눈을 보며, '오냐 불쌍한 것, 내 너를 위해 천원이라도 더 뺏어주마, 대신 상대방의 상처가 아물지 않도록 죽을 때까지 계속 찔러라. 내 친히 너의 송곳이 되어주마' 라고 속으로 외쳤겠지.

수인 … 그게… 이유야?

검은 비옷 아니… 난 널 존경해. 그 자만과 이기심까지도….

이때 눈 없는 여자가 뭔가에 굶주린 듯, 신음소릴 내며 몸부림친다.

검은 비옷 지금껏 보지 못했던 세계를 보여주겠어. 넌, 친절의 보답으로 아주 작은 걸 나한테 해주면 돼. 아주 간단한… 이건 남는 거래야.

검은 비옷은 서랍에서 주사기를 꺼내 눈 없는 여인에게 다가가더니 팔에 주사를 놓는다.
여인, 이내 편안해진다.

검은 비옷 이 여자 기억나?

수인 …?

검은 비옷 2년 전 이 여자의 거래처 사람이 널 찾아갔었지. 덕분에 이 친군 알거지가 됐고 이후 고리대금업자에게 쫓겨 다니기 바빴어. 그러다 한 야산에서 눈알이 뽑힌 채로 발견됐지.

수인 ….

검은 비옷 이 여자가 제정신으로 돌아오지 않게 해달라고 기도하는 게 좋을 거야. 널 가만 놔두지 않을 테니까… 후후….

수인 … 나… 나에… 대해서 얼마나 알고 있지?

검은 비옷 너보다 더.

수인 ….

검은 비옷 이제 일하러 갈 시간이야. (다시 물을 건네며) 정말 안 마실 건가? 이봐, 난 지금 외출할 거야. 언제 다시 들어올지 모르는데 그때까지 견딜 수 있겠어?

수인 (잠시) … 마시겠어요.

검은 비옷이 미소를 지으며 생수병을 수인의 입에 대주자 목이 말랐던 수인은 '벌컥벌컥' 들이킨다.
수인이 물을 다 마시자 검은 비옷은 옷을 입고 종이박스와 비닐 봉투를 들고 나가려한다.

검은 비옷 그럼 이따가 보자고.

수인 가지 마요. 얘기 좀 해요. 제발….

검은 비옷 … 애원하지 않아도 돼. 보내줄 거야. (나간다)

수인 가지 말라잖아. (발악하듯) 사람이 말을 하면 들어! 이 개자식아!!

수인, 안간힘을 다해 따라가려다 의자와 넘어지고.
눈 없는 여인은 기분 나쁜 웃음소리를 낸다.

수인 그만해! 좀 조용하란 말야!

수인의 말에 아랑곳하지 않고 계속 웃음소리를 내는 여인.

수인, 소리 내서 운다. 공포와 절망으로 몸부림치듯….

7. 정신 병동

잡지에 나온 여자모델의 사진을 정성스럽게 손가락에 침을 발라 찢는 준하.

찢어놓은 사진들의 조각을 퍼즐처럼 짜 맞추자 기괴한 형체의 여자 모습이
완성된다.

사진에 얼굴을 가까이 대고 냄새를 맡는 준하.

다가오는 최형사.

최형사 며칠째 잠도 안자고 약도 뱉어버린다던데… 이유가 뭐야?

준하 ….

최형사 … 아직도 이해 안 되는 한 가지가 있어. 내가 널 체포할 때, 넌
어린 여자앨 죽이고 거리로 나갔다가 다시 돌아 왔어. 그 시간
이면 충분히 도망칠 수도 있었는데… 그럼 지금 여기 있지 않
았을 텐데… 왜 돌아 온 거지?

준하 ….

최형사, 더 이상 묻기를 포기하고 일어나 문 쪽으로 걸어간다.

카메라를 바라보며 벨을 누르려는데….

준하 (가느다란 목소리로) … 다… 시….

최형사 뭐?

준하 … 다시… 보고 싶어서… 다… 시… 다시… 보려고….

최형사 넌 내가 본 놈들 중에서 가장 지독해.

준하 작고… 예뻐.

최형사 (준하의 멱살을 잡고) 미친 새끼. 이 땅에 법이 없었으면 네 모가지를 비틀어놨을 거다. 알어?

준하 작고… 하얘….

최형사 변호사와 마지막으로 한 얘기가 뭐였어? 5일째 행방불명이다. 너의 유일한 구세주께서 말야.

준하 그… 그 … 놈… 그….

준하, 미친 듯이 비명을 지른다.

최형사 그 여자한테 뭐라 그랬어? 말해!

간수, 뛰어 들어와 준하를 끌고 나간다.

최형사, 휴대전화를 건다.

최형사 거기 강수인 변호사 사무실이죠?… 아직 연락이 없습니까? 네. 알겠습니다.

최형사의 휴대전화가 울린다.

최형사 박형사! 무슨 일이야? 또 사체가 발견 됐다고? 어디서 경찰서 앞? 강수인 변호사 소재부터 파악하고, 곽준하 사건파일 다시 봐야겠어. 어쨌든 무얼 할 수 있는지 보자고.

최형사, 나간다.

8. 창고

희미한 어둠 속에서 들려오는 쇠사슬 소리.
민주, 쇠사슬을 풀려고 안간힘을 쓴다.

수인 힘 빼지 말아요. 소용없어.
민주 누가 있어요? (비명소리) 악!

눈 없는 여자, 민주를 더듬는다.

민주 저리 가. 놔. 놔.
수인 인사하는 거예요.
민주 우리도 이 여자처럼 되나요?
수인 그 여잔 그놈 짓이 아니에요.
민주 어떻게 되는 건가요? 우린 어떻게 되냐고요?
수인 ….
민주 당신은 알죠? 왜 날 잡아 왔는지?
수인 ….
민주 씨팔! 뭐라고 말 좀 해봐.
수인 ….
민주 뭐라도 좋아요. 말 좀 해요. 무서워. 제발….
수인 … 죽을 거야… 우린…
민주 아냐… 안 돼… 그럴 순 없어. 이대로 죽을 순 없어. (흐느끼며)
이렇게 죽긴 싫어.

철문이 열리는 소리가 들리고 검은 비옷, 큰 가방을 들고 나와 스위치를 켠다.

그의 테마곡이 흘러나온다.

민주   누구세요? 살려주세요.

검은 비옷, 대답 대신 민주의 사지를 벽에 묶는다.

민주   왜 그래요? 이러지 말아요.

검은 비옷, 사진을 찍는다.
그리고 천천히 민주를 만지다 옷을 찢고 가슴을 물어뜯는다.
민주의 비명.

수인   그만! 그만해! 미친 새끼야….

민주의 몸에서 떨어지는 검은 비옷.
만족스러운 표정으로 입가의 피를 닦아낸다.

수인   (애원하듯) 부탁이야. 그 여잘 살려줘. 더 이상은 안 돼….
민주   … 살… 살려주세요.
검은 비옷   그럴 순 없어. 내가 원하는 걸 가졌으니까….
민주   뭔지 모르지만 드릴게요. 보내주세요.
검은 비옷   날 원망 마. 네가 남자를 잘못 고른 탓이야.
민주   무슨 뜻이에요?
검은 비옷   (수인을 바라보며) 소개하지. 이쪽은 네 애인의 애인. (민주를 보며) 이쪽은 네 애인의 애인.
민주   그 자식이 시킨 거예요? 나쁜 새끼.

검은 비옷 (수인을 보며) 이 여잘 너무 동정하지 말라구. 이제 알겠어?

수인　　무슨 일을 꾸미고 있는 거야?

민주　　우리 만난 적 있죠?

수인　　….

민주　　그래요. 방송국… 기억 안나요? '집중, 시선!'

수인　　형진 씨와 어떤 사이죠?

민주　　어젯밤 당신 집에 같이 있었어요. 여행 중이라고 했는데….

수인　　결혼할 사인가요?

민주　　섹스 했다고 다 결혼하나요?

　　　　검은 비옷, 웃음을 흘리고, 민주를 싸늘한 시선으로 바라보며….

검은 비옷 여자들이 저지른 죄 중에 가장 용서할 수 없는 큰 죄는 순진함
　　　　을 잃어버렸다는 거야. (민주의 얼굴을 어루만지며) 여자가 옷을 벗
　　　　고도 상대방을 쳐다보지 못하는 그 순진함 말이야.

　　　　검은 비옷, 옆방에서 두 개의 접시를 들고 나온다.
　　　　접시 위에 놓인 고기. 수인에게 내민다.

검은 비옷 먹어.

수인　　….

　　　　검은 비옷, 살점을 포크로 찍어 내민다. 강압적이다.
　　　　수인, 내키지 않지만 어쩔 수 없이 입을 벌려 고기를 입에 넣는다.
　　　　그러다 뭔가 머리에 스친다.
　　　　욱- 먹은 것을 토해내는 수인.

수인   … 제… 제… 정신이 아냐… 넌 미쳤어!

검은 비옷, 수인의 따귀를 내려친다.
고개가 옆으로 꺾이며 고통스러워하는 수인.
검은 비옷은 수인의 머리채를 잡아 수인의 입에 억지로 먹이려 한다.
신음이 나고 입술에선 피가 터져 나오지만 여전히 입을 벌리지 않는다.

검은 비옷   인간이다 이건가? 그러고 싶은 거겠지. 하지만 언제까지 그럴
수 있을까?

검은 비옷, 접시를 들어 민주에게 다가가 포크에 고기를 찍어 민주의 얼굴 앞
으로 내민다.
민주는 수인의 모습을 보며 울먹이다 입을 벌린다.

검은 비옷   (입에 넣어주며) 그래… 그렇게 먹는 거야. 넌 누구지?
민주   ….
검은 비옷   넌 돼지야. 더러운 돼지.
민주   난… 더러운 돼지다.

수인, 더 이상 참지 못하고 시선을 돌린다.

검은 비옷   똑똑히 봐. 이 여자가 인간인지, 짐승인지.

눈 없는 여인의 흐느끼는 듯한 괴성과 검은 비옷의 웃음이 섞인다.
주사기를 들어 눈금을 살핀 다음 민주의 팔에 꽂는 검은 비옷.

검은 비옷   (수인을 보며) 자, 시작해 볼까. 오랫동안 잊혀지지 않는 경험이

될 거야.

검은 비옷은 수인의 의자를 끌어당긴 후 민주가 바로 보이게끔 방향을 돌려
놓는다.
검은 비옷, 민주의 몸을 소독약으로 정성껏 닦는다.

검은 비옷 조금만 참아. 서서히 감각이 없어질 거야.

가방을 열면 큰칼에서부터 얇은 송곳 등 갖가지 공구들이 진열되어 있다.
날이 퍼런 톱을 들어 민주의 다리를 향해 대는 검은 비옷.
민주, 비명을 지르다 정신을 놓는다.
수인을 바라보는 검은 비옷, 수인에게 다가와 다리를 풀어준다.

수인 (놀라며) 왜 이래… 어쩌려는 거야?

검은 비옷 거래야. 말했잖아. 전율.

수인 … 안… 돼. 싫어. 난 안 해… 이거 놔.

검은 비옷 너도 느껴봐.

수인 너나 해! 이 미친 새끼야. (애원조로) 이러지 마… 제발… 난 못
해… 못 한다고….

검은 비옷, 일어나 발버둥치는 수인을 일으켜 세운 다음 톱자루를 수인을 향
하게 한다.

검은 비옷 어서… 잡아. 네가 그럴수록 이 여자는 고통의 시간만 길어질
뿐이야. 빨리 끝내주라고. 별거 아니야. 그냥 나무토막 하나 자
른다고 생각하면 돼. (표정이 싸늘하게 바뀌며) 네 몸이 잘려 나갈
수도 있어.

수인, 고개를 떨구며 덜덜 떨리는 손으로 톱을 받아 쥔다.

그리고 조금씩 침대를 향해 발걸음을 옮긴다.

검은 비옷   그렇지… 그렇게… 서둘지 마. 천천히 느낌을 즐기라고.

민주의 팔에 톱을 대고 눈을 질끈 감으며 팔을 움직이는 수인.

순간, 들고 있던 톱을 검은 비옷을 향해 휘두른다.

수인   죽어!

재차 검은 비옷을 향해 공격하는 수인.

검은 비옷은 몸을 피하며 수인의 팔을 잡고, 둘 사이에 실랑이가 벌어진다.

허나 이내 검은 비옷의 힘에 톱을 빼앗기고 바닥에 쓰러지는 수인.

검은 비옷   (피가 흐르는 팔을 움켜쥐고) 난 특별한 인간이야. 특별히 강하고,
          누구도 날 이기지 못해!

수인   … 날… 죽여. 어차피 죽일 거잖아.

검은 비옷   죽이지 않는다고 했잖아.

수인   그럼 어쩌자는 거야?

검은 비옷   … 풀어줄 거야. 다시 밖으로 나가는 거지… 네가 할 일이 있거
          든.

수인   … 원하는 게 뭐야?

검은 비옷   간단해. 돌아가서 곽준하를 죽여.

수인   왜? 혹, 당신이야? 그가 말한… 그랬군. 너의 정체를 알고 있어
          서 두려운 거야.

검은 비옷   녀석은 날 몰라. 그놈은 죽어야 돼. 내 예술을 보잘 것 없는 싸
          구려로 전락시켰거든.

수인   그게… 이유야?

검은 비옷 어떤 얼굴을 숨기고 있지? 너란 여자, 곽준하를 통해서 꿈틀대
         는 살인 욕구를 채우고 있는 건 아닌가?

수인   (침을 뱉으며) 미친놈.

검은 비옷 넌 똑똑해. 그런 놈 때문에 인생을 망칠 수는 없잖아.

수인   난 못해. 안 해.

검은 비옷 미안한 얘기지만 너에겐 선택권이 없어. 한민주를 죽인 모든
         증거는 너를 가리키고 있거든. 내가 그렇게 만들어 놨지.

수인   쉽게 당하지 않아.

검은 비옷 그럴까? 무죄를 증명하려면 나 없이는 알 될 걸. 깨끗이 끝내.
         그럼 돌려주지. 평범한 일상을….

수인   어떻게 믿지?

검은 비옷 약속이란, 믿지 않는 쪽이 괴로운 법이야. 내 눈을 벗어날 수
         있을 거라 생각하겠지만, 네 생각보다 난 더 가까이에 있어. 옆
         집 여자를 죽인 날… 꽤 흥미롭더군. 미리 힌트를 준다는 게.

수인   ….

검은 비옷 못 믿겠다는 표정이군. 잠들어 있던 두 사람. 질투날 만큼 평온
         해 보이던데… 하마터면 그 자리에서 죽일 뻔했어.

수인   다시 기회가 되면 널 반드시 죽일 거야.

검은 비옷 명심해. 난 언제라도 널 잡을 수 있어.

         검은 비옷, 수인의 팔에 주사를 꽂는다.

9. 수인의 아파트

소파 위에 의식을 잃은 채, 누워 있는 수인. 조금씩 정신을 차리는데 머리가 깨질 듯 아프다.

형진, 술에 취해 비틀거리며 들어서다 수인을 발견한다.

형진 언제 왔어? 무슨 일 있었어? 며칠씩 연락도 안 되고….

수인 궁금하긴 했어?

형진 ….

수인 민주란 여자 알아?

형진 그냥… 설명해야 되는 거니? 남들 다하는 시시한 짓거린 하지 말자. 우린 달랐으면 좋겠어.

수인 내 집에서… 내 침대에서… 왜 나한테 결혼하자고 말했지?

형진 그런 말 한 적 없어. 남녀가 섹스를 하면 결혼을 한다고 생각한 건 너지 난 아니야. 집이 비어 있길래 몇 번 썼을 뿐이야. 억울하면 너도 내 오피스텔 써.

수인 왜? 왜?

형진 내가 원하는 걸 가졌으니까.

수인 그게 뭔데?

형진 책이 나오면 다 알게 되겠지만. 이번 소설 연쇄살인범 이야기야. 주인공은 곽준하고… 물론 중간에 주인공이 바뀐 거지만… 너한테 모든 게 다 있었어. 내가 필요한 모든 게….

수인 네가 얼마나 잔인한지 넌 모를 거야.

형진 그런 눈으로 보지 마. 세상 모든 사람들 다 그 정도는 계산하고 살아. 넌 아니라고 자신 있게 말할 수 있어?

수인 (돌아서며) 가.

형진　끝내자는 거야?

수인　(돌아보지도 않은 채) 남들과 달랐으면 좋겠다고 했지? 널 이 자리
　　　에서 죽일 수도 있어.

형진　외로울 텐데… 너 외로운 거 싫어하잖아.

수인　….

형진　마음 바뀌면 전화해.

　　　형진이 나가면 수인, 주저 앉으며 울음을 토해낸다.
　　　전화벨이 울린다.
　　　수인 망설이다, 전화를 받으면 무대 밖에서 들려오는 검은 비옷의 목소리.

검은 비옷　니 애인이 나오고 있어. 어떻게 할까?

수인　….

검은 비옷　말해. 나한텐 솔직해도 돼.

수인　….

검은 비옷　죽이고 싶다고… 용서는 나쁜 인간을 만들어 낼 뿐이야.

수인　너와의 약속 없었던 일로 할 수도 있어.

검은 비옷　그럴 여유가 없을 텐데… 생각보다 빨리 발견됐어. 시체를 경
　　　찰서 앞마당에 버렸거든. 형사가 곧 찾아갈 거야.

　　　검은 비옷, 소리 내 웃으며 전화를 끊는다.

10. 법정

　　　변호사석에서 손으로 얼굴을 감싸며 앉아 있는 수인.

방청석 뒷자리에 앉은 최형사와 시선이 마주치자 고개를 피한다.

잠시 후. 죄수복을 입은 준하가 간수와 함께 들어선다.

판사가 들어와 앉으면 모두 자리에 앉는다.

판사, 판결문을 읽으려고 하는데….

수인   드릴 말씀이 있습니다. 재판장님.

보면, 무거운 표정으로 앞을 주시하고 있는 수인의 모습.

수인   이 자리를 빌어 저의 변론이 사실이 아님을 밝힙니다. … 피고 곽준하는 저와의 면담 도중 범행 사실을 시인하였으며 정신적으로도 아무런 이상이 없었음을 인정하였습니다. 최종 판결에 앞서 본 사건 심사의 재고를 요청하는 바이며… 더불어 저는 피고 곽준하의 변호인으로서의 권리를 포기하겠습니다.

말을 마치고 자리에 앉는 수인.

법정이 술렁인다.

판사   조용히 하세요. 재판을 휴정하겠습니다.

준하, 경관들이 끌고 나가려는 순간, 경관을 밀쳐내고 펜을 집어 자신의 목에 댄다.

여기저기서 터져 나오는 비명소리.

준하   누구도 날 죽일 수 없어. 나만이 날 죽일 수 있어.

수인   이렇게 끝내지마.

준하   어둠에 익숙해지면 어둠은 더 이상 어둠이 아니지. 시간마저

어둠에 묻혀 버리면 그 다음은 평화야. 온전한 나만의 세계. 누
구도 침범할 수 없는 고유의 영역. (수인을 보며) 날 속였어. 너도
그놈과 같아.

준하, 펜으로 목을 찌른다. 솟구치는 피.
비명소리와 함께 아수라장이 되는 법정, 모두들 도망치듯 그곳을 빠져 나
간다.
경관들이 준하를 데리고 나가고 긴 정적이 흐른다.
그리고 혼자 남겨진 수인에게 전화벨이 울린다.

수인   (조심스럽게) … 여보세요?

검은 비옷(E)   아주 잘하던데….

수인   이젠 네가 약속을 지킬 차례야.

검은 비옷(E)   조급하게 굴 거 없잖아. 실패만 부를 뿐이야. 흥분하지 말
         고 느껴봐. 즐기라고. 흔하지 않은 기회일 텐데….

수인   헛소리 집어 쳐. (격해서) 원하는 대로 됐잖아! 언제까지 이럴 거
         야.

검은 비옷(E)   어때?… 사람의 목숨을 빼앗은 기분이….

수인   (절규하듯) 개새끼.

검은 비옷(E)   피를 꽤 많이 흘리던데.

수인   널 반드시 찾아낼 거야.

검은 비옷(E)   고생할 거 없어. 네가 그렇게 애쓰지 않아도 난 언제나 가
         까이에 있으니까.

수인   끊지 마… 안 돼….

최형사, 나오며….

최형사 며칠간의 잠적, 그리고 심경의 변화라… 당신한테 무슨 일인가 일어나고 있는데… 말하진 않을 테고….

서로를 향한 말없는 시선.

최형사 한민주 알아요?

수인 보내줘요.

최형사 당신 약혼자와 관계가 깊은 사이던데….

수인 몰라요.

최형사 한민주가 죽었어요. 사체는 사지가 절단 된 채 경찰서 앞마당에서 버려졌고… 14일 저녁, 한민주가 실종되던 밤 어딨었어요?

수인 그게… 말하기 곤란해요.

최형사 알리바이 확인 해 줄 사람 있어요?

수인 ….

최형사 약혼자에게 한민주에 대해 물은 적 있죠?

수인 ….

최형사 한민주의 집에서 당신이 지문과 소지품이 발견됐어요.

수인 그렇다고 내가 죽였다는 증거는 될 수 없잖아요.

최형사 왜 모른다고 했어요?

수인 ….

최형사 약혼자와의 관계 언제 처음 알았어요?

수인 말해야 되나요?

최형사 살해 동기는 될 수 있죠. 죽은 한민주가 죽기 전까지 손에 쥐고 있던 게 뭔 줄 알아요? 당신 명함이었어. 수색영장이 발부 되서 형사들이 당신 집으로 갔고. 강수인 변호사, 당신을 한민주 살인사건의 유력한 용의자로 긴급체포하는 바입니다. (수갑을 채우며) 변호사 선임할 수 있는 거 알죠?

순간, 최형사를 내리치는 검은 그림자, 검은 비옷이다.

최형사, 쓰러진다.

검은 비옷 대단한 용기야… 솔직히 크게 기대는 하지 않았거든. … 다시 만나게 돼서 정말 기뻐.

수인 난 쉽게 당하지 않아.

검은 비옷 네가 죽인 거야. 너 살자고… 봤으면 좋았을 걸 꽤 많은 피를 흘렸는데….

수인 모든 걸 돌려놔. 네가 원하는 대로 다 됐잖아.

검은 비옷 그 전에 너한테 줄 선물이 있어.

수인 그만해! 모든 걸 끝내고 싶어.

검은 비옷 보면 깜짝 놀랄만한 거야. 궁금하지 않아?

수인 ….

검은 비옷 난 널 알아…. 넌 나에게서 다른 걸 원하고 있어. 나를 보며 너는 이상한 감정을 느끼고 있어, 그렇지. 나를 느끼고 있지? 나와 같은 감정을 느끼고 있는 거야? 안 그래?

수인 아니야! 아니야….

검은 비옷 거부해도 소용없어.

검은 비옷, 품에서 주사기를 꺼낸다.

도망치려는 수인의 몸을 잡아 팔에 주사를 꽂는다.

맥없이 무너지는 수인의 어깨를 뒤에서 잡으며 속삭이는 검은 비옷.

검은 비옷 자 이제 같이 갈 시간이야.

서서히 눈이 감기는 수인.

11. 창고

찢어진 소파가 놓여 있고, 기둥에 검은 천으로 덮어 놓은 물체가 있다.

서서히 눈을 뜨는 수인.

잔에 술을 따라 마시는 검은 비옷. 술병을 테이블에 놓는다.

눈 없는 여인은 구석에서 술을 마신다. 마지막 한 방울까지 핥아가며….

검은 비옷 (수인의 얼굴을 살피며) 맘에 드는 눈빛이야. 기분이 어땠어?

수인 처음부터 준하가 목적이 아니었지?

검은 비옷 우리, 관계를 새롭게 가져 볼 필요가 있겠어.

수인 왜 나야?

검은 비옷 네가 거기 있었어. 우연. 그래 그렇게 설명해야겠군. 세상의 모든 질서를 바꿔 놓은 그 우연 말야.

수인 곽준하는?

검은 비옷 가벼운 접촉사고가 있었어. 화를 참는 훈련이 잘 된 놈이더군. 알고 싶어지더군. 그게 진짜일까? 호기심. 판도라의 상자, 열고 싶어졌어. 그가 넘겨준 번호로 전화를 했고, 특별한 말은 하지 않았어. '아버지가 널 보고 있다.' 그 다음은 그놈이 알아서 한 거야.

수인 말도 안 돼.

검은 비옷 기억의 문. 그림자의 세계로 들어가는 어둡고 습한… 난 그자에게 열쇠를 손에 쥐어줬고, 그자는 봉인된 문을 연 거야.

수인 우연히…?

검은 비옷 누구에게든 닫힌 문 하나쯤은 있어. 너무 놀라워 마. 현실이 소설보다 더 기상천외 하니까.

수인 널 잡을 거야.

검은 비옷 자신 있다면 나의 이 완벽한 예술을 파헤쳐 봐. 세상은 멍청이들로 가득 차 있어서 아무도 나를 의심조차 안 해. (웃으며) 당연한 일이지. 단서를 전혀 남기지 않았으니….

수인 ….

검은 비옷 당신을 위해 준비한 선물이야.

검은 비옷, 기둥으로 다가가 천을 걷어낸다.
피투성이가 된 형진, 기둥에 몸이 묶여 있다.
테이프로 입이 봉해진 형진, 수인을 발견하고 소리 지르며 몸부림친다.

검은 비옷 어때… 고맙다는 인사 정도는 해야지 않아?

수인 풀어줘. 상관없는 사람이야.

검은 비옷 분노가 끓어오르지 않나?

검은 비옷은 형진의 입에 붙여진 테이프를 떼어낸다.

형진 (수인에게) 자… 잘못했어… 수인아… 제… 제발 날 죽이지 마. 응. 이렇게 빌게… 제발….

수인 ….

형진 정말 사랑해… 믿어줘. 수인아… 흑흑… (검은 비옷을 향해) 시키는 대로 다 하겠습니다. 돈이 필요하세요? 다 드릴 테니까… 제발 목숨만 살려주세요. (수인을 향해) 뭐라고 얘기 좀 해봐… 난 지금 아파… 피를 너무 많이 흘렸다고… 의사가 필요해.

검은 비옷은 서랍에서 약병과 주사기를 꺼내들고 형진의 앞으로 다가간다.
커다란 주사기를 보며 놀라는 형진. 더욱 몸부림친다.

검은 비옷 이게 뭔지 알아? 돼지를 교미시킬 때 쓰는 흥분제지. 놀이가
　　　　　재미있으려면 약간의 공포가 더해져야 하거든. 너한테 가장 어
　　　　　울리는 죽음의 끝을 보여주겠어.

형진　　　(악을 쓰며) 안 돼!… 안 돼!….

검은 비옷 본능을 누르지 마. 자신을 들여다보라고… 너도 나만큼 원하잖
　　　　　아.

수인　　　… 아니야.

검은 비옷은 형진의 팔에 주사 바늘을 꽂고 약을 투입한다.
계속 악을 쓰며 몸부림치는 형진.

수인　　　왜 그를 죽이려는 거야?

검은 비옷 넌 혼자가 돼야 돼. 그래야 딴 마음을 먹지 않지. 넌 내 거야.
　　　　　영원히… 날 떠나지도, 잊지도 못해. 네가 죽는 그 순간까지
　　　　　도….

수인　　　제발… 멈춰.

잠시 후 형진이 고통에 찬 비명을 지른다.
괴로운 듯 이리저리 몸을 비틀더니 기둥에 뒷머리를 강하게 부딪친다.
차츰 경련이 줄어들며 머리가 꺾인다.

검은 비옷 이로서 이자도 인간이 되었군.

수인　　　넌… 넌… 악마야.

검은 비옷 평범한 인간에 불과해. 본능에 충실한… 조만간 너도 길들여질
　　　　　거야. 아니 이미 그럴지도… 살인이란, 그만두기엔 너무 유혹
　　　　　적이거든. 네가 원하는 게 뭘까?

검은 비옷이 팔에 묶인 밧줄을 풀자 형진이 바닥에 꼬꾸라진다.

다리의 밧줄을 풀려고 팔을 옮기는 순간, 괴성을 지르며 검은 비옷을 밀쳐내고 일어서는 형진.

짐승과 같은 몰골로 수인을 향해 다가간다.

비명을 지르며 의자에서 구석으로 발버둥치며 기어가는 수인.

형진의 손이 수인의 발목을 잡는다.

순간 형진의 머리를 향해 도끼로 내려치는 검은 비옷.

검은 비옷 일이 많겠군.

형진의 시체를 담기 위해 큰 여행용 가방을 꺼낸다.

그리고 형진의 몸을 자르기 위해 톱을 대는데….

수인 궁금한 게 있어.

검은 비옷 바빠.

수인 넌 왜 잡아온 여자들과 섹스를 하지 않지? 원한다면 얼마든지 가능한 일이잖아.

검은 비옷 ….

수인 (계속 몰아치며) 그런 식의 쾌감은 어때? 어떤 느낌이야? 섹스할 때와 비슷해? … 설마…. 여자랑 자보지도 못한 거야? 내가 여자로 느껴지지 않아? 왜 물건이 작아? 제구실을 못하는 거야?

검은 비옷 닥쳐!

수인 … 말해줘.

검은 비옷 ….

수인 … 내가 두려워하는… 너도 모르고 있는 너 안의 너….

검은 비옷 그런 거 없어.

수인 있어. 이 집. 이 방. 이 상황 어딘가에 숨어서 튀어나오기만 기다리고 있어! 우린 한편이 돼서 그것과 싸워야 돼!

검은 비옷 그만 닥치라니까!

검은 비옷, 수인의 뺨을 갈긴다.

점점 가쁜 숨을 몰아쉬는 검은 비옷.

수인 한 아이가 있어. 쪼그리고 앉아 무언가 보고 있어. 그게 뭐지?

검은 비옷 … 작은 새. 피를 흘리며 보도 블럭 위에서 퍼덕이는….

수인 아이의 얼굴엔 아무 표정도 읽을 수가 없어.

검은 비옷 그래.

수인 시간이 흐르고 아이는 소년이 됐겠지. 소년은 여전히 표정 없는 얼굴로 무언가를 유심히 바라보고 있어.

검은 비옷 고양이가 밧줄에 목이 매달린 채 발버둥치고 있어.

수인 그리고 소년은 청년이 돼. 뭐가 보여?

검은 비옷 어두워. 밤이야… 훈련복장을 한 병장이 철로에 다리가 끼어 몸부림치고 있어. 저기 멀리서 기차가 빛을 발하며 달려와…. 바로 옆 수풀에서 병장과 기차를 번갈아 바라보고 있어. 일병 계급장을 단 남자가.

수인 그가 당신인가?

검은 비옷 병장은 군화를 벗으려 하지만 급한 마음이라 잘 벗겨지지 않아. 나를 향해 도와달라고 소리를 질러. 나는 움직이지 않아. 절규하는 모습을 바라 볼 뿐이야. 그가 공포에 찬 눈으로 손을 뻗어. 그래도 난, 움직이지 않아. 주위가 어스름해지고 새벽이야. 많은 병사들이 철길을 따라 봉투와 집게를 들고 찢어진 병장의 사체를 줍고 있어. 토막 난 손과 터져 나온 눈알 등이 봉투 속에 넣어지고… 그때 난 반짝이는 걸 발견하게 돼. 지포라이터. 누가 보기 전에 얼른 주머니에 넣었어. 내무반으로 돌아

와 모두가 잠든 사이에 깨어났어. 철로에서 주운 피 묻은 라이
터를 보기 위해… 그건… 그건… 희열이었어.

천천히 가면을 벗는 검은 비옷.
바로 방송국 MC였던 자다. (그를 이하 인수로 표기한다)

수인   당신은….

인수, 수인의 머리채를 움켜잡는다.

인수   어떻게 해줄까? 내가 널 어떻게 할 거 같아?
수인   ….

인수, 자신의 옷을 벗는다.

수인   넌 아무 짓도 못해. 넌 특별한 인간이 아니야.

수인, 두려움에 목소리도 제대로 나오지 않는다.
인수, 수인의 옷을 찢으며….

인수   너의 눈은 어떤 세상을 보았지? 슬픔, 고통, 분노, 상처… 삶은
단순하고 존재의 의미는 영원히 찾을 수 없는 것이다. 무엇으
로도 채워지지 않는 외로움에 기대어 목숨을 연명할 뿐이지.

인수, 수인을 끌어안는다. 마치 움켜쥐듯… 그리고 정적….
수인, 두려움에 어떤 저항도 할 수 없다.
인수 끓어 오르던 무언가가 차가워진다. 수인을 놔주며….

인수 내 정체를 안 이상 더는 날 존경할 수 없겠지… 그럼 널 살려둘 이유도 없어진 셈이고… 아쉬워. 넌 내 일부가 될 자격이 있었는데. (가면을 다시 쓴다) 잘 자둬. 마지막 밤을… 배가 고프군. 뭘 좀 먹어야겠어.

인수, 방으로 간다.
수인, 손에 묶인 밧줄을 비틀어보지만 꼼짝도 하질 않고….
눈 없는 여인, 손에 든 술병을 버리고 주변을 향해 코를 킁킁거린다.
뭔가 머리에 스치는 수인, 몸을 움직여 테이블의 술병을 잡는다.
냄새로 술을 달라는 듯 손을 뻗는 눈 없는 여인.

수인 (작은 소리로) 이 밧줄을 당기면 줄게요.

갈증을 느끼는 눈 없는 여인, 말귀를 알아들었는지 손으로 밧줄을 당긴다.
이제 헐거워진 밧줄. 수인, 있는 힘을 다해 밧줄을 푼다.
검은 비옷이 들어간 방을 의식하며 소리 나지 않게 발걸음을 옮기는데… 순간 수인의 발목을 잡는 눈 없는 여인.

눈 없는 여인 (쉰 목소리로) 나… 나도… 데려가….

수인, 놀라며 눈 없는 여인의 입을 한손으로 틀어막는다.
몸부림치는 눈 없는 여인.
수인의 손이 자신도 모르게 여인의 목을 조르고 있다.
수인의 손과 팔에 눈 없는 여인의 긴 손톱이 할퀴고 지나가지만 그럴수록 목을 조르는 손에 힘이 가해지고….
수인의 팔을 움켜쥐던 여인의 손에 힘이 빠지며 아래로 내려간다.
계단 끝의 희미한 빛을 향해 힘겹게 벽을 잡고 계단을 오르는 수인.

피와 땀으로 얼룩진 그녀의 눈에 눈물이 흐르고….

수인이 나가고, 인수, 방에서 나와 벌어진 관경을 보며 태연히 스파게티를 먹다가 마치 노동을 하듯 눈 없는 여인을 끌고 들어가고, 형진은 가방에 담아 끌고 계단을 올라간다.

12. 법정

방청객 사이에 앉은 수인, 옆자리엔 최형사가 앉아있다.

죄수복을 입고 피고인석에 앉은 인수의 모습이 보인다.

증인석엔 사람들이 나와 진술을 하고 있다.

직장동료 사내에서도 성실하기로 소문난 사람이었습니다. 저 대신 일도 많이 해줬고요. 최고의 프로그램을 이끄는 최고의 MC라는 거, 제가 설명하지 않아도 아시잖아요? 그런 사람이… 그런 짓을… 도저히 믿기지 않습니다.

경찰관 신고를 받고 장소에 갔을 때 아무것도 없었습니다. 그저 평범한 창고였어요. 주위에 흔히 있는… 그곳에서 그런 끔찍한 일이 일어났다고 볼 수 있는 건 아무것도 없었어요.

건물주 원래는 녹음실로 사용하던 곳이었는데 세입자가 나간 뒤 저 사람이 개인 작업실로 쓰겠다고 해서 그러라고 했지요. 월세도 꼬박꼬박 지불해서 이상하게 생각해본 적은 없습니다.

늙은 경비 사람 비명이나 이상한 소리라곤 못 들었습니다. 마주치면 인사도 잘하고… 가끔 쓰레기봉투나 박스를 옮기는 건 봤지만 그냥 청소했나보다 생각했죠.

자신만만한 표정의 변호사. 자리에 앉는다.

검사 (일어서며) 다음 증인으로 본 사건의 피해자인 강수인 씨를 신청하는 바입니다.

사람들의 웅성임과 함께 증인석으로 걸어 나가는 수인.

수인 (손을 들며) 본인은 이 신성한 법정에서 진실만을 말할 것을 약속합니다. (자리에 앉는다)

검사 증인은 피고에 의해 납치된 적이 있습니까?

수인 예.

검사 증인의 진술에 따르면 의식에서 깨어보니 한 시체가 토막나 있었고 그 후에 한민주와 정형진이 차례로 납치되어 살해됐다고 증언했는데 실제로 목격 했습니까?

수인 … 네.

검사 그 자리에 피고와 증인 외에 한 사람이 더 있었다고 했는데 증인이 창고에서 탈출하기 전까지도 같이 있었나요?

수인 ….

검사 어떤 상태였습니까? 살아 있었던가요?

수인 ….

검사 말씀해 주십시오. 그 여자도 범인에 의해 살해된 것이 맞습니까?

수인 ….

검사 (수인의 얼굴을 살피며) 재판장님. 증인은 심한 정신적, 육체적인 학대에 시달려 안정을 요하므로 휴정을 신청합니다.

인수 강수인과 단 둘이 얘기하고 싶습니다.

검사 안됩니다. 그건….

인수	내가 범죄 사실을 인정할 수도 있습니다. 아주 잠깐이면 됩니다.
수인	하겠어요.

검사, 수인과 얘기를 나눈다.

검사	위험합니다.
수인	손에 든 단서가 너무 없어요. 뭐든 해야죠.
검사	(판사에게) 받아들이겠습니다.
판사	10분간 휴정 후, 재판을 속개하겠습니다. (재판봉을 두드린다)

모두, 나가고 수인과 인수만 남는다. 장소는 상징적으로 특별 면회실이다.

인수	새로운 거래를 시작해 볼까?
수인	더러운 놈.
인수	법이라는 이름 앞에서 많이 쓰는 기술이잖아. 안 그래?
수인	넌 특별한 인간이 아니야. 강하지도 않아. 힘없는 어린애에 불과해. 그게 네 모습의 전부야.
인수	거짓말이란, 발각될지도 모른다는 공포와 죄책감, 그리고 속이는 즐거움까지 준다지?
수인	….
인수	기억력은 시간과 함께 현저히 떨어진다지만 몸으로 익힌 건 사라지지 않아.
수인	조용히… 조용히… 소리 내지 말라고 입을 막았을 뿐이야.
인수	사납게 몸부림치기 시작했겠지. 폐는 점점 산소가 부족해지고 죽음이 압박해오는 느낌. 누군가 자신을 죽이고 있다는 걸 직감한 여자는 무섭게 저항했겠지. 저항은 제압의 대상. 손엔 점

점 힘이 들어가.

수인 생각을 할 수가 없으니까. 그냥 죽이기… 시작했어.

인수 (수인에게 다가서며) 목을 조를 때 느낌이 어땠어? 난 아직 그 방법을 써보지 못했거든… 숨이 끊어지는 게 손으로 느껴져? 네 손을 만지고 싶어 미칠 지경이야.

수인, 숨을 몰아쉰다. 과호흡증 상태다.

인수 넌 날 죽이지 못해. 그 이유를 말해줄까? 옛날 어떤 사람이 주술을 써서 악마를 불러냈지. 하얀 연기를 내며 나타난 악마가 '주인님 무엇을 도와 드릴까' 라고 하자 그 사람은 그런 흉칙한 모습보다 다른 모습으로 나타나 달라고 부탁했어. 그러자 그 악마는 새끼 돼지로 변신한 거야. 주인은 악마에게 술과 아름다운 미녀들을 불러오게 시켰어. 새끼 돼지는 주문을 외우고 얼마 뒤 호화스런 술상과 아름다운 여자 무용수들과 나타나고 주인은 술을 마시며 여자들과 춤을 췄어. 그리곤 새끼 돼지에게 '이봐 자네도 같이 즐기지 그래' 하고 외쳤지. 그러자 그 새끼 돼지가 뭐라 했는지 알아? '주인님 저는 원래 여자입니다' ….

무대 밝아지면서 판사와 검사가 나온다. 다시 법정이다.

판사 재판을 속개합니다.

검사, 증인석에 앉은 수인에게 다가간다.

검사 법률을 다루는 사람으로 묻겠습니다. 연쇄살인범의 유, 무죄를 선고하는 기준에 대해서 알고 계십니까?

수인 범행 당시 선악에 대한 변별력을 지니고 있었느냐에 대한 판단으로 결정됩니다.

검사 그럼 증인의 진술에 의하면 피고는 철저한 계획 아래 희생자를 납치, 살해한 것으로 밝히고 있습니다. 증인이 탈출한 뒤에도 물적 증거나 흔적을 남기지 않고 은폐한 사실만 보아도 비정상적인 심리상태가 아니라는 것을 알 수 있습니다.

변호사 (일어서며) 이의 있습니다. 검사는 심증만 가지고 사실을 왜곡하려하고 있습니다.

판사 인정합니다. (서기에게) 방금 검사의 말은 기록에서 삭제하세요.

수인 아닙니다!… 저에게… 유죄를 입증할 수 있는 증거가 있습니다.

웅성거리는 법정.

판사 (재판봉을 두드린다) 정숙하세요. 정숙!

다시 고요해지는 법정 안.

판사 (수인에게) 증인은 지금 그 증거를 밝힐 수 있나요?

수인 (잠시 침묵) … 예.

자신의 상의 단추를 푸는 수인의 손.
단추를 풀어 내리고 한쪽의 브래지어를 내리자 왼쪽 젖가슴에 인수의 이빨 자국이 드러난다.
손을 턱에 괸 채 수인을 바라보는 인수.

수인 (검은 비옷을 뚫어지게 바라보며) 저자가 …저를 비롯한 다른 여자들에게 저질렀던 일입니다.

판사 그럼 새로운 증거에 대한 국립과학수사연구소의 결과가 나올 때까지 본 재판을 연기하도록 하겠습니다. (재판봉을 두드린다)

수인이 일어나 인수에게로 간다.

인수의 귀에 대고 얘기하는 수인.

수인 (인수의 귀에 대고) 한 인간의 목숨을 손에 쥔 느낌이 어떤 줄 알아? 네 말대로 전율이 느껴지는데…!

인수 죽어가는 뱀은 더 깊이 문다는 걸 아나? 당신 위험해졌어.

수인 난 무섭지 않아.

인수 넌 이제… 멈출 수 없어. (나가려다 말고) 소파 밑을 봐. 반가울 거야.

인수, 나간다.

암전.

13. 수인의 아파트

이사 준비를 하고 있는 수인.

소파를 천으로 씌운다.

현관벨소리.

수인 누구세요?

수인, 문을 열어주면 최형사다.

최형사 멀리 갑니까?

수인 그럴 생각이에요. 엄마한테 가요. 미국에 계시거든요.

최형사 엄마, 아빠를 찾는 건 위험하다는 본능의 경고라던데….

수인 증거를 찾았다죠?

최형사 아, 그 얘길 하러 온 건데… 포크레인 기사가 작업하다 발견했 대요. 범행에 사용한 것으로 보이는 도구며, 진술 내용과 일치 했어요. 사진도 있던데… 당신 것도….

수인 난 법정에서 말했어요. 모두.

최형사 아는데… 혹시 이 여자 모릅니까?

눈 없는 여자의 사진을 보여주는 최형사.

최형사 범행도구가 발견된 곳에서 여자의 사체도 한 구 나왔는데… 감 식 결과 2년 전 실종된 여자로 밝혀졌어요. 이상하죠? 살해방 법에서 사체유기까지 전혀 다른 방법을 쓰고 있는 게… 당신 이론대로라면 다른 범인이 있다는 건데….

수인 그건 최형사님이 할 일 아닌가요? 전 이삿짐을 싸는 중이었 어요.

최형사 맞아요. 사람마다 각자 할 일이 있죠. 우린 그걸 하고 살면 되 는 거고… 그런데 말이죠. 살인자는 살인을 하기 위해 태어났 을까요?

수인 그걸 왜 저한테 물으시죠?

최형사 만약 칼을 들었다면 누굴 찌를 겁니까?

수인 적이겠죠.

최형사 사람 죽여본 적 있어요?

수인   없어요.

최형사   당신한테 적은 누굽니까?

수인   적이요.

최형사   당연한 말입니다. 이런 질문을 하는 걸 보니 이 일을 그만 둘 때가 된 거 같네요. 한 가지만 더 물읍시다. 박인수를 언제 처음 만났다고 했죠?

수인   방송국에서요.

최형사   사진 속의 여자가 2년 전에 당신 의뢰인이었다던데….

수인   그래서요?

최형사   우연일 수도 있겠지만… 박인수는 당신을 오래전부터 알고 있었다는 생각이 들어서요. 아주 오래전부터 당신을 보고 있었다는… 그냥 내 생각이지만… 일종의 형사의 직감 같은….

수인   궁금하면 직접 알아내시죠.

최형사   설명할 수 있는 일들이 점점 줄어드는 세상이죠. 결과 없는 행동이 많아지는 탓일 겁니다.

수인   짐을 싸야 되요.

최형사   갑니다, 가. 그거 알아요? 니체가 한 말인데 '괴물을 쫓는 자는 괴물이 되지 않기 위해 조심해야 한다' 멋진 말이죠?

수인   니체니까요.

최형사   (웃으며) 맞아요. 그렇겠네요. 니체니까….

수인   '심연을 오래 들여다 보면 심연 또한 너를 들여다본다.' 이것도 니체의 말이죠.

최형사   나에 대한 경고로 들리네… 내 눈엔 당신이 위험해 보이는데….

수인   ….

최형사   떠날 거면 너무 멀리 가지 말아요. 돌아오기 힘드니까… 잘 삽시다.

최형사, 나가려다 말고….

최형사 그 괴물이 아주 재밌는 말을 하던데… 내가 허락하지 않았다면
아무 일도 일어나지 않았을 거다.

수인 ….

최형사 검거 당시 우릴 기다리고 있었다는 느낌이랄까….

수인 ….

최형사, 나간다.
수인, 털썩 소파에 무너지듯 앉는다.

수인 왜 나였지? 왜?

환청처럼 들려오는 비명소리.
수인, 인수의 말이 떠올라 소파 밑을 찾아본다.
팔이 잘 닿지 않는다. 소파를 옮기고 겨우 꺼낸다. 피 묻은 도끼.
이때 옆집 여자가 들어온다.
수인, 도끼를 등 뒤로 감춘다.

옆집여자 문이 열려 있네요. 이사 간다고요? 집을 싸게 내놨다죠? 그 덕
에 우리 집만 안 나가요. 그런 건 서로 가격을 맞춰서 내 놓는
게 예의인데… 몸 풀기 전에 옮겨 앉고 싶었는데 그쪽 때문에
우리만 골탕먹게 생겼어요. 그냥 살지 그랬어요? 낯선 사람이
옆집으로 이사오면 불편할 게 많을 거 같은데… 얘기 들었어
요? 옆집 여자 죽인 범인 잡혔대요. 무슨 변호산가가 잡았다던
데. 그 여자도 살인범한테 납치가 됐었대요. 어으, 소름끼쳐.
나라면 그런 일 겪고 못 살 거 같아요. 콱 죽어버리지.

수인   세상은 내가 알고 있는 것과는 다를 수 있죠.

옆집여자   뭐 아는 거 있으세요? 더 어처구니없는 건, 죽인 이유가 없대요. 정말이지 세상이 종말을 향해 100M 달리기라도 하는 거 같아요. 이런 세상에서 어떻게 아이를 낳고 살 수가 있을까요? 무서워서 살 수가 없어요.

수인   이삿짐을 싸야 돼요.

옆집여자   문단속 잘 해요. 또 어찌 알아요? 그런 놈이 또 있을지… 그런데 그 변호사랑 범인이랑 무슨 관계였을까요? 다 죽였는데 그 여자만 살려준 게 이상하지 않아요.

수인   ….

옆집 여자. 소파에 앉는다.

옆집여자   작별인사는 해야죠. 요즘 사람들 참, 정 없어. 전 그렇게 살고 싶지 않아요. 태어날 내 아이한테도 그런 세상을 가르치고 싶지 않아요.

인수   (무대 밖에서) 죽어가는 뱀은 더 깊이 문다는 걸 아나? 당신 위험해졌어.

수인, 자신도 모르게 도끼를 들어 올린다.

옆집여자   작은 인연도 소중하게, 감사하게 생각하라고 가르치고 싶어요. 그래야 세상이 밝고 아름답지 않겠어요.

인수   (무대 밖에서) 넌 이제… 멈출 수 없어.

수인, 쉴 새 없이 떠드는 옆집 여자를 향해 도끼를 치켜들어 내리 찍는다.
쓰러지는 옆집 여자.

수인의 비명소리.

순간, 무대 암전됐다 다시 밝아온다.

옆집여자 왜, 그런 눈으로 보세요?

수인 ….

보면, 수인의 손에는 도끼가 없다.

옆집여자 세상이 밝고 아름답지 않겠냐구요?

수인, 무릎이 '툭' 꺾인다.

서서히 암전되면서 막이 내린다.

지옥도

Dark Picture

· 등장인물

종사관	포도청 종사관, 포도청에서 고발장이 접수되어 선암마을을 찾는다
장형방	선암마을 출신으로 조정에서 파견 나온 종사관 일행을 안내한다
현령	지역의 수령
의생	종사관과 함께 파견 온 의료검시관
율관	종사관 일행으로 사건 기록과 행정을 담당한다

– 선암마을 사람들

단지	짐승의 몸짓을 하고 짐승의 소리를 내는 여인.
양촌장	선암마을 최고의 어른.
양윤	노쇠한 아버지를 대신해 사실상 촌장을 맡고 있다.
노을네	박종용의 처. (박종용은 첫 번째로 시신이 발견된 남자)
노을	박종용의 아들.
최가	사건의 두 번째 피해자.
최가처	최가의 아내.
석중	사건의 세 번째 피해자.
석중모	석중의 늙은 노모.
시로	마을 청년. 덫으로 짐승을 사냥한다.
덕출	마을 청년. 침술에 대해 알고 있다.
덕출처	
춘배	마을 청년.
박가	마을 청년.
노모	
덕이네	마을 아낙.
용구	마을 청년.
용구처	

· 무대

내륙이지만 사방으로 강이 흐르고 있어 섬의 현상을 하고 있는 작은 마을이 배경 무대다. 섬의 현상을 하고 있는 마을은 사방으로 깊은 숲이 병풍처럼 둘러쳐져 있어 섬 속의 섬 같은 현상이다. 외부로 들고 날 수 있는 곳은 숲 한곳으로 나 있는 길을 따라 가면 다리가 있는데 그곳이 유일하다. 다리를 건너 내륙에 닿으면 숲으로 길이 시작된다.

1.

푸르스름한 새벽 마을, 물안개가 음산함을 더한다.

숲이 바람에 흔들린다. 뿔 나팔 소리가 들린다.

짐승의 소리를 내며 숲 사이를 뛰어 다니는 것이 있다. 단지다.

단지의 모습은 승냥이 같기도 하여 거칠고 야만적으로 보인다.

멀리 횃불이 어른거린다.

단지, 으르렁거리며 나무 뒤로 웅크리고 몸을 숨긴다.

횃불을 든 마을 사람들 모여 든다.

마을 청년 몇이 들것에 죽은 시신을 한 구 들고 나온다.

모여 있는 사람들 중앙에 시신을 내려놓는다.

노을과 노을네가 시신을 따라 들어와 울음을 삼킨다.

사람들은 눈을 가리고 웅성거린다.

설피 보아도 남자가 여자보다 적어 보인다.

양윤 조용히 하시오. (촌장에게) 다 모였습니다.

촌장 우리 마을서 다시금 일어나서는 안 되는 일이 일어났소.

침묵이 위태롭다.

촌장 어제 자시부터 다리를 지킨 게 누군가?

시로, 나와 선다. 어깨에 뿔 나팔을 매고 있다

촌장 다리로 들고 난 자가 있었느냐?

시로 없었어요.

촌장　　거짓이 있어서는 아니 될 것이다.

시로　　들어 온 자도 나간 자도 없이 조용하기만 했습니다.

촌장　　그 말인즉 범인이 이 안에 있다는 거다.

시로　　하늘 두고 땅 두고 맹세하고, 이도 모자르면 지 목숨도 걸고 (무리에서 아이를 끌어 앞세우며) 제 여식도 걸겠습니다.

촌장　　법에 사람이 죽으면 죽인 자도 죽어야 한다고 되어 있네. 이번 사건도 지금껏 해 왔던 대로 마을 법에 따라 처리하게.

양윤　　(조아리고) 다들 들고 온 거 내려놓고, 시로는 가서 수 맞춰 갈대를 꺾어 오너라.

마을 사람들, 곡식 꾸러미를 하나, 둘 노을네 앞에 내려놓는다.
노을네, 넋을 잃어 멍하다.
시로, 갈대 단을 들고 들어와 촌장 앞에 둔다.
촌장, 그 중 하나를 들어 반으로 자르고 단 속에 섞는다.

양윤　　집집서 한 사람씩 앞으로 나서시오.

어느 집은 사내가, 어느 집은 노모가 집집마다 한 명씩 앞으로 나온다.

덕이네　　어머니… 어머니….

노모　　어차피 죽을 날 얼마 아니다.

덕이네　　제가 가요.

노모　　덕이 생각해라. 많이 살았다.

마을 사람들, 차례로 갈대를 뽑는다. 두려움에 쉬 걸음이 떼어지지 않는다.
뽑지 않으려는 자가 있으면 청년들이 끌어다 뽑게 한다.
노모, 떨리는 손을 다잡고 단번에 뽑아드는데 온전한 갈대를 보고 안도의 숨을 몰아쉬며 털썩 주저앉는다. 덕이네 달려와 노모를 일으켜 세운다.

온전한 갈대를 뽑은 사람은 환호를 지르고 기뻐 가족과 끌어안고 살았다는
안도의 눈물을 닦아내고, 남겨진 사람들에겐 점점 꺾인 갈대를 뽑을 확률이
높아졌다는 사실로 더 공포다.

청년 하나가 조심스럽게 나서는데 석중이 그를 막고 먼저 나선다.

석중 나부터 합시다.

석중이 갈대를 뽑아 드는데 꺾인 갈대다. 온몸에서 힘이 빠지고 털썩.
석중모는 정신을 잃고 쓰러진다.

촌장 석중이 뽑았다. 가둬라.

마을 사람들 석중모를 업는다.
모두, 눈치를 살피느라 슬슬 뒷걸음치고
청년 몇이 석중을 잡는다.
멍하던 석중, 그제사 정신이 드는지 마을 사람들을 막아서며….

석중 아니요. 아니요. 이건 아니요. 나 죽이지 않았소. 살려주시오.
누구요? 제발 나오시오. 늙은 우리 엄니 나 없으면 죽어요.

단지, 박종용의 사체 옆에 앉았다가 '으르릉~' 거린다.

노을네 (단지에게로 다가가) 본 거 있지? 누구? 누가?

단지, 사나운 눈빛과 짐승의 몸짓으로 최가에게 달려들어 팔을 문다.
최가, 비명을 지르며 단지를 떼어낸다.

노을네   (창지에서 끓어오르는 소리로) 최가… 최가 이놈.

노을네, 최가의 멱살을 틀어쥔다.

최가   사람 잡지 말어.
노을네   네놈일 줄 진작에 알았다. 하늘은 몰라도 네놈이 죽인 거 나는 안다.

청년들 몇이 노을네를 떨어트린다.

최가처   노을네 원통한 거 알지만 멀쩡한 사람 범인 만들면 안 되지. 마을 법대로 처리하면 될 것 아니여.
노을네   저깟 곡식 필요 없어. 범인 잡읍시다. 예, 어르신. 잡아요, 범인. 잡아줘요. 본 사람도 있다잖아요.
덕이네   본 사람이 어딨어? 단지? 단지가 사람이여? 미친년 소리에 귀를 열면 어떡해. 닫어. 정신 놓치기 전에 닫어. (단지에게 손짓하며) 저리 가. 저리 가.
최가   (단지에게 죽일 기세로) 저년의 입부터 찢어.

단지, 숲으로 도망치듯 사라진다. 숲에서 들리는 단지의 울음소리. 늑대의 그것과 흡사하다.

노을네   말 못해도 눈 있는데 왜 못 봐. 봤으니 저러지. 이러고 억울해서 못 살아. 못 살아.
양윤   노을네. 노을이도 애비 따라 보낼 참이요?

동조하던 사람들도 입을 다물고 노을네도 바닥에 주저앉아 울음을 삼킨다.

청년 몇이 커다란 항아리를 들고 나온다.

석중의 손발을 묶고 큰 독에 가두는 청년들….

양윤　(마을 사람들에게) 기일은 삼일이요. 삼일 안으로 범인이 나타나지 않으면 석중이 대신 죽는 거요. 사체는 땅 깊이 묻고, 이 시각 이후로 이 일을 입에 올려서도 아니 될 것이요. 오늘은 누가 다리를 지키는가?

춘배　(앞서 나오며) 접니다요.

시로, 춘배에게 뿔 나팔을 건넨다.

양윤　사람도 짐승도 어느 것 하나 다리를 건너게 해서는 안 되네. 그 중 가장 중한 것이 말이야. 이 일이 절대 강을 건너서는 아니 된다는 거 잘 알 테지?

춘배　예.

양윤　끝났습니다.

촌장　말은 바람을 타고도 가는 거, 관청으로 돈과 곡식을 보내 두게.

촌장, 일어나 나간다.

양윤도 나간다.

마을 사람들 예를 차려 나가는 걸 보고 따라나간다.

청년들은 들것에 실린 사체를 들고 나간다.

마을 사람들도, 노을네도 자리를 뜬다.

틀에 갇힌 석중과 다리를 지킬 춘배만 남기고 모두 나간다.

마을 사람들이 횃불을 들고 나가면 무대에는 달빛만이 남는다.

춘배, 석중에게 다가가….

춘배   술이라도 내다 줄까?

석중   잘못 된 겨. 뭔가 단단히 잘못 된 겨.

춘배   자 뒤.

춘배, 다리 쪽으로 가 지키고 선다.

석중   (춘배에게) 죽인 놈 따로 두고 내가 죽는 게 말이 돼?

춘배   말 안되지. 그런데 어쩔 거여. 자네도 찬성했잖여.

석중   했지. 그랬지. 한 목숨 희생시키고 마을 살리자고… 그랬지.

무대 서서히 밝아 오면서 아침이 된다.

춘배, 나무로 올라가 다리 건너를 바라보다가 다급하게 내려와 뿔 나팔을
분다.

촌장과 양윤, 마을 청년들 서둘러 나온다.

양윤   무슨 일이냐?

춘배   다리로 사람이 건너요. 관복을 입은 무리가….

양윤   몇이나?

춘배   (손으로 셈하는가 싶더니) 글쎄… 여럿이….

양윤   박종용은 제대로 묻었겠지?

시로   예.

양윤   (청년들에게) 석중을 광에 가두고 다들 집으로 돌아가, 관아서 사
       람이 나왔다고 알려라.

모두   예.

청년들, 석중을 끌고 나가고 틀도 치운다.

춘배도 그들과 함께 나간다.

| 촌장 | 나락 익기에 참 좋은 볕이구나. 바람도 크지 않고….

| 양윤 | 가을걷이는 해야 할 텐데요.

| 촌장 | 하늘을 믿어 보세. (심하게 기침을 한다)

양윤, 촌장을 부축해 나간다.

2.

다리 쪽에서 마을로 들어오는 종사관, 장형방, 의생, 율관. 따르는 포졸 몇….
의생과 율관은 검시에 사용될 물건을 짊어지고 들어온다.

| 장형방 | 작은 마을입니다. 담장 너머 누구네 숟가락이 몇 갠지, 뒷집 누구네 아무개 키가 몇 척인지 다 알아요. 아는데 그 짓 못 합니다. 어떻게 합니까? 믿으세요. 믿으시고 돌아가시지요.

| 종사관 | 예서 받은 뇌물 있나?

| 장형방 | 있을 수도, 있어서도 아니 되는 일입니다.

| 종사관 | (손에 들린 책을 내 보이며) 이게 무엇인지 아나? 임금께서 백성들의 원통한 죽음을 없게 하라 내리신 검시 지침서(신주무원록이다)일세. 사건이 접수되면 현장으로 가서 그 진위를 살피고 상황을 기록해 상부에 보고를 하라 되어 있네. 여기 적힌 대로 둘러보고 확인 좀 하겠다는데 뭘 그리 막아서는가?

| 장형방 | 의심은 의심을 부르고, 의심은 의심을 낳는다 하였습니다. 작은 의심 하나가 사람을 죽일 수도 있고, 마을을 죽일 수도 있습니다.

| 종사관 | ….

장형방 그런 눈으로 보실 거 없습니다. 더는 막을 생각 없으니까요. 그 저 종사관 나리 말씀대로 더는 원통한 죽음이 없길 바랄 뿐입 니다.

그들 눈앞에 평온한 마을의 아침 풍경이 펼쳐진다.
들로 논으로 일 나가는 사람들과 아이들의 노는 모습.
사람들과 장형방은 서로 인사를 나눈다.

장형방 이곳 촌장을 불러 올 터이니 잠시 계시지요.
종사관 아니. 율관, 자네가 갔다 오게. 오는 길에 고발장을 보낸 박종 용이도 데려오고.
서리 예.
장형방 길도 설 텐데….
종사관 포졸을 붙이면 되지 않겠나.
장형방 예.

율관과 포졸, 나간다.

종사관 (둘러보며) 이곳은 외부와의 통로가 저 다리뿐인가?
장형방 사방으로 강이 둘러져 있고, 내륙과 거리는 얼마 안 되나 수심 이 깊어 다리로만 건너야 합니다.
종사관 배는?
장형방 없습니다. 예전엔 있었으나 불에 탄 뒤로 만들지 않았습니다.
종사관 마을의 생계는 어찌 하는가?
장형방 땅이 비옥해 굶주림이 없고, 소나무 숲이 깊어 송이 수확이 좋 은 걸로 알고 있습니다. 여기서 난 송이는 그 품질이 우수해 임 금님께 진상됩니다.

종사관   내륙 안에 섬이라… 뿌리를 내리기가 쉽지는 않았겠어. 사실 숲으로 들어서는데 길이 있을까 싶었거든. 그런데 다리가 있고 다리를 건너니 마을이 있어. 한양서 내려 올 때만 해도 이런 곳이 있을까 싶었는데….

장형방   양반의 폭정을 이기지 못한 양민들이 살던 땅을 버리고 이곳으로 찾아든 게 십여 년 전의 일로 알고 있습니다.

종사관   이곳엔 양반이 없는가?

장형방   마을에 어르신이 계시나 양반은 아닙니다. 그러니 상놈도 없고, 땅도 같이 일구고 얻어진 곡식도 똑같이 나눕니다.

종사관   선암마을… 신선들의 바위라….

양윤, 나온다.

양윤   (예를 갖추고) 한양서 오셨다 들었습니다. 양윤이라 합니다.

양윤, 종사관에게 예를 갖춘다.

종사관   (예를 갖추고) 이곳 촌장이십니까?

양윤   엄밀히 말씀드리면 저희 아버님이… 연로하신데다 병세가 있으셔서… 제가 맡고 있습니다. 그런데 저희 마을엔 무슨 일로…?

장형방   포도청으로 고발장을 제출한 사람이 있다 합니다.

양윤   무슨 말인지…? 이곳은 보시다시피 평온하고 편안합니다.

노을네, 율관, 포졸과 나온다.

서리   종사관 나리. 박종용의 처입니다.

종사관 박종용은 어디에 있나?

노을네 (양윤을 한번 보고) 글쎄요… 일찍이 집을 나섰는데 밭으로 갔는지… 강으로 갔는지… 다리를 건넜나… 그게….

종사관 해 지면 돌아오겠군.

노을네 아니요. 멀리… 며칠 걸린다 했습니다.

종사관 모른다 하지 않았나?

노을네 그러게요. 생각이 왜 지금에 나는지….

종사관 (고발장을 내 보이며) 이곳서 살인 사건이 있다는 고발자가 박종용이요.

노을네, 사색이 되어 양윤을 본다.

양윤, 노을네에게 고개를 가로저으며 내색하지 말라한다.

종사관 (의생, 율관에게) 그가 돌아올 때까지 이곳서 기다리기로 하자.

의생,율관 예.

종사관 (장형방에게) 관에도 그리 알리게.

장형방 관에 기거하심이 편하실 듯….

종사관 (말을 가로채듯 양윤에게) 머무를 곳을 부탁하네.

양윤 준비하지요. 가시지요.

종사관과 일행들, 장형방, 나간다.

양윤, 그들이 나간 반대쪽으로 손짓을 하면 마을 청년 시로, 달려 나온다.

양윤 (시로에게) 청년들에게 사체를 강기슭에 버리라 하게. 흙은 강물로 깨끗이 씻어내고….

시로 예.

양윤, 나간다.

시로, 반대쪽으로 나간다.

3.

새벽안개가 짙게 내려앉은 마을.

촌장과 종사관, 나온다.

종사관 짙은 안개가 모든 걸 흐릿하게 하는군.

양윤 눈이 뿌옇고, 정신이 흐려지고, 그러다 보면 손끝에 감각도 달라집니다. 그런데 그것이 몸에 익으면 더 잘 보입니다.

종사관 마을엔 당집이 있기 마련인데 이곳은 그도 없나?

양윤 당집은 있으나 사람이 살지는 않습니다.

단지가 숲 사이로 휙 지나간다.

종사관 지금 보았나? 뭔가 지나갔는데….

양윤 날짐승이 물을 얻으러 왔나 보지요.

종사관 분명 사람인데….

양윤 강이 어는 겨울에는 안개가 적습니다.

마을 사람들 광주리를 저마다 메고 나온다.

마을 사람들과 양윤, 서로 인사를 나눈다.

양윤 박가네, 송아지 낳았다면서?

박가   덕분에 실한 놈 받았습니다.

소나무 숲으로 들어가는 마을 사람들.

최가   (양윤에게) 보내주신 약 드시고 어머님이 많이 좋아지셨어요.
양윤   자네가 효자라 그러지.

최가도 감사의 머리를 숙이고는 숲으로 들어간다.

양윤   1년에 한번 9,10월에 송이 따는 철이라 마을이 바쁩니다. 송이
        버섯 찾기가 쉬운 일은 아니죠. 흙을 뚫고 배쭈룩이 쳐들고 있
        는 놈 찾으려면 눈보다 코가 빠릅니다. 솔잎에 가려서 보이지
        않아도 향기 짙어 천리입니다. 송이가 암나무 그늘에만 돋는다
        는 거 아십니까? 소나무는 본시 암나무와 수나무가 있는데 모
        양새와 어울리게 암나무 밑에서만 자랍니다.

마을 사람 몇은 밭으로 간다.

양윤   밭에 가나?
춘배   예. 가을걷이 안하셔요? 벼가 제대로 영글었던데요.
양윤   해야지. 이번엔 콩이 잘 됐다지?
춘배   예. 다들 맘 써주신 덕으로다….

항아리를 이고 다리를 건너는 아낙들….
밭으로 가는 사람들….
밤새 다리를 지킨 덕출이 양윤에게 인사를 한다.

양윤   애썼네. 들어가 쉬게.

덕출   예.

종사관 다리를 지키는 연유가 뭔가? 아낙들은 어딜 가는 거지?

양윤   물 때문입니다. 마을물이 센물이라 마실 물은 다리 건너서 길러 옵니다. 다리가 끊기면… 몇 해 전에 일이 있고부터 다리를 지킵니다.

종사관 불이 났다 들었네. 누가 지른 불인가?

무대 밖에서 들리는 소리 '사람이 죽었다, 사람이 죽었다'
청년 몇이, 들것에 죽은 시신을 들고 들어오고
숲에서 일하던 사람들도, 밭으로 갔던 사람들도, 집집서 뛰어나오는 사람들도
하나둘, 모여든다.

양윤   거적을 치우게.

청년 하나가 거적을 치우면 박종용이다.
노을네, 박종용을 보고 오열을 터트린다.

노을네 노을이 아부지. 노을이 아부지….

노을은 그저 멍하니 바라보고 있기만 하다.
노을네, 노을이를 옆에다 끌어 앉힌다.
마을 사람들 사이에서는 '노을이 아비'라며 놀라고 안쓰러워하는 소리로 웅성인다.

종사관 이자가 박종용이란 말인가?

양윤   그렇습니다.

노을네　아이고… 아이고….

종사관　의생, 율관, 장형방을 불러 주게.

마을 청년 하나가 뛰어 들어간다.

양윤　누가 아는 거 없소?

최가　(조심스럽게 나서며) 그게… 어제 늦은 밤에 박가네 소를 받아 주고 오는 길에 다리 지키던 덕출이를 만났는데 사람이 하얗게 질려서 땀을 삘삘 흘려요. 그래 무슨 일이냐고 물었더니 배가 뒤틀려서 그런대요. 그래 갔다오라 하고 대신으로 다리를 지키고 섰는데… 저거 다리 건너로 (걸음새를 흉내 내며) 걷는 거 같기도 하고 헛것 같기도 한 것이 휘뚝휘뚝 하던 것이 강으로 빠져요. 그게 밤이라 내 눈을 의심했지. 노을네 애비라고는 생각도 못 했는데….

양윤　덕출을 불러오게.

청년 하나가 달려 나간다.

의생, 율관, 장형방 뛰어 나온다.

종사관　박종용이 죽었다.

양윤　아마도 다리를 건너다 발을 헛디뎌 강으로 빠진 모양입니다. 걸음새로 짐작하건대 술에 취해 있는 듯합니다.

최가　보기에 꼭 그랬습니다.

장형방　관에 알리겠습니다.

덕출이 나온다.

양윤 어젯밤에 최가에게 자리를 대신 봐 달라 부탁했는가?

덕출 예. 뒷간이 급해서….

양윤 거짓은 없는 듯합니다.

종사관 (사체의 안색을 살피다) 살인이다.

양윤 본 자가….

종사관 참과 거짓은 사체를 검험해 보면 알 일이네.

장형방 듣지 않았습니까?

종사관 고발장을 보낸 자가 죽었는데 어찌 가벼이 넘기려 하는가?

장형방 ….

종사관 죽은 자에게 직접 들으면 될 터, 형방은 널리 모든 이에게 물어 그들 얘기를 기록하게. 여러 사람들의 말을 소상히 기록하고 무엇 하나 빼놓아서도 거짓을 적어서도 안 되네. 율관은 사체의 시형도를 그리고 사체를 처음 발견한 사람과 그곳으로 가 시체 주변에 무엇이 있는지 상세히 기록하고 장소와 사체가 놓여 있던 형태를 그려오게. 의생은 밝고 깨끗한 땅에 돗자리를 깔고 그 위에 시체를 옮기고 검험할 채비를 하라.

모두 예.

종사관 (장형방에게) 이 마을서 누구도 밖으로 나가는 사람이 있어서는 안 될 것이야. 포졸로 하여금 다리를 지키라 하게. (가려다 생각난 듯) 다리 건너로 물 길러 간 사람들이 있으니, 반드시 찾아와야 할 것이야.

종사관, 나간다.
의생과 마을 청년은 죽은 박종용의 사체를 들고 나가고
모두, 나간다.

4.

볕이 잘 드는 마른 땅.

짚으로 반는 자리가 깔린 그 위에 박종용의 사체가 놓여 있다.

그 주위로 종사관, 장형방, 양윤이 서 있고, 율관은 사람 몸의 앞면과 뒷면이 그려진 커다란 목판을 세우고, 목판에 시형도(죽은 사체의 모습)를 그린다.

의생은 검시에 사용하는 법물(술과 식초, 소금, 천초, 사기그릇과 막자, 탕수기, 숯, 은비녀, 백반과 닭, 백지, 솜, 노끈, 회, 분기, 관척)을 정리한다.

종사관 사체 주위에 창출을 뿌려 악취를 제거하거라.

의생, 사체 주위에 창출(국화과의 삽주 뿌리를 말린 한약재)을 뿌리고, 사체의 옷을 벗긴다.

종사관 의복을 벗기되 흙이 묻어서는 아니 된다. 율관은 의복과 신과 버선까지 일일이 조사하고 몸에 지닌 물건까지 소상히 기록하라.

율관 위, 아래 저고리와 바지가 한 벌씩이고, 신은 한 짝이 없고, 아마도 물에 떠내려 간 듯합니다.

종사관 누가 판단을 하라더냐. 보이는 대로만 적어라.

율관 예. 버선은 두 쪽 다 신겨져 있습니다. 몸에 지닌 것은 아무것도 없습니다.

종사관 호패도 없느냐? 호패도 없이 어딜 갔다 오는 길일까….

율관 나이는 서른하나이고 신장은….

의생 (척으로 길이를 재고는) 5척 반이요.

율관, 목판에 기록을 한다.

율관 몸의 색은 희고, 손의 모양새는 오른손은 주먹을 쥐고 있고, 왼손은 펴져있는 상태이고, 양 다리는 뻗어있으나 곧지는 않고, 상투는 묶여 있고….

의생, 상투를 풀어 길이를 잰다.

의생 8촌이요.

율관, 그것을 기록한다.
종사관, 눈짓을 하면 의생, 사체의 눈을 연다.

의생 동공은 열려 있고 흰자가 붉습니다.
종사관 사체를 닦아 상흔을 찾아라.

의생, 사체를 닦고 거적을 덮는데 아래 종사관의 말과 움직임이 같다.

종사관 온몸의 상처를 찾아내기 위해서는 사체를 부드럽게 해야 하는데 술지게미와 초를 사용 사체에 둘러 덮고 죽은 이의 의복을 덮어 둔다. 끓인 초와 술을 그 위에 끼얹어 적시고 또 거적을 덮어 한 시간쯤 지난 후 시체가 부드럽게 되기를 기다렸다가 덮어둔 물건을 벗겨내고 물을 뿌려 지게미와 초를 제거하면 된다. 이때 반드시 물로 씻지 않고 손으로 닦아내면 피부가 벗겨질 수 있다.

의생, 거적을 걷어낸다.

종사관 의생은 급소를 특히 상세히 살피고 상처의 크기를 큰 소리로
　　　 말하라.

　　　 율관, 막대로 시형도의 부위를 집어가며 읊으면 의생은 사체의 부위를 살
　　　 핀다.

율관 정수리, 머리의 좌우 옆, 숨구멍, 숨구멍 아래 부분, 이마, 두
　　　 눈썹의 끝 부위인 태양혈, 두 귓구멍, 인후, 턱 아래, 겨드랑이,
　　　 가슴, 두 젖, 명치, 배, 갈비뼈, 머리 뒷꼭지, 귀 아래, 등마루,
　　　 허리 들어 간 부위, 배꼽 근처의 하복부, 사타구니, 생식기…
　　　 특히 사타구니 부위가 상한 경우 그 흔적이 위에 나타난다 하
　　　 였습니다.

의생 (큰 소리로) 왼쪽 갈비뼈 근처에 손마디만한 상흔이요.

종사관 (사체의 상흔을 손으로 눌러본다) 색이 검은데다 주변에 다른 상흔이
　　　 없고 눌려진 채 다시 솟아나지 않는 것으로 보아 오래전 상처
　　　 로 보이는군.

장형방 (기록지를 뒤지고는) 여기 박종용의 처가 한 진술이 있습니다.

　　　 무대 뒤로 노을네가 보인다.

노을네 최가의 소가 본시는 우리 거였어요. 날도둑놈. 저나 나나 겨울
　　　 나기 힘들 때, 보리 서 말 빌려 먹은 값으로 뺏어간 거예요. 첨
　　　 에는 이웃 간에 참말로 가져가겠나 했는데 진짜로 가져가요.
　　　 그게 어떤 손데… 날강도지요. 그래도 이웃 간이라 큰 싸움 피
　　　 하려고, 그 사람 방에서 술만 마시고 있는데 소가 안 가겠다고
　　　 버팅기고 우니까 듣다듣다 못해서 뛰어 나왔주. 그래 이놈 차
　　　 라리 날 끌고 가라고 이러고 바지춤을 움켜쥐었는데 그것이 힘

이 안돼요. 그 양반 나뒹굴고… 부아가 나는지 옆에 있던 호미를 잡아들었는데 이러고, 이러고 엎치락, 저러고, 저러고 뒷치락 하더니 최가 허벅지를 찔렀어요. 독한 놈. 그걸 뽑아다가는 놀래서 멍하니 있는 노을이 아부지 (갈비뼈 있는 곳을 가리키며) 여기 여기다 꽂아요. 죽어라 이거죠. 다행히 깊지는 않아서 살기는 했는데….

노을네, 나간다.

종사관 싸우다 다치거나 찔린 상처가 아물어도 빛깔과 모양이 옅어지는 것일뿐 흔적은 사라지지 않고 죽을 때 오히려 나타나는 법이라 했다. 피는 한번 응결되면 죽을 때까지 손상된 채 이전처럼 되지 않아서 옛 상처의 흔적은 검은 빛깔로 그 구분이 쉬운 것이다.

오작, 사체를 돌려 눕힌다.

종사관 최가라 하면 박종용이 강에 빠지는 걸 봤다고 진술한 자가 아니더냐?
장형방 마을 사람들이 쉬쉬 하기는 하나 다들 이번 사건에 진범으로 최가를 꼽고 있습니다.
양윤 박종용의 죽음이 살인이라는 말씀입니까?
종사관 모든 사체는 모든 경우의 수를 가질 수 있음이야. (사체를 살피며) 병과도, 사고사도, 자살도, 타살도… (뒷목 척추를 가리키며) 이것이 무엇으로 보이느냐?

모두, 종사관이 가리키는 상처를 본다.

양윤 다리에서 떨어지다 목이 꺾인 거 아니겠습니까?

종사관 상처 부위에 물을 뿌리고 파의 흰 뿌리를 짓찧어서 넓게 펴 바르고 초에 담가 두었던 종이를 그 위에 덮어 두어라.

율관은 목판과 책에 상처 부위를 기록하고
의생은 찧은 파를 바르고 종이를 덮는다.

종사관 반 시진(한 시간)이 지난 후 이를 걷어내고 물로 씻어 내거라. 상흔이 모습을 드러낼 것이다.

의생, 종이를 걷어내고 물로 씻는다.

오작 (큰 소리로) 상처요.

종사관 가만 상처를 벌려 보거라.

의생, 하얀 애벌레를 하나 집어낸다.

종사관 상처에 성충이 알을 까고 애벌레가 생기려면 죽은 지 이틀은 지나야 하는데… 더구나 강가서 찾은 시신이 아니더냐. 두개골을 열고 물을 부어라.

의생, 이와 같이 하면 코로 물이 나오는데 흙이 섞여 나온다.

의생 흙입니다.

양윤 물속에서 숨을 쉬었으니 코로 흙과 모래가 나오는 거겠지요.

종사관 (사체의 손톱 밑과 머리의 뿌리 쪽을 살펴본다) 붉은 흙이라… 강가엔 붉은 흙이 없지. 상처에서 나온 벌레까지… 박종용은 물에서 죽은 게 아니라 뭍에서 죽은 거야. 손톱 밑과 머리 뿌리에까지 붉은 흙이 묻은 걸로 보아 누군가 그를 죽이고 땅에 묻었다 꺼 낸 것이 분명해.

양윤   누가 그런 짓을 한단 말입니까?

종사관   알아도 말하지 않겠지? 괜찮아. 누군지는 지금부터 찾으면 되 니까.

양윤   ….

종사관   이건 단순한 살인이 아니라, 치밀한 계획 아래 저지른 모살이 다. 의생은 상처의 깊이와 길이를 재고 사체를 씻어라. 상처의 깊이와 길이, 모양새는 범행 도구를 찾는 데 중요한 단서가 된 다는 걸 명심하고….

의생, 종사관의 말에 따라 관척으로 상처의 길이를 재고 사체를 씻어내고 백 지로 덮는다.

종사관   죄를 덮기 위해 사체를 숨기려는 자가 있을지 모르니 포졸은 사체를 지키고, 의생은 사체 주위에 회를 뿌리고 분기를 덮어 표식을 남기도록 해라.

의생, 시체 주변에 재를 뿌리고 사기그릇을 덮어 표시한다.

종사관   사체의 물건은 복검을 대비해 마을의 촌장이 맡아 두게.

양윤, 박종용의 옷을 받아든다.

종사관   문제는 사망 시간인데….

의생   사체가 부패한 정도를 보아 열흘은 족히 지나 보입니다.

종사관　건장한 사내라 부패의 정도가 빨랐을 것이고, 다습한 이곳 날씨를 보아 부패를 도왔다는 계산과 사체를 여러 번 옮겼다는 정황에 미루어 바깥 공기에 노출도 많았을 터이니… 사망추정 시간을 내기가 그리 쉬운 것은 아니야. 상처에서 찾아 낸 벌레가 알에서 갓 태어난 것임을 미루어 시간이 지났다 해도 이삼 일 정도일 것이야.

용구, 서둘러 나온다.

용구　진범이 잡혔다 합니다.
양윤　정말이냐?
용구　예. 지금 현령께서 박종용을 죽인 죄인을 잡아 고신 중이십니다.
종사관　뭐라 하였나?
양윤　들으셨습니까? 누구 짓인지 밝혀졌다 합니다.

종사관, 급히 나간다.
모두 그를 따라나간다.

<h1 style="text-align:center">5.</h1>

현령이 좌석하고 있고, 그 앞에 최가가 무릎을 꿇고 있다.
마을 사람들, 주위로 모여들어 보고 있다.

현령　저놈이 이실직고 할 때까지 매우 쳐라.

포졸들이 최가에게 매질을 한다.

최가의 비명소리….

최가　살려 주십시오. 저는 아닙니다.

현령　본 사람이 있다는데도 거짓을 고할 참이냐?

최가　물에 빠지는 걸 봤습니다. 분명 봤습니다.

현령　또 거짓을 고하려 드느냐? 그믐이라 달빛도 없었을 터인데 3척도 넘는 거리에 사람이 똑똑히 보였다?

최가　횃불, 횃불을 들었습니다.

현령　박종용의 처를 데려 오너라.

노을네, 그들 앞으로 나선다.

현령　저자가 죽인 걸 본 사람이 있다 했겠다.

노을네　(망설이는가 싶더니) 예. 본 사람이 있습니다.

최가처　(주저앉으며) 미친년 말을 믿다니… 네년이 미쳤구나. 아닙니다, 사또어른. 저 양반 벌레 한 마리 못 죽이는 위인입니다.

현령　닥쳐라. 아직도 할 말이 있더냐?

최가　촌장 어르신을 불러 주십시오. 어르신은 아실 겁니다. 제가 죽인게 아니라는 걸.

현령　이런 괘씸한 놈. 죄질이 나쁜 놈이다. 매로는 안 되겠으니 이놈을 매달아라.

최가　제발, 어르신을 불러 주십시오. 제발….

최가처　(마을 사람들을 둘러보며) 뭐라고 말 좀 해줘요. 이러다 저 양반 죽어요. (노을네 앞으로 기어가 매달리며) 살려줘. 뭣 때문에 그려? 소? 줄게. 돌려줄게. 땅 때문이여? 그럼 그것도 가져가. (빌며) 그러니 살려줘. 미친년이 한 소리를 믿는 사람이 어딨어. 제발… 노

을네. 한 동네서 서로 얼굴 보고 산 지가 얼만가… 이러면 안
되지. 안 돼.

노을네, 매몰차게 최가처를 뿌리친다.

최가처   이년…. 돌로 쳐 죽일 년. 네년이 이러고도 살지 싶으냐? 하늘
이 가만두면 나라도 죽인다, 이년.

최가의 양 팔을 학의 날개처럼 꺾어 묶은 뒤 나무에 매단다.
최가의 비명소리.

최가처   (최가에게) 병이 아부지… 말합시다. 말해요. 사람이 살고 봐야지
요.
최 가   입 다물어. 입 다무는 게 사는 길이여. 알겠어. 촌장 어른을 불
러주셔요. 촌장 어른을….
현 령   저놈이… 좋다. 네놈의 입이 살아서 열리는지 죽어서 열리는지
보자. 뭣들 하느냐.

종사관, 뛰어 나온다.
그 뒤로 장형방과 의생, 율관도 따른다.

종사관   안됩니다. 사또, 멈추십시오. 자백을 받기 위해 고신하는 것은
아니 되옵니다.
현 령   고신은 허용된 법이고 관례일세. 나는 해온 방식대로 할 터이
니 참견치 마시게.
종사관   자백은 받을 수 있을지 모르나 그것은 진실이 아니옵니다. 저
자를 풀어 주십시오.

현령	박종용이 물에서 죽지 않았다는 사실을 아는가?
종사관	알고 있습니다.
현령	죽이는 걸 본 자가 있다는 것도 알고 있는가? 사이가 좋지 않아 죽기 얼마전에도 크게 다투었다는 사실은…? 자신의 죄를 덮기 위해 강에 빠져 죽었다고 거짓 증언을 한 것일세. 더 이상 어떤 증거가 필요한가? 모든 정황이 저자를 범인으로 지목하고 있어.
종사관	그래서 드리는 말씀입니다. 평소 사이가 좋지 않았던 터라 거짓으로 증언을 할 수 있기 때문입니다.
현령	저놈의 처도 매달아라. 필시 아는 것이 있으렸다.

포졸들, 최가처를 포박한다.

최가처	(질질 끌려가며) 왜 이래요. 놔요. 놔요.
현령	살고 싶으면 바른대로 말하면 될 것이다.
최가처	그게… (두려움에 최가를 본다) 사실은….

최가, 고개를 가로 젓는다.
양촌장, 양윤, 나온다.

최가	어르신…. (간절한 눈빛으로 촌장을 본다)
촌장	….

최가처, 마지막 발악을 하듯….

최가처	저들 당신 안 살려요. 죽기 바래요. 그러니 말해요. (손으로 촌장을 지목하며) 본 거로 하라고 했잖아요. 사람들이 믿지 않을 거라

	하니까, 그러니 자네더러 하라는 거라고.
현령	(최가에게) 그 말이 사실이냐?
최가	….
최가처	왜 그래요? 입 열어요. 뭔 약속을 받았길래 이래요? 당신한테 변고가 생기면 나랑 애들이며… 전답… 마을서 돌봐준다 했어요? 그러니 걱정 말라고…? (울음을 닦아내고) 정신 차려요, 병이 아부지. 그런 거 필요 없어요. 사람이 살고 보자구요.
현령	촌장이라 하면…?

촌장, 거칠게 기침을 하며 한 발 앞선다.

촌장	접니다.
양윤	(앞서며) 아버님이 병세가 있으셔서… 제게 물으시면….
현령	물러서게.

양윤, 도리 없이 물러선다.

현령	(촌장에게) 묻겠네. 최가처의 말이 사실인가?
촌장	아닙니다.

촌장, 거칠게 기침을 하며 휘청하자
양윤이 부축을 한다.

현령	뭣들 하느냐? 어서 매달아라.
종사관	더는 억울한 죄인을 만들지 마시옵소서.
현령	무엄하구나. 나라에서 녹을 먹는 자가 나랏일을 욕보이려는 참이냐?

종사관 사또….

현령 최가처도 당장 매달아라. 거짓으로 법을 어지럽히려 해? 그 죄도 엄히 물을 것이다.

최가 안 됩니다. (울음을 토해내며) 제가 죽였습니다. 내가 박종용의 배에다 칼을 꽂았습니다. 내가 범인이요. 그러니 나만 죽이시오. 나만….

현령 저놈의 말을 들었느냐? 범인이 자백을 했으니 당장 옥에 가두거라. 내일 날이 밝는 대로 의금부로 압송할 것이다.

최가처, 털썩 주저앉아 멍해진다.

종사관 거짓입니다. 최가의 말은 거짓입니다. 박종용은 몸 뒷면 항과 등마루 사이에 1척 정도 되는 날카로운 흉기로 찔렸습니다. 범인은 따로 있습니다. 시일을 주시면 반드시 잡겠습니다.

순간 최가의 몸이 축 처지더니 입에서 두둑 피를 흘린다.
무리 중 누군가가 '최가가 혀를 물었다' 하고 소리치면 사람들 눈을 감아 그 광경을 피하고 최가처는 그 자리서 정신을 놓는다.

종사관 어서 풀어라.

포졸, 최가의 결박을 푼다.

의생 (최가의 코 밑에 손을 대어보고는) 죽었습니다.

현령 범인이 급살을 맞아 죽었으니 사건은 이걸로 끝이다. (종사관에게) 더는 문제 삼지 말게.

현령, 나간다.

의생　거적과 들것을 준비하겠습니다.

의생, 나간다.
'큰일 났습니다' 용구가 큰 소리로 외치며 뛰어 들어온다.

시로　(촌장에게) 큰일 났습니다.

양윤　무슨 일이냐?

시로　석중이 목을 매달았습니다. (종이를 내밀며) 이것만 남기고….

양윤　(읽고는) 어디서?

시로　방앗간에….

양윤　(종사관에게 편지를 내밀며) 지옥의 문은 두드리는 게 아닙니다.

종사관　(편지를 읽는다) 죄를 크게 뉘우치고 스스로 목숨을 끊습니다. 흉기를 둔 곳은…. (장형방에게) 가서 현장을 보존하게.

장형방　더는 억울한 주검이 없다 하지 않으셨습니까?

종사관　….

장형방, 촌장, 양윤, 나간다.
마을 사람들, 그들을 따라 가기도 하고, 최가처를 업고 나가기도 하고 해서 죽은 최가와 종사관만 남는다.
짐승의 것과 같은 단지의 울음소리가 바람을 타고 들리는가 싶더니, 뿔 나팔은 목에 걸고 흙 묻은 신발은 입에 문 단지가 종사관을 경계하며 다가선다.

종사관　숲을 뛰어 다니던 짐승이 너구나.

종사관이 손을 내민다.

단지, 경계하듯 다가와 종사관의 냄새를 맡는다.

종사관이 단지를 쓰다듬자 단지 점차 경계를 풀며 그에게 몸을 부빈다.

그 모습이 애처로운 아이의 몸짓 같으면서도 에로틱하다.

종사관의 손에 신발을 내려놓는 단지. 흙 묻은 신발이다.

종사관 어디서 났지?

단지, 손으로 숲을 가리키며, 뿔 나팔을 보여준다.

종사관 어디서?

단지, 슬슬 뒷걸음치자 종사관이 단지를 잡는데 단지가 아픈지 으르렁거리며
경계한다.

종사관의 손에 묻은 피.

종사관, 단지의 다리를 보면 상처에서 피가 난다.

종사관, 옷을 찢어 단지의 상처를 묶어준다.

종사관 어디서 다쳤느냐? 어쩌다가…?

종사관 눈에 뿔 나팔이 들어온다.

사람들의 인기척소리에 단지가 흠칫하며 숲으로 달아난다.

짐승의 몸짓이다.

종사관 흙 묻은 신… 뿔 나팔.

의생과 포졸, 들것을 들고 나와 죽은 최가를 들것에 싣는다.

의생　　사건이 난 곳으로 가보셔야지요.

종사관　죽은 박종용이가 신이 한 짝이 없었지?

의생　　(검안을 뒤져보며) 아마도 물살에….

종사관　의생.

의생　　예.

종사관　(신을 내밀며) 박종용의 것이 맞는지 맞춰 보거라.

의생　　(받아들며) 예.

종사관　그리고 소나무 숲을 샅샅이 뒤져라. 박종용을 땅에 묻었었다면
　　　　그 흔적이 남아 있을 것이다.

　　　　종사관, 나간다.
　　　　의생과 아전은 최가의 사체를 들고 뒤를 따른다.

6.

　　　　방앗간.
　　　　목에 투두를 쓴 석중이 대들보에 매달려 있는데 형상이 발이 땅에 닿아있다.
　　　　옥졸들이 사체 주위를 지키고 있고 시로가 서 있다.
　　　　종사관과 의생, 죽은 석중을 살펴보고 있다.

종사관　목을 맨 사람을 보면 먼저 매듭을 풀고 눕히는 것이 관례인데
　　　　그대로 두었구나.

시로　　(앞으로 나서며) 처음엔 살았지 싶어 다가와 봤으나 몸이 축 늘어
　　　　진 것이 죽은 게 틀림없었습니다. 너무 놀라고, 어찌해야 할지
　　　　도 몰라서….

종사관 그 와중에 유언장은 찾았단 말이냐?

시로 그저 눈에 보이길래… 참입니다요.

율관 (기록을 하며) 목은 매었지만 달아매지는 않았으니 늑살입니다.

종사관 죽은 자를 내려 매듭을 확인하라.

율관, 석중을 내린다.

율관 목에 두 번 둘러 십자로 묶은….

시로 전요액.

율관 맞습니다. 전요액입니다. 늑살에 쓰이는 매듭입니다.

종사관 (석중이 매달려 있던 대들보를 보며) 그런데 이상하구나. 대들보에 먼지가 한 줄로 나있다. 스스로 목을 매었다면 숨이 다하기 전의 뒤틀림으로 여러 줄이 생기기 마련인데… 정수리를 확인해 보아라. 스스로 목을 매었다면 기운이 모두 위로 모이는 까닭에 단단할 것이다.

의생, 법물을 들고 나온다.

의생 나리, 드릴 말씀이 있습니다.

종사관 뭐냐?

의생 시간이 흐르자 죽은 최가의 시신 아홉 구멍에서 피가 나옵니다.

종사관 혀를 문 것이 아니냐?

의생 예.

종사관, 생각에 잠기는데….

장형방, 석중의 노모와 흉기를 들고 나온다.

장형방 (흉기를 내밀며) 석중이 사용한 살해 흉기를 찾았습니다.

율관, 흉기를 받아든다. 그 길이를 재고 모양을 그린다.
석중의 노모는 석중을 보고는 오열을 터트린다.

종사관 아들이 맞는가?

석중모, 고개만 끄덕일 뿐 말을 잊지 못하고 눈물을 삼킨다.
장형방과 시로, 석중모를 부축해 나간다.

종사관 친모가 사체를 확인하였으니 검험을 시작하도록 하여라. 법례
대로 사체와 사방의 상황을 기록하여라.

의생 수습한 흉기의 크기를 재고, 기록된 박종용의 상처와 맞추어
보았는데 일치합니다.

종사관 숯불로 달구어 붉게 한 후 신초로 씻겨라. 범행에 사용된 흉기
라면 핏자국이 나타날 것이다.

의생, 종사관의 말대로 하여 보여주면 흉기에 핏자국이 선명하다.

종사관 흉기 이름과 크기를 기록하고 밀봉 후 상부 지시가 있을 때 발
송하도록 하여라.

율관 예.

의생 두 눈은 감았으며, 입은 약간 벌리고 있고, 코에서 피가 흘러
나왔습니다. 배는 팽창하지 않았으며 구타 등의 상처는 전혀
없습니다.

종사관 사체 검험 시 안색이 가장 중하다 하였다. 적색부터, 적자색,
적흑색, 담홍적, 미적, 미적황색, 청적색 등 구분이 여러 단계

이고, 적색은 구타나 목을 맨 상처의 중요한 지표색이라 하였다. 사체가 붉은색이라면 틀림없이 살해되었을 가능성이 높다 할 수 있는데 자상일 경우 선홍색의 상처를 남긴다. 흰색은 동사, 황색은 병사, 푸른색은 독살인데… 은비녀를 항문에 집어넣거라.

의생, 건넨 은비녀를 항문에 집어넣는다.

의생 검은색입니다.
종사관 변을 채취해 가열하라.

의생, 종사관의 말대로 한 뒤….

의생 소금 결정입니다. 간수를 마신 게 틀림없습니다.
종사관 복로치사(服鹵致死) 후 자살을 위장했구나. 매듭 맨 솜씨로 보아 위장에 관하여 지식이 있는 인물인데… (양윤을 보며) 이자에게 무슨 일이 일어난 건가?

웅성이는 사람들….

양윤 모르는 일입니다.
종사관 죽은 사체가 산 자들보다 더 많은 말을 한다는 걸 아는가? (의생에게) 사체에 손상이 없게 옮겨라.

종사관과 그들, 사체와 법물, 증거물을 챙겨 나간다.

양윤 분명 살아 있었어. 분명….

시간은 석중이 죽기 전으로 돌아간다.

이하 과거의 상황이다.

시로와 장형방이 재갈을 물리고 포박을 한 석중을 끌고 나온다.

박가　마을 법도 법이오. 지키려고 만든 법이니 죽여야 합니다.

양윤　진범이 잡혔다 하는데 굳이 죽여야겠나?

박가　최가가 진범이 맞습니까?

양윤　….

박가　이런 식의 전례를 남기면 차후 누가 마을 법을 따르겠습니까? 무슨 수를 써서라도 범인을 만들려고 들 겁니다. 법은 한번 무너지면 다시는 세울 수 없습니다. 세워도 이미 법이라 할 수 없는 칼 없는 장수의 꼴이지요.

양윤　모두의 의견을 묻겠소. 석중이 죽기를 바라시오?

웅성이는 사람들….

박가　석중이 죽으면 최가가 삽니다. 둘 다 진범일 수도 있고 아닐 수도 있습니다. 반드시 둘 중 하나가 죽어야 한다면 그 기준을 마을 법에 두어야 합니다.

석중, 몸부림치며 마을사람들에게 살려달라는 몸짓을 한다.

장형방　고신이 시작되면 이미 살기 힘든 목숨입니다. 뼈가 갈라지고, 살이 터지는 고통을 어찌 견디겠습니까? 버릴 목숨은 버리고 살릴 목숨은 살리는 게 맞습니다.

촌장　(잠시) 석중을 풀어줘라.

박가, 나간다.

촌장 석중을 풀어주는 건 마을 법대로 진범이 잡혔기 때문일세.

마을 사람들, 나간다.
양윤과 장형방만 남았다.
장형방, 석중을 풀어준다.
석중은 눈물과 땀으로 온몸이 젖었다.

양윤 누구의 말도 가슴에 두지 말거라. 살았으니 된 거다.
석중 감사합니다. 감사합니다.

양윤과 장형방, 나간다.
석중, 살았다는 기쁨에 눈물이 멈추질 않는다.
복면 쓴 사내가 사발을 들고 있다.
(여기서 복면은 관객이 그가 누구인지 모르게 하기 위함이다)

석중 꼭 죽는 줄 알았습니다요. 무고한 사람을 잡아두고 진범이 자백하길 기다려야 한다니… 죽는다 해도 억울할 건 없었지만 재수가 없었죠. 하필 꺾인 갈대를 뽑아서… 이 마을 뜹니다. 모두들 순진한 얼굴을 하고서는 사람 등에다 칼을 꽂는데 무서워 어디 살겠습니까? 도망치다 잡히면 그 죄를 물을 테니 도와주십시오. 그렇다고 다 두고 갈 수는 없는 일 아닙니까? 어디 가서 뿌리라도 내리고 살자면 빈손으로는….

정성스럽게 사발을 내미는 복면 쓴 자.

석중 고맙습니다. 목이 탔었는데… (받아들고) 다시는 술맛 보지 못
하는 줄 알았지 뭡니까. 살아 있는 게 이래서 좋구나. 이래서
좋아.

벌컥, 벌컥 받아 마시던 석중, 온몸을 비틀며 피를 토하고 죽는다.
정체를 알 수 없는 그가, 피를 닦고 매듭을 목에 걸고 대들보에 매단다.
품에 준비해 온 종이를 바닥에 두고 나간다.
시로, 뛰어 나와 석중이 죽어 있는 모습을 본다.
암전.

7.

마을 사람들이 무대에 정렬해 서 있다.
사건 조사에 답을 하는 것인데 답하는 사람만 보이고 나머지는 어둠 속에
있다.
율관, 의생, 현령, 종사관, 장형방도 그들 사이에 있다.

시로 어릴 적 동문데, 그냥 가기 뭐해서 밖에서 나오기를 기다리는
데 안와요. 하도 안와서 들어갔어요. 매듭이야 잘 알죠. 짐승을
잡아달 때 쓰거든요. 여간해서 풀어지지 않는 걸로 짱짱하게
해야 돼서….

율관 마을 사람들이 모두 가고 기다리는 동안에도 다시 들어간 사람
은 아무도 없다 합니다.

시로, 돌아선다.

의생 (최가의 시형도 종사관에게 보이며) 눈동자, 배꼽, 생식기, 항문, 귀, 콧속, 손, 발톱 은밀한 부위를 모두 조사했지만, 바늘이 나온 곳은 정수리 부분뿐입니다. 머릿속에 불에 달군 바늘이나 쇠못 등을 박아 넣었다면 피가 나오지 않고 상처도 보이지 않은 채 죽기 마련인데 아홉 구멍으로 피를 쏟은 거 보면 독침을 사용한 것이 틀림없습니다.

덕출 짐승한테만 써요, 독침. 사람 죽이자고… 내가 왜요? 나 그런 놈 아니에요.

율관 덕출이 땅 문제로 최가와 크게 싸웠다는 증언이 있습니다.

덕출 어떤 인간이 그래요? 땅 한 마지기 때문에 사람 죽여요? 나리 같으면 그러겠어요? 죽이겠다고 했기는 했지만 싸울 때야 무슨 말을 못해요. 화나서 한 소리지, 그런다고 죽여요? 나 미친 놈 아닙니다.

덕출, 돌아선다.

현령 뿔 나팔을 잃어버린 것도 덕출이라 하지 않았나?

종사관 숲에서 송이 따다가 떨어트렸다 할 것입니다. 흙 묻은 박종용의 신발도 누가 숲에 두었는지는 밝힐 수 없습니다. 급하다고 아무 옷이나 갖다 입힐 수는 없지 않습니까?

마을 사람들에게 각각의 조명이 비추면 손으로 입을 틀어막고 뒷걸음친다.

율관 마을 사람 모두가 재갈이라도 물은 냥 입도 닫고 귀도 닫았습니다.

현령 시로와 덕출을 잡아다 고신을 하여 자백을 받아내게.

종사관 범인을 잡겠다, 했으면 범인을 잡아야지 억지로 만들 수는 없습니다.

현령   범행 후, 시일이 흐르면 흐를수록 진범을 잡기 힘들어진다는
       걸 모르나. 사건을 해결할 마음이 있기는 한 건가?

       현령, 나간다.

장형방   술 취한 자가 술 취했다 하고, 미친 자가 미쳤다 하는 거 보셨
       습니까? 범인은 나서지 않습니다. 안 합니다. 절대 안 해요.
종사관   물증이든 증인이든 찾아야 돼. 반드시 찾아야 돼.
장형방   찾기는 찾을 수 있는 겁니까?

       인간의 소리도 짐승의 소리도 아닌 것이 숲에서 들려온다. 그 소리가 애절
       하다.
       하나, 둘 사람들 나가고, 장형방과 종사관만 남는다.

종사관   저 소리에 대해서 아는가?
장형방   숲이 깊어서 짐승이 살기에 좋은 곳입니다.
종사관   나도 보았네. 누군가?
장형방   보신 그대로입니다. 더는 저도 모릅니다.
종사관   이곳서 나고 자랐다고?
장형방   아셨습니까?
종사관   자네 생각엔 범인을 잡을 수 없을 거 같은가?
장형방   그걸 왜 제게 물으십니까?
종사관   물증도 있고 심증이 가는 범인은 있는데 잡아들이기가 석연
       치 않아. 이곳 사람들이 범인을 만들고 있다는 느낌을 지울
       수가 없네. 사건이 해결되길 바라지 않는 사람이 있다면 그
       게 누굴까?

장형방 법이 누구를 위한 법입니까? 나리께서 예서 멈추시면 더 이상의 죽음도 더 이상의 범인도 없겠지요.

종사관 그럴까? 임금께서 노비가 출산을 하면 노비의 남편으로 하여금 일을 그만두고 일정기간 아내의 곁을 돌보게 하라는 명을 하달하셨네. 출산 후, 돌봐주는 사람이 없어 시름시름 앓다 죽어나가는 노비의 수가 늘자 내리신 조치라 하더군.

장형방 이 일과 무슨 상관입니까?

종사관 나는 임금의 마음을 읽고 싶네. '나는 누구인가? 중국의 글을 쓰고 내나라 말조차 갖지 못했는데 내가 조선의 백성이라 할 수 있겠으며, 조선의 임금이라 할 수 있겠는가? 무릇 임금이 무엇인가? 백성의 마음을 읽고 나라를 다스리는 것인데, 임금의 말을 백성이 듣지 못하고, 백성이 임금에게 말할 방도가 없다면 그 마음을 어찌 알 것이며, 임금의 글을 백성이 읽지 못하고 백성의 글을 임금이 알지 못하면 어찌 나라의 장래를 도모할 수 있겠는가? 그리하여 임금께서 조선의 글, 훈민정음을 만드셨네.

장형방 남의 것을 빌리지 않고도 슬픔을 슬픔으로 표현할 수 있고 기쁨을 기쁨으로 표할 수 있게 되었습니다.

종사관 그것이 백성만을 위한 것이었을까? 임금이 임금으로서 임금이 해야 할 일임을 알고 하신 거라 보네. 그것이 순리를 바로 세우는 것이 아니겠는가? 신주무원록을 만들어 원통한 죽음을 더는 없게 하는 것이 그 으뜸이라 하지만 그것이 꼭 죽은 자만을 위한 것이겠는가?

장형방 ….

종사관 진실을 밝히는 것이 나의 소임일세. 본분을 다했을 때, 내가 바로 서고, 세상의 순리가 바로 서지 않겠는가? 자네도 나랏일을 하는 사람이 아닌가. 자네가 무엇을 해야 하는지 정녕 모르겠는가?

장형방 인간이 무엇인가 한다는 것이야말로 자연의 순리를 어기는 것일지 모릅니다. 자연의 섭리도 나름의 법칙이 있고, 세상의 이치도 나름의 순리가 있습니다. 일찍이 노자께서 '아무 것도 함이 없으면서도 하지 못하는 것이 없다' 하셨습니다. 무위에 의해 자연이 스스로 생성하고 크게 이루어지듯이 인간도 무위를 행할 수만 있다면 이루지 못하는 것이 없다는 뜻이지요. 하지 않음이 더 큰 것을 이룰 수 있습니다.

종사관 자네 집에 도둑이 들어 자네 목숨을 위협하며 재물을 내노라 한다면 어쩔 텐가. 아무것도 하지 않으면 반드시 잃게 되네.

장형방 맞서 싸웠다면 더 많은 피를 흘렸을 겁니다. 모두를 잃느니 하나를 버리겠습니다.

양윤, 뛰어 들어 온다.

장형방, 양윤에게 예를 갖춘다.

종사관 무슨 일인가?

양윤 방이 붙었습니다. 보셔야겠습니다.

모두, 나간다.

8.

붙여진 방을 보며 둘러 선 마을 사람들.

모두, 모였다.

장형방이 방을 떼어 읽는다.

장형방 십년 전 그날의 죄를 묻지 않는다면 죽은 넋을 대신해서 내가 그 죄를 물을 것이오. 만약 입을 열지 않는 자가 있다면 그자를 먼저 죽일 것이오. 박종용, 최가, 석중, 다음이 그자요.

웅성이는 마을 사람들.

종사관 마을 사람 모두를 죽이겠다는 전문이군.

박가 누가 그런 짓을…?

종사관 분명 마을 사람 중 하나일 것이다. 십년 전 이곳에서 무슨 일이 있었는지 누가 알 것이며, 그 죄를 물어 원한을 풀고 싶은 자가 누구겠는가?

덕이네 모두 죽는 겁니까? 어르신.

촌장, 거칠게 기침을 한다.

덕출 우린 죄 없습니다. 어르신이 시킨 대로… 살려 주십시오.

덕이노모 자식 잃은 원통함도 입을 닫았는데… 끝나지 않았던 거야. 끝나지 않을 저주야.

덕이네 어머님….

덕이노모 덕이애비야… 덕아….

시로 애비도 잃었는데 더 무엇을 내놓으라는 거야. (곡괭이를 들고) 누구야? 누구야? 누구든지 앞으로 나와. 네놈 목부터 쳐줄 테니 앞으로 나와. 난 안 죽어. 난 안 죽어.

촌장 내가 범인이요. 내가…. (거친 기침. 피를 토한다)

양윤 (촌장을 부축하며) 아버님….

종사관 이 마을에서 무슨 일이 일어나고 있는지 말하게.

양윤 말씀드리지요. (장형방에게) 아버님을 부탁해도 되겠는가?

장형방, 촌장을 부축해 나간다.

양윤이 종사관에게 과거의 사건을 이야기한다.

이야기가 시작되면 그날의 사건도 무대 위에서 진행된다.

양윤 양반의 횡포는 날로 더해지고 지옥 같은 삶이 계속 되었습니다. 그러던 어느 날 외지로 나갔던 단지 아버지가 돌아와서는 내 땅을 일구며 살 수 있는 곳이 있으니 가지 않겠냐고 했습니다. 모두들 죽기 전, 마지막이라는 심정으로 따라나셨죠. 처음 이곳을 보자 별천지에 온 거 같았습니다. 땅도 비옥하고 물도 맑고 숲이 좋아 더는 욕심낼 것이 없었습니다. 그래 마을이름도 선암이라 지었습니다. 신선이 사는 곳이 이보다 좋을까 싶었으니까요. 곡식과 송이를 관에 바친다는 조건으로 이곳에 터를 잡아 뿌리를 내리게 되었죠. 참으로 새 세상이었습니다. 내 것, 네 것도 없이 살았으니까요. 그리고 두 해 지나서 마을에 피 바람이 불었습니다. 전에 살던 마을서 단지를 마음에 두었던 양반 자제가 이곳으로 찾아든 것입니다.

숲에서 단지 도망치듯 뛰어 나오고, 그 뒤를 쫓는 도령.

도령, 단지를 잡아채 겁탈을 한다.

단지의 비명소리.

단지의 옷이 풀어지고, 찢겨진 치맛단이 혈흔에 젖는다.

이때 달려드는 단지의 아버지, 도령을 죽일 기세로 떼어내고 때리고 목을 조른다.

단지, 부서진 몸을 이끌고 아비에게로 기어가 그를 말린다.

아비, 도령의 마지막 숨통을 남겨두고 손을 거둔다.

아비가 아래로 피를 쏟는 딸을 데리고 가슴으로 피를 쏟으며 돌아선다.

죽음의 문턱에서 살아난 도령은 기침을 해대며 숨을 들이 마시다 오열을 터트린다.

비통한 눈물을 삼키며 옷소매에서 비상을 꺼내는 도령, 결심이 섰는지 떨리는 손으로 약을 마신다.

양윤 단지는 망가진 몸과 마음으로 살아 있어도 살아 있다 할 수 없었지요. 스스로 목숨을 끊으려는 걸 지 아비가 간신히 살려 놨으니까요. 다음날로 관을 앞세운 김윤수가 마을로 들이 닥쳤습니다. 아들을 죽인 살인범을 잡겠다는 거였죠.

포졸들 나와서 사체를 들고 들어간다.

현령과 김윤수가 나온다.

포졸들 마을 사람들을 끌어다가 횡포를 부린다.

양윤 단지를 잡아 그 죄를 물을 수도 있었으나 이미 온전치 않은 아이였고 그것으로는 성이 차지 않았겠지요. 아들을 죽인 범인을 잡으려고 왔다지만 마을을 떠난 우리들에 대한 화로 할 수만 있다면 모두 죽이려는 계산이었을 겁니다. 범인을 색출하러 들어 온 포졸들과 형방들은 토색질도 서슴지 않았고, 가옥을 파괴하고, 부녀자, 어린아이, 가리지 않고 마구 잡아 때렸습니다. 죽지 않을 만큼… 꼭 죽지 않을 만큼… 그래도 범인이 잡히지 않자, 처음부터 범인이 없었으니 잡힐 리가 없지요. 그러자 마을에 남자들을 틀에 매달았습니다. 고신으로 자백을 받아 내겠다는 거였지요.

포졸들, 마을 사람들에게 고문을 가한다.

양윤　살점이 뜯겨나가고, 뼈가 부러지고, 손목이 잘리고, 성기를 불로 지지고… 고신이 시작되자 견디지 못하고 하나, 둘 죽어 나가기 시작했습니다. 디는 고통을 이겨낼 수 없었습니다. 죽어도 무릎을 꿇고 싶지 않았지만 살고 싶었습니다. 살아야 했습니다. 그래서… 범인을 만들기로 했습니다. 한 명의 희생자. 단한 명… 단 한 명이면 수많은 마을 사람들이 온전히 살 수 있었습니다. 형벌을 끝내자. 멈추자. 그럴 수만 있다면 부모도 버릴수 있다. 무엇인들 못하겠느냐. 문제는 그게 누구냐는 거였습니다. 그들이 믿을 수 있는, 누가 봐도 범인임직한, 추호의 의심도 가지지 않는… 그때 모두가 한 사람을 떠 올렸습니다. 단지 아버지. 당골을 시켜 단지 아버지를 범인이라고 지목하게했습니다. 마을 사람들은 봤다는 말을 보탰습니다.

포졸들, 단지 아버지를 끌고 나온다.
단지도 그 뒤를 따른다.
무당이 단지 아버지를 범인이라고 지목한다.
단지 아버지의 살려달라는 눈물겨운 호소.
사람들의 차가운 외면.
형을 집행하는 칼이 단지 아버지를 가르고 그 피가 단지의 얼굴 위로 쏟아진다.
단지, 비통한 심정으로 운다. 웃는다. 소리 지르고 가슴을 뜯고 넋을 놓고….
아버지의 잘려나간 목을 들고 숲으로 간다.

양윤　그날 밤, 배와 다리가 불에 탔습니다. 사람들은 마을에 갇히게되었고, 그 맑던 우물은 센물로 변했습니다.

우물물을 마시던 사람들이 피를 토하며 죽는다. 무당도 그중 하나다.

양윤   마실 물을 구할 수 없게 된 마을은 질병과 탈수로 죽어갔습니다.

사람들이 우물물로 달려가면 한 무리의 사람들은 그를 막는다.

양윤   미처 빠져 나가지 못한 김윤수도 더는 참지 못하고 강을 건너다 주검이 되었습니다. 며칠 후, 사람들이 마을을 구하러 들어왔을 때는 살아 있는 자가 죽은 자보다 적었습니다. 시체가 마을 여기저기서 썩어 들어가고… 전쟁터가 그만 했을까요. 지옥이 그만 했을까요.

몇몇 살아남은 자들이 뭍에서 들고 온 물을 벌컥벌컥 들이킨다.
산 사람들이 죽은 사체를 치운다.

양윤   지켜야 했습니다. 목숨도, 식솔도, 전답도, 마을도…. 지켜야 했습니다. 그날 이후, 다리를 지키는 사람을 세워 고립되는 일을 막았고, 마을에 사건이 생기면 마을서 처리하고 절대 관에는 알리지 않기로 했습니다. 범인을 잡겠다고 여럿을 죽게 하느니, 한 명의 범인을 만드는 게 이곳을 지키는 최선임을 알았습니다.

종사관   그럼 석중에겐 무슨 일이 생겼던 건가?

양윤   곡식을 거둬 피해자 가족을 위로하고, 마을서 한 사람을 뽑아 진범이 나타날 때까지 항아리에 가두었다가, 삼일이 지나도 진범이 나타나지 않으면 그 죄를 대신 물었습니다. 허나 석중은 살려 주었습니다.

종사관 그럼 편지의 내용이 맞다는 거군. 진실을 덮을 수 있다고 생각하다니….

양윤 책임 면하려고 한다거나 범인이 목격자를 숨기고 친밀한 사람을 시켜 증언을 사주하지도 않았고, 이웃을 매수하는 일도, 신문을 받을 일도, 거짓 간증도, 배신도 필요치 않았습니다.

종사관 덮는다고 덮어지는 것이 아니지.

양윤 무엇도 목숨보다 우선할 수는 없습니다. 죽음이 코앞까지 와보면 진실이 무언지 알게 될 겁니다.

종사관 김윤수의 아들이 스스로 목숨을 끊은 게 맞는가?

양윤 찾는다고 달라질 게 있을까요?

양윤, 예를 갖추고 나간다.

율관, 나온다. 검안서를 종사관에게 건넨다.

종사관 (서리에게) 진실이 뭐라 생각하느냐?

율관 ….

종사관 우리가 보고 들은 것이 진실이라 믿느냐?

율관 ….

종사관 사람은 진실을 보길 원하겠느냐? 덮길 원하겠느냐?

율관 진실은 얼굴이라는 생각이 듭니다. 만져지기는 하나 볼 수는 없는… 남에게는 보이나 정작 나는 내 것인데도 보지 못하는… 물에 비친 얼굴도 반대를 보는 것이고 보면, 평생을 내 얼굴조차 온전히 보지 못하고 죽는 것이지요.

종사관 보았다고는 하나 보지 못한 것과 같다. 네 말도 맞구나. 허나 처음부터 보이게 두지 않았을 거다. 사람은 두려운 것을 남에게 보이지 않는다. 그러니 남에게 보이는 것이 어찌 진실이겠느냐? 아니다. 보이지 않게 두었을 것이다. 어디에 두었을까.

마음에 숨기자니 간사한 것이 마음이라 믿을 만한 곳이 못 된
다 여겼을 것이다. 그래서 발 아래 두고 섰을 것이다. 중심만
잃지 않으면 들킬 일이 없으니 쉬운 일이다 싶었겠지. 하지만
진실을 보려면 중심을 잃고 넘어지는 자가 있어야 한다. 너는
누가 넘어져야 할 거 같으냐?

율관   그래서 박종용이 시친을 보내고 죽임을 당한 것이….

종사관   박종용은 아니다. 넘어져도 두려울 것이 없는 자가 누굴까. 그
를 찾아야 된다. 날 이곳으로 불러들인 자가 있을 것이다.

종사관, 나간다.
율관, 따라나간다.

9.

숲 속. 달빛이 비추고 있다.
단지가 짐승의 몸짓과 울음으로 울부짖는다.
나뭇가지로 집을 지어 몸을 숨기기에 적당한 곳.
배의 형상이어도 좋다.
장형방이 그곳에 있다.

장형방   (책을 보며) 무원록에 안색을 위장하여 타살의 흔적을 제거하는
방법이 나와 있어. (책을 읽으며) 흉기로 구타 살해한 경우 상처가
푸르거나 붉은색이 나타나는데 버드나무 껍질을 상처 부위에
덮어두면 상흔 안이 짓무르고 상하여 검은색이 되므로 구타 흔
적을 숨길 수 있다. 손으로 만져보아 부어오르지 않고 단단하

면 위장의 흔적으로 봐야한다. 범인이 사체 부검에 참여하는
관원을 사주하여 꼭두서니 같은 풀을 식초에 담갔다가 상처에
바르도록 하였다. 이에 의심스럽다고 생각이 들면 수령은 반드
시 감초즙으로 해당 부위를 닦도록 하였다. 진짜 상처가 있다
면 즉시 나타날 것이다.

단지가, 조금 떨어져 장형방을 보고 있다.
장형방, 손을 뻗어 보지만 단지, 조금 더 물러설 뿐이다.

장형방 말이 있고, 글이 있다고 슬픔을 슬픔으로 표할 수 있을까… 기
쁨을 기쁨으로 표할 수 있을까… 그럴 수 없음을 나는 알았는
데, 임금은 몰랐을까….

단지를 보는 장형방의 눈이 애절하다.

장형방 반드시 죄를 물어주마. 제 입으로 죄를 실토하고, 제 혀를 뽑게
만드마. 인간의 탈을 벗고 짐승의 탈을 쓰게 해주마. 네 말을
돌려주고 네 웃음을 돌려주마.

장형방의 눈물을 단지가 혀로 핥아준다.
단지, 장형방을 혀로 핥고 짐승의 소리를 내며, 짐승의 몸짓으로 몸을 부빈
다.
멀리서 횃불이 움직인다.
단지, 불빛에 놀란 듯, 깊은 숲으로 도망친다.
장형방, 단지를 따라나간다.

10.

햇불을 든 청년들에 둘러 싸여 덕출과 시로, 그의 식솔들이 나온다. 멀리 떠날 요량으로 짐을 싼 행색이다.

햇불을 든 사람들 사이에는 박가와 춘배도 있다.

박가   밤을 빌려 어딜 가시나?

덕출   떠나게 해줘요. 무서워서 못살아요.

춘배   모두가 한 운명인데 네놈들만 살아 보겠다고….

시로   (춘배에게) 자네도 알잖아. 우린 죄 없어.

덕출   여기 있다간 죽는다잖어. 가게 해줘.

박가   왜 죽였어?

덕출   난 아니요. 믿어도 돼요.

박가   본 자가 있는데도….

덕출   누구요? 있다면 내가 아니라 시로요… 사건 전날… 시로가 비상을 구해 달라고 해서 구해 준 죄밖에… 사람 죽이는 데 쓰는 건 줄 알았으면 안 구했겠지만.

　

　　　　모두, 시로를 보면….

　

시로   아니요. 덕출이 이놈. 네놈이 그러고도 친구냐?

덕출   사실을 말했을 뿐이야.

시로   (멱살을 잡고) 네놈이 나를 죽일 셈이구나. 매듭 묶는 방법을 물은 게 누구냐?

덕출   이놈이 내가 언제?

박가, 고갯짓을 하면 춘배와 청년들이 시로와 덕출을 마구 때린다.

맞고 쓰러진 둘을 발로 짓밟는 청년들….

시로와 덕출의 식솔이 청년들을 말리려 하지만 오히려 그들에 의해 끌려 나
간다.

덕출의 처, 춘배의 팔을 힘껏 깨문다. 춘배, 덕출처를 거세게 밀치고는 발로
밟는다.

시로와 덕출, 덕출처, 죽은 듯 움직임이 없다.

박가   그만 가자.

청년들 매질을 그만두고 나간다.

피투성이로 널브러진 덕출과 시로.

덕출, 피를 흘리며 시로에게로 기어간다.

시로를 흔들어 보지만 시로는 이미 주검이 되었다.

덕출은 처에게로도 간다. 역시 움직임이 없다. 피 묻은 얼굴을 닦아주며 뜨거
운 오열을 토해낸다.

덕출   죽이지 않았다고 했잖아. 우리가 아니라고 했잖아. (품에서 칼을
꺼내들고) 간다고 했을 때 가라고 했어야 했어. 용서치 않을 것이
야. 용서치….

덕출, 아내를 안고 비장한 표정으로 나간다.

율관과 종사관, 나온다,

종사관   (시로를 살피고) 숨이 없구나.

비명소리.

종사관　사체를 옮기고 관아로 사람을 보내 도움을 청하거라.

종사관, 비명소리가 난 쪽으로 뛰어가고, 율관, 사체를 업고 나간다.
마을 사람들, 비명을 지르며 도망가고 죽은 아내를 안은 덕출이 칼을 들고 닥치는 대로 사람을 위협한다.
칼을 든 춘배와 마주한 덕출, 죽은 처를 내려놓고….

덕출　네놈이 그러고도 내 동무냐? 십수 년을 하루같이 얼굴 마주하고 살았는데 그러고도 네가 인간이냐?

춘배　마을을 위해서여.

덕출　죽일 놈… 죽어.

덕출, 춘배에게 달려들어 싸우는데 춘배가 칼을 떨어트리고, 덕출, 숨통을 끊어 놓으려고 하는데….

종사관　(달려 나오며) 멈춰라. 더는 이곳에서 사람이 죽어나가서는 안 될 것이야.

덕출　말리려거든 나를 죽이시오.

종사관, 덕출을 말리려다 덕출이 휘두른 칼에 상처를 입는다.
덕출, 다시금 칼을 들어 쓰러진 춘배를 찌른다.
덕출, 비틀비틀 일어서는데 춘배처가 춘배가 떨어트린 칼을 들어 찌른다.
피를 보자 덜덜 떠는 춘배처.
이를 보고 있던 덕출의 아들이 아버지를 부르며 달려와 죽은 춘배에게서 칼을 뽑아 덕출을 찌른 춘배처를 찌른다.

종사관　안돼.

종사관의 절규와 함께 장형방, 양윤, 율관, 의생, 뛰어 나오지만 널브러진 죽음과 아이의 손에 들린 피 묻은 칼만 보게 된다.

의생 나리, 피부터….

종사관, 소년에게 다가가 칼을 건네받는다.
겁에 질린 소년은 울음을 터트린다.
종사관, 소년을 끌어안는다.

종사관 이건 지옥이다.
양윤 (무릎이 꺾이며) 어떻게 일궈 온 땅인데… 어떻게….

'불이야'
'다리가 불타고 있다'
무대 밖에서 소리가 들리고 다리에서 불길이 치솟는다.

박가 누군가 다리에 불을 놓았어.
최가처 (털썩 주저앉으며) 다 죽었네. 마을에 물도 없는데….

죽을지도 모른다는 공포로 여기저기서 울음이 터져 나온다.
웅성이는 사람들.

용구 말 잘 들으면 자식 건사하며 땅 일구고 배고프지 않게 살게 하겠다더니….
노을네 처음부터 우릴 다 죽일 속셈이었는지 몰라. 아니고서야 왜 배를 못 만들게 했겠어.
최가처 양반 없는 세상이라더니 니놈들 집안이 저지른 짓이 양반과 다를 게 뭐냐?

촌장 첨부터 만들지 말아야 했어. 그들이 저 다리를 건넌 순간 모든 게 시작된 거야. (거친 기침)

박가 이 늙은이가 불을 지른 게 틀림없어. 죽여라.

모두들, 촌장을 발로 밟는다.
양윤, 몸으로 막아서며….

양윤 다 죽자는데 억울할 것도 없겠지. 허나, 불부터 끄지 않으면 피가 말라 죽을 것이야.

용구 저놈의 말을 듣지 마.

종사관 배를 보내도 사나흘은 걸릴 터… 더 걸릴지도 모르지. 누구도 이곳 사정을 알릴 자가 없으니… 그럼 그땐 모두 죽는다.

그들 사이에 정적이 흐른다.

노을네 불부터 끕시다.

모두, 그 말에 '그럽시다' 하며 나간다.
소년은 죽은 아비의 시신을 붙잡고 운다.

율관 (종사관에게) 소년은 어쩔까요?

종사관 두거라. 도망 칠 곳도 없는데….

의생, 종사관의 상처를 묶는다.

의생 상처는 깊지 않습니다만 이곳선 약을 구할 수가 없어서….

종사관   괜찮네.

의생, 거적으로 시신을 덮는다.
무대에는 율관, 종사관, 양윤, 촌장, 장형방, 의생, 소년만이 남있다.

장형방   다리로 가 보겠습니다.
종사관   곁을 뜨지 말게.
양윤   이젠 어쩌실 겁니까?
종사관   사건을 끝내야지.
양윤   아직도 잡을 수 있다 보십니까?
종사관   도화서로 필적 조사를 보낸 서찰이 내게 있네.

율관, 서찰을 꺼낸다.

종사관   이 마을서, 시친을 보낸 자의 글을 찾아내기 위함이었지.
양윤   그게 누굽니까?
종사관   스스로는 알 테지. 이 모든 일을 시작한 자, 안 그런가 장형방.
장형방   ….
종사관   임금이 새로운 법을 만들어 살인이 나면 나라에서 사람을 보내
          조사하게 한다는 걸, 아는 사람은 관에서 일하는 네놈 밖에 없
          지.
장형방   제가 왜 그런 짓을 하겠습니까?
종사관   나도 그것을 묻고 싶어? 왜, 왜 그런 건가? 박종용을 죽이고 그
          죄를 숨기고자 함이었는가?
장형방   ….
종사관   박종용의 등에다 칼을 꽂은 자는 왼손을 쓰는 자인데 마을서는
          왼손을 쓰는 자가 없어. 저자의 손을 살펴라.

의생, 장형방에게 가서 손을 살핀다.

의생   오른손 가운데 마디에 굳은살이 있습니다. 오른손을 쓰는 자입니다. 범인이 저자가 아닐 수도 있다는 뜻입니다.

종사관   아니면 철저히 왼손을 은폐하고 살거나. 이젠 네가 입을 열 차례다. 왜 박종용을 죽였느냐?

장형방   계획을 위해서 누군가 한 명이 죽었어야 했습니다. 때를 기다리는데 최가가 박종용에게 빌려간 돈을 땅으로 내놓으라며 싸우는 걸 보고는 집으로 돌아가는 박종용의 등에다 칼을 꽂았습니다. 고발장을 보내 사람을 불러들이고 의심을 조금 자극시켰을 뿐, 두려움을 키운 것도, 서로를 물어뜯어 죽인 것도 저들 자신.

종사관   날 막아선 연유는…?

장형방   세상의 이치가 막힘이 있어야 더 가고자 하는 법이지요. 바위에 부딪친 물살이 거세지듯이….

양윤   이 자는 아닙니다. 사람이 사람을 죽이는 것은… 살려고 죽이는 것입니다. 살려고… 그러니

장형방   여기까지입니다, 아버지. 그날… 그들에게 저를 내어 주셨어야 했습니다.

종사관   양반 자제에게 극약을 먹인 것이….

촌장   (무릎을 꿇으며) 용서하십시오. 살고 싶었습니다. 죽음이 두려워 죽기를 각오할 수가 없었습니다. 사는 길이라 주저하지 않았습니다.

양윤   세상의 모든 아비는 아들을 지킵니다. 그건 이치지 죄가 아닌 줄 압니다.

장형방   진정 저를 지키고자 하신 겁니까? 그보다 아버지가 디디고 서 있는 이 땅이 먼저였고, 이 땅에서 양반 노름을 계속하고 싶으

셨던 건 아닙니까?

양윤   천하게 태어나, 천하게 살다, 천하게 사는 길, 그 길밖에 허락
지 않은 세상… 바꾸고 싶었다. 그것이 사람을 위한 길이기
에….

장형방   피로 세운 곳, 피로 망하는 것도 이치입니다. 사람이 썩고, 물
이 썩고, 모든 게 끝났습니다. 저는 그 끝이 보이는데 안 보입
니까?

양윤   어떻게 지켜 온 땅인데… 어떻게….

장형방   사람을 지켰어야지요.

양윤, 무릎이 꺾인다.

장형방, 품에서 칼을 꺼낸다.

종사관   칼을 내려 놔. 모든 것이 뜻대로 되지 않았느냐?

장형방   (뜨거운 것을 누르며) 세상에는 보지 말아야 할 것과 볼 수 없는 것
도 있더이다.

장형방, 칼을 들어 자신의 가슴을 찌른다.

피를 흘리며 쓰러지는 장형방.

촌장과 양윤, 막으려 하지만 이미 늦었다.

단지, 기어가 장형방을 잡고 울음을 토해낸다.

율관이 나서려 하면 종사관, 그를 막는다.

단지가 짐승의 몸짓과 울음으로 울부짖는다.

단지, 장형방을 혀로 핥고 짐승의 소리를 내며, 짐승의 몸짓으로 몸을 부
빈다.

장형방   미안하다. 여린 너 하나를 지켜주지 못해서.

단지, 고개를 가로 젓는다.

장형방 아무 말도 마라. 사랑하고… 사랑하고… 사랑한다.

장형방의 눈물을 단지가 혀로 핥아준다.
장형방, 단지를 안으려 손을 뻗지만 '툭' 숨이 끊어진다.
비통하게 우는 단지.
양윤, 무릎이 꺾인다.

종사관 (율관에게) 저자의 죽음을 기록하고 진범이 스스로 숨을 다하였
다 쓰거라. 허나 왼손에 대한 의문이 풀리지 않는구나.
율관 범행을 숨기고자 잘 쓰지 않은 왼손을 쓴 건 아닐런지요. 남자
의 힘이라고 하기엔 상처의 깊이가 깊지 않았던 것이 그 답이
아니겠습니까.

이때, 박가 뛰어 들어온다.

박가 다리가 끊어졌어요. 불길을 잡으려고 했으나 이미 번진 불길이
다리를 다 태워 버려서… 이젠 어쩝니까?
의생 어쩔까요, 나리?
종사관 더 큰 불이 필요하다. 사람들에게 일러라. 마을 전체에다 불을
내라고. 다리 건너서도 보이게끔 큰 불이여 한다 해라. 불을 놓
고 강어귀로 나오라고 모두에게 전하거라. 시각을 다투는 일이
다. 서둘러라.

박가, 의생, 나간다.

촌장　마을을 태운다고… 막아야 한다. 막아야 해.

양윤　집은 다시 세우고, 밭은 다시 일구면 되지만, 사람이 살아야 할 수 있는 일입니다.

율관　지체할 시각이 없습니다. 저기 보십시오, 사람들이 불을 놓기 시작했습니다. 마을이 타고 있다구요.

종사관　어서 서두르자.

양윤　가시지요, 아버님.

촌장　(양윤에게) 너는 갈 수 있느냐?

양윤　아버님마저 잃을 수는 없습니다. 자식 하나 묻기에도 가슴이 너무 좁습니다.

　　　촌장, 양윤의 등에 업힌다.
　　　모두, 나간다.
　　　종사관, 나가려다 말고….

종사관　(단지에게) 너도 가자꾸나.

단지　….

　　　울고 있던 단지, 눈물도 짐승의 몸짓도 서서히 지운다.

단지　나리가 이겼다 생각 드십니까?

　　　단지, 장형방의 가슴에서 칼을 빼낸다. 그 손이 왼손이다.

종사관　너였드냐?

단지　나리의 눈은 보지도 못했고, 나리의 귀는 아무것도 들은 것이 없습니다.

종사관　박종용을 죽인 것이 너냐고 물었다?

단지　지옥을 겪은 몸으로 살 수 있냐고, 아비의 죽음 앞에서 살아지냐고 모두들 죽으라고 했지요. 살아야 했습니다. 살아야만 볼 수 있으니까. 내게 지옥을 준 자들이 어떻게 죽어 가는지 내 눈으로 보고 싶었으니까. 봐야했습니다. 반드시… 인간으론 견딜 수 없는 시간이었지만, 그래서 짐승의 거죽을 쓰고, 짐승의 몸짓을 하고, 짐승의 소리를 내며 나를 죽이고 기다리고 또 기다렸지요. 그것만이 짐승들 틈에서 살아남는 방법이었으니까.

종사관　형방은 나를 막으려 했구나. 멈추게 하려했어. 너인 걸 알고….

율관, 뛰어 나오며….

율관　뭐 하십니까? 지금 가지 않으시면 지옥불이 나리를 삼킬 것입니다.

종사관　내 실패가 너를 도왔구나.

단지　….

율관　무슨 말씀입니까? 계집을 업을까요?

종사관　둬라.

종사관, 나가고 율관, 따른다.
모두 가고 단지만 남는다.

단지　(장형방에게) 왜… 당신이… 왜… 고마워요. 내 말을 돌려 줘서….

마을 곳곳에 불길이 솟아오르고, 불길이 점점 단지에게로 좁혀든다.

〈단지의 노래〉

꽃이 피었어 붉은 꽃
잎이 떨어져 물들이네
붉게붉게 사람도 땅도
불처럼… 꽃처럼….
숲, 소나무, 달, 해, 꽃, 노루,
작은새 날개가 포닥포닥
물고기가 푸들쩍 날아올라

그녀의 노래 위에서 서서히 막이 내린다.

바람의 딸

· 등장인물

　바리
　아비
　어미
　오구
　작기1, 2
　소년
　청년
　노파
　사형수
　중독자
　창녀
　중년사내
　포주
　소녀
　경찰
　탈을 쓴 무리들 − 죽음의 세계에 있는 여러 신들
　거리의 사람들 그리고 몇몇

· 무대

　기본적으로 가파른 산 등선이 멀리 보이고, 등선 앞쪽으로 고목이 서 있다.
　푸른빛이 감도는 무대.
　제법 거센 바람이 음산한 소리를 내며 희뿌연 안개를 휘감는다.
　壽衣를 입은 아비, 쫓기듯 등선을 오른다.
　숨이 목까지 차 더는 못 간다.
　아비, 괴로운 심경으로 바닥에 자신의 머리를 찧는다.
　탈을 쓴 무리들 북소리를 앞세우고 횃불을 들고 나온다.
　아비, 다시 도망치려 하는데
　반대쪽에서도 무리들 나온다.
　아비, 갈 곳이 막혔다.
　무리들, 아비를 둘러선다.
　북소리 고조되면서
　오구, 나와 중앙에 선다.
　무리들, 아비를 오구 앞에 무릎 꿇린다.

무리들	하늘의 뜻을 거역했다.
	죽음의 세계에 머물 자격을 뺏어라.
	영혼을 태워라.
	두 번 죽여라.
	태워라.
	태워.
오구	벗어날 수 있다고 믿었더냐? 어리석은 인간이구나.
아비	너무 억울합니다. 내가 죽다니요. 내가요. 전 병들지도 않았고, 사고도 나지 않았어요. 이제 겨우 마흔 넘겼습니다. 살면서 한두 번 죽고 싶다는 생각을 하긴 했지만 막상 높은 데 올라가면 떨어져 죽을까봐 사지가 떨리는 놈입니다. 전 더 살아야 됩니다. 이건 뭔가 착오가 있었던 게 분명합니다. 전요. 하루를 성실히, 아주 열심히 마치고 잠자리에 누워 자고 있었어요. 그런 내가 눈 떠보니 저승이라니요. 이게 말이 됩니까. 영원히 살겠다는 것도 아니고 조금 더 시간을 달라는 것뿐입니다. 적어도 아들 하나는 봐야지 않습니까. 자식은 내가 세상에 왔다 갔다는 증건데. 딸이 있긴 하지만 딸은 딸일 뿐. 아들이 있어야 내 뒤를 이어 내 이름을 쓸 거 아닙니까?
오구	이미 넌 죽은 자다. 죽음에 거역은 없다.
아비	날 왜 데리고 온 겁니까? 이유는 있어야 할 거 아닙니까.
오구	그게 네 운명이다.
아비	운명이요. 운명. 전 받아들일 수 없습니다. 거부하겠습니다. 아무리 운명이라도 어떤 예시는 있어야 되는 거 아닙니까. 조짐 같은 거 말입니다. 어떻게 살아온 인생인데 아무 때나 죽어야 합니까. 죽어야 할 시간을 알아야 어떻게 죽을 건지 준비라도 할 거 아닙니까. 피해볼 노력이라도 최소한 했을 겁니다. 피하는 게 뭡니까. 바꿨을 겁니다.

오구 운명을 바꾼다. (소리 내 웃는다) 피할 수도 바꿀 수도 없는 것이
      운명이다.

아비 미리 알 수만 있다면 가능합니다.

오구 인간에게 죽을 시간을 알려준다면 희망을 꿈꾸기보다 절망의
      늪에서 허덕이는 자가 더 많을 것이다. 그건 저주다. 넌 스스로
      저주를 내리라고 말하고 있구나. 가련한 인간, 삶의 유혹에서
      벗어나라. 너에게 진정한 평화가 찾아올 것이다.

      무리들, 아비를 끌어내려고 한다.
      아비, 가지 않으려고 발버둥치며….

아비 이거 놔. 난 받아들일 수 없어. 당신이 뭘 알아. 내겐 운명을 극
      복할 이성이 있어. 삶을 지속할 힘이 있고 따뜻한 심장에서 만
      들어지는 정까지 있는 인간이야. 내게 삶을 돌려줘. 이렇게 죽
      을 수는 없어.

      아비, 무리에게서 빠져 나오려는 몸부림이 거세다.
      무리들, 그런 아비를 더욱 옥죈다.

아비 운명 따위로 우롱하려 들지 마. 인간들에게 죽음을 미리 알려
      주지 않는 건 인간이 두려워할까 걱정해서가 아니라, 미리 알
      게 되면 죽음을 거부하고 막을까봐 당신 자신이 두려운 거야.
      인간들에게 죽음이 없다면 통제할 방법이 없어질 테니. 내 말
      이 틀린가. 당신은 거짓을 말하고 있어.

      오구, 무리들에게 멈추라는 손짓을 한다.
      무리들, 아비를 놔준다.

오구 좋다. 네가 한 명이라도 운명을 피하게 한다면 네 원대로 해주
      겠다.

아비 내 원대로…. 하지만 난 여기 있는데 어떻게…?

오구 널 대신할 때 묻지 않은 동남동녀(童男童女)를 선택해서 인간들
      에게 운명을 알려 주기로 하자.

아비 자식도 못 믿는 세상인데 누굴 택할 수 있겠소?

오구 사람에게 있어 사람만큼 살아온 흔적을 잘 보여주는 것도 없
      지. 인생에서 믿을 수 있는 사람을 얻는 게 쉬운 일은 아니지만
      그렇다고 불가능한 일도 아니다. 한 순간도 제대로 살지 못한
      모양이구나. 대신할 자가 없으면 넌 예정대로 죽는다.

아비 좋… 습니다. 여태까지 키워줬는데 낳아준 애비 배반이야 하겠
      습니까. 내 딸을 쓰겠소. 날 대신해 줄 겁니다.

오구 세상 끝으로 내 몰린 사람들에게 가라고 해. 사는 거보다 죽는
      게 났겠다고 여기는 사람들한테. 여유가 조금이라도 있으면 너
      무 살려고 하거든.

아비 인간은 살아 있는 그 자체로 아름다운 겁니다.

오구 기간은 네 육신이 땅에 묻히기 전까지다.

      암전.

      북소리. 거칠게 몰아쉬는 숨소리. 숨이 턱에까지 찬 남자의 비명 겹치면서 순
      간, 눈이 부시도록 강한 불빛이 쏟아졌다 밝아진다.

      무대 밝아지면 작가의 [작업실]이다.

      작가, 컴퓨터 앞에 엎드려 있다.

작가 2 동튼 지 오래다. 날씨도 좋고.

      작가, 잠에서 깬다. 아직 꿈에 젖어있다.

작가2, 커튼을 젖히고 창문을 열면 쏟아지는 햇살에 방안이 환하다.

작가 1 꿈 꿨어. 도망치려는데 한 발도 뗄 수가 없었어.

작가 2 가위 눌렸구나.

작가 1 매번 같아. 흉측하게 일그러진 얼굴로 날 쫓아와. 머리채를 쥐어틀고 목을 달겠다. 불을 지르겠다. 칼을 꽂겠다. 첨엔 깨기 쉬웠는데 거듭될수록 더 많이 울어야 돼. 살려달라고. 살고 싶다고. 목이 쉬도록. 옷이 젖도록. 그래도 겨우 깨.

작가 2 젖진 않니? 나 가끔 젖거든. 쭈글쭈글한 늙은이랑 섹스해 본 적 있어? 물론 꿈에. 저승꽃이 온몸 덕지덕지한데다 거죽은 수세미 같은 알몸을 빨고 주무르고. 끔찍했을 거 같지? 사실은 아니다. 좋았어. 팬티가 축축이 젖었더라. 순간 끔찍했지. 더 끔찍한 건, 늙은이 모습이 선명하게 그려지면서 또 하자고 헐떡이며 달려드는 거야. 으악. 나쁘진 않았지만… 솔직히 좋았지만 그래도 두 번은 못하겠더라. 허긴 모르지. 꿈에서라면 한 번 더 할지. 어차피 꿈은 꿈이니까.

작가 1 느낌이 안 좋아.

작가 2 지쳐 그래. 뒤에선 원고 넘기라고 닦달이고. 머릿속 회로는 지멋대로 엉켰고. 손은 지 일 아니다 뒷짐 지고 있고. 너 남자랑 같이 잔 지도 오래됐지? 혹시 밤마다 혼자 해결하는 거 아니야?

작가1, 컴퓨터 앞에 앉아 다시 작업을 하려한다.

작가 2 전혀 안 할 수는 없겠지만 적당한 선에서 조절하는 게 중요해.

작가 1 집중 좀 하자.

작가 2 나도 글 써서 먹고 살지만 글 쓰는 사람치고 성질 좋은 인간이 없어요. (원고를 보고) 많이 나갔네. 딸 여섯을 낳고 아들인 줄 알고 낳았는데 또 딸이라 열 받아 버렸다.

작가 1 신에 대한 분노지. 첨에 신이 하라는 대로 안했거든. 물론 어쩔 수 없는 상황이었어. 아내를 너무 사랑했으니까. 그것만한 절대적인 이유도 없잖니. 사랑하는데 어떻게 기다려. 감정이 앞서니 이것저것 잴 겨를이 없었을 테고. 결국 신이 하랄 때까지 기다리지 못하고 결혼한 대가로 저주처럼 딸만 낳았어. 안되겠다 싶어 빌고 또 빌어서 이젠 용서했겠지 기대하는 맘에 낳았는데 또 딸이었던 거야.

작가 2 신을 거역한 인간을 쉽사리 용서한다면 그 또한 너무 재미없는 이야기지. 근데 아비가 병들어서 버린 딸을 찾는 건 그럴 수 있다쳐도 버림받은 딸이 죽음을 무릅쓰고 서역까지 가서, 자기 낳은 자식 다 버리고 약 구해 와서, 죽어 가는 아비를 살리는 건….

작가 1 억지다 싶니?

작가 2 그것보다 딸의 태도가 이해하기 힘들다. 어찌됐든 자길 버린 아버진데 자기를 희생하면서까지 살린다는 게… 동정이래도, 연민이래도 이해하기 힘들어. 눈물 몇 방울 찔끔거리고 받아주기에는 석연치 않다고. 받아주는 것도 극진하잖아. 핏줄이기 때문에? 그것만큼 낡은 이유도 없지.

작가 1 이해하자 들면 돼. 머리는 안 돼도 마음은 그럴 수 있어.

작가 2 보장 없는 희생은 억지야.

작가 1 끝이 좋으면 돼.

작가 2 그게 틀렸다고. 미화시키는 거. 복 받는 주인공들 꼭 뭔가 희생해야 하잖아. 반댄가. 희생하면 복 받는 건가. 아무튼. 현실하고 동떨어졌어. 현실도 그러니? 아니잖아. 손해 보는 사람은 끝까지 손해 봐. 당하는 사람은 주머니 탈탈 털려. 저런 사람

죄 받지 하는 인간은 별 어려움 없이 세상 사는 케이스 많아. 그런데 언제까지 착하게 자기 거 다 내주며 하늘에서 감 떨어지듯 복이 뚝 떨어진다고 사기칠 거니. 이건 죄야. 사람을 현혹해서 바보로 만드는 죄. 너 그렇게 안 살 거잖아. 지는 그렇게 못살면서 꼭 이야기 안에서는 볼 수도 없는 착한 사람, 아니 맹한 사람 그려. 그럼 누가 너 착하다고 할까봐. 너 언젠가 항의 받을 거다. 당신이 말한 대로 살았는데 내게 돌아온 건, 적어도 남은 건 아무것도 없다고. 좋아. 효심 지극한 딸이라고 하자. 그래도 말 안 돼. 자기 버린 부모잖아. 그러니 부모는 자식 버리는 거 무서워 않는 거야. 그래도 효심 지극해야 한다고 가르치니까. 세상 썩어. 세상 썩는 이야긴 없애야 돼.

작가 1 감동이 필요해. 과정이 어떻든 마지막에 감동이 있어야 돼.

작가 2 차라리 죽여. 감동은 그게 크지. 눈물겹도록 슬프지만 아름다운 이별.

작가 1 언제까지 죽음을 팔아먹으라는 거야.

작가 2 눈먼 아비 눈뜨게 하겠다고 인당수에 몸 던지는 심청이나, 우리가 얘기하려는 바리나, 다 가부장적 가치관을 유지하기 위해 꾸며 낸 얘기야. 왜 하필 아비 병만 고치니. 어미 병들어 누었다고 약 구하러 목숨 내 놓는 아들 봤어? 없잖아. 좋아. 아비 위해 저 한 몸 버릴 수 있다하자, 포기하는 마음에. 하지만 물에 빠졌다가도 살아나고, 저승 갔다가도 멀쩡하게 돌아오고. 어디 부활만 하니 사람들이 탐낼만한 복까지 받잖아. 이건 완전히 아비들 좋자고 꾸며낸 거야. 그래야 한 명이라도 행여나 싶어 그러지.

작가 1 어차피 현실이 누군가의 희생을 필요로 한다면. 그런 기대라도 있어야 살아가지.

작가 2 잔인하다. 나 좋자고 남 살 깎아 먹어.

작가 1   희생이 헛되다는 것보다는 낫잖아. 그나마 세상이 굴러가려면 희생자는 필요해.

작가 2   억지다.

작가 1   부박한 삶 살아내는 힘이야. 누구를 희생시킬지는 아무도 몰라. 어쩌면 아무도 희생시키지 않을지도 모르고.

작가 2   그게 꼭 딸이어야 돼.

작가 1   생명을 쥔 게 여자의 몸이니까. 우린 모두 어머니 뱃속에서 열 달을 살았어. 그걸 부정할 수 있는 사람은 아무도 없어. 하느님의 아들이라는 예수도 여자의 몸을 빌렸으니까. 생명이 자궁 안에 만들어질 때 죽음도 비로소 만들어지는 거야. 난 지금 내 어머니 자궁 문을 열고, 나올 때를 기억할 수 없지만 엄만 기억할 걸. 생명이 가진 힘과 감동을… 여자가 없으면 생명도 없어. 생명이 없는데 죽음이 무슨 의미고 운명 따위가 무슨 소용이야. 7cm 공간 안에 생명과 죽음, 운명이 공존하고 있는 거야. 우주의 질서가 그 안에서 만들어지는 거지.

작가 2   아무리 그래도 바리의 순응은 억지야. 명색의 주인공인데 자기 생각 정도는 있어야지.

작가 1   넌 모든 일에 질문과 대답을 정확히 만들어내며 사니? 설명할 수 없는 이끌림이라는 것도 있는 거잖아.

작가 2   날 들먹이지 마. 난 적어도 너처럼 도망치면서 살지는 않아.

작가 1   내 아버지 얘길 하고 싶은 거니?

작가 2   네 글에선 진실이 가면을 쓰고 있어. 언제나….

작가 1   상관 마. 이건 내 작품이야. 나의 '바리' 라고. 넌 상관 마.

바람을 타고 구음이 들린다. 무겁지만 신비스럽다.

암전.

서서히 어둠이 걷히며 안개 사이로 빛이 비친다.

탈을 쓴 무리들이 바리를 들고 나온다. 의식을 치르듯 성스럽다.

바리를 나무 아래에 내려놓더니 옷을 벗긴다.

무리들도 옷을 벗는다.

바리는 꿈에 취한 듯 흐느적거린다.

그들의 모양새가 마치 춤을 추는 듯하다.

곡이 점점 고조되고 무리들과 바리의 춤사위가 절정에 다다를 때쯤,

무리들, 바리에게 방울을 걸어주며….

무리들　　이것이 있으면

　　　　　　이곳과 저곳을

　　　　　　(씻김을 하듯 바리의 몸에 물을 뿌리고)

　　　　　　살아도 죽은 것으로

　　　　　　죽어도 산 것으로

　　　　　　(잡것을 쫓듯 채로 내려친다)

　　　　　　넘나들 수 있으니

　　　　　　있어도 있는 것이 아니고

　　　　　　없어도 없는 것이 아니고

　　　　　　보여도 보이는 것이 아니고

　　　　　　보이지 않아도 보이지 않는 것이 아니니

　　　　　　(피로 얼룩지는 바리의 몸)

　　　　　　너는 네가 아니고

　　　　　　너는 오구의 딸이다.

바리, 고통에 일그러진 몸짓으로 괴로워한다.

'악' 바리의 비명소리 이어지면서 암전.

무대 밝아지면 아비의 집이다.

흰 천으로 덮어둔 관을 앞에 두고 무녀가 천도굿 중이다.

무녀   망자가 길을 가다 멈췄어. 망자가 제 시간에 하늘 길에 들지 못
        하면 산자들 속이 시끄러워지는 법이여.

    무녀, 길 닦음을 하다가 '헉' 하며 가슴을 쥔다. 쉽사리 고통이 가시지 않은
    듯하다.

무녀   딸년 집 나갔지?
어미   애 아버지 숨 거두고 다음날로. 사람들이 아비 혼이 붙어 미친
        거라고… 이렇게 굿하는 것도 죽은 아비 혼 불러내 달래주면
        딸년이 돌아온다기에….

    무녀, 물 한 모금 물고 길게 뿜어낸 뒤 굿거리(접신)를 한다.
    무녀, 사방에 대고 절을 한다.

무녀   빌어. 어여 빌어. 딸년 돌려받고 싶으면 어여 빌어.

    어미, 무녀를 따라 빌고 또 빈다.
    무녀, 순간 모든 행위를 멈추더니….

무녀   안되겠어. 애 아버지 안 나오겠대.
어미   할 말 있어 그래요. 만나게 해줘요. 내 딸 바리한테 왜 그런대
        요. 한이 있으면 나한테 풀지. 어린 게 뭘 안다고 미쳐나게 한
        대요. 안 된다고 말 넣어보게 나오라고 해줘요.
무녀   딸년 집 나간 거, 미쳐서가 아니라 아비가 택한 거야.
어미   무슨 말예요?
무녀   품에 있어도 다 내 자식 아니듯 살았다고 다 품을 수는 없는
        법. 잊어. 아비 살리겠다고 나선 딸이니 그 효성을 봐서라도 오

구대왕이 죽이기야 하겠어.

어미 무슨 말인지 알아듣게 풀어주셔요.

무녀 자네 딸이 바람처럼 연기처럼 이승 저승 넘나들며 죽은 목숨 살리는 일인가봐. 깊은 내막이야 내 어찌 알겠냐먼 질하면 죽은 아비도 살리고 저도 사는 길일 수도 있으니….

어미 둘 다 사는 길이라니요. 그런 말이 어딨소. 저승 문턱 넘고 와서 어찌 세상에 발붙이고 산다고. 남편 잃은 것도 억울한데 자식까지 앞서 보내란 거요. 안되죠. 차라리 나를 쓰라고 하시오. 어린것한테 몹쓸 짓 하지 말고.

무녀, 나가려고 돌아선다.

무녀 내 소관 밖의 일일세.

어미 (막아서며) 내 딸년은 어찌 되는 거요? 일러주시오.

무녀 오구대왕이 허락한 일이야. 넘봐선 안 되는 영역이야.

어미 어딨는지만이라도… 그도 안 되면 살았는지 죽었는지라도.

무녀 천기누설로 밥 먹고 살지만 죽을 길 재촉하는 일은 할 수 없네.

어미 어디 가면 만날 수 있는지 만이라도…. (품에서 돈을 꺼내놓는다) 도와주시오.

무녀 그 돈 도로 넣게. 자네 딸은 하늘의 영을 몸으로 받아 드렸으니 더는 방도 없네. 어쩔 수 있는 선을 넘었어.

어미 (매달리며) 막을 수 없는 길이라면 고통이라도 덜어주고 싶은 어미 마음 헤아려, 딸년 찾을 길만 일러주시오.

무녀, 뿌리치며 나간다.

어미 (관을 부여잡고 흐느끼며) 어쩌자고 저승길에 딸까지 데려가려는 거

요. 어린 딸년더러 세상사 눈뜨기도 전에 죽음부터 보라니 그
게 될 말이요. 내가 막을 거요. 내 발로 찾아서 돌려받을 거요.
내가 지킬 거요.

암전.
무대, 밝아오면 해질 무렵의 [거리]다.
더러는 일상에 지쳐서, 더러는 일상의 시작을 맞은 듯 활기차게 거리로 모여
들었다 빠져나간다.
거리로 접어드는 소녀. 지친 모습이다.
중년여자가 아이와 지나간다.
소녀, 그들에게 다가간다.

소녀   저요.

중년여자와 아이, 멈춰 선다.

소녀   저… (머뭇거린다. 그들이 가려고 하면) 빨래도 하고, 밥도 짓고, 시키
        는 거 뭐든 할 수 있어요.
중년여자 쯔쯔쯧. (주머니에서 천 원권 한 장을 꺼내 바리 손에 쥐어주며) 딸 같아
        주는 거야. 집에 가. 부모님 속 그만 썩히고. (아이의 팔을 낚아채
        빠르게 걷는다)
아이   엄마. 쟤 거지야?
중년여자 잘 봐둬. 집 나가면 저 꼴 되는 거야.

중년여자와 아이, 나간다.
소녀, 힘없이 무대 한쪽으로 가 앉는다.
어미가 전단지를 움켜쥐고 등장한다. 지나가는 사람들에게 전단지를 나누

어 준다.

어미 제 딸, 보거든 꼭 좀 연락주세요. 눈이 크고 살결이 하얘요. 볼살이 통통하게 올랐어요. 올해로 중학교에 들어갈 나이죠.

전단지를 받아든 사람들 건성으로 보고 버린다.
어미, 구겨진 전단지를 집어 들어 소중하게 다시 챙긴다.
땅에 떨어진 또 다른 전단지를 주우려고 몸을 숙이는데 지나가던 중년사내….

중년사내 가출한 딸년 찾아나섰군.
어미 우리 앤 그런 애 아니에요.
중년사내 다들 자기 자식들은 모범생인 줄 알지만 세상이 어떤데….
어미 (가려다 전단지를 내밀며) 한 번 봐주세요. 보신 기억 없나.
중년사내 거 괜한 고생 마시고 집에서 기다려요. 가정교육이 무너져서 애들이 거리로 뛰쳐나오는 거 모르고 그저 사회 탓, 세상 탓이지.

어미, 전단지를 집어 들고 돌아서는데….

중년사내 집 나온 계집애들 밑천이 몸뚱이밖에 더 있겠수.

어미, 중년사내의 말에 잠시 발걸음을 멈춘 듯하더니 나간다.
중년사내, 나가려다 앉아 있는 소녀를 보고 다가간다.
중년사내, 주위를 둘러본다.

중년사내 집은 어디야?

소녀	….
중년사내	몇 살이냐?
소녀	배고파요.
중년사내	아저씨 따라갈래?

소녀, 대답 없이 중년사내를 올려다보다가 따라나선다.

중년사내, 입가에 미소를 지으며 누가 볼세라 소녀를 데리고 나간다.

거칠게 뛰어드는 쫓기는 소년과 쫓는 사내.

경찰 호루라기를 불며 쫓아간다.

앞을 보지 못하는 형색이 섬뜩한 노파가 들어선다. 손에는 빈 박스를 든 채….

바리, 노파를 따라 들어온다.

바리	드릴 말씀 있어 그래요.
노파	대체 누구여? 누군디 자꾸 그림자 따르듯이 따라 싸.

노파, 박스를 깔고 비스듬히 기대어 앉는다.

바리	여기서 주무시면 안돼요. 일어서세요.
노파	어떤 년인가 했드니 내 자리 탐하는 년이구먼. 가. 썩 꺼지지 못 혀.
바리	못 가요, 그냥은.
노파	어데서 굴러 온 년인데 넘에 신세를 볶겠다 덤벼. 썩 꺼져, 이 년아.
바리	때가 되셨대요. 길 떠나실 때가.
노파	네년이 누군디 나더러 길을 나서자는 거여.
바리	그리 멀지 않지만 돌아오지 못하실 거예요. 한번 가심.

노파 네년이 대체 누구여? 누군데 때가 됐느니, 가면 못 온다느니… 혹… 그런 겨. 나 데리러 온 겨? (무릎을 꿇으며) 저승서 나 데리고 갈라고 온 몸인지 모르고 말 걸게 해서 미안하네. 어째 이리 늦으셨소. 길눈 어두워 해맨 거요. 오다 들릴 곳이 많아 더디 온 거요. 어쨌든 왔으니 갑시다. (마른 눈물을 찍어 닦는다) 늙으면 주책만 느는지 눈물바람이 앞장서네요.

바리 안 가실 방법 있어요. 일러 드릴게요.

노파 뭔 소리요?

바리 할머니 앞에 온 죽음 비켜서실 방법 있다고요. 살고 싶으시죠? 살 수 있다구요.

노파 그 말 거두시오. 늙은이가 먼 길 나서기 앞서 살아온 길 돌아보니 측은한 맘에 눈물로 앞 소매를 적셨기로서니 그 무슨 막말이요. 나 죽을라요.

바리 두렵지 않으세요?

노파 버러지마냥 버려진 거, 주어먹으며 한평생을 깜깜하게 살았소. 두려우면 사는 것만큼 두렵겠소.

바리 미련도 없으세요?

노파 올 때는 준대로 왔다지만 갈 때꺼정 눈감고 가야하는 신세가 한탄스럽기는 하나 이젠 그만 둘라요. 희망이 없는데 뭔 미련이요. 지긋지긋한 인생살이 이쯤에서 접읍시다. 천한 목숨이라 죽기도 힘드나. 어서 앞장서시오. 싫으면 길이나 일러주시던가.

바리 잘못 아셨어요. 난 할머니 살리러 온 거예요.

노파 죽을 거라니깐. 죽게 해줘. 지긋지긋한 세상, 살기 싫다는데 왜 이려. 뭔 억하심정이여.

바리 할머니 원대로 하세요, 그럼. 저 갈게요. 딴 사람 찾을게요.

바리, 돌아서는데….

노파   자식놈한테 버림받고 집도 없이, 곡해줄 사람 하나 없이 가는
         신세, 뭔 영화 보겠다고 부질없는 욕심이 자꾸 고개를 내미네.

바리, 걸음을 멈춘다.

노파   감고도 못 볼꼴꺼정 다 봤는데 뭘 더 보겠다고… 눈떠 세상 한
         번 보면 원도 미련도 없겠는데….
바리   그래서인지도 모르겠네요. 우리아버지도 할머니처럼 못다 보
         신 게 있으셔서 눈을 감지 못하시는 건지도…. 그게 뭔진 모르
         겠지만….

바리, 품에서 돈을 꺼내 노파에게 준다.

바리   이 돈으로 눈 고치세요.
노파   이게 뭐여?
바리   눈뜨시면 사실 거죠?
노파   아이고, 천지신명님.
바리   꼭 사셔야 돼요. 그래야 우리아버지 살고. 저도 이 일 안하죠.
         할머니, 절대 한데서 주무시면 안돼요. 밤이슬 맞고 주무시다
         심장이 멎는데요. 절대 그러심 안돼요.
노파   어째서 이것이 내겐 안 보이는 거여.
바리   꼭 눈뜨세요.
노파   어째 이런 일이 나한테….

바리, 나간다.

노파, 돈을 만지며 꿈인지 생신지 믿기지 않는다.

거리를 지나가는 사람들.

그중 청년 하나가 노파에게 적선을 하려다 돈뭉치를 본다.

청년, 주위를 둘러보더니 노파의 돈을 보고 뺏으려 한다.

노파, 뺏기지 않으려고 움켜쥔다.

청년, 품에서 칼을 꺼내 노파를 찌르고 돈을 뺏어 달아난다.

노파   내 돈. 내 눈. (피를 흘리며 쓰러진다)

암전.

무대 밝아오면….

북소리 선행되더니

탈을 쓴 무리들 들어온다.

오구대왕, 들어와 중앙 자리에 위치한다.

그들 사이에 아비도 있다.

오구   봤느냐? 운명은 안다고 바꿀 수 있는 것도 아니고, 피한다고 피할 수 있는 것도 아니야.

무리들   죽음에 고통만 더 했습니다. 더 어지럽히기 전에 그만두심이….

아비   기다려주시오. 아직 기일이 남았소.

무리들   죄를 물어야 합니다. 저자로 인해 우주의 질서가 무너지고 고통만 더합니다. 왕의 체면에 흠집을 냈습니다. 중벌로 다스려야 될 줄 압니다. 그렇습니다. 중벌로 다스려야 합니다.

아비   무슨 뜻입니까?

오구   네 목숨 하나로는 안 되겠다는 뜻이다. 너는 저곳에서 이곳으로 건너온 자임에도 인간세상과의 연을 끊지 못했다. 이는 법을 어긴 거니, 네 목숨이 네 것이 아니라 내 것인 것은 당연한 거고, 아비를 살리겠다 나선 내 딸년은 마음은 가상하나 실패했으니 그 죄를 물어 그 목숨 또한 내가 거둔다는 뜻이다.

아비 안됩니다. 그럴 수는 없습니다. 그런 말씀 처음부터 하셨다면….

오구 그러면 죽음을 받아들일 수 있었다는 말이냐? 어리석은 인간. 네가 너를 읽지도 못하면서 세상사를 읽겠다. 천계를 읽겠다. 네 눈에서 욕심을 거두지 않는 이상 네 발 밑에 드리워진 그림자 있고 없음도 알지 못할 거다. 어리석은 인간아 욕심엔 대가를 치러야 함을 몰랐단 말이냐? 내일이 지나면 약속된 기일도 끝이다. (무리들에게) 저자의 딸년을 찾아 데려와라. 어미가 찾기 전에 먼저 찾아라. 딸을 숨기기 전에 찾아야한다.

무리들 중 몇, 읍(揖)하고 나간다.

아비 뭐가 두려운 거요. 설마 어미가 없으면 삶과 죽음도 없다는 말 때문이오? 그깟 계집이 뭘 할 수 있겠소? 당신이 그러고도 죽음을 관장하는 왕이라 할 수 있소?

오구 무슨 뜻이냐?

아비 당신 마음속에 이는 두려움 말이오. 당신이 어리석다는 인간의 눈에도 읽히는 그거.

무리들 저자의 혀를 뽑으십시오. 왕의 귀를 어지럽힙니다. 불길한 놈입니다.

오구 네가 나를 읽는다.

아비 그렇소이다. 나와 내기에서 지면 죽음은 거역할 수 없는 것이고, 운명은 바꿀 수도 없는 것이라던 당신의 말을 스스로 부정해야 될 테니 말입니다. 거짓을 말하는 왕의 말을 따를 자가 어디 있겠습니까? 당신은 스스로 계율을 어기는 결과를 나을까 봐 두려운 거요.

무리들 듣지 마십시오. 왕을 늪에 들게 하여 또 다른 계략을 꾸미고자 함입니다.

오구 (호탕하게 웃어젖히고) 내가 나를 부정한다고 내가 아니더냐. 죽음을 부정한다고 죽음이 사라지는 것이 아니듯이 나는 나다. 내일 해가 지면 누가 이기는지 결정된다. 왕은 지지 않는다. 죽음을 이기는 자는 없다.

북소리가 선행되고, 오구, 나간다.
무리들, 따라나간다.

아비 어쩌지. 막아야 하나. 허나 이미 시작된 일, 끝은 봐야지. 허나 내 새끼가 아닌가. 아비 된 자로 이럴 순 없는 일. 어쩌면 좋으냐. 어쩌면. 어쩌면….

아비의 소리, 북소리에 묻힌다.
암전.
무대 더 밝아오면 [형무소]다.
사형수, 목을 움켜쥐고 놀라 깨어난다.
사형수 시야에 들어오는 바리의 모습.
바리, 웅크리고 앉아있다.

사형수 누… 누구야?
바리 기다렸어요. 깊이 잠들었더군요.
사형수 아직 꿈인가?
바리 ….

사형수　여긴 어떻게 들어왔지?

바리　….

사형수　머리가 아파. 이놈의 두통은 언제쯤 가실는지. 혹시, 약 가진 거 있어?

바리, 고개를 젓는다.

사형수　(머리를 쥐어뜯으며) 머릿속에 벌레들이 기어 다니는 것 같아. 빌어먹을. 아직도 악몽을 꾸고 있는 것 같단 말야. 허긴 깨어난다고 별다를 것도 없어. 세상은 언제나 내게 잔인했으니까. 악몽보다 더 지독했지. 꿈은 깰 수도라도 있지만… 죽기 전에는 끝나지 않겠지 이놈의 빌어먹을 두통. 아니야. 죽어서도 머리를 쥐어뜯으며 살게 될지도 몰라. 그런 심정 알아. 죽기를 원할 수도 살기를 원할 수도 없는 거. 근데 너 누구야? 누군데 내 말을 듣고 있는 거며, 여긴 여자가 들어올 수 없는 곳이야. 더구나 독방이라고. (잠시) 사형 당하는 날 아침이면 근사한 식사를 준다더니 마지막 가는 길에 여자 냄새라도 맡으라고 넣어준 건가. (조소를 흘리며) 고맙군. 고마워. 그래도 세상에 내 씨를 뿌리고 가라고 기회를 주다니.

사형수, 바리를 거칠게 끌어안는다.

바리, 움직이지 않는다.

사형수, 바리의 말에 아랑곳없이 품으로 파고들다가 행동을 멈춘다.

사형수　빌어먹을 이 짓도 안 되는군. (낄낄거리며) 죽을 때가 된 거야. 그래, 그런 거야. 가 봐. (버럭) 간수 불러.

바리, 움직이지 않는다.

사형수　가. 가라고.

바리, 움직이지 않는다.

사형수　미안해. (사이) 내게 시간이 얼마 남지 않은 모양이야. 조금 있으면 저 문이 열리고 내 번호를 호명하겠지. 준비할 수 있는 시간을 갖는다는 건 좋은 거야. 안 그래? 창문 틈 햇살 본 적 있어. 이른 아침에 처음 보는 햇살 말이야. 곱지. 창살 넘어든 빛은 감동적이기까지 해. 아내를 처음 만났을 때도 그랬어. 뒷골목 내 인생이 처음 인간답게 살고 싶다는 생각을 했었지. 면회도 오지 말랬어. 보면 너무 살고 싶으니까. (흘리고 싶지 않은 눈물이 자꾸만 자꾸만 흐른다) 아들도 하나 있어. 많이 컸을 거야. 들어올 때 걸음마를 시작했는데… 요즘도 먹은 거마다 토해버리는지 몰라. 수술은 잘 됐는지 모르겠군. 머리에 물이 찼대… (눈물을 슥 닦고) 차라리 잘됐어. 살면서 감방에서 보낸 시간이 더 많은 나 같은 아버지 없는 게 나.

바리　후회하나요? 당신 인생.

사형수　설교 따위를 하려거든 집어치워. 난 세상은 쥐뿔도 모르면서 도덕이 어떻다, 정의가 어떻다, 양심이 어떻다, 떠들어대는 인간들을 보면 죽여버리고 싶거든. 쓰레기 같은 나보다 그렇게 떠드는 놈들이 더 썩은 내가 나. 알아? 내가 이 방을 나가거든 그때 떠들어. 다른 사람 붙잡고. 인생이니, 후회니.

바리　당신이 저지른 죄를 생각해봐요. 양심의 가책도 못 느끼나요. 그런 당신에게 진실을 말해주고 살려야 되다니… 내 심정이 얼마나 끔찍한지 알아요?

사형수 나 그런 놈이야. 맞지 않으려고 때렸고, 배고파서 훔쳤어. 살려고. 죽을 수는 없잖아. 그래도 나 사람은 죽이지 않았어. 판사가 그러더군. 반성의 기미가 보이지 않아 극형에 처한다고. 그럼 죽이지도 않았는데 죽였다고 그러란 말이야? 난 억울해. 보지도 못한 초등학생 애를 어떻게 유괴를 해서 죽이기까지 했다는 거야. 진짜 범인은 어디선가 웃고 있을 걸. 세상을 조롱하면서. 빌어먹을 세상. 아무도 내 말을 믿지 않아. 진실을 알려고 하지도 않아. 한 번 쓰레기로 찍힌 인생은 끝까지 쓰레기야. 차라리 잘됐어. 썩어빠진 세상 나도 살 맘 없어.

바리 두렵군요.

사형수 그래 두려워. 조금만 덜 두려웠으면 좋겠어. 조금만 덜 살고 싶었으면 좋겠어. (마치 어린아이처럼 소리 내 운다) 정말 잘 살아보고 싶었는데 할 수 있을 거 같았는데 세상이 내게서 기회를 뺏은 거야.

바리 (담담하게) 당신이 죽이지 않았다는 걸 알아요.

사형수 범인을 알아? 누구야? 말해. 어떤 자식이야?

바리 진실을 알고 싶어요? 이건 알아두세요. 진실이 꼭 행복만 가져다주는 건 아니에요.

사형수 난 복잡한 거 몰라. 범인이나 말해. 내가 알고 싶은 건 그거뿐이야.

바리 범인은… 범인은… 당신 아내예요.

사형수 뭐? 뭐 하자는 수작이야. 너 누구야?

바리 생각해봐요. 아내가 내민 돈뭉치. 빚은 뭘로 갚았겠고, 당신 아들 병원비는요.

사형수 결혼하기 전에 모아뒀던 거라고 했어.

바리 그 말을 믿었어요?

사형수 너무 많다는 생각은 했지만… 빌린 것도 있다고….

바리   당신에게 돈을 빌려 줄 사람은 없어요. 그건 당신도 알아요. 그저 아내의 말을 믿고 싶었겠죠. 당신도 그 돈이 아들을 살릴 수 있다는 걸 알았으니까. 당신 아낸 아들을 그냥 죽게 내버려둘 수 없었어요. 죽기 전에 수술이라도 한 번 시키고 싶었던 거죠. 처음엔 돈만 받으면 돌려보내려고 했지만 아이가 너무 우니까 울음을 그치게 하려고 입을 막았는데 그만….

사형수   닥쳐. 닥치란 말야. (바리에게 달려들어 목을 조르며) 한마디만 더하면 네년의 숨통을 끊어 놓겠어.

바리   아내가 범인이라고 말해요. 진실을 말하면 당신은 살 수 있어요.

사형수   (바리를 밀쳐내며) 아니야. 그럴 리 없어. 내 아내가 얼마나 착한 여잔데.

바리   (바들바들 떨리는 손을 내밀며) 하지만 당신 아내의 손은 너무도 생생하게 기억해요.

사형수, 바리의 말을 막으며….

사형수   잘 들어. 범인은 나야. 내가 죽였어. 처음부터 나 혼자 한 거야. 돈이 필요해서 아일 납치한 것도… 울음을 그치게 하려고 목을 조른 것도… (손을 내밀며) 아직도 생생하게 기억해. 마지막 숨을 토해내던 그 애의 목젖을. 다 내가 한 거야. 아낸 아무것도 몰라.

바리   왜 당신이 대가를….

사형수   그렇게 만든 건 나니까. 나를 만나지 않았다면 보통 여자들처럼 평범한 행복을 누리며 살았을 거야. 나더러 하라지. 겁이 많아 밤길도 제대로 못 가면서 얼마나 무서웠을까. 내가 얼마나 나쁜 놈인지 알아. 아들이 아파서 죽어가는데도 신세타령이나

하면서 술만 마셔댄 놈이야. 마누라는 저 목숨 걸고 아들 살려
보겠다고 사람을 죽였는데… 아내 손 빌리지 않고 내가 했어야
하는 건데… 불쌍한 것. 목이 맥혀 밥술을 떠 넣어도 넘기기 힘
들겠구나. 숨 쉬어도 숨 쉬는 거 같지 않겠어. 미안하다.

바리   살고 싶다고 했잖아요. 죽는 게 두렵다고, 억울하다고 했잖
아요.

사형수   아니, 아니, 난 죽길 원해.

바리   살아야 돼요. 제발 살아줘요.

사형수   네가 뭔데 내 죽음을 방해하려는 거야. 내게 왜 이런 고통을 주
는 거야. (무너져 내리며) 차라리 몰랐으면 좋았을 걸. 그럼 세상
이라도 실컷 원망하면서 죽을 수 있을 텐데… 부모에게 버림받
았을 때도 이보다 절망적이진 않았어. 사형선고를 받았을 때도
진범이 잡힐 거라는 한 가닥 희망은 있었는데… 네가 모든 걸
뺏어갔어. 내 아내는 범인이 아니야.

바리   당신이란 사람, 자신이 살기 위해선 남의 죽음 따윈 상관 안 할
줄 알았어요.

사형수   내 아내는 쓰레기 같은 내 인생을 건져 준 여자야. 난 삶에 무
섭게 집착하는 모습을 보면서 살고 싶다는 생각을 처음 했어.
살더라도 인간답게 살고 싶다는 생각을 한 건 아내가 내게 가
정을 만들어 줬기 때문이고. 간장에 맨밥을 넘기면서도 불평
한 번 하지 않던 여자였어. 그런 내 아내를 위해 죽을 수 있다
면 감사하게 여겨야겠지. 뭔가 하나는 해줘야 하잖아 (쓸쓸한 웃
음을 흘리며) 아내 다리를 베고 누우면 살점이 잡혀서 좋았는
데… 아내를 한 번만 만질 수 있다면… 그리워. 사무치게… 여
자들 몸은 남자에게 참 많은 걸 해주는 거 알아. 안을 때마다
새로 태어나는 기분을 맛볼 수 있거든. 사창가 창녀라도 여자
는 위대해.

무대 밖에서 들리는 소리.

소리   4345번.

사형수   고마워. 사실을 모른 체 죽었다면 죽어서도 억울해 했을 거야. 이젠 편안해졌어.

바리   (어둠 속으로 사라지며) 당신을 죽게 하려고 말한 게 아니라 살리려고 한 말이었어요.

사형수   많이 사랑했다고 하질 못했어. 혹시 만나거든… 아니. 아무 말도 하지 마. 아는 척도 하지 마. 날 잊어야 돼. 그래야 돼.

간수와 목사, 들어온다.
바리, 어둠 속으로 사라진다.

간수   4345번 면회.

사형수, 그 순간이 왔음을 알고 담담히 받아들인다.
간수들 사형수를 데리고 나간다.
무대 점점 어두워진다. 암전.
무대 밝아지면 [사창가]다.
붉은 네온이 음침한 분위기를 더한다.
술에 몸과 영혼이 젖은 중독자인 노년의 사내가 사창가 앞을 서성이고 있다.
연신 술을 마셔대더니 그도 떨어졌는지 술병을 던져 버리고는 꽁초를 피려고 바닥을 뒤진다.
화장이 짙은 나이든 창녀, 나온다.

창녀   다신 오지 말랬지. 다시 오면 죽여버린댔지.

중독자   (손찌검을 하며) 이런 갈보년 같으니라고. 애비한테 말버릇이 그게 뭐냐? 아가리를 똥물로 씻어도 그 입보다 깨끗하것다.

창녀 그러니 더는 찾지 마. 와봤자 빨아갈 것도 없어.

중독자 (발길질을 하며) 애비가 늙고 병들면 자식이 봉양하는 게 당연한 거지. 어따 대고 악다구니야. 길가는 놈 아무나 잡고 물어봐라, 이년아. 썩어빠질 년. 놔준 공도 모르고.

창녀 가. 차라리 죽던지. 내질러만 놓으면 다 자식이야. 시궁창에 내던져 준 대가로 그만큼 했으면 됐어. 더는 못해. 더는. (들어가려 한다)

중독자 (사정조로 매달리며) 많이도 안 바래. 조금만 다오. 조금만.

창녀 어떤 놈이 늙은 년 배를 타겠어. (가슴을 젖히며) 있는 거라곤 시커멓게 죽은 몸뿐이야. 어서 가. 자꾸 이러면 여기서도 쫓겨나, 나. 가. 가요.

중독자 이렇게 빌게. 이렇게.

창녀, 뿌리치고 들어가려 하면….

중독자 에이, 더러운 년. 네년도 네 에미랑 다를 거 하나 없는 년이여. 사내놈만 보면 가랭이 벌리고 싶어서 안달이 난, 년의 피가 어디로 갔겠냐. 지년이 좋아서 뒹굴어 놓고 누굴 원망해. 나도 네년의 냄새나는 돈 필요 없다.

창녀 몸 파는 딸년한테 기생한 당신은 짐승도 못돼.

포주, 건장한 사내들과 함께 나온다.

포주 어떤 쌍놈의 새끼가 남의 장삿집 앞에서 발정난 개모냥 짖어대냐. (건장한 사내에게) 손 좀 봐줘라.

건장한 사내1 이놈 또 어슬렁거리네.

건장한 사내2　귀찮은 늙은이구만.

건장한 사내들 창녀의 아비에게 무지막지하게 주먹을 날린다.
창녀, 아비를 막아서며….

창녀　그만해요. 이러다 사람 죽여요.
건장한 사내1　비켜. 안 비켜?
건장한 사내2　너 갈비뼈 또 나가고 싶어?

창녀, 비키지 않자 사정없이 내려친다.

창녀　(여전히 아비를 몸으로 감싸며) 그래, 죽여라 죽여. 줄초상이다.
포주　눈물겨워 못 봐주겠군.

포주, 사내들에게 멈추라는 손짓을 한다.
건장한 사내들, 때리던 걸 그만둔다.

포주　(중독자에게) 다신 내 눈에 띠지마쇼. 그땐 정말 딸년 얼굴 못 보게 될 테니. (창녀에게) 목구녕에 풀칠이라도 하려면 기어들어 와서 손님 맞을 준비나 해. (안으로 들어간다)

건장한 사내, 따라 들어간다.
창녀, 맞아서 신음하는 아비의 피 묻은 입가를 닦아주며….

창녀　어떻게든 끊으려고 해봐요. 노력은 해봐야죠. 술은 고사하고 허기라도 채우라고 몇 푼 주고 싶은데 정말 없어. 늙은 몸 사는 놈이 어딨어. 어쩌다 한번 팔아도 빚에 다 뺏겨. 이러지마. 이

럼 나 죽어. 이 꼴, 저 꼴 안 보게 콱 죽어버리고 싶다고. 사는
게 지긋지긋해.

바리, 그들에게로 간다. 돈을 내민다.

바리   이거 가지세요.

중독자, 바리가 내민 돈을 얼른 받아들더니 다시금 뺏길까 뒷걸음치듯 나
간다.

창녀   (흐르는 눈물을 슥 훔치며) 저것도 아비라고 한동안 뜸하면 궁금하
다. 죽었는지 살았는지. 이렇게라도 보면 세상에 나 혼자 아니
구나 확인 돼서 은근히 기다려져. 첨부터 저런 거 아니야. 몸이
고 정신이고 술에 잡아 먹혀 저러지.
바리   (손수건을 내밀며) 닦으세요, 피.

창녀, 일어서는데 맞은 곳에 통증을 느낀다.

창녀   이 꼴로도 목숨 부지하는 거 보면 쉽사리 죽을 팔자도 못되는
거야. 한마디로 더러운 팔자지. 지 목숨 지가 싫어, 끊으려고
약 먹고 목 매달아도 명이 질겨 안 끊어지는 쌍놈의 팔자.

바리, 창녀의 얼굴을 닦아주려고 한다.

창녀   (손수건을 받아 쥐며) 나 아비 손에 끌려 여기 왔다. 내 몸값 술값으
로 날렸어. 그래도 나 아버지 원망 않는다. 안 그랬음 우리 아
버지 죽었을 테니까. (갑자기 서글프다) 난 아버지보다 먼저 죽을

거다. 꼭 그럴 거야. 아버지 죽으면 누가, 나 살았는지 죽었는
지 관심이라도 갖겠니. 그나마 내 죽음 안쓰러워 해주는 사람
살아 있을 때 죽고 싶다. (감정을 거두고 손수건을 건네며) 어디서 굴
러들어 온 년인지 모르겠다만 요즘 년 같지 않아 하는 소리야.
정 헤프게 흘리고 나니시 마. 네년만 다쳐. (들어가려다 말고) 이젠
네게 신세질 일도 없을 거야. (안으로 들어가며) 오늘밤은 왜 이리
기니.

바리 당신에게 드리워진 죽음의 그림자를 거둬주고 싶어요. 도와주
고 싶어요.

바리, 잠시 서서 창녀의 뒷모습을 보다가 들어간다.

[거리]
거리를 지나가는 사람들.
맞은 상처가 선명한 중독자, 술병을 끼고 들어선다.
거리의 사람들에게 이리 부딪치고 저리 부딪치다 한쪽에 쓰러진다.
중독자, 벌컥벌컥 술을 마신다. 순간, 가슴을 움켜친다. 지나가는 사람들에게
손을 뻗어 도와달라고 하지만 입 밖으로는 아무 소리도 낼 수 없다.
거리의 사람들은 그가 고통을 호소하는 건 줄은 모르고 구걸하는 거라 생각
해 짜증스럽다는 듯이 피한다.
중독자의 가슴을 더 세게 조여 오던 통증은 그의 숨을 끊는다.
푹, 힘없이 쓰러지는 중독자.
쓰러진 중독자 앞을 사람들 무심히 혹은 얼굴을 찌푸리며 지나친다.
소년, 거리로 들어선다. 중독자에게로 다가간다.

소년 아저씨 여기 내 자리예요. (툭 건들며) 딴 데 가서 자요.

중독자, 반응이 없다.

소년   (흔들며) 아저씨. (코를 막으며) 아휴. 술 냄새. 일어나요.

중독자, 소년의 건드림에 힘없이 널브러진다.

소년   (이상해서 다시 툭툭 건드리며) 아저씨. 아저씨. (담담하게) 죽었잖아.

소년, 거리를 지나는 사람들, 밀랍인형처럼 굳는다.
중독자는 널브러져 있는 그대로다.
작가1과 2, 들어온다.

작가 1   이 죽음은 뭐야? 잘난 척 하면서 만든 장면이 고작 이거야?
작가 2   인간의 실수가 부른 죽음. 바리는 창녀에게 드리워진 죽음의 그림자를 잘못 읽은 거지. 그건 아비 거였어. 살기 싫다고 말한다 해서 모두 죽는 건 아니야. 그렇게 따지면 세상에 살 사람 아무도 없겠다. 다들 죽고 싶다는 말, 한번쯤 하고 살아. 하물며 조금만 추워도 추워 죽겠다, 허기져도 배고파 죽겠다, 하잖아. 그저 말버릇처럼 입에 밴 말일 뿐이야.
작가 1   인생이 어차피 짜여진 각본이라면 아비는 죽게 되어 있는 거잖아. 그런데 굳이 바리의 잘못처럼 몰고 가야돼. 도대체 네가 생각하는 바리의 실수가 뭐야?
작가 2   도울 수 있다는 착각. 아비에게 돈을 주지 말았어야지.
작가 1   정을 나누고 싶었던 거야. 인간은 정을 나누면 희망을 가지니까. 그럼 절망 끝에 선 창녀도 살고 싶을 거라 생각 했던 거지.
작가 2   어떻게 죽느냐는 건 어쨌든 중요한 문제야. 아비에게 돈이 없었다면 술을 구하지 못했을 테고 그랬다면 거리에서 이름도 없이 죽어가진 않았을지도 몰라. 바리는 실패했어. 인간의 딸이니까. 운명을 바꿀 힘은 인간에게 주어지지 않았어. 신이 실수를 하지 않는 이상 그런 일은 일어나지 않아.

작가 1 포기하라는 거니? 그런 거야. 주는 대로 순응해라. 거역은 고통을 낳는다. 난 그넘 거부하겠어. 내가 신을 믿는 건 죽는 순간 모든 게 사라져 버리는 허망함을 달래기 위해서지 순응하기 위해서가 아니야.

작가 2 어리석기는… 운명은 맞선다고 바꿀 수 있는 게 아니야.

작가 1 더 이상 도망칠 데도 없이 삶의 나락으로 내몰린 사람들을 본 적 있니? 절대적인 절망 앞에서 오로지 살기 위해 극한 저항을 해야 했던 사람들, 자신의 신념 하나에 의지해 죽어가는 사람들에게 주어질 축복 같은 아름다운 죽음. 난 그걸 원해. 그들이 이 땅을 떠날 때마저 편안한 얼굴을 가질 수 없다면 세상은 너무 불공평해.

작가 2 네 말대로라면 모든 사람이 거창한 일을 해야 돼. 아니면 고통스러운 죽음을 맞이하든지. 네 이론은 지나친 감상주의야.

작가 1 나를 버린 아버지가 죽도록 미워서 마지막 순간에조차 냉정하게 외면했었어. 근데 그게 자꾸만 나를 아프게 해. 아무리 미웠어도 병상에서 죽을힘을 다해 내밀었던 그 손은 잡아줬어야 했던 게 아닌가 싶어서. 죽은 몸뚱어리 붙잡고 오열하는 엄마도 구질구질해 보여서 싫었고, 지난 일은 아무 일도 아니라는 듯 용서하라는 분위기도 싫었고, 그보다 더 싫었던 건 눈부시도록 맑은 날씨였어. 난 지금, 날 위로하기 위해서 글을 쓰고 있는 건지도 몰라. (사이) 내 작품에 관여하지 마. 마침표는 내가 찍어.

작가1, 나간다. 작가2, 따라나간다.

밀랍인형처럼 굳었던 사람들이 움직인다.

무심히 지나가는 사람들.

소년   (잠시, 중독자의 주머니를 뒤진다) 아무것도 없네. 행려병자군.

소년, 툭툭 털고 일어나 나간다.

무대 밝아오면 [사창가]다.

네온 아래 손님을 기다리는 창녀.

바리, 힘없이 걸어 들어온다. 지쳐 보인다.

창녀   (바리를 보고 다가가) 뭐 하러 다시 왔어? 이왕 도망친 거 다르게
        살지. 잡히기 전에 가. 더 늦으면 발도 못 빼.

포주   (나오며) 제 발로 찾아 들었군.

포주의 뒤를 따라 건장한 사내 나온다.

창녀, 눈치를 보며 뒤로 물러선다.

포주   네년들의 속성을 잘 알지. 입으로는 이 바닥 뜨고 싶다고 떠들
        지만 아랫구녕이 근질근질하고 사내냄새가 그리워서 사흘을
        못 넘기고 기어 들어온다는 거.

건장한 사내, 바리에게 다가가 칼로 위협한다.

포주   (칼끝으로 바리의 얼굴과 몸을 쓸어내리며) 정 많은 건 얼굴이 아니고
        얼굴이 반반한 건 버릇이 없고. (바리가 고개를 돌리자 머리채를 휘어
        잡으며) 썩을 년. 네년이 도망을 쳐. (바리를 내리친다) 목숨이 두 개
        가 아니거든 똑똑히 들어. 발 들여놓는 건 네 맘이었어도 나갈

때는 내 허락 받아야 돼. 반반한 얼굴 보고 봐주는 건 이번 한 번이다. 다시 또 그러면…. (다시 주먹을 치켜든다)

창녀 (포주를 저지하려는 듯 큰소리로) 오빠. 여기야.

포주, 창녀를 본다.
창녀, 포주의 눈길을 피한다.

포주 (바리에게) 단장하고 손님 받어.

포주, 안으로 들어간다.
사내, 바리를 거칠게 놔주며 안으로 들어간다.
창녀, 바리에게 다가간다.

창녀 밥은 먹었니?
바리 미안해요.
창녀 그럴 거 없어.
바리 나 때문에….
창녀 뭐가?
바리 혼자 죽었어요. 분명 딸이 있는데… 외롭게 거리에 버려진 채로.
창녀 상갓집 갔다 왔구나. (조심스럽게) 네 아버진 아니지?
바리 ….
창녀 네 아버지니?

바리, 창녀를 본다. 숨길 수 없는 눈물이 흐른다.

창녀 (눈물을 닦아주며) 너 '살보시 설화' 아니? 어디서 흘러들었는지 모를 여자가 병신, 문둥이, 머슴, 홀애비처럼 소외 받은 사내들한테 제살 나눠주다 쫓겨 난 얘기. 나중에 보니 그 여자 현실에 재림한 부처였단다. 나 부처는 아니래도 전생에 지은 업보 씻으려고 내 살 나눠 준다 여겨. 죄 다 씻고 나면 내생엔 물로 태어나고 싶다. 그리되면 너도 씻겨줄게.

초췌한 모습의 청년, 지나가지도 들어가지도 못하고 있다.
창녀, 청년을 보고 달려가 팔짱을 낀다.

창녀   오빠. 쉬었다 가. 긴 밤, 짧은 밤, 뭐든 잘해줄게.

청년, 창녀의 팔을 뿌리치고 바리에게 시선을 둔 채 머뭇거린다.

창녀   (바리에게) 네가 받아라. (혼잣말로) 병신들. 창녀를 찾으러 와놓곤 꼭 창녀 같지 않은 여자를 고른다니까.

창녀, 안으로 들어간다.
바리, 청년을 방으로 데리고 간다.
커튼을 젖히고 들어가면 작은 방이다.
바리, 옷을 벗으려고 한다.

청년   (담배를 꺼내 물며) 얘기나 해요. 내 얘길 들어줄 사람이 필요해요.

바리, 청년 곁에 앉는다.

청년   밤에 잘 때마다 아침에 깨어나 보게 될 세상이 바뀌어 있기를 기대했어요. 난 정말 바뀔 줄 알았어요. 다들 그랬잖아요. 새로운 세상이 온다고. 달라질 거라고. 설명은 할 수 없어도 아무튼 지금과는 다른 세상이라고. 모두들 입을 맞춘 양 똑같이. 당신도 믿었어요. 바뀔 거라고? 믿지 않았군요. 하지만 난 어리석게도 그들을 믿었어요. 그런 제게 돌아온 대가가 뭐였는지 알아요. 비웃음. 지금도 그들의 웃음소리기 들려요. 조롱하는 눈빛. 달라질 거라 믿었던 세상은 여전히 그 모습 그대로 날 비웃어요. 더 이상 아무것도 믿을 수가 없어요. 그건 지독한 슬픔이죠. 난 비를 피할 처마를 잃은 거예요. 세상 어디에도, 누구에게도 내가 쉴 곳은 없어요. 사람들이 날 세상 끝으로 몰아세우고 있어요. 내 말 믿어야 돼요. 난 알 수 있어요. 분노를 키우기로 결심했죠. 죽더라도 다 죽여버리고 죽겠다. 혼자서는 억울해서 못 죽는다. 날 비웃고 날 속인 사람들과 다 같이 죽겠다. 하지만 정말 그럴 생각은 아니었어요. (품에서 칼을 꺼낸다) 마음은 그렇게 먹었지만 무서웠어요. 사람들이 세상이. 날 지키는데 쓰려고 지니고 다녔던 건데… (울먹이며) 아직도 피 냄새가 나요.

바리, 청년을 안는다.

청년　(바리의 품으로 파고들며) 무서워요. 무서워요. (바리의 치마 속으로 파고든다) 추워요.

바리, 청년의 파고듦을 묵묵히 받아준다.
청년, 바리의 몸을 통해 죄를 씻기라도 하듯 처절한 몸짓으로 파고들며….

청년　문을 열 수가 없어. 피를 흘리며 내 목을 조여 와. 구원받을 수 없는 나락으로 빨려 들어가는 싸늘한 내 육신이 쓰레기처럼 뒹굴고 있어. 더 이상 구원은 없어. 피의 응징만 있을 뿐.

춤사위 같던 둘의 정사가 끝난다.
바리의 몸에서 빠져 나오는 청년.

청년 눈 먼 노인이었어.

바리, 풀어 헤쳐진 옷을 추스리며 일어나 앉는다.

청년 구걸하는. 새까맣고 거친 할망구 손에 들린 돈을 보자, 눈이 뒤집혀지더군. 내가 갖지 말라는 법도 없지 않느냐. 돈만 뺏으려고 했는데… 정말 찌를 생각은 아니었어… 피를 토하고 쓰러지면서도 돈을 놓지 않더군. 지독한 늙은이.
바리 당신이 할머니를 죽였어? 당신이?
청년 그 돈으로 널 안은 거야.
바리 당신은 할머니한테서 목숨만 빼앗은 게 아니라 희망까지 빼앗은 거야. 그 돈은 할머니의 마지막 희망이었어. 어쩌면 태어나 처음으로 품어보는 희망이었는지도 몰라. 세상이 당신을 버린 게 아니라 당신이 세상을 버린 거야. 용서 받지 못할 거야.
청년 날 죽여줘. 내가 노파에게 했던 것처럼 심장에다 칼을 꽂아줘.

청년, 바리에게 칼을 쥐어준다.
칼을 쥔 바리의 손이 떨린다.
청년, 바리에게 다가서며….

청년 내 죄를 씻겨줘. 날 구원해줘. 처음으로 날 받아준 사람이야, 당신. 당신 손에 죽고 싶어. 당신은 날 끝낼 수 있어.

청년, 바리를 본다. 간절하게.

바리   당신을 죽이고 싶어. 너무나 간절해. 하지만 그럴 수 없어. 당신 살아야 되거든. 당신이 살면 아무것도 몰랐던 예전으로 나 돌아갈 수 있거든. 늦어 버렸는지 모르지만 돌아가고 싶어. 끝내고 싶어. 점점 지쳐가. 너무 힘들다고.

청년, 바리에게 다가가 바리를 안는다.
바리가 들고 있던 칼에 스스로 찔리는 청년.
청년, 피를 흘리며 쓰러진다.
피 묻은 손을 내려다보며 비명을 지르는 바리.
바리의 비명소리와 겹쳐지는 어미의 비명소리.
무대 한쪽, 위의 일이 눈에 보이는 듯 숨죽인 절규로 막아보려고
손을 뻗고 있던 어미가 토해내는 긴 비명이다.

어미   아……………………….

비명소리에 창녀, 뛰어 들어온다.

창녀   뭐해. 도망쳐.

바리, 넋이 나간 듯 고개를 절레절레 흔들 뿐이다.

창녀   (바리를 끌며) 어서. 어서.

요란하게 울리는 사이렌 소리.
어미, 자신의 가슴을 갈기갈기 찢고 쥐어짜며
피를 토해내듯 가슴에서 붉은 천을 끊임없이 뽑아낸다.

어미 용서치 않을 것이다. 용서치 못해. 새끼 잃은 어미의 비통함이
       무엇인지 똑똑히 보여주마. 죽어서도 피 자리가 마르지 않을
       것이고, 땅에 묻혀서도 살이 썩지 않을 것이다. (나가며) 아가. 아
       가. 내 아가. 어미다. 어미가 여깄다. 아가, 아가….

       암전.
       무대 밝아오면 어둠이 내려앉은 황량한 [거리].
       바리, 상처 입은 새처럼 거리로 스며든다.
       한쪽에 자리를 잡고 앉는다.
       앵벌이 소년, 다가온다.

소년 비켜요. 내 자리에요.

       바리, 소년을 보고는 비켜주려고 일어서다가 다리에 통증을 느끼며 휘청인다.
       소년, 바리를 부축하며….

소년 여기서 쉬어요. 오늘만이에요.
바리 고마워.

       소년, 주머니에서 빵부스러기를 꺼내 먹으려다 바리를 의식하고 반을 떼어
       던져준다.

소년 먹어요. 죽지 않을 거면 먹어야죠.

       바리, 빵을 집어 든다.

소년 (빵을 먹으며) 쫓기고 있어요? 꼴이 그래요. 사냥꾼에게 쫓기는

짐승처럼 바들바들 떠는 게.

바리   ….

소년   말하기 싫음 관둬요. 시시콜콜 아는 것도 골치 아프니까.

취객, 지나가다 그들이 앉은 옆에다 소변을 보고 간다.

소년   (취객의 뒤에 대고) 더러운 새끼. 우린 사람으로 보이지도 않는 거야 뭐야. (침을 퉤 뱉는다) 우리. (씩 웃고는) 오랜만에 써보네요, 우리.

바리   누나 있어?

소년   왜요?

바리   … 그냥.

소년   있어요. 어딨는지 모르지만… 꼭 만날 거예요. 누난 살아만 있으면 돼요. 찾는 건 내가 할 거니까. 많이 변하지 않아야 될 텐데… 못 알아 볼까봐 걱정이 돼요. (바리를 보고) 우리 누나도 누나처럼 말이 없었는데. (사이) 아버지가 누날 많이 때렸어요. 어느 날, 자다보니까 누나가 없어졌어요. 잠옷 바람에 집을 나간 거예요. 그대로 있다간 맞아 죽을 거 같았겠죠. 겨울이라 추웠을 텐데 겉옷이라도 걸치고 나가지… 나라고 안 맞은 건 아니에요. (상처를 보여 준다. 멍 자국과 불에 덴 자국이 선명하다) 다리미 자국이에요. 없어지질 않아요. (품에서 낡은 사진을 한 장 꺼낸다) 엄마 죽고, 엄마 묻은 자리 마르기도 전에 아버진 새 여잘 봤어요. 아침이고 밤이고 문틈으로 웃음소리가 새어 나왔죠. 그리고 얼마 후에 그 여자 배가 불러오더니 아들을 낳았어요. 누나랑 저더러 부정 탄, 더러운 몸이라고 애 곁에도 못 가게 하고 밥도 따로 먹고 보기 싫다고 거품 물고 쓰러지고. 그때마다 아버진 우리에게 손찌검을 했어요. 누나가 없어지고 갈수록 횟수가 늘어나더니 어느 날은 저더러 죽어버리라며 목을 졸랐어요. 전 봤어요. 저더러 없어져달라고 애원하는 아버지 눈을. 누나도 그랬을 거예요. 전 그 길로 집을 나와 정신없이 달렸어요. 달리고 또 달리고. 다시는 돌아갈 수 없을 만큼 멀리 달아나고 싶었어요.

바리 집이 어딘데?

소년 그딴 거 알아 뭐해요. 돌아갈 것도 아닌데. (사이) 이사 갔어요, 다시 갔을 땐. 누난 집이 어디예요?

바리 ….

소년 누나도 버림받았어요? 나처럼.

바리 ….

소년 집이 지랄 같아서 나왔어요?

바리 ….

소년 어지간하면 밤이슬에 젖지 말고 들어가요.

바리 (사이) 누나 찾으면 어쩔 거야?

소년 어쩌긴요. 같이 살아야죠. 돈 많이 벌어서, 맛난 거 이쁜 거 많이 사줄 거예요. 시집도 내가 보내요. 그럴 거예요.

바리 그래. 누나는 좋겠다.

소년 우리 누난 맨드라미 참 좋아했는데… 엄마 살아계실 때도 목욕은 누나가 시켜줬어요. 엄마가 씻겨주면 우는데 누나가 씻겨주면 안 울었데요. 누나 손이 좋았나 봐요. 조그맣고 하얀 누나 손. 내 손 꼭 잡아주던… 어딜 가도 놓지 않았는데… 하루는 엄마가 외출하시면서 누나더러 나 잘 돌보고 있으랬나봐요. 잃어버리면 안 된다고, 제 손을 누나 손에 쥐어 주시며 놓지 말라고 하셨다죠. 깜깜해져서야 돌아오신 엄마는 그때까지 한 번도 놓지 않고 붙잡고 있던 우리 손을 떼어주셨어요. (누이 생각에 조금 슬퍼진다) 많이 힘들었나 봐요. 내 손을 놓고 혼자 가버린 걸 보니. (기분을 바꾸려는 듯 밝게) 어릴 땐 몰랐는데 조금 크니까, 누나가 씻겨 주는 게 부끄러워서 도망 다녔어요. (웃는다. 슬픔이 가시지 않는다) 엄마 보고 싶다고 울면 제 손을 끌어다 누나 가슴에다 묻어줘요. 작은 품으로 나를 감싸고 '아가, 아가, 엄마야'라며 다독여주면 참 따스했는데… 누나 떠난 뒤로 한 번도 따스한 밤을 맞아 보지 못했어요.

바리   (잠시) 내가 안아줄까?

소년, 식 웃고는….

소년   이 생활 처음에 적응하기가 힘들어서 그렇지 바람 피할 곳만 있으면 먹을 건 어떻게든 구해져요. 대신 조심해야 될 형들이 있어요. 누나처럼 반반한 여자들은 제일 좋은 사냥감이거든요. 팔려가지 않게 조심해요. (바리의 얼굴에 검은 칠을 하며) 좀 났네요. 다음으로 조심할 게 짭새에요. 눈에 띄면 귀찮아져요. 그리고 구걸의 기본은 동정심을 끌어내는 거예요. (불쌍해 보이는 행동을 취해 보인다) 눈빛이 중요해요. 약간 뻑이 나간 듯….

바리   누군가를 죽이고 싶은 적 있었니?

소년   그럼요. 하루에도 열두 번. 열 놈도 넘게요.

바리   왜?

소년   그냥요. 더럽게 보기 싫은 놈들 있어요. 사람을 개 취급하는 놈들 있어요.

바리   죽인 적은?

소년   (반색을 하며) 저 이러고 살아도 그런 짓은 안 해요. 전 인간이거든요. 그깟놈들 때문에 인간임을 포기할 순 없죠. (누우며) 자둬요. 잠들면 배가 덜 고플 거예요.

바리, 품에서 지폐 몇 장을 꺼내 소년에게 건네준다.

바리   고마워서. 빵 나눠준 거.

소년   (놀람을 감추고 받으며) 받지만 있어도 좋다는 뜻은 아니에요. 갈
           길 찾아요.

소년, 눕는다.

소년   이름이 뭐예요?

바리   바리.

소년   바리. 바리. (재밌다는 듯 되새김하더니) 자요. 내일 큰일 있어서 빨
           리 자야 되요.

바리, 소년과 조금 떨어져서 웅크린 자세로 잠이 든다.

소년도 잠이 든다.

암전.

무대 밝아지면 [공단 거리]다.

근로자들, 머리에 띠를 두르고 시위를 하고 있다.

부당해고를 외치며….

사내들, 품에 몽둥이를 숨기고 숨어든다. 그들 사이사이로.

소년이 앞서고 뒤따라 바리가 들어온다.

바리   가지마라. 가선 안 돼.

소년   언제까지 따라 다닐 거예요.

바리   내가 곁에 있어야 돼. 그래야….

소년   (말을 가로채며) 불쌍해서 하룻밤 재워 준 거지, 내 일에 참견할
           자격 준 거 아니에요.

바리   내 말 들어. 가지마.

소년   귀찮게 구네. 다치고 싶지 않으면 빨리 가요.

바리   (돌아서는 소년을 잡으며) 네 누나를 죽이게 되어있어.

소년   미쳤어요? 여기 내 누나가 왜 있어요. 있어도 그래. 내가 왜 죽여요?

바리   네 운명이야.

소년   미친 소리 말고 비켜요. 안 비키면 내 손에 댁이 죽을 거예요.

바리, 소년의 기세에 주춤한다.

사내들끼리, 눈짓을 주고받는다.

근로자들 앞으로 나서는 소녀. 보면 소년의 누이다.

소년, 얼은 듯 경직된다.

소녀   이 땅에 근로자로 산다는 것이 얼마나 피 눈물을 흘려야 하는지 우리는 똑똑히 압니다. (가위를 들어 자신의 머리를 싹둑싹둑 자른다)

소년   누나….

순간, 한 사내의 신호에 따라 패거리들, 몽둥이를 휘두른다.

패거리 중 하나가 소녀에게로 가, 몽둥이를 휘두르자 소년, 뛰어가 몸으로 그를 막는다.

사내   이 자식 죽고 싶어. 비켜.

소년, 꼼짝도 않고 소녀를 감싸고 있다.

소녀, 고개를 들어 소년을 본다. 동생이다.

서로 바라만 보고 다음 말을 잇지 못하는 남매.

378

이때, 소년의 머리를 내리치는 몽둥이.

피가 사방으로 티고 소년 눈에서 초점이 풀린다.

바리, 그들 사이를 헤치며 소년에게로 달려든다.

바리 안 돼.

바리, 숨이 넘어가는 소년의 몸을 끌어안는다.

바리 이러지 마. 숨 쉬어. 숨 쉬어….

무대의 모든 사람들, 밀랍인형처럼 굳는다.

북소리 선행되면 오구와 아비가 나온다.

그 뒤를 횃불을 든 무리들이 따른다.

오구 (무리들에게) 명부를 가져와라. 착오가 있을 거다.

무리 중, 하나가 명부를 들고 온다.

아비 당신이 졌다는 걸 시인하십시오.
오구 저건 실수다. 실수를 두고 운명을 바꿨다고 할 수는 없다.
아비 어디로 도망가려는 거요. 약속을 지키기가 두려운 겁니까?
오구 어차피 누이는 죽는다. 바뀐 건 아무것도 없어.
아비 당신은 처음부터 들어줄 마음이 없었던 거야. 이따위 말도 안
되는 게임에 놀아난 내가 어리석었던 거지. 이걸로 됐소이다.
이미 구더기가 내 살을 파먹어 돌아갈 육신도 없는 놈이요. 썩
어 없어질 육신으로 돌아가 봐야 무슨 의미가 있겠소. 어차피
영원히 살 수 있는 것도 아니고, 내게 남은 삶이란 게 어떤 건

지, 얼마나 되는지도 모르면서 살려고 바둥대는 것도 우습고. 더는 죽음을 겪고 싶지도 않소이다. 어차피 죽을 거라면 여기서 그만 죽음을 받아들이겠소. 왕, 당신이 이겼소이다.

바리 너무 하는군요. 난 아버지를 위해 여기까지 왔어요. 죽어가고 있는 저 소년은 제가 누이를 죽일 운명임을 말해주었기 때문에 운명을 막으려다 죽게 된 거예요. 여기서 그만 두자고요? 그럼 난 뭐예요. 저 아이의 죽음은요. (오구에게) 소년의 죽음을 두고 실수라 하셨습니까? 저건 아름다운 희생입니다. 저 여자가 자신의 누이가 아니었다면, 사랑하는 누이가 아니었다면 자신의 몸을 희생하면서까지 지키려 했을까요?

오구 인간들은 감정을 다스리지 못한다. 불쑥이는 순간적인 감정을 다스리지 못해 자신이 원치 않는 결과를 얻게 되지. 죽어가는 소년도 감정 앞에서 냉정하지 못한 자신을 원망하면서 지금쯤은 후회하고 있을 거다.

아비 왕이여! 당신은 더 이상 왕이 아니오. 신일 수도 없소. 인간과의 신의를 저버리려는 당신은 내게 하찮은 미물로 보일 뿐이오.

무리들 저자의 입을 찢어라. 죽여라.

그들이 옥신각신하는 사이 바리가 무리가 들고 있는 명부와 횃불을 뺏는다.

무리들 (바리를 가리키며) 명부를 가졌다. 잡아라.

바리 (물러서며 위협적으로) 가까이 오지 마. 오면 태워 버리겠어.

오구 무슨 짓이냐. 하늘이 무섭지 않느냐.

바리 하늘이 정해놓은 운명 따위가 인간에게 무슨 소용이야. 차라리 없는 게 나.

오구 그게 없으면 이 세상은 혼란에 빠지게 된다.

아비 태워버려. 그게 없으면 나도 죽을 이유가 없어지는 거야.

바리 내가 아버지를 위해 이러는 줄 아세요? 잘못 아셨어요.

아비 난 네 아버지다.

바리 제가 당신께 딸이었나요? 필요치 않았으면 부르지도 않으셨을 이름이에요. 언제나 그러셨던 것처럼 절 버리세요. 아버지 마음에서 전 이미 죽은 딸이잖아요. 너무 무서워서 아버지 앞에서 웃어 본 기억이 없어요. 아버지만 보면 온몸이 굳어 버렸거든요. 어느 날 놀러간 친구 집에서 전 봤어요. 제 친구를 바라보는 그 애 아버지를. 따듯하고 부드럽고… 내 아버지도 날 저렇게 봐줬으면 좋겠다. 아버진 몰라요. 제가 얼마나 원했는지. 골목길에서 놀다가 멀리서 아버지 모습이 보이면 담벼락 뒤로 몸을 숨기는 게 아니라 다른 애들처럼 아빠라 부르며 달려가 안기고 싶었는지… 그래서 결심했죠. 아버지의 사랑을 얻기 위해 난 뭐든지 하겠다고… 하지만 포기할래요. 그만두겠어요. 아버지의 사랑은 처음부터 내 것이 아니란 걸 이제야 깨달은 거예요. 아버질 원망하진 않아요. 그러기엔 너무 오랜 시간 그리워해서, 그리움이 너무 많아 미움조차 가질 수 없어요. 아버진, 아버지가 원하는 걸 얻으세요. 전 저 소년의 죽음을 그냥 보고만 있을 수는 없어요. (오구에게) 저 소년과 누이를 살려주세요. 명부를 돌려 드리겠어요.

오구 인간은 죽음이 있기에 많은 것을 할 수 있다. 하지만 감정에 휘둘려 죽는 건 아무 가치도 없어. 인간은 신성한 운명 안에서 죽어야 한다. 그래야 다시 살 수 있다.

바리 무엇으로 보장하실 건가요? 당신 말대로 다시 산다 해도 자신이 그리워하는 누이가 없는 세상에서 다시 사는 게 저 소년에게 무슨 의미가 있겠어요. 제가 지키길 원하는 건 생명이 아니라 저 오누이 간에 흐르는 정입니다.

오구 정은 보이지도 잡히지도 않을뿐더러 그 자체가 고통일 뿐이다. 무엇 때문에 집착을 버리지 못하느냐.

바리 인간이니까요. 왕이여. 운명은 하늘이 정하는 게 아니라 인간의 마음이 만들어낸다는 걸 보여 드리겠습니다.

오구 넌 하지 말아야 될 선택을 하는구나. 그 길은 고통뿐인 길이다. 넌 하지 못할 걸 나는 안다.

북소리 선행되면⋯.
밀랍인형처럼 굳었던 사람들이 마치 비디오 화면이 재생되듯 소년이 죽기 전 장면으로 돌아간다.
근로자들 앞에 선 소녀.

소녀 이 땅에 근로자로 산다는 것이 얼마나 피 눈물을 흘려야 하는지 우리는 똑똑히 압니다. (가위를 들어 자신의 머리를 싹둑싹둑 자른다)

소년 누나⋯.

순간, 한 사내의 신호에 따라 패거리들, 몽둥이를 휘두른다.
여기저기서 터지는 비명소리.
소년, 누이에게로 가려 하지만 사람들에게 막혀 갈 수가 없다.

소녀 폭력을 중지하라. 인권을 사수하라.

주춤하던 사내들의 몽둥이가 다시 가해진다.
대항하는 근로자들 역부족이다.
소녀에게 가해지는 몽둥이.
바리, 사내를 막는다.

순간, 소녀 들고 있던 가위를 치켜든다.

소녀 이 땅의 노동자여 영원하라.

소녀, 치켜든 가위로 자신을 찌르려하자
바리, 소녀를 감싼다.
가위가 바리의 가슴을 찌른다.
피를 흘리며 쓰러지는 바리.
소년, 달려가 바리를 안는다.
소년, 고개를 들어 소녀를 본다.
서로 바라만 보고 다음 말을 잇지 못하는 남매.
소년의 얼굴을 쓸어내리던 손길이 툭 떨어지면서 바리, 눈을 감는다.
앰뷸런스 소리 들리면서 암전.
어둠 속에서 들리는 소리.

소리 아이를 가졌어. 아직 살아 있어.

무대 밝아오면 오구와 아비, 무리들만 무대에 있다.

오구 저 아이를 살려라. 저 울음소리를 지켜라.

무리들 중 몇 읍하고 나간다.

오구 오래전 신의 말을 어기고 결혼한 대가로 저주처럼 딸만 낳은
왕이 있었다. 시간이 흐르면서 왕은 자신의 선택을 후회했지.
사랑이 무어냐. 다 쓸데없는 짓이다. 신이 다시금 왕에게 기회
를 주겠노라 했다. 인간과의 정을 끊어라 그러면 네가 원하는

아들을 주겠다. 왕은 조금도 망설이지 않고 딸을 버렸다. 그리곤 아들 대신 신이 되게 해달라고 했다. 영원한 삶을 얻으면 뭐든지 할 수 있다고 여겼으니까. 어리석은 선택이었지. 한동안 잊었던 혈육의 정이 나를 옥죄어 오는구나. (사이) 네 소원을 들어주겠다.

아비 믿어도 되겠습니까?

오구 난 죽음을 다스리는 왕이다. 죽음이 영원하듯 왕의 말도 영원하다.

아비 제 원은 왕의 자립니다. 오구, 당신의 자리를 제게 주시오. 당신의 권위와 능력을 제게 주십시오. 죽어서 사는 무한한 평화를 내게 누리게 하시오.

오구 예기치 못한 요구를 하는 걸 보니 인간은 인간이로구나.

아비 운명의 문으로 다시 들어가시오, 오구.

오구 죽고 싶어도 죽을 수 없는 끔찍함을 너는 아직 모른다. 살 이유를 잃었을 때 영원히 산다는 건 너무도 슬픈 일이다. 기억해라. 인간들이 저지르는 실수도 신에게는 용납되지 않음을. 여봐라. 내 옷을 벗겨 저자에게 입히고 저자의 옷을 내게 다오.

무리들, 오구의 옷을 벗겨 아비에게 입히고 아비의 옷을 오구에게 입힌다.

오구 내가 떠나왔던 곳으로 돌아가 죽음이 주는 편안함을 맛보겠다. 오히려 고맙구나.

무리들 오구를 데리고 나간다.
아비, 왕의 자리에 앉는다.

무리들 새로운 왕을 맞이하는 축제를 준비하라.

무리들의 함성과 북소리, 장엄하다.

아비 죽은 아비를 다시 살린 내 딸아, 나를 실컷 우롱해라. 허나 세
     상은 기억할 것이다. 죽음에서 벗어난 인간이 있었음을….

아비, 무리들과 나간다.
이어 들리는 어미의 구음.
무대에 비치는 빛줄기 따라 어미가 나온다.
풀어헤친 옷에 아이를 안고.

어미 제 딸 보셨어요? 제 자식 두고 죽은 내 딸 보셨어요?

슬픈 구음이 흐른다.

어미 산 자의 몸으로 죽은 자의 세계를 넘나든 내 딸 보셨어요.
     살아선 죽음을 보고 죽어선 생명을 본 내 딸 보셨어요.
     내 딸 좀 찾아주세요.
     살아서는 죽은 목숨으로 산 내 딸.
     죽었으니 어딘가 살아 있을 겁니다.
     내 딸 보셨어요.
     애가 젖 달라고 우네요. 에미 젖 물겠다고 우네요.
     젖도 물리지 못한 에미는 어디서 우는지
     아시거든 일러주시겠어요.
     내 딸 좀 찾아주세요.
     제 자식도 못 지킨 못난 에미.
     어디를 헤메는지… 어디를….

어미, 나간다.

빈 무대로 들어서는 작가1,2.

작가 2 바리를 죽이는 것보다 신으로 만드는 게 더 위대해 보이지 않았을까?

작가 1 인간으로 남길 원했을 거야.

작가 2 난 엄마에게서 일정한 간격을 느껴. 다가설 수 없는 거리. 참, 이성적이고 반듯한 논리를 가진 분인데 그 빈틈없음이 날 외롭게 만들어. '난 네게 짐이 되지 않을 거다. 그러니 너도 내게 바라지 마라' '네게 해줄 것이 없으니 이래라 저래라 말할 수도 없겠지' 그런 말을 들을 때면 그게 부모라서 그런가, 나랑 머리로만 말하는 거 같아서 마음이 허해져. 경계선 없이 섞인다는 기분, 어떤 걸까?

작가 1 때때로 귀찮기도 할 걸. 부담스럽기도 하고….

서로 웃음을 주고받는 작가1,2.

작가 2 세상을 끌어안고 우주를 끌어 안기 위해 우린 먼저 나를 끌어 안아야 된다. 참 웃기는 논리지.

작가 1 우리 아버지… 마지막에 내 손 잡고 무슨 말이 하고 싶었을까.

작가 2 인생이 미리 짜여진 각본이라면 그 안에서 우리가 할 수 있는 건 뭘까? 각본에 내맡기는 거? 거역하는 거? 새로운 창작이 가능할까?

작가 1 우리가 이 땅에서 아직 숨 쉬고 살 수 있는 건, 내 대신 희생한 누군가가 있기 때문일지도 몰라. 이제 남은 건 누가 살고 누가 죽을지를 결정하는 것뿐이야.

바리, 그들을 보고 있다.

바리 반남반녀의 모습이다.

작가2, 바리를 본다.

작가 2 누구….

바리 당신을 데리러 왔어요.

작가 1 너일 수도 있지.

작가 2 나를?

바리 가요. 시간이 됐어요.

작가 2 죽음의 전령.

작가 1 그렇게까지 고약하게 볼 거 없어. 행복한 결말이 기다릴 수도
있으니까.

바리 편안하게 받아들일 줄 알았어요, 당신은.

작가 2 말도 안 돼. 난 병에 걸리지도 않았고 늙지도 않았어. 아무런
암시도 없었다고. 그 흔한 꿈도 꾸지 않았어.

바리 수없이 죽음을 쓰면서 준비했잖아요.

작가 1 왜 그래? 지금 무슨 소릴 하는 거야?

작가 2 내게 올 줄 알았다면 흔하게 떠들지 않았을 거야. 못 했겠지.
내가 쓴 건 모두 거짓이야. 두려움을 이겨볼까 하고… 경험하
지 못한 것에 대한 환상 정도… 내게 이러지 마. 날 악몽에서
깨워줘.

바리 받아들이세요.

작가 2 이건 아니야. 뭔가 잘못 됐어.

바리, 손을 내민다.

작가2, '아' 머리를 쥐어뜯으며 발작에 가까운 몸부림을 친다.

무대 어두워졌다 밝아지면….

바리와 작가2, 고개를 오르고 있다.

길 떠나는 이의 발걸음을 달래는 구음이 흐른다.

바리   여기부터는 혼자 가세요.

작가 2 누구죠?

바리   바람이라고 해두죠. 보이지도 냄새도 없지만 사람들은 날 느끼
       죠. 난 있어요. 당신이 인정하지 않으려 할 뿐.

작가 2 당신은 죽었어요.

바리   당신 잣대로 나를 만들면 그럴 수도 있겠지만 난 죽지 않아요.
       살았어도 산목숨 아니지만, 죽어서 사니 죽었다 할 수도 없죠.

작가 2 왜 납니까?

바리   운명이니까요.

       바리, 돌아서 고개를 내려간다.

작가 2 운명.

       바리, 대답 없이 걷는다.

작가 2 운명. 운명. (웃는다)

       탈을 쓴 무리들, 반대쪽에서 나온다.

       작가2의 웃음 끊이지 않고 계속 흐른다.

       작가의 웃음을 뒤로 하고 나가는 바리.

       작가2의 걸음을 재촉하는 탈 쓴 무리들.

       고개 너머로 사라지는 그들의 모습과 함께 무대 어두워지면서

       막이 내린다.

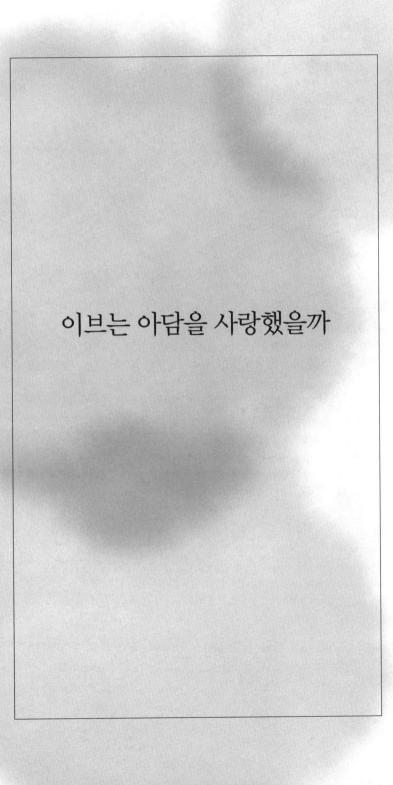

이브는 아담을 사랑했을까

· 등장인물

이브	성형수술 하는 여자
아담	최후의 남자.
아담1	순결을 말한 아담. 아버지
아담2	처음 알몸을 보여준 아담
아담3	童貞을 준 아담
아담4	사랑을 그려준 아담. 화가
아담5	아이를 원한 아담
아담6	가정을 떠나게 한 아담
아담7	그녀의 몸을 연주한 아담
나비	이브도 아담도 아닌….
나비의 남자	

· 무대

이브의 방.

이브 내면의 공간이기도 한 이곳은 사방이 거울로 둘러져 있고, 얼굴이 일그러진 초상화가 걸려있다.

이브는 반복적인 성형수술로 자신을 바꾸는 여자다. 이 부분은 극의 내용상 중요한 부분이므로 여러 형태의 가면으로 그녀가 바뀌어 가는 모습을 표현하고자 한다.

이브의 독백은 녹음기에 녹음하는 것으로 설정한다. 이는 극 마지막 부분에서 밝혀지는데 바로 자신에게 보내는 마지막 육성 편지가 된다.

장면 전환은 장소를 상징할 수 있는 도구를 이용해 구분하기로 한다.

극이 시작되면 가면을 쓴 무리들 등장한다.

무곡에 맞춰 춤을 추는 무리들, 마치 가면무도회를 연상시킨다.

흐릿한 불빛에 드러나는 이브의 실루엣.

객석을 등진 채 컴퓨터 앞에 앉아 있다.

이브	ID memory. 나를 기억하나요? 실망했어요? 모든 걸 알고 나면 그렇죠.

컴퓨터 뒤에서 아담이 걸어 나온다.
아담, 이브에게 다가가 이브를 안는다. 남녀가 섹스를 하는 형상이다.
보면 이브, 가면을 쓰고 있다.
가면을 쓴 무리들 그들을 둘러싸듯 선다.

이브	설명이 필요 없는 섹스만 해요.

이브, 둘러선 가면을 쓴 무리들과 대화를 나눈다.

가면	가면으로 날 속였어.
이브	모든 걸 알고 나면….
가면	성스럽게 위장한 창녀에 불과해.
이브	아무 의미도 없어.
가면	널 갖고 싶어.
이브	당신 거야.
가면	사랑할 수 없어서 눈물이 나.
이브	당신 꽃은 시들지 않았어.
가면	몸이 깨어나는 소리를 들어.
이브	내게 그런 말을 해선 안 돼.
가면	네 몸이 원하는 소리를 들어.
	눈을 떠.
	이젠 깨어나.

격정의 몸짓을 멈추는 두 사람.

이브를 안고 있던 아담, 이브의 몸에서 빠져 나온다.

가면의 사내들 사라진다.

아담 좋았어?

이브, 거울 앞에 앉는다. 머리를 빗는다.

아담, 담배를 꺼내 문다.

아담 (담배명:PARLIAMENT) 필터 부분에 비어있는 5mm의 공간이 내
외로움과 닮았어. 좋아하는 맛은 아니지만⋯ 필터가 딱딱해서
마른 장작을 씹는 기분이거든. 그래선가. 그래서 나와 더 닮았
나. (담배연기를 깊게 마시곤) ⋯ 사랑하니?

이브 ⋯.

아담 아니라고 하는 것보다 더 지독하구나.

화장을 하고 있는 이브의 등뒤로 다가서는 아담.

아담 내게 만족해 줘.

이브 ⋯.

아담 사랑하자. 어렵지 않아. 사실, 이런 기분 처음이야.

말없이 화장을 끝내는 이브, 엷게 미소를 짓는다.

아담 제발⋯.

아담, 이브의 목으로 손을 가져간다. 서서히 힘을 준다. 눈에 가득 고이는
눈물.

이브, 미동도 하지 않은 채 눈을 감는다.
암전.

1. 순결

아담2, 책가방을 들고 들어온다. 비에 젖었다.

아담2　들어와.

조심스럽게 안으로 들어오는 이브. 비에 젖었다.

아담2　남자 방이라 냄새가 그렇지?

고개를 젓는 이브.

아담2　(수건을 건네며) 감기 걸려.

이브, 수건을 받아들고 닦는다.

아담2　(웃옷을 벗으며) 갈아입을 옷 줄까?
이브　괜찮아요.
아담2　오돌오돌 떨면서… 몸을 따뜻하게 해야지.
이브　정말 괜찮아요.

아담2, 남은 옷도 벗는다.

시선을 돌리는 이브.

아담2　만져볼래?

이브, 고개를 젓는다.

아담2　(재미있다는 듯 웃으며) 남자 몸 처음이니?

이브, 고개를 끄덕인다.

아담2　어때? 징그러워?
이브　….
아담2　(이브의 손을 끌어 자신의 성기로 가져간다) 괜찮아.

이브, 몸을 웅크린다.

아담2　무섭니? 네 손에 내 몸이 변하는 게 느껴지지 않아?
이브　(일어서며) 가볼게요.
아담2　비가 많이 와.
이브　(눈을 감은 채) 우산 빌려주세요.
아담2　널 원해. 그것도 아주 간절히… 신입생 환영회 때 널 처음 본 뒤부터 다른 생각은 할 수 없었어.
이브　이러지 말아요. 선배를 좋아하는 감정은 있었지만… 그 이상은 아니에요.
아담2　네 몸이 말해주고 있어. 넌 어리지 않아.
이브　갈래요.
아담2　여긴 왜 온 거야?

이브   리포트 때문에… 비도 오구….

아담2   눈을 떠. 봐봐. 무엇이 널 거부하게 만드는지. 네 안에 너는 원하고 있어. 아직 모르겠어? 날 거부하고 있는 게 누군지. 네가 아니라 네 아버지야.

이브   정말. 아버지에게서 벗어날 수 있을까… 어떻게 하면 되죠?

아담2   어렵지 않아. 가만히 있으면 돼. 내가 알아서 할게. 모든 걸….

이브   내게서 원하는 걸 가져요.

아담2가 이브를 안으면 백합이 무대 위로 떨어진다.

이브   짧은 시간이 흘렀지. 뜨거운 액체가 내 다리 사이에 젖어드는가 싶더니 그가 내게서 빠져나갔어.

이브에게서 빠져나온 아담2, 담배를 꺼내 문다.

아담2   (담배명:던힐) 빨리 타서 좋아. 잘 빨리고… 여자들 피기에도 좋다던데… 너도 줄까?

이브   아니요. 빨리 타버리는 건 싫어요.

아담2   (이브를 보지 않은 채) 아무한테도 말하지 마.

이브   왜요?

아담2   소문나는 거 싫어. 널 사랑한 건 사실이지만… 처음인 줄은 몰랐다.

이브   부담스럽나요? 처음이란 건 중요하지 않아요. 중요한 건 그 다음이죠.

아담2   (옷을 입으며) 데려다 줄게.

이브   왜 날 보지 않죠?

아담2   (여전히 시선을 주지 않은 채 나가며) 나와.

395

이브	언제 다시 만나요?
아담2	연락할게… 이젠 비가 그쳤어.

아담2, 나간다.

이브	비릿한 냄새. 비가 온 탓일까. 방구석에 생긴 곰팡이 자국 때문에… 햇볕을 못 본 이부자리 탓인가. 아니면 옷에 얼룩진 흔적 탓… 서둘러 도망치는 그를 보면서 슬프지 않더라. 연락하지 않을 거라는 것도 알고 있었지만… 슬퍼하지 않았어. 비가 그치면서 우리도 끝난 거야.

아담1, 나오며….

아담1	누구랑 있었냐?
이브	자고 싶어요.
아담1	어디 있었냐? 뭘 한 거야? 이 시간까지.
이브	이젠 잠까지 같이 자고 싶어요? 나가주세요. 자는 동안만이라도 아버지 눈에서 벗어나고 싶어요. 아버지가 만들어준 삶, 이젠 싫어요. 당신 거라고 말하고 있는 거 같아서 숨이 막혀요.
아담1	넌 내 딸이야.
이브	난 나예요.
아담1	남자가 생겼냐?
이브	….
아담1	더러워져선 안 돼. 남자를 아는 건 더러워지는 거다. 애비 품에 있어라. 이곳은 안전해. 널 깨끗하게 지켜주마. 네게 필요한 건 내가 해줄 거야. 지금까지 그래 왔던 것처럼….
이브	두려우세요? 제가 떠날까봐. 절 잃을까봐….

아담1 조금만 더… 지금은… 지금은 준비가 되지 않았다.

이브 상처받지 마세요. 거짓말은 하지 않을게요. 전 더 이상 처녀가 아니에요.

아담1 내 딸이 순결을 잃었다는 말을 하는 거냐?

이브 잃은 게 아니라 준 거예요. 거추장스럽고 답답해서 버렸어요.

아담1 가면으로 날 속였구나. 넌 성스럽게 위장한 창녀에 불과했어.

아담1, 나간다.

이브 아버진 말리지 않았어. 날 밝을 때까진 곁에 있고 싶었는데… 그때부터야. 성형수술을 한 게. 아버지의 딸이기만 했던 날 바꾸고 싶었거든….

이브, 나간다.

2. 여행

아담7의 피아노 반주가 선행되면 나비가 재즈를 부르며 나온다.
음악이 무르익을수록 둘의 몸은 서로를 탐한다.
다른 가면과 옷으로 갈아입은 이브, 큰 가방을 들고 들어온다.
이브, 그들을 보고 굳은 듯 선다.
아담7, 이브를 발견하고도 시선을 고정시킨 채 움직임을 멈추지 않는다.
나비, 아담7의 몸짓에 뜨겁게 달아오른다.

아담7 (움직임을 멈추며 부드럽게) 언제까지 보고 있을 거야?

나비, 이브를 본다.

나비, 반가운 기색으로 이브에게 다가가 가볍게 안아준다.

나비   (아담7에게) 인사해, 내 친구.

아담7   미인인데… 자주 보게 될 거예요, 우리.

아담7, 나간다.

나비   (가방을 보고) 나온 거니?

이브   오래있지 않을게.

나비   (담배를 꺼내 문다. 담배명: philip morris) 잡지 않으시든?

이브   담배만 피셨어.

나비   좀 달라 보인다.

이브   오래전부터 생각했던 거야.

나비   나쁘다는 뜻 아니야. 난 변화를 좋아하니까.

이브   ….

나비   사생활 간섭받는 것도 싫지만 간섭하는 것도 싫어. 그게 좋다면 있어도 돼.

이브   아까… 그 사람….

나비   동의한 걸로 아는데….

이브, 돌아서는데….

나비   작곡가야. 곡 때문에 가끔 집에 들려. 그리고 아까 네가 본 건, 본 그대로야. 어떤 상상도 하지 마. 그게 다야. 더는 궁금해 하지 마.

나비, 나간다.

이브　나의 훔쳐보기는 그렇게 시작했어. 마치 내 시선을 즐기는 거 같더군. 친구는 아니었을지 몰라도 그 남잔….

아담7, 풀어헤친 차림으로 나오며….

아담7　네가 보고 있다는 걸 상상하면 더 흥분돼.
이브　보지 않아요.
아담7　거짓말. 콩닥거리는 심장이 얘기하고 있는데. '봤어요. 봤어요. 콩닥콩닥.' 은근히 즐기는 거 같던데… 보고나면 어떻게 해결해?
이브　….
아담7　무슨 말인지 모르겠다는 표정이라니… 우습군. 신체 건강한 여자라면 당연히 하고 싶지. 그건 아주 자연스러운 거야. 야한 비디오 빌려보는 사람심리 다 똑같은 거 아니야. (이브를 거세게 끌어안고 입을 맞춘다) 경험 없는 풋내긴가….

이브, 빠져 나오려고 한다.

아담7　(이브를 놔주며) 애석하게도 싫다는 여잘 강간할만한 에너지는 없어.

이브, 아담7의 뺨을 갈긴다.

아담7　겁먹은 얼굴로 떤다고 네가 상상하는 것들까지 지울 순 없어. 생각 있으면 말해. 널 스쳐간 남자들이 얼마나 풋내기였는지

가르쳐 줄 테니.

이브　섹스는 아무 의미도 없어요. 내겐….

아담7　그런 말을 할 땐 눈빛이 흔들려선 안 돼.

이브　(아담7의 등에다 대고) 똑똑히 들어요. 아무 의미도 없다고요. 전혀!

아담7, 나간다.

이브　흠뻑 젖었어. 화가 나고, 내 자신이 혐오스럽기까지 했어. 인정하기 싫었지만… 난 분명히 아니었지만… 내 몸은 다른 생각을 했었나봐. (컴퓨터 앞에 앉는다) 이름도 모르는 남자와 잘 수 있을까. 섹스가 끝난 뒤 얼굴도 생각나지 않는 남자와 그럴 수 있을까. (자판을 두드리며) 누구라도 좋아요. 만날래요? 우리 만나요.

아담3, 나온다.

이브를 부드럽게 안으며 애무를 한다.

이브　나를 태운 그의 차는 외곽도로를 달리더군. 다른 세상을 향한 질주. 햇살이 가슴으로 쏟아지고 바람이 치마 사이로 파고들었어. 잃었던 색을 찾은 듯한 숲의 그림자는 나를 덮치기에 충분했지. 흐트러진 어깨. 감기는 눈. 벌어진 입술 사이로 또 한 명의 남자가 들어 온 거야. 따뜻하다. 그는 풀밭 위에 나를 누이고 부드러운 입김으로 자극하기 시작했어. 친절하게도 내가 열리길 기다려주더라. 민감해지기 시작한 나의 살갗은 그의 열기를 감당하지 못하고 신음을 토해냈어. 어느새 낯선 그는 내 안의 일부가 되어 버렸고 난 그에게서 내가 잃은 일부를 찾으려고 몸부림쳤어. 순간 그를 사랑하게 될까봐 두려웠어. 그가 나의 두려움을 읽은 걸까. 당연한 권리처럼 나를 안고 있던 그의 몸은 경직됐고, 돌아갈 시간이라고 말하고 있었어.

아담3   당신을 원한 걸, 사과하고 싶진 않아요.

이브   섹스는 내게 아무 의미도 없어요.

아담3   끝내지 못한 건 미안해요.

아담3, 나간다.

이브   내 말을 이해했을까. 아무 의미도 없다는… (컴퓨터 앞에 앉는다) 우리 만나요. 그를 다시 만나야만 했지. 다시 만나면 사랑할 수 있을 것 같아서. 그를 떠올리면 스며드는 따스함. 우린 많은 얘기를 나눴고, 계절이 바뀔 때쯤 만나자는 대답을 들을 수 있었어.

아담3   (나오며) 밤기차 타 봤어요?

이브   어디 가게요?

아담3   만원으로 어디까지 갈 수 있을까요?

이브   밤기차를 타고 도착한 춘천은 그저 작은 불 꺼진 마을에 불과하더군. 우린 밤을 보낼 곳을 찾아 들었어. 작고 쾌쾌한 여관방으로.

어색하게 거리를 두고 앉는 두 사람.

아담3   뭐하죠?

벽 너머로 들리는 남녀의 신음소리.

아담3   텔레비젼 볼래요?

TV를 켜자 남녀의 정사장면이다.

아담3, TV를 끈다.

아담3 씻을래요?

벽 너머로 들리는 남녀의 신음소리.

이브 마치 우리에게 무엇을 해야 할지를 가르쳐 주는 것 같았지.

아담3 (담배를 찾는데 없다) 담배가 떨어졌네요. 사가지고 올게요.

아담3, 나간다.

이브, 이불을 덮고 눕는다.

이브 난 생각했어. 그가 원하면 어떻게 할지를….

아담3, 들어온다. 사들고 온 맥주를 마신다.

벽 너머로 들리는 신음소리.

아담3, 이불 속으로 들어간다. 이브 옆에 반듯이 눕는다. 다시 일어나 이불

밖으로 나간다. 일정한 사이를 두고 앉아있는 두 사람.

이브 날 만지는 게 싫어요?

아담3 입을 맞추면 당신이 사라져 버릴 것 같아요.

이브 당신을 위해 있는 거예요.

날이 밝아온다.

이브 (일어서며) 가요.

아담3 도와줘.

아담3, 이브의 품으로 파고든다.

이브 나는 다리를 벌리고 엉덩이를 들었어. 아니. 조금 밑에. 서두르는 그에게 천천히 하라고 등을 쓸어내렸지. 아— 내 안으로 들어온 그는 내가 아닌 자신을 탐하기 시작했고, 그의 움직임에 나는 없었어.

아담3, 이브에게서 빠져 나온다.
침묵.

이브 무슨 말이든 해.
아담3 …. (담배를 꺼내 문다. 담배명:This)
이브 (아담3의 품으로 파고든다)
아담3 목이 따갑고 쓰고 가래도 많이 끼지만 난 좋아. 누구든 쉽게 피니까. 평범하고 도드라지게 보이지 않고. 그러고 싶었거든… 남들처럼… 그렇게… 그렇게….
이브 불안해. 무슨 생각을 하는지 말해 줘.
아담3 허무해. 철들고부터 십년이 넘는 시간을 이것 때문에 고민했다는 게.
이브 당신을 잡으려고 안은 거야. 떠나는 이유가 되선 안 돼. 그렇게 만들지 마. 이런 감정 별거 아니야. 날 봐.
아담3 고맙게 생각해. 도와 줄 거라고 믿었어.
이브 믿음에 충실해 준 거네, 나. (사이) 거절했다면….
아담3 ….
이브 그래도 떠났겠지. 예전에 만났던 여자들과의 관계처럼….

아담3 그러면 안 되겠지.

이브 말했지. 나한테 섹스는 아무 의미 없다고.

아담3, 일어나 나간다.

이브 섹스를 알고 난 후의 허무감으로 절망하는 그를 보내야만 했
지. 슬픔을 억누르며 의무적으로 서 있는 그를 보는 것보다는
괴롭지 않을 거 같아서… 절망 뒤에 오는 쓸쓸함을 감당하기엔
너무 어렸거든. 남자에게도 순결은 무거운 짐이었나봐.

아담7, 나와서 뒤에서 이브를 부드럽게 안는다.

아담7 바람 냄새가 짙군.
(이브의 옷을 벗기며) 남자와 잔 흔적을 털어내지 못했어.
그런데 얼굴에 보여지는 허무는 뭘 의미하는 거지?
요리는 먹어본 사람이 그 맛을 아는 거야.

축 늘어지는 이브의 몸.
아담7, 이브를 뜨겁게 안는데….
나비, 들어온다.
움직임을 멈추는 아담7.
이브, 미동도 하지 않는다.
아담7, 나간다.

나비 (담배를 꺼내 문다) 목마름을 적셔주는 물처럼 맛있는 건 없어.
그것보다 더 맛있는 건, 몸에 해로운 거지. 니코틴과 타르가
많이 들수록 담배 맛이 좋듯이… 적당한 선을 지키기엔 유혹

이 너무 강해. 함량기준이 넘어서면 누구든 좋아하게 되어있으니까. 그전까지 가지고 있던 저항은 언제 그랬냐는 듯 묻혀 버리지. 이성의 통제를 넘어서게 돼. 묻지 않을게. 약속은 지켜야 되니까.

이브 나갈게.

나비 그럴 거 없어. (담배를 끄며) 담배 한 개비가 타는 시간이면 남자를 보내기에 충분해. 미안해 할 필욘 없어. 그 남자 내 거 아니야. 도둑질한 아이처럼 굴지마. 남자는 흐르는 물이고 여자는 고이는 물이라지. 생겨 먹은 게… 그래서들 여자는 남잘 만날 때 자신이 마지막 여자이길 원하고, 남자는 여자를 만날 때 첫 남자이길 원한다잖아. 기대는 상처를 낳게 되어 있어. 배신이니 어쩌니 하면서 죽일 듯이 싸우기도 힘 딸리고. 난 남자 욕심 없어. 그래서 남자 때문에 슬퍼할 일도 없지. 외로우면 외로운 대로 둬야하고, 아프면 아픈 대로 둬야하는 게 간혹 힘들 때도 있지만 그래도 좋아. 가벼워서… 누굴 만나든 욕심내지 마. 그럼 아무것도 아니야.

이브 그를 떠올리려고 하는데…. 지워져 버렸어. 그의 모습이 없어. 두고 왔나봐. 시간 저편 그 어디쯤에. 처음부터 그는 없었는지 몰라. 날 취하게 한 바람만 있었을 뿐. 지독하게 취했던 거지. 시퍼런 칼끝이 내 몸을 상처내는 것도 몰랐으니까. 깨질듯한 두통. 역겨운 냄새. 생명력 없는 눈. 피를 다 쏟아낸 듯 거칠어진 피부. 그날의 대가는 고통이었어. 그는 모든 걸 빼앗고 고통만 남겼어. (담배를 꺼내 핀다. 담배명:This) 그 사람이 두고 간 거야. 흔해빠진 건 버리기도 싫지. (어린아이처럼 울기 시작한다. 눈물을 닦는데 마스카라가 번진다)

나비 결혼하자는 사람이 있었어. 나도 그와 결혼하고 싶었어. 그 사람과 헤어지면서 담배를 피우는 것도 괜찮겠다는 생각을 했지.

쓰더라. 지금도 써. 그런데도 손이 자꾸 가는 거 보면 쓴 맛에 길들여지고 있나봐. 넌 알지. 내가 날 좋아하는 사람한테 약하다는 거. 그는 처음으로 날 원했던 남자야. 기분 좋더라. 사랑받는다는 거. 세 번째 만났을 때 내가 말했어. 여관에 가자고. 너도 봤어야 돼. 그 사람 어쩔 줄을 모르더라. 굳이 하고 싶은 마음은 없었어. 생리중이었거든. 나는 앞서 여관으로 들어갔어. 그도 따라 들어오더라. 옷을 벗고 누웠는데 싫더라. 익숙하지 않은 공간이라는 게 차갑게 느껴졌어. 타인의 정사 흔적이 남아 있는 침대 시트. 천정에 달린 거울. 그와 관계를 가지는 동안 난 거울을 통해 그와 나를 봤어. 이거구나. 내 안에서 일어나는 일보다 내 눈에 보이는 일이 내겐 더 큰 충격이었어. 팔에 힘이 빠지더라. 시야가 흐려지고 빨리 이 시간이 흘렀으면 좋겠다고 생각했어. 그는 담배를 피워 물었어. 순식간에 연기가 방안 가득해지더라.

남자, 나온다. 무대 뒤쪽에서, 담배를 피워 물고….

남자   지금까지 몇 명과 했어?
나비   내가 하는 걸 몇 번 봤어요?
남자   찝찝하게 이게 뭐야. 그 정도 예의도 몰라?

남자, 사라진다.

나비   시트에 묻은 붉은 자국을 보면서 그는 다른 생각을 하고 있었어.
이브   후회해?
나비   감사하고 있어. 남자의 알몸을 끌어안는 기분이 어떤 거라는 걸 알게 해줬으니. 관계가 끝나고 나니까 그와 헤어질 수 있겠다는 생각을 했어. 덤덤해지더라. 처녀라는 게 무척 부담스러웠나봐. 가지겠다는 사람이 있었으면 오래전에 줬을지도 몰라. 그러고 나니까 자유로워지더라. 생리대 이름을 왜 freedom이라 지었는지 그때 알았어. 재밌지 않아? 생리. 자유. 순결의 상실. freedom.

나비, 소리 내 웃으며 나간다.

이브   자유? …자유라는 말에 숨이 막혀. (거울 앞으로 간다) 거울 속에 외로움에 지친 여자가 서 있었어. 낯선 모습으로. 바꾸자. 과거의 나는 내가 아니었다. 외로움에 찌든 여자는 내 안에서 지우겠다. 외로움은 보기에도 끔찍했어. 나는 다시 태어난다. (다른 가면과 옷으로 갈아입는다)

3. 사랑

이브   수술은 성공적이었고, 어느 때보다 달라진 나는 과거의 나를 굳이 지우려 시간을 보내지 않아도 됐어. (사진을 찢는다) 난 사진이 싫어. 잊어버리고 싶은 것까지 끝내 기억하게 만드는 것도 싫고, 정복당하는 것 같아서도… 사진틀에 박히면 꼼짝할 수 없을 거 같아. 도망치고 싶어도 갈수 없을 거고. 끔찍한 일이지, 시간에 갇힌다는 거… 대학을 졸업하고 작은 잡지사에 들어갔어. 그리고 그를 만난 거야.

아담4, 나온다.

아담4 　인간은 사랑을 꿈꾸며 사는데 사랑하는 사람들은 무슨 꿈을 꾸
　　　　며 살까요?

이브 　그림으로 그리기에 남녀 간의 사랑, 너무 흔하지 않나요?

아담4 　환희. 격정. 질투. 의심. 욕망. 욕심. 갈증. 희생. 행복. 따스함.
　　　　외로움. 기다림… 어떤 사랑을 알아요? (그림을 보이며) 어떤 사랑
　　　　일 거 같아요?

이브 　사랑이 있을까요. 있다고 착각하며 사는 건 아닐까요. 포기하
　　　　기엔 너무도 달콤한 유혹이라 없는 줄 알면서도 모르는 척 하
　　　　는 게 아닐까요?

아담4 　….

이브 　대답 못 하는군요.

아담4 　취재 처음이에요?

이브 　서툴다는 건가요?

아담4 　전투적이라는 뜻이에요.

이브 　인터뷰 감사했습니다. (돌아서는데…)

아담4 　당신을 그리려면 무슨 색이 어울릴까요?

무대, 흰 천이 깔린다. 그들의 침실이다.

이브 　그는 늪이었어. 사랑이 없을 거라는 나의 의심은 그가 만들어
　　　　놓은 사랑의 늪으로 빨려 들어가 묻혀버렸지.

아담4 　내 눈에 당신이 들어 있어.

이브 　내 눈에도 당신이 들어 있어요.

의식을 치르듯, 서로의 옷을 벗기는 두 사람.

이브 그는 새로운 풍경을 보여줬어. 흘러가는 멜로디도 잡아서 담아
줬고, 세상으로 하여금 나를 지켜줬어. 난 그의 육체에 갇히고
만 거야.

아담4 돌아눕지 마.

이브 부끄러워요.

이브, 이불을 끌어다 가슴을 가린다.

아담4 내 안에 새기고 싶어. 보여줘.

이브 당신은 눈으로도 많은 일을 하는군요.

아담4, 이불을 끌어내린다.

아담4 널 가릴 수 있는 건 아무것도 없어. 아름다움은 감춘다고 보이
지 않는 게 아니야. 언제든 옷은 벗을 순 있지만 옷을 벗는 이
유를 알기란 힘들지.

이브 당신이 가르쳐주고 있잖아요. 당신이 나의 창이 되는 건가요?
당신에게서 날 볼 수 있는 건가요?

아담4 내가 너의 일부가 되는 거야.

이브 태양을 본 적 있어요? 처음엔 제대로 보기도 힘들죠. 빛이 따
가워서. 시간이 조금 지나면 눈에 안개가 낀 것처럼 형체가 없
이 빛만 아른거려요. 그렇게 한참을 보면 동그란 형체만 뚜렷
하게 모습을 드러내죠. 그때쯤이면 눈이 멀지도 모른다는 두려
움은 사라져요. 난 당신의 해바라기에요.

아담4 널 가지고 싶어. (눈을 감는다)

이브 (아담4를 내려다보다가) 가질 수 없어요. 이미 전 당신 거니까···. 이
젠 내가 여자라고 말 할 수 있을 거 같아요. 내가 누군지 설명

할 수 있을 거 같아요. (인형을 끌어안는다) 지독한 소독 냄새. 언제부턴가 집으로 들어서면 날 맞은 건 엄마의 미소가 아니라 약 냄새였어. 얼굴이 찡그려졌지. 하지만 난 웃었어. 아무렇지도 않게. 어린 마음에도 엄마가 그런 나의 모습을 보면 상처를 받을지 모른다고 생각했나봐. 엄마는 방 한쪽을 차지하고 누워 있었어. 창백한 얼굴, 주사 바늘로 멍든 팔뚝, 링겔병에서 떨어지는 하얀 액체는 자꾸만 자꾸만 엄마 몸 속을 파고 들어가. 난 생각했지. 이 액체가 엄마의 몸에 다 스며들고 나면 엄마는 죽을 거라고. 집에 돌아오면 잠들어 있는 엄마를 깨워. 죽었을까 두려워서. 엄마와 난 입술로만 말했어. 누구도 우리의 대화를 듣지 못하게. (아이가 된 이브) 해바라기가 폈어. 노래. 본 적이 없는 노란색이야. 너무 노래서 만질 수가 없었어. 손에 물들까봐. 해바라긴 눈도 부시지 않나봐. 해를 똑바로 쳐다봐. 눈도 떼지 않고 찡그리지도 않고. 난 잠시도 볼 수 없었어. 눈이 부셔서. 눈이 멀면 어쩌려고 무섭지도 않나봐.

무대 뒤쪽에서 들리는 엄마의 목소리.

목소리 너도 보게 될 거야.

이브 엄마의 입술은 하루가 다르게 파리해져 갔어. (아이가 된 이브) 엄마 언제까지 살아? 내일도 살아?

목소리 내 딸이 여자가 될 때까지….

이브 (아이가 된 이브) 내가 여자가 되지 않으면? 죽지 않아? 입술조차 움직일 힘을 잃었는지 뜻을 알 수 없는 고개 짓만 하더군. 시간은 아버지를 지치게 만들었어. 육년은 결코 짧은 시간이 아니었으니까. 그 무렵 아버진 날 안고 주무셨고 아버지 품에 들면 희미하게 술 냄새를 맡을 수 있었어. 희미하던 술 냄새는 점점 짙어졌고 짙어진 술 냄새 만큼이나 아버지의 슬픔도 짙어지셨지. 그때는 알 수 없었던 아버지의 슬픔. 아버지의 냄새가 싫지 않더라. 품에 안긴 채, 막 잠이 들려는데 아버지가 꼭 안는 거야. 점점 숨이 막혀 오는데 꼼짝할 수가 없더군. 그때 허벅지를 누르는 힘이 느껴졌어. 아버지의 그것. 난 느낄 수 있었지. 뜨거워진 아버지를. 빠져 나오고 싶었어. 아버질 밀어내려고 했지만 안 돼. 아버진 더 힘껏 날 눌렀어. 놓아 달라고 말하고 싶지만 뜨거운 무언가가 목구멍을 막고 그러면 안된다며 밖으로 나오질 않아. 신음처럼 토해내는 짧은 외마디. 아버진 날 품에서 놓아주더니 밖으로 나가더라. 한참을 꼼짝 못하고 누워 있던 나는 엄마에게로 갔어. 잠든 줄 알았던 엄마가 내게 손짓을 해. 가까이 오라고. (엄마의 손길이 되어 자신의 몸을 매만진다. 천천히) 엄마가 내 가슴을 손으로 쓸어내리며 작게 입술을 움직여. (엄마가 되어) 여자가 되어 가는구나. (거친 남자의 신음소리) (아이가 된 이브) 아빠도 아픈가봐. (자신의 귀를 막는다) 손가락 사이로 아버지의 신음소리와 엄마의 신음소리가 섞였어. (엄마가 되어) 세월이 널 무너트리지 못하게 해. 절대 널 내주지 마. 엄마에게 널 보여 다오. 거역할 수 없어, 단추를 열고 옷을 내렸어. 내 몸을 더듬어 내려가던 엄마의 손끝은 떨고 있었어. 가늘게. 마지막 숨을 토해내듯 일렁이던 눈빛은 눈물에 씻겨 흘러내렸지. 엄만 무슨 생각을 했을까. 그날 아침도 엄만 자고 있었어. (아이가 된 이브) 엄마 일어나. 아침이야. 엄마가 언제나 눈을 뜨던 그 시간. 엄만 일어나지 않았어. 너무 깊게 잠드셔서 일어날 수 없었던 거지. 나의 두려움은 현실이 되어 내 앞에 서 있는 거야. 아버지의 눈물을 그렇게 많이 본 적이 없었던 것 같아. 그 후로도⋯ 울음 속엔 엄마의 이름과 내 이름이 뒤섞였지. 지금도 알 수 없지만⋯ 엄마를 부른 건지. 날 부른 건지. 난 엄마를 보내면서 울지 않았어. 독하다고, 어려서 철이 없어 그런다고, 사람들은 자기들 마음대로 말하더군. 울고 싶은데 눈물이 나질 않는다는 건 누구도 알지 못해. 알려고 하지도 않고. 울고 싶어. 울 수만 있다면 엄마가 떠난 이유를 알 수 있을 것 같아. (눈물을 흘리며) 지금처럼 울 수 있었다면….

아담4, 담배를 피워 문다.

아담4 (담배명:MENTHOL) 담배를 많이 피운 날이면 가끔 피고 싶을 때가 있어. 청량감 때문에… 혀끝이 짜릿해지면서 입안을 확 감는 듯한 느낌이 모든 맛을 죽이지. 다른 담배 갑에 이거 한 가치를 넣어두면 나머지 것도 모두 박하향이 나지. 엄청난 전염성. 줄 담배는 안 돼. 토할 거 같거든. 그래서 이 녀석이 좋아. 사랑이랑 너무 닮아서….

이브 처음이에요. 사랑은….

아담4 우리에게 허락된 시간은 여기까지야.

이브 언제나 시간이 문제군요.

아담4 당신을 더 이상 안을 수 없다는 얘기야.

이브 당신의 꽃은 아직 시들지 않았어요.

아담4 당신이 나의 꽃이란 얘긴가?

이브 물을 줘요. 난 아직 목말라요.

아담4 …여자가 있어. 당신 만나기 전부터 옆에 있었던 여자야. 묻지 않아서 설명할 필요를 못 느꼈어.

이브 이제 와서 말하는 이유가 뭐야?

아담4 떠나겠다고 했더니 팔목에 칼을 댔어. 사랑의 끝이 어떤 건지 보여 주겠다며… 내가 떠나면 자기도 없는 거라고… 마지막으로 보고 가는 게 나아서 행복하다고… 몸속에 그렇게 많은 피가 흐르는 줄 몰랐어. 색이 너무 곱더라.

이브   헤어질 수 없어요. 내 피도 그 여자만큼이나 진해요. 보여줘요? 보여주면 떠나지 않을래요?

아담4   마음은 이미 이해하고 있다는 거 알아.

이브   (고개를 흔들며 거부의 몸짓을 한다)

아담4   그녀 곁으로 돌아갈 시간이야.

이브   당신과 나 사이에 남은 게 이별밖에 없나요? 아닐 거야. 뭔가 다른 게….

아담4   잊어야 돼. 미치기 전에….

아담4, 나간다.

나비, 나온다.

이브   그늘진 눈. 나를 간지럽히던 코 끝. 가볍지 않은 입술. 굵은 목선. 날 안으면 놓지 않던 팔뚝. 만지고 싶은 가슴. 키스하고 싶은 엉덩이. 나를 조이던 다리. 기분 좋은 까칠함. 그림이 완성될 때쯤 사랑을 속삭이던 입술이 이별을 얘기한 거야.

이브, 그림을 칼로 긋는다.

이브   돌아선 진심이 뭐였을까? 잡아주길 기대했을까? 그러기엔 걸음이 너무 빨랐어.

나비   이해한다며….

이브   이해는 하지만 용서가 안 돼. 버려졌다는 생각을 떨칠 수 없어. 혼자라는 사실이 견딜 수 없게 해. 이해가 참을 수 없는 고독을 가져다준다는 걸 알았다면… 그때도 알았다면… 내 손으로 죽여서라도 옆에 뒀을 거야.

나비   그래도 넌 사랑이 있었잖아. 가질 수 없었을 뿐이지.

이브   (자신을 때린다) 내가 싫어. 나 좀 때려 줘. 너무 아파서 이런 아픔 따윈 아픈 축에도 못 들게. 아픈 걸 잊을 수 있게….

나비   (이브의 입가에 묻은 피를 닦아주며 부드럽게 매만진다) 산과 여자의 공동점이 뭔 줄 알아?

이브   ….

나비   정복하면 싫증이 난다는 거.

이브   다시는 사랑을 못 할 거 같아.

나비   담배 맛은 세 모금을 펴봐야 알 수 있어.

이브   지겹도록 끔찍한 현실은 외롭다는 거야.

나비, 이브를 안고 입맞춤을 한다.

이브도 나비에게 입을 맞춘다.

나비   두려워하지 마. 따뜻함만 생각해.

서로를 애무하는 두 사람.

4. 결혼

이브, 다른 가면과 옷으로 갈아입는다.

이브   외로움을 거부하는 외로움은 더한 외로움을 낳았어. 사람들 사이를 걸으면서 평범해지고 싶다는 생각을 했지. 내 걸 갖는 것도 괜찮겠다는 생각도 들었고. 결심은 또 한 번의 성형수술을 하게 했지.

아담5, 나온다.

이브 　그를 만나면서 완벽하게 연출했어. 이름을 바꾸고 과거에 가졌
　　　던 모든 걸 버리고….
아담5 　당신과 자고 싶어.
이브 　사랑해요. 하지만 결혼하지 않을 남자와 관계를 가질 순 없
　　　어요.
아담5 　순결한 당신을 내 아내로 맞이하게 해줘.
이브 　거절할 이유가 없었지. 누구냐는 중요하지 않았으니까. 결혼이
　　　중요했을 뿐… 물론 평범한 일상을 줄 수 있는 적당한 조건도
　　　가진 남자였어. 당신의 눈으로 세상을 보고 싶어요.

아담5, 이브에게 면사포를 씌워주며 입맞춤한다.

아담5 　사랑해. 당신은?
이브 　네.

아담5, 이브를 안고 행복해 한다.

이브 　순순히 응하는 나를 보면서 그는 사랑을 확신하더군.

그 사이 무대는 그들의 신혼집으로 바뀐다.

이브 　처음엔 아무 문제도 없었어. 그가 원하는 대로 '네' 라고 대답
　　　만 하면 됐으니까. 그는 만족해했지. 나의 말없음을. 소리 없는

웃음을. 조용한 발걸음을. 수줍은 듯 웅크리는 몸짓을. 그는 목
마른 자가 샘을 떠 마시듯 나를 삼켰어.

아담5 (이브를 안으며) 내 사랑을 낳아 줘.

이브 ….

아담5 당신을 닮았으면 좋겠어.

이브 날 닮은 아이….

아담5 딸이면 더 사랑스럽겠지.

이브 그 말을 듣는 순간 온몸에 소름이 돋았어. 어떤 날 닮으라는 건
지… 왜 난 아이를 낳는다는 걸, 한 번도 생각지 못했을까. 뭔
가 잘못 됐다는 걸 깨달았어.

아담5 아들 하나 딸 하나면 좋겠지. 가장 이상적인 가족이지 않아.

이브 낳지 않겠어요.

아담5 무슨 소리야. 결혼을 했으면 아이를 낳는 게 당연하지.

아담5, 이브를 안으려고 한다.

이브 (밀치며) 싫어요.

아담5 아인 선택의 문제가 아니야.

이브 거부할 권리는 있어요.

아담5 이유가 뭐야?

이브 싫어요.

아담5 당신이 안 해도 난 해.

아담5, 이브를 거칠게 안는다.

이브 싫어. 강제로 이러지마.

아담5 넌 내 아내야. 내 아이를 낳아야 돼.

아담5, 나간다.

이브 나의 거부는 그의 동물성을 부축일 뿐… 그가 짓밟은 육체를
추스리며 강해질 수 있었어. 더 많은 피임약을 먹어야 했지
만… 그도 포기하지 않더군. 포기를 모르는 것 같았지. 견디기
힘들어 술에 의지하던 그는 점점 폭력적으로 변해 가더군.

무대 뒤에서 들리는 아담5의 술 취한 목소리.

아담5 문 열어. 당신을 부셔 버리겠어. 넌 악마야. 내 가슴이 찢어 놓
은 만큼 네 가슴도 찢어져야 돼.
이브 그는 힘으로 모든 걸 부셨어.

아담5, 거칠게 들어와서 이브를 때린다.
가해지는 폭력에 몸을 웅크리는 이브.
무너져 내리는 아담5.

아담5 이러지 말자. 서로가 아프잖아.
이브 익숙해졌어요.
아담5 내가 무너지는 걸 즐기는군.
이브 문을 닫는 게 좋겠어요. 바깥 공기가 차요.
아담5 당신만큼은 아니야.
이브 (남편의 등을 안으려다 팔을 거둔다) 안아 줄 사람을 찾아봐요.

전화벨 소리.
이브, 전화를 받는다.

이브	여보세요. 네… 네. (석고처럼 굳은 얼굴로 수화기를 내려놓는다)
아담5	누구야?
이브	… 아버지가 … 돌아가셨어요.
아담5	아버지? 안 계시다고 하지 않았나?
이브	같이 가 달라는 말 아니에요.
아담5	당신이란 여자… 처음부터… 모든 게 다… 거짓이었군.

아담5, 나간다.

이브, 소복으로 갈아입는다.

이브	과거는 다 버린 줄 알았는데… 그렇게 믿었을 뿐… 처음처럼 아버지의 딸로 앉아 있었어.

술에 취한 아담5, 아담6에 이끌려 들어온다.

아담5, 영정 앞에 엎드리듯 쓰러지며….

아담5	제가 당신 사윕니다. 본 적도 없고 들은 적도 없겠지만 제가 (이브를 끌어 당기며) 당신 딸이랑 살 섞고 사는 남잡니다. 제가요… 제가…. (쓰러지듯 잠이 든다)
아담6	워낙 급하게 마셔서 말릴 틈이 없었습니다.
이브	….
아담6	맨 정신으론 못 간다고….
이브	괜찮습니다. 애쓰셨어요.
아담6	쉬어야겠어요. 힘들어 보여요.
이브	괜찮아요.
아담6	자정 넘은 시간이라 올 사람도 없어요. 제 차에 가서라도 잠깐 쉬세요. 내일도 생각하셔야죠.

이브   밀폐된 차안에서 들을 수 있는 건, 서로의 숨소리뿐이었어.

아담6   담배 한 대 해도 될까요?

이브   ….

아담6   (담배를 꺼낸다. 담배명:VIRGINIA SLIMS) 담배가 길어서 다 탈 때까지 기다리기가 지루하죠. 담배를 핀다기보다 물고 있다는 말이 맞을 거예요, 저한텐… 담배 불을 붙여놓고 다른 일 하는 걸 좋아하니까요. 향을 즐기기에 그만이에요. 감미롭고 우아하고… (이브의 손을 끌어당겨 자신의 성기로 가져간다) 이해할 수 있어요?

이브   내 손에 잡힌 불룩 솟은 그의 남성은 죽음을 맞닥트린 인간의 생존본능 같은 거였어.

아담6   당신은 보지 말아야 돼요. 보면 탐나니까. 빼앗고 싶어요.

이브   원하면 줄 수 있어요.

아담6   들어가기 힘든 여자에요, 당신은.

서로를 탐하는 두 사람.

이브   우린 서로를 탐하며 살아 있다는 걸 확인하려고 했어. 난 숨쉰다. 생각한다. 움직인다. 존재한다. 더 이상도 그 이하도 우리에겐 필요하지 않아.

아담6, 콘돔을 꺼낸다.

이브   쓰지 말아요. 그대로 들어와요. 아….

암전.
무대 다시 밝아오면
이브, 흐트러진 옷차림으로 앉아있다.

이브   그의 흔적을 남겼어.

아담5, 나온다.

아담5   보이는 게 모두 진실은 아니겠지?
이브   진실은 내게도 당신에게도 하나예요.

아담5, 이브를 거칠게 안는다.
저항하지 않는 이브.
아담5, 지친 몸으로 이브에게서 내려온다.

이브   이런 행동은 당신을 위해 하지 말아요.
아담5   (담배를 꺼내 문다. 담배명:도라지) 텁텁한 건 시원한 물을 원하게 되
       지. 시원한 물을 원하기 위해서 텁텁함을 원해. 버릇처럼….
이브   처음 만났을 때 익숙한 냄새가 났어요. 내 몸이 아버지의 담
       배향을 기억하고 있었던 거죠. 당신한테선 약초냄새가 짙게
       나요.
아담5   당신을 잡고 싶어.
이브   갈수록 서로를 지치게 만들뿐이에요.
아담5   돌아갈 수 없을까….
이브   이미 떠나온 곳이에요.
아담5   한 번이라도 당신 얼굴을 보고 싶어. 가면이 아닌….
이브   나도 본 적이 없어요. 지옥은 아무나 볼 수 있는 게 아니에요.
아담5   사랑해.
이브   당신을 사랑할 수 없어서 눈물이 나.
아담5   가슴에 묻어 둘 거야. 죽을 때까지. (일어서며) 담배 사러가야겠
       어. 담배는 또 사면 그만이지만 당신이 떠나고 나면 그 자린 뭘

로 채우지?

이브　(웃으며) 많이 피우지 말아요.

아담5　길 잃지 마.

아담5, 나간다.

이브　거리 위로 어둠이 내리고 비가 내렸어. 어둠과 비는 온전히 내게로 내렸어. 폭풍이라도 몰아쳤으면 육체와 영혼을 바람의 재물로 던져 줄 텐데 하늘은 얌전히도 비만 내렸어. 물어볼 사람이 필요해. 난 어디로 가야하죠? 내게 길을 보여 주세요. 어둠을 거리에서 보내기 싫어요. 추워요. 무서워요. 질문의 답은 그로 나타났어.

아담7, 나온다.

아담7　(우산을 씌워주며) 흠뻑 젖었군.

이브　낯익은 얼굴. 그였어요.

아담7　처음엔 아닌 줄 알았어. 많이 변했군.

이브　변화를 위해 시간은 흐르잖아요.

아담7　여기 오래 있을 거야?

이브　그랬다간 얼어 죽을 거예요.

아담7과 이브, 나간다.

5장. 사과를 먹다

이브 그의 방으로 데려 갔어요. 따듯한 차를 내밀더군. 언 몸을 녹이
기에 충분했지.

아담7 (목소리) 샤워 해.

이브 비누거품이 씻겨 나가는 걸 보면서 육체에 묻은 먼지도 씻어
낼 수 있겠다는 생각이 들어 씻고 또 씻었지. 몇 번을 씻어 냈
는지 몰라.

피아노 연주.

이브 문틈으로 파고 든 피아노 소리를 듣지 못했다면 멈추지 않았을
거야. 소리는 발끝을 간지럽히며 내 안으로 파고들었어. 하얀
속살을 들어낸 몸을 타고 조금씩, 조금씩 올라오더니 가쁜 숨
을 타고 연주되기 시작했어.

아담7 (나오며) 네 안에 악보를 쓰고 싶어.

아담7, 이브를 애무한다.

이브 그는 날 연주하길 원했지. 익숙한 손놀림으로, 뜨거운 입김으
로… 내 근육을 달구며… 조금은 거칠게 파고들고 조금은 친절
하게 안아주며… 그에게 중간음은 죄야. 움직일 수 없게 나를
누르는 저음과 허공에 내던지는 고음만 있을 뿐. 그의 연주는
쉼표도 생략 돼. 마지막 건반을 누를 때 온몸으로 토해냈지. 환
희를….

떨어지는 두 사람.

이브   사랑하는 사람하고만 섹스하고 싶어.

아담7   상상해. 어느 정도의 상상은 자극제가 되지.

이브   뭘?

아담7   사랑한다고.

이브   그게 가능해요?

아담7   별로 어렵지 않아. 상상에 불가능은 없어. 사랑과 섹스는 분리
해야 돼. 언제까지 육체를 정신의 노예를 삼을 순 없어. 섹스는
섹스로써 가치가 있거든.

이브   그의 연주곡은 매번 바뀌었지. 악기도 달랐어.

바이올린, 타악기 등이 불협화음처럼 거칠지만 녹아드는 음색이 흐른다.

아담7   구하기 힘들면 가치가 높아지지. 쾌락을 아는 사람은 많지 않
아.

이브   그는 나를 눕히고 성찬을 차렸어.

아담7   네 영혼까지도 먹을 수 있어.

이브   붉은 체리를 가슴에 올리고 아이스크림으로 장식하고. 차가운
촉감이 싫지 않더라. 포도주를 내 몸에 천천히 스며들게 붓고
는 세치 혀로 마시더군. 은밀한 부분에 스며든 한 방울까지. 체
리를 깨문 그의 입가로 붉은 물이 번졌어. 뜨거워진 육체로 아
이스크림이 녹아들고 달콤한 향기에 식욕이 당겼어.

이브의 몸에 성찬을 차리는 아담7.

이브   들어 와요.

아담7 어떻게 할까?

이브 그는 언제나 내게 물었지. 친절하게.

아담7 순응하면 넌 사라져. 내게 요구해.

이브 (잠시) 바닥이 좋아요. 진짜 같아서….

아담7 다리를 오므려봐.

이브 허리는 들어요?

아담7 무릎을 모아.

이브 조금만 옆으로 틀어줘요.

아담7 엉덩이만 살짝 낮춰.

이브 장소와 체위가 조금씩 바뀔 때마다 새로운 느낌에 눈을 떴지. 그는 내 몸으로 들어와 신천지를 탐험하기 시작했어. 발견의 기쁨은 나와 나눴고. 그는 날 위해 자신을 바꾸기도 한 거야. 마치 다른 사람처럼 낯설게 굴기도 하고 아이처럼 응석도 부리고. 날 자신의 무릎에 앉히고 아이를 다루듯 간지럼 태우기도… 낯선 공간에서의 관계는 그가 준 선물 중 하나야. 저녁식사를 마치고 커피를 마시던 그가 나를 끌고 아파트 옥상으로 올라갔어. 벽에 내 몸을 밀치더니 자신의 옷을 내렸어.

아담7, 이브를 끌고 간다.

이브 여기서? 누가 보면?

아담7 평이한 섹스는 지루해

이브 그는 나의 망설임을 입으로 막았어. 난 긴장하기 시작했지. 바람소리에도 온몸을 떨었어. 그리고 잠시. 더 이상 소리는 우리를 방해하지 못해. 발자국 소리에도 우린 멈추지 않았어. 불안하게 걸려 있는 외줄을 타는 사람들을 이해할 수 있었지. 아슬아슬하게 조여 오는 공포는 온몸에 전율을 일으키고 있었던 거야. 그 외에 다른 생각은 할 수도 없었지. 조금 더. 조금 더. 온 몸이 땀으로 젖고서야 현실의 시간으로 걸어 나올 수 있더군. 땀에 젖은 살갗에 맞는 바람이 얼마나 싱그럽던지. 별이 생각보다 가까이에 있다는 사실도 알았고. 인간은 승리의 희열을 맛보기 위해 전쟁을 일으킨다지. 살아 있다는 행복감을 만끽하기 위해. 섹스도 전쟁과 같아. 세상이 흐르는 대로 기계적으로 살아가는 사람들에게서 기대할 수 있는 건 없어. 치열하게 세상과 부딪치면 부딪치는 만큼 그 대가는 크지. 더러는 상처도 생기지만. 낭만? 덤 같은 거지. 음미할 게 있다는 건 추억할 시간이 있다는 거고 추억은 낭만의 어머니니까.

음악이 바뀐다.

이브 슬픈 음악은 만들지 말지 그랬어요.

아담7 인생은 슬픈 거니까.

이브 외로워요?

아담7 곁에 누군가 있으면. 혼자는 아무것도 할 수 없다는 생각이 들거든. 무서운 공포지.

아담7, 거울 앞에 서서 알몸인 자신의 몸을 들여다본다. 자신의 몸에 키스를 한다.

아담7 해봐. 아름다움에 취해봐. 도와줄게. (이브를 거울 앞에 세우고 옷을 끌어내린다) 널 정복하고 싶지 않니? 누구의 의해서도 아닌 네 스스로.

이브, 스스로를 애무하기 시작한다.

마치 둘이 나누는 사랑처럼.

이브의 몸짓은 선행되는 음악과 함께 슬프게 느껴진다.

슬픈 섹스다.

아담7　손끝을 가볍게 움직여. 피부는 민감하거든 조금만 거칠어도 외면해 버리지. 술의 힘을 빌려도 좋아. 네 몸을 깨울 수 있다면. 젖은 입술을 벌리고 혀끝을 내밀어 떨고 있는 세포와 근육들을 부드럽게 풀어줘. 천천히. 너의 눈. 코. 입술. 얼마나 너의 손길에 목말라 했는지 느껴봐. 입 속으로 파고든 손끝을 깨물어. 그 아픔을 잊지마. 가녀린 너의 목선이 얼마나 고운지 손끝이 말해주는 소리를 들어. 가슴은 널 맞이할 준비를 끝냈어. 봉긋이 솟은 게 화가 난 것 같겠지만 널 기다리고 있었을 뿐이야. 팔에 힘을 줘서 가슴을 끌어 안아.

이브　나도 몰랐던 내 안의 소리가 나오기 시작했어.

아담7　허리는 너무도 성스럽게 널 받치고 있어. 하얗게 드러나는 허벅지를 끌어당겨. 서둘지 마. 이젠 욕망의 샘물을 마실 차례야. 흘러넘치는 샘물에 손을 담그고 깊이를 느껴봐. 따뜻하게 조이는 힘. 파르르 떠는 작은 잎새처럼 널 맞이하는 수줍음을 기억해. 욕망의 심부름꾼은 너의 다리를 타고 발끝으로 내려가 편안히 휴식을 취하면 돼.

아담7, 나간다.

이브　(절정에서 흐르는 눈물) 꼼짝할 수 없었어. 세포들이 움직임을 멈췄는지 몇 초간 심장도 뛰지 않더군. 난 알았어. 넘지 말아야 할 선을 넘었다는 걸. 이브가 금단의 열매를 따먹었던 것처럼. 금단의 열매를 따먹은 이브에게 에덴은 더 이상 보금자리가 될 수 없었듯이… 이브는 아담과 있어 외롭지 않았을까? 난 그런 생각을 하면서 그곳에서 도망쳤어. 내가 어딜 갔는 줄 알아? 끝내 내 것이 되어주지 않아 절망했던 사랑한 그 사람을 찾아 갔어. 나누고 싶어서… 가르쳐 주고 싶어서….

아담4, 나온다.

아담4   난 괜찮아.
이브   괜찮아 보여요.
아담4   당신도.
이브   낯설군요.
아담4   당신도.
이브   그림은….
아담4   다른 일 해. 다른 일 하길 원해서….
이브   당신과 섹스할까, 생각도 했었죠.
아담4   지금은 그때처럼 사랑하지 않나?
이브   당신에게서 다른 여자의 냄새가 나요. 역겨워요. 그 여자가 바꿔놓은 당신 냄새가. 내 안에 쏟아낼 게 남아있지 않아 다행이어요.
아담4   잘못 봤어. 그 여잔 약하지 않았어. 다시 안고 싶어.
이브   사랑을 알게 해준 당신을 내 거로 만들고 싶지만, 당신한텐 욕정밖에 보이지 않네요.

아담4, 나간다.

이브   걷기 시작했어. 길처럼 보이는 곳은 어디든. 어깨를 스치던 사람들의 모습이 하나둘 사라지고 가로등이 꺼지고, 새벽이슬이 머리를 적셨고 안개는 내 눈을 가렸어. 반쯤은 쓰러진 채로 문을 두드린 곳은 그의 아파트였어. 내게 금단의 열매로 유혹한. 그는 새로운 여자와 섹스를 나누고 있었어. 깨어나 보니 그의 침대더군. 여자는 보이지 않았고. 난 그에게 섹스를 요구했어.

아담7 이런 식으로 갖고 싶지 않아.

이브 다른 여자들처럼 대하면 되요.

아다7, 이브를 안는다.

이브 우린 섹스가 끝나면 죽는 일 밖에 남지 않은 사람들처럼 서로에게 최선을 다했지.
　　　ㅡ 깊게 들어와.
　　　ㅡ 계속해. 계속.
　　　무서운 침묵이 우리를 누르더군. 죽음이 그런 걸까….

떨어지는 두 사람.

아담7 가지 마.

이브 당신은 내가 가는 것도 모를 걸요. 당신에게 나 같은 여자는 망치면 구겨버리는 오선지 같은 걸 테니.

아담7 (담배를 꺼내 문다. 담배명:lu men) 뜻이 뭔 줄 알아? 광속의 측정단위래. 빛과 같은 속도로 시대를 앞서가는 사람들의 자신감과 여유를 표현하고 싶었다더군. 정말 시대를 앞서가면 자신감과 여유를 맛볼 수 있을까. (사이) 새로운 담배가 나올 때마다 바꿔보지만 새롭다고 느껴 본 적이 없어. 가면 다른 게 있을 거 같아?

이브 열심히 생각하면 뭔가 있겠죠.

아담7　이 말이 널 잡을 순 없겠지만… 넌 달랐어. 너의 마지막 남자이고 싶었어.

이브, 나간다.
무너져 내리는 아담7.
암전.

6장. 나비

나비, 지친 모습이다.

나비　담배를 물면 어김없이 내미는 불, 사람들의 선입견이 더 이상 담배를 물고 있지 못하게 만들지. 물고만 있을 수도 있는데… 그게 사람을 지치게 해. (담배에 불을 붙인다) 그런데 더 재밌는 건 거부하지 못하고 받아들이고 있는 날 발견하는 거야.

이브, 나온다. 다른 가면과 옷으로 갈아입었다.

나비　저녁을 먹자네. 선물도 준비했더라. 향수. 좋아하는 향은 아니었지만 고맙다고 말했지. 레스토랑을 나와 할인매장에 들러 굴이랑 맥주를 사들고 그의 집으로 갔어. 방에 들어선 것도 그가 말하진 않았지만 원한다고 생각했기 때문이었고, 재미없는 비디오를 같이 봐 준 것도 그가 원해서였어. 화면에 자막이 올라가자 그는 더듬더듬 내게로 기어왔어.

남자 속옷이 꽉 껴서, 내려가지 않아.

나비 옷을 벗길 때마다 내 도움을 받았어. 익숙해질 만도 한데… 매번 느끼는 거지만 손놀림이 능숙하지 못해. 스타킹을 벗길 때마다 구멍을 냈으니까. 언제나 그랬던 것처럼 난 몸을 눕혔고 그는 서둘러 내 안으로 들어왔어. 그리고 짧은 섹스는 격렬한 몸짓은 없지만 안전하게 끝나. 둘은 지지직거리는 화면정지 소음 속에 누워있어. 그는 관계가 끝나기 무섭게 옷을 입지. 헐렁한 반바지에 런닝. 허공에 담배연기를 길게 내뿜으며 그가 뭐랬는 줄 알아?

남자 지루해. 모든 섹스는 지루해. 너도 지루해.

나비 어떻게 나한테 그런 말을 할 수 있지. 지루함을 견뎌준 게 누군데. 그는 내가 마지막이라고 선택한 남자였어. 그를 견뎌준 이유도 거기에 있었고. 머리가 멍해지면서 탁한 공기에 토할 거 같았어. 거리로 뛰쳐나와 구토를 해댔지. 장속에 차 있던 누런 물까지 밖으로 쏟아내고 나서야 공기를 들어마실 수 있더라. (담배를 깊게 들이마시곤) 그리곤 이리로 달려온 거야. 네가 보고 싶었어.

이브 술 마셨니?

나비 많이 낯설다. 너 같지 않아. 넌… 넌….

이브 말하려고 애쓰지 않아도 돼. 나도 날 모르겠는 걸. 예전에도, 지금도… 우린 내가 누군지 설명할 수 없는 시대에 살고 있잖아.

나비 가벼워지는 게 이렇게 힘든 건 줄 몰랐어. 무거워지는 게 싫어서 설명이 필요 없는 섹스만 한 건데.

이브　아담과 이브는 사랑했을까? 그들에게 금단의 사과는 뭐였을까? 사랑하지 않음을 깨달았을 땐 에덴의 동산은 더 이상 행복을 줄 수 없었겠지. 그들은 왜 헤어지지 않았을까? 그러기엔 너무 나약했던 게 아닐까….

나비　나비가 되고 싶어. 번데기로 죽기 싫어.

이브　날개는 이미 우리 안에 있는지 몰라. 어쩌면 영영 그 사실을 깨닫지 못한 채 죽을지도 모르지.

나비　안아줄래?

이브　그래도 외로울 거야.

나비　추워서 그래.

이브　우리 다시는 만나지 말자.

암전.

7장. 독백

욕조 안에 앉아 있는 이브.
시크릿 가든의 'ADAGIO'가 흐른다.
이브, 가늘게 어깨를 떤다.

이브　울기 위해 이 곡을 들어. 2분 55초 동안은 눈물이 허락되거든. 이 곡이 끝나면 눈물도 끝이지. 울고 싶은데 눈물이 나지 않는 것만큼 슬픈 일은 없잖아. 울고 싶다고 해서 언제든 눈물을 흘릴 수 있는 게 아니더라. 울지 말아야 할 때 눈물을 다 써버렸기 때문일까… 화장을 지우고 싶어. 내 일굴을 찾을 수 있을까.

내가 그들을 만나긴 한 건가? 어쩌면 이 방에서 한 발짝도 나가보지 않았는지도 몰라요. (문을 두드리는 소리) 그가 왔어. 그는… 그가 누군지 모르겠어… (재촉하는 문 두드리는 소리) 이브! 널 사랑한 시간이 너무 짧아서 미안해. (녹음기를 끈다)

욕조 밖으로 나오는 이브의 젖은 몸.
처음 장면 그대로
이브의 몸을 끌어안는 남자.
가면을 쓴 남자들이 그들을 둘러싸며 무곡에 맞춰 춤을 춘다.

가면　가면으로 날 속였어.

이브　모든 걸 알고 나면….

가면　성스럽게 위장한 창녀에 불과해.

이브　아무 의미도 없어.

가면　널 갖고 싶어.

이브　당신 거야.

가면　사랑 할 수 없어서 눈물이 나.

이브　당신 꽃은 시들지 않았어.

가면　몸이 깨어나는 소리를 들어.

이브　내게 그런 말을 해선 안돼.

가면　네 몸이 원하는 소리를 들어.
　　　　눈을 떠.
　　　　이젠 깨어나.

격정의 몸짓을 멈추는 두 사람.
이브를 안고 있던 아담, 이브의 몸에서 빠져 나온다.

아담   좋았어?

이브, 거울 앞에 앉는다. 머리를 빗는다.

아담, 담배를 꺼내 문다.

아담   (담배명:PARLIAMENT) 필터부분에 비어있는 5mm의 공간이 내 외로움과 닮았어. 좋아하는 맛은 아니지만… 필터가 딱딱해서 마른 장작을 씹는 기분이거든. 그래선가. 그래서 나와 더 닮았나. (담배연기를 깊게 마시곤) … 사랑하니?

이브   ….

아담   아니라고 하는 것보다 더 지독하구나.

화장을 하고 있는 이브의 등 뒤로 다가서는 아담.

아담   내게 만족해 줘.

이브   ….

아담   사랑하자. 어렵지 않아.

말없이 화장을 끝내는 이브, 엷게 미소를 짓는다.

아담   제발… 무릎만 꿇지 않았지 네 앞에 모든 걸 버렸어. 사랑해.

아담, 이브의 목으로 손을 가져간다. 서서히 힘을 준다. 눈에 가득 고이는 눈물.

이브, 미동도 하지 않은 채 눈을 감는다.

이브의 목을 점점 거세게 조르는 아담.

아담   제발… 사랑한다고 말해줘. 제발… 널 죽이게 하지마. 사랑해.

이브, 눈을 감는다. 눈물이 흐른다.
손에 점점 힘이 들어가는 아담.
축 늘어지는 이브.

아담   설익은 열매를 따먹을 땐 설렘과 기대가 적당히 섞여 흥분하게 되죠. 맛보다는 첫 맛을 봤다는 환희. 경험 있는 여자보다 처녀와 관계 하는 게 더 쉽다는 거 아세요? 환상을 갖고 있기 때문이죠. 따뜻함 같은… 물론 두려움도 있겠죠. 하지만 도덕적으로, 윤리적으로 억눌려온 몸과 마음은 조금만 건드려도 문이 열리죠. 문제는 그 다음입니다. 그 대가로 그녀 인생을 책임져야 하는 부담감이 밀려오거든요. 입으론 말하지 않아도 눈으론 분명히 말하고 있어요. '난 당신에게 모든 걸 줬어요. 날 가져요. 책임져요.' 하룻밤 같이 잤다고 평생을 함께 해야 한다면 너무 큰 형벌이죠. 도망치게 됩니다. 통신을 하다가 이름도 모르는 여잘 만났어요. 얼굴은 생각나지 않지만 섹스가 아무 의미 없다고 말했던 그녀의 말은 아직도 생생합니다. 이해할 수는 없었지만 아무튼 그녀 덕에 결혼을 생각하게 됐어요. 날 사랑하고 날 믿고, 어떤 의미를 만들고 싶었다는 말이 더 어울릴 거 같군요. 순결한 나의 아내. 순백의 여자는 남자를 충족시키기에 충분하죠. 평범한 일상이 주는 행복에 욕심나게 만든 여자였어요. 제가 첫 남자는 아니었을지도 몰라요. 아무것도 확인하지 않았으니까요. 처음 관계를 갖던 날, 그녀가 생리중이라 알 수가 없었죠. 처녀가 아니었어도 상관없었어요. 전 그녀를 사랑했으니까요. 그녀에게서 제 아이를 낳고 싶었어요. 하지만 아내는 거부했죠. 가지 말라고 매달렸지만… 떠났어요.

그 후로 누구도 사랑하지 않겠다고 결심을 했어요. 그녀를 만나지 않았다면 흔들리지 않았을 텐데… 그녀에게만은 마지막 남자이고 싶었는데… 육체에 눈을 뜬 그녀는 나를 떠났어요. 사랑을 갖고 싶어요. 누구에게도 뺏기지 않을… 내게서 다시는 도망가지 않을… 내 곁에 누워있는 그녀도 나한테 사랑한다는 말을 끝내 하지 않았어요. 언젠간 들을 수 있겠죠. (옷 속에서 담배를 꺼내는데 피다만 여러 종류에 담배들이 툭툭 떨어진다) 어떤 담배를 피울까요. (여러 종류의 담배들을 테이블에 가지런히 올려놓으며) 어떤 담배가 지금의 날 설명할 수 있을까요. 벌써 혼자라는 게 견디기 힘들어요. 옷 매무새를 가다듬고 밖으로 나가야겠죠. 다시 사랑할 겁니다. 힘들어도… 하지만 다음엔 외롭지 않을까요…. 그럴 수 있을까요….

막 내린다.

부러진 날개로 날다

· 등장 인물

아버지　　55세
새엄마　　40세
딸　　　　26세
어머니　　53세
연출가　　30대 중반
배우　　　남지, 26세

· 무대

무대에는 침상과 소파가 놓여 있다. 극의 진행에 따라 병원과 거실을 겸한다.
무대 뒤쪽으로 인물들의 등 · 퇴장이 가능해야 한다.

딸   (걸어 나오며) 제가 선택한 사람이에요.

배우   (따라 들어오며) 부모에겐 자식의 선택이 잘못됐을 때 바로 잡아줄 의무가 있어.

딸   아버진 언제까지 그 의무를 방패 삼아 제 숨통을 조일 거죠?

배우   널 보호하려는 거디.

딸   그 사람과 결혼하겠어요.

배우   안 된다.

딸   사랑하고 있어요.

배우   그놈은 꽃을 바치며 사랑을 말할 거다. 그러나 꽃이란 본시 한 번 꺾이고 나면 사흘을 넘길 수 없는 법. 넌 향기 잃은 꽃이 되어 썩어 가는 쓰레기더미에 버려질 것이고 그놈은 다른 사랑을 찾아 떠날 것이다.

딸   하늘과 땅의 신에게. 바닷물이 다 말라도 나를 향한 사랑은 마르지 않을 거라고 맹세했어요.

배우   맹세란 입술에 바른 침이 마르면 잊혀지는 거다.

딸   지금껏 아버지의 말을 거역해 본 적이 없지만 이 사랑을 거역할 순 없어요.

배우   애비도 널 사랑한다.

딸   제발, 제발… (괴로움에 얼굴을 감싸고) 가게 해주세요. 절 놓아주세요.

연출가   (객석에서 일어서며) 야! 너 뭐하는 거야? (딸 고개를 숙이고 있고 배우 시선을 멀리 둔다) 그렇게 밖에 못해? 도대체 몇 번 말해야 돼. 넌 아버지의 힘에 눌려 아무것도 할 수 없었어. 그러다가 한 남자를 사랑하게 되면서 눈을 뜨게 된 거야. 벗어나고 싶다. 찾아야겠다. 사랑이든 자아든. 뭐든 좋아. 뭐든 좋으니깐 찾으려는 몸부림을 쳐보란 말야. 갈증으로 몸이 타 들어가는 인간의 몸부림. 눈물만 흘리면 되는 신파가 아니란 말야.

딸   조금도 망설이지 않을까요? 두렵기도 하고….

연출가   못하겠으면 그만둬.

딸   ….

연출가   당장 집어치우란 말이야.

연출가 자리에 앉는다.

배우 퇴장한다.

아버지 무대 뒤에서 등장하며.

아버지   집어 쳐. 당장 집어 쳐. (가운을 걸치고 있다) 네가 뭘 하겠다는 거
           냐. 밥 빌어먹기 딱 좋은 게 연극쟁이야. 계집애가 얌전히 있다
           가 시집갈 생각은 안하고, 이놈 저놈 품에 안겨 뭘 어쩌겠다는
           거냐? 사내 밝히는 년은 화냥질밖에 할 게 없어.

딸   육 년이란 시간이 지났는데도 아버진 똑같은 말만 반복하시는
           군요.

아버지   그 병 다 나은 줄 알았드만 또 도지냐?

딸   한 번도 잊은 적 없어요.

아버지   네 나이가 몇인 줄은 아냐? 스물여섯이다. 스물여섯. 애엄마가
           되어 있어도 모를게 정신 차려. 남 밑에 있기 힘들면 네 이름으
           로 가게를 내. 돈은 애비가 대주마.

딸   하고 싶어요. 하게 해주세요.

아버지   했다간 부모 자식 연 끊을 줄 알아.

아버지 침상에 눕는다.

딸, 아버지를 쳐다보고 서 있다.

새엄마 들어오면서 현재 시점이 된다.

새엄마 언제 왔니? (의자에 앉는다)

딸 조금 전에요. 아버진 어떠세요?

새엄마 하루 종일 잠만 주무신다.

딸 의사 선생님은 뭐래요?

새엄마 ….

딸 괜찮다죠.

새엄마 (눈물을 훔치며) 육 개월이래. 이 달을 넘길지 못 넘길지 장담할 수도 없고….

딸 (동요하지 않고) 수술은요?

새엄마 암세포가 너무 퍼져서 손 댈 수가 없다는 구나.

잠시 침묵이 흐른다.

새엄마의 흐느끼는 소리만 가늘게 들린다.

딸 말하셨어요?

새엄마 안할 생각이다. 네 아버지 성격에 알게 되면 당장 퇴원하려 들 텐데 약물 치료라도 할 때까진 해봐야지.

딸 산 사람 맘 편하자고 죽어가는 사람 속이는 건 말도 안되요. 얘기하세요. 아버지도 준비하실 시간 가지셔야죠.

새엄마 어떡하든 살려 볼 생각은 안하고 고작 한다는 말이 준비할 시간을 주자고. 아무리 아버지와 정이 없대도 그리는 말 못한다.

딸 저도 하늘이 무너지는 것 같아요. 그렇다고.

새엄마 (말을 가로채며) 그렇다고, 죽어 가는 사람 두고 강 건너 불구경하 듯 하니. 넌 내가 아파서 눕기라도 하면 거들떠보지도 않겠구 나. 친아버지가 죽는다는데 눈 깜짝 안하는 애가 널 낳아 주지 도 않은 내가 죽는단들 콧방귀라도 뀌겠니.

딸 그런 뜻 아니라는 거 아시잖아요.

아버지	왜 이리 시끄러워?
새엄마	(벌떡 일어나 다가가며) 깨셨어요. (아버지를 일으켜 앉힌다) 물 드려요?
아버지	응.

새엄마 물 잔을 건넨다.

아버지	(목을 축이고) 넌 애비한테 인사할 줄도 모르냐?

딸 고개만 숙인다.

아버지	머리에 물 찼냐? 고개만 까딱거리게.
딸	다녀왔습니다.
아버지	애비가 병원에 누워있는데 걱정도 안 되냐?
딸	엄마한테 들었어요.
아버지	꼴은 그게 뭐냐? 나이가 그만하면 고상하게 입고 다닐 것이지. 천박하게.
딸	어때서요?
아버지	옷을 입으려면 얼굴에 맞춰야지. 얼굴은 아줌만데 옷은 스무 살 애 꼴이니. 사람들 욕 하지 않겠냐.
새엄마	그만하세요.
아버지	그만하긴. 당신 애 단속을 어떻게 하는 거야?
새엄마	나이가 몇인데 지 일 지가 알아서 해야죠.
아버지	못하니 문제지… 너 요즘 뭐하고 다니길래 코빼기 보기가 힘드냐? (단호하게) 되도 않는 짓 한답시고 방방 뛰지 말고 정신 차려. 어릴 땐 몰라도 서른 넘기면 금방 마흔이고 오십이다.
딸	….
아버지	왜 대답이 없냐?

딸	알았어요.
아버지	니 엄마더러 가게 자리 보러 다니랬다. 아무 말 말고 뭘 할 건 지 생각이나 해둬. 의상실은 어떠냐. 일한 경험도 있으니.
새엄마	당신 몸부터 추스리세요.
아버지	퇴원 날짜는 잡았어?
새엄마	검사가 몇 가지 남았대요. 치료도 받아야 되고.
아버지	내 몸은 내가 알아. 내일 퇴원한다, 그래. 답답해서 못 살겠어.
새엄마	의사 말 좀 들어요.
아버지	갑갑증 나 죽겠다고. 송장 치르고 싶어?
새엄마	안돼요.
아버지	이 사람이… 내 병은 내가 안다잖아.
새엄마	그렇게 잘 아셔서 병을 이 지경까지 키우셨수.
아버지	왜. 의사가 뭐라 그래?
새엄마	그래요. 묘자리 보랍디다.
아버지	무슨 말이야?
새엄마	아무 것도 아니에요.
아버지	의사가 뭐라던데.
새엄마	아니라고요. 여보! 고집 부리지 말고 의사가 퇴원하랄 때 합 시다.
아버지	말해봐.
딸	준비하래요.

아버지 표정이 굳어진다.

새엄마	(발끈) 애!… 맘 상해 말아요. 치료하면 나을 수 있대요.
아버지	얼마나 남았대?
딸	길어야 육 개월이래요.

새엄마	너 무슨 짓이니. 세 살 먹은 어린애도 아니고 할 말 안 할 말 구분도 못해?
딸	숨기는 게 최선은 아니죠. 환자가 알아야….
새엄마	너 참 잔인하다. 아무리….
아비지	그만해.
새엄마	치료 때문이래도 그렇지. 딸이라는 애가….
아버지	그만하래도.

잠시 침묵이 흐른다.

새엄마	누우실래요?
아버지	….
새엄마	여보.
아버지	(침상에서 내려선다)
새엄마	어디 가시게요?
아버지	바람 좀 쐬야겠어.
새엄마	같이 가요.
아버지	있어.
새엄마	곁에 있을게요.

아버지 나간다.

새엄마	(나가려다 말고) 속이 시원하니?
딸	또 제가 잘못했다고 말하고 싶으신 거죠?
새엄마	넌 항상 이런 식이지. 가족에 대한 의무나 사랑이 없어. 있다면 아파할 게 두려워서 그렇게 말 못한다. (나간다)
딸	누구든 말해야 했잖아요.

배우 등장하면서 연습실이 된다.

배우 네가 그런 말을 하다니… 네 에미를 묻던 날, 내 눈은 피로 짓
물렀고 내 영혼은 불길에 던져졌다. 지옥 끝까지 따라 가겠다
던 맹세를 지키기 위해 칼을 뽑아 들었으나 심장을 찌를 순 없
었지. 내 품에서 잠든 너의 미소가 천사와도 같았기 때문에. 악
마가 천사의 가면으로 나를 속였나. 그 미소는 어디 가고 세 치
혀만 남아 애비의 가슴에 비수를 꼽는구나.

딸 아버진 사랑이란 이름으로 절 묶으셨고, 절 묶은 동아줄은 내
살을 파고들어 숨통을 조였어요.

배우 그 녀석 때문이다. 그 녀석이 나타나기 전까지 행복과 사랑만
이 너에게 있었다.

딸 눈은 떴으나 감은 것과 같았죠. 아버지가 보여주신 세상이 전
부라 생각했으니까요. 그를 만나면서 눈물을 배웠습니다.

배우 고통과 아픔뿐인 눈물.

딸 당신께서 주신 빵보다 그가 준 눈물이 더 소중해요.

배우 눈물은 배고픔만 줄 뿐, 다른 사랑을 선택해라.

딸 선택하라 말하시지만 그건 이미 아버지가 선택하신 게 아닌가
요? 저더러 아버지의 적선에 감사하란 말씀이세요? 그를 버릴
수 없습니다.

배우 넌 사랑에 눈이 멀어, 봐야 할 것을 보지 못하고 있다.

딸 당신께서 감겨 놓은 겁니다.

연출가 (객석에서) 좋아. 10분간 휴식.

딸 털썩 주저앉는다.

연출가 너 많이 좋아졌다.

딸   ….

배우 해가 동쪽에서 뜨더니. 연출가 선생님이 칭찬을 다하시네.

딸   말이 잘못된 거 아니니? 서쪽에서 떠야.

배우 당연한 말씀을 하셨다 이거야.

딸   (웃으며) 고마워.

배우 아버진 어떠셔? 인사드리러 병원에 찾아뵈려고 하는데.

딸   퇴원하셨어.

배우 좋아지신 거야?

딸   (고개를 젓는다)

배우 기적도 있다잖아.

딸   ….

배우 치료는?

딸   병원에선 하자는데 아버지가 거부하셔. 살려고 버둥대는 거 보기 흉하다나, 낫지도 않을 병 편안하게 가시겠대.

배우 보내드릴 준비는 된 거야.

딸   모르겠어. 부모와 자식 영원할 수 없는 거구. 먼저 가실 줄은 알고 있으면서도 어떤 모습으로 받아들이게 될진.

배우 집에선 아무 말 안하셔?

딸   무슨?

배우 너 결혼 문제.

딸   그게 무슨 대수니. 생명이 꺼져가는 분도 있는데.

배우 걱정 많이 하실 거다. 네가 헤아려서 서둘러.

딸   내가 결혼한다면 슬퍼하실 거야.

배우 딸 보내면서 서운해 하지 않는 아버지가 어딨냐? (어깨를 감싸며) 그리고 언제든 내가 필요하면 말해 준비되어 있으니깐.

딸   (배우를 쳐다본다)

배우 어… 저… 그러니깐.

딸 안들은 걸로 하겠어. (일어선다)

배우 (딸을 잡으며) 어쨌든 아버지 생전에 식 올리는 게 보기에도 좋고.

딸 …. (나간다)

배우 잠깐만. 야. (따라나간다)

아버지 들어와 소파에 앉는다. 주머니에서 수첩을 꺼내 뒤적인다.

새엄마 국화꽃이 담긴 화분을 들고 들어온다.

새엄마 전화하실 때 있어요?

아버지 아니야.

새엄마 (화분을 탁자에 놓으며) 꽃이라도 있으니 한결 낫죠? 전 국화가 좋아요. 꽃잎 수만큼이나 풍성하고 향도 그윽하고. 생명력도 질기거든요. 당신도 좋죠?

아버지 (시선도 안 준 채) 상갓집 같군.

새엄마 보기 싫어요? 미안해요. 치울게요.

아버지 놔둬. 얜 오늘도 늦는데?

새엄마 모르죠. 요즘은 나가도 전화 한 통 안 해요.

아버지 당신….

새엄마 왜요?

아버지 ….

새엄마 할 말 있음 해요.

아버지 나 죽고 나면 어떡할 거야?

새엄마 무슨 말이에요. 그리고 죽는다는 생각을 왜 해요. 당신 살 수 있어요. 의사도 그랬어요. 오늘 내일 하다 십년 버틴 사람도 있다고.

아버지 다시 결혼할 건가?

새엄마 그럼요. 돈 많은 영감 만날 거예요.

아버지   부탁할 사람이 당신밖엔 없어. 나이만 먹었지 아직 어린애거든. 내가 없더라도 보살펴 줬으면 하는데.

새엄마   당신 참 나쁜 사람이군요. 아니죠. 당신 탓 할 수도 없네요. 내 배로 낳은 자식이었다면 당신이 그런 말할 리 있겠어요.

아버지   기분 나빠할 건 없어. 나로선….

새엄마   그래요. 난 기분 나빠할 자격도 없죠.

아버지   애비로서 할 수 있는 말 가지고 왜 그래. 제 자식도 아닌데 떠맡게 돼서 짐스러운 거야? 시집이라도 보내 놨으면 당신한테 부탁하지 않아.

새엄마   그런 생각 가지고 어떻게 저하고 한 이불 덮었어요?

아버지   이해할 수 없군.

새엄마   십삼 년 전 당신 처음 만났을 때, 당신한테 딸아이 있는 걸 알고 저 미련 없이 애 못 낳는 수술했어요. 이 아이 하나면 된다. 이 아이 하나면… 그 이후로 한번도 내가 낳은 자식이 아니라고 생각해 본 적이 없었는데, 당신은 아니었나 봐요.

아버지   모를 리가 있겠소.

새엄마   살 맞대고 사는 남편이 그런 생각을 하는데, 갠 오죽하겠어요. 몰랐는데 당신 멀리 있었네요. 손으로 물을 떠올린 것 같아요. 손은 젖었는데, 손 안에 물이 없는….

딸 들어온다.

딸   늦었습니다.

아버지   집안에 환자가 있는데, 일찍 다닐 생각은 안 하고 너 할 짓만 하고 다니면 다냐? 애비야 죽든 말든.

딸 나가려고 한다.

새엄마 너 어디서 배운 버르장머리니?

딸 멈춰 선다.

새엄마 아버지 말 틀리신 거 아니다. 딴 애들 같았으면 걱정이 되서라도 전화 한 통이라도 했을 거다.

딸 대꾸하려다 만다.

아버지 좀 앉아라.

딸 의자에 앉는다.

아버지 (수첩을 내밀며) 나 죽거든 연락해라. 다 와줄 거다. 네 엄만 정신없을 테니, 네가 챙겨 뒀다가 전화해. 이젠 네가 집안에 가장이니깐 애들같이 되도 안하는 꿈은 꾸지도 말고.

딸 아버지.

아버지 제일 걱정되는 게, 네 결혼 문젠데. 어쩔 거냐? 내가 언제까지나 살아 있을 수도 없는 거고.

딸 걱정하지 마세요.

아버지 어떻게 걱정이 안 돼. 지금도 가문 따지는 집에선 부모가 이혼했다 하면 집안에 들이려하지 않는데, 나까지 없으면 남자 집에서 널 인정할 거 같으냐?

새엄마 아버지 말 맞다. 살아계실 때 어떻게든 식 올리는 게 상책이다. 내가 아무리 잘해줘도 남들은 입방아 찧기에 딱 좋은 거야.

딸 그렇다고 아무나 하고 할 순 없잖아요.

새엄마 신랑 자리가 났다. 선보자.

딸　　　갑자기 왜 그러세요?

아버지　사귀는 사람 있으면 데려 오던지.

딸　　　결혼할 맘 없어요.

아버지　나이가 몇인데 사귀는 남자 하나 없냐?

딸　　　있있딘 건 아니죠.

아버지　그 녀석 얘기하는 거냐? 그땐 네가 너무 어렸다.

딸　　　스물네 살이 어렸다고요? 아버진 언제쯤 솔직해지실 거죠? 제가 결혼해서 아버지 곁을 떠나는 게 싫으셨던 거 아닌가요?

아버지　내가 왜?

새엄마　아무리 아버지가 너 잘되는 걸 막았겠니? 그럴 만한 이유가….

딸　　　무슨 이유요. 무슨 이유죠?

아버지　부족했다. 너무 많이.

딸　　　뭐가요. 학벌, 재산. 전 뭐 볼 게 있어서요.

아버지　네 엄마와 널 맡기기에.

딸　　　맡기기에…?

아버지　내 대신 보살펴 줄 사람이 있어야 될 거 아니냐.

딸　　　결혼은 동반자를 찾는 거지 보호자를 찾는 게 아니에요.

새엄마　그건 네 아버지 생각이시다. 너한테 짐이 될 맘 없다.

딸　　　저도 마찬가지예요. 부담 가지실 필요 없어요. 그러니깐 짐승들 교미 붙이듯 대충 해치울 생각 마세요.

아버지　너 엄마한테 무슨 말버릇이냐.

딸　　　….

아버지　너 하나 보고 자기 자식 낳지도 않고 사는데.

딸　　　그것 때문에 숨도 제대로 쉴 수 없었어요. 하루에도 몇 번씩 사실이 아니길 바랬죠. 딴 애들처럼 투정도 부리고 싫고 말도 하고 화도 내고 싶었어요. 하지만 그럴 수 없었죠. 엄마 앞에만 서면 죄인이 된 거 같아서.

새엄마	몰랐다.
딸	제게 가족에 대한 의무감이 없다고 하셨죠. 만약 없었다면 버티지 못했어요.
아버지	못된 것. 낳은 에미가 버린 자식을 누가 거두겠니? 그래도 널 품에 안아 길러준 사람이야.
새엄마	그만하세요.
딸	엄마가 없었다면 아버지도 절 버렸겠군요. 차라리 버리지 그랬어요.
아버지	(딸의 따귀를 때린다) 당장 나가. 너 같은 자식 둔 적 없다.
딸	끝까지 지켜 주지도 못할 거면서, 왜 날 길들이셨어요? (뛰어 나간다)
새엄마	손을 왜 대요. (따라나간다)
아버지	내버려둬.

아버지 침대 밑에서 낡은 사진을 꺼내 소파로 가 앉는다.

천천히 눈을 감는다.

무대 뒤에서 어머니 등장한다.

아버지	(인기척에 눈을 뜬다) 당신!
어머니	….
아버지	오랜만이군. 수척해 보이는데 아픈 덴 없는 거요?
어머니	당신도 그리 좋아 보이지 않는군요.
아버지	그럴 거야. 수염을 깎지 않아서.
어머니	얘는 어디 갔어요?
아버지	아직 혼자요? 그 친구 아직 만나나?
어머니	변함없군요.
아버지	난 그저 궁금해서.

어머니 처음부터 당신이 만들어 낸 가상의 인물이었어요.

아버지 만나면 주려고 (사진을 내밀며) 아직 간직하고 있었소.

딸 술에 취해 등장한다.

딸의 눈엔 어머니가 보이지 않는다.

아버지 왜 인제 온 거요? 얼마나 기다렸는데.

딸   나가랬잖아요.

어머니 떠나길 그렇게 원했으면서 날 기다렸다고요? 난 잊을 수 없어요. 당신이 내게 한 짓을. 그 일만 떠올리면 몸서리가 쳐진다구요.

아버지 그땐 어쩔 수 없었소. 너무 멀게만 느껴져서. 너무 멀게만… 인정하고 싶지 않았어. 인정은 나에게 죽음과 같은 거였으니깐. 당신은 끊임없이 벽을 쌓았지. 내가 그 벽을 부수기 위해 얼마나 많은 노력을 했는 줄 알아?

딸   그런 적 없어요.

어머니 당신 혼자 성을 쌓고는 부순다는 빌미로 나를 부순 거예요. 당신과 함께한 삼 년, 헤어진 뒤 보낸 이십 년 넘는 세월. 내 인생의 반은 당신이라는 이름에 갇혀 병이 들었어요. 지금도 신음하고 있다구요.

아버지 당신은 병이 들었다지만 난 그 병으로 인해 죽어. 죽는다구. 내게 한번만 기회를 줬다면, 그 한번으로 다시 시작할 수 있었어. 다시 시작하자. 당신이 돌아오기만 기다렸어. (다가서며) 사랑해.

딸   아─악.

어머니 사라진다.

딸   더 이상 사랑이란 말로 절 묶으려 들지 마세요.

아버지   왔었어. 네 엄마가 왔었다.

딸   전 엄마가 아니에요. 될 수도 없고, 되고 싶지도 않아요. 난 나
          예요. 아시겠어요? 난 엄마일 수 없다고요.

아버지   네 엄만 모든 사람에게 사랑 받았다. 같이 거리라도 걸으면 모
          든 시선이 우리에게로 향했지. 네 엄만 완벽한 여자였어. 너도
          그렇게 자라 주길 바랬을 뿐이야.

딸   엄마가 좋아했던 색, 엄마가 좋아했던 음식, 엄마가 했던 행동
          들을 흉내 낸다고 해서 제 인생이 완벽할 줄 아셨나요? 자신이
          만들어 놓은 인형 줄에 절 매달아 놓고 놀이를 즐기신 거예요.

아버지   널 사랑하기 때문에….

딸   그 사랑이 강요한 모든 것들이 나를 조금씩 삼켰어요. 이젠 어
          디에도 내가 없어요.

아버지   네 엄마를 찾아야겠다. (일어선다) 돌려받아야 돼.

딸   어디 가세요?

아버지   찾아야 돼. 잃어버린 건 너뿐만이 아니야. (나간다)

딸   언제쯤 벗어나실 거예요.

          어머니 무대 뒤쪽에서 들어온다.
          딸과 환영과의 만남이다.

어머니   벗어나렴.

딸   당신이 아버지를 버린 것처럼 나도 버리라는 건가요. 돌아가
          세요.

어머니   해야 할 말이 있다.

딸   미안하다는 얘기라면 하지 마세요. 용서하란 말도 마세요.

어머니   이해해 다오.

딸   이해라는 말로 덮기엔 상처가 너무 깊어요.

어머니   그땐 어쩔 수 없었다.

딸   아버지와 제가 당신을 채우기에 그렇게 부족했나요?

어머니   그런 게 아니야.

딸   누구든 선택의 순간에 서면 자신이 가장 소중하게 여기는 걸
       선택하게 되는 법. 누구도 당신에게 돌을 던질 순 없어요.

어머니   나만을 위한 거라면 떠나지 않았다.

딸   엄마가 뭔지 몰랐어요. 누굴 엄마라 불러야 하는지도 몰랐죠.
       고모가 사촌 언니를 업고 집에 오셔도 고모가 언니의 엄마임을
       몰랐어요. 고모는 단지 내게 고모였을 뿐이었으니까요. 학교에
       들어가서야 비로소 알았죠. 가정 통신망을 작성하는데 선생님
       이 아빠와 단 둘이 사는 친구 손들라고 하대요. 앞에 엄마와 단
       둘이 사는 친구가 몇 있길래, 자신 있게 손을 번쩍 들었죠. 나
       밖에 없었어요. 여기저기서 쑥덕거리는 소리가 들렸고, 그 후
       로 엄마 없는 아이라는 딱지가 붙어다녔어요. 조금만 잘못을
       저질러도 엄마가 없는 애라서, 아이들과 장난이라도 치면 엄마
       없는 애라, 엄마가 없어서. 사람들의 동정도 손가락질도 내겐
       상처였고 벗어 던지고 싶은 굴레였어요. 전 거짓말쟁이가 됐
       죠. 누구에게도 엄마가 없다는 얘길 하지 않았으니까.

어머니   미안하다.

딸   그런 말 하지 말랬잖아요. 차라리 당당해지세요. 당신을 미워
       할 수 있게.

어머니   나도 감당할 수 없는 상처를 네게 어떻게 보여 주겠니. 내가 떠
       나야 된다고 생각했어.

딸   자취도 없이 가실 일이지. 아버지에게 드리워 놓은 자신의 그
       림자는 무슨 의미인가요? 당신이 남긴 향취에 빠져 헤어 나오
       질 못하는 아버지를 보면서 행복을 즐기셨나요? 이젠 떠나 주

	세요. 나마저 묶어 버린 당신이라는 이름의 끈을 끊고 싶어요.
새엄마	(등장하며) 널 낳아 주신 분이다.
딸	원통하지도 않아요? 분하지도 않나요? 당신은 빈껍데기와 사신 거예요.
새엄마	네 아버진 내게 살아 갈 이유를 가르쳐 준 분이야. 너를 통해.
딸	감상으로 자신을 포장하려 마세요.
새엄마	날 불쌍하다 생각하니? 한 남자를 완전히 소유한다는 것. 그것 또한 슬픈 일이지. 사랑은 완전한 소유가 아니라 지켜봐 주는 거니깐. 엄마를 미워해선 안돼. 네 몸에 난 탯줄 자국은 저분이 주신 거니깐. 네게 생명을 주기 위해 열 달을 품어 주신 분이야.
딸	낳아줬다고 전부 부모가 되는 건 아니죠. 싹이 꽃을 피우기 위해선 목마르다면 물을 줘야 하고 조금씩 자랄 때마다 맘껏 뿌리를 내릴 수 있게 크기에 맞는 화분으로 바꿔 줘야죠.
새엄마	집안에 키운 화초는 세상 보는 넓이가 천장만 하지만 들녘의 꽃은 하늘만 하단다. 목마르면 구름이 물주고 뿌리를 뻗을라 치면 들녘만큼 뻗을 수 있는데. 왜 화분을 주지 않았다고 슬퍼하니?
딸	엄마는 그러시잖아요. 그 자리는 안 된다. 여기에 서라. 그건 안 된다. 이렇게 해라. 저렇게 해라.
새엄마	그건 부모의 도리나 권리이기도 하지만 품 안에 두고 싶은 욕심 때문이야. 난 저분이 고맙다.
딸	아깝지 않으세요? 자신의 젊음이.
새엄마	너와 네 아빠 그 세월보다 가치가 있어.
딸	아버지만이겠죠.
아버지	(등장하며) 아직 모르겠니? 네 엄만 널 사랑한다.
딸	내게서 아버질 빼앗아 갔어요.

아버지	채워준 거다. 네 엄만 부족한 우릴 채워준 거야.
딸	엄마가 오기 전에도 우린 잘 해냈어요.
아버지	정상적인 가정이 아니었다.
딸	정상을 위해 비정상을 선택하신 거군요. 마음과 육신을 나누어 두 가지 사랑을 다 소유하려 하셨으니깐.
아버지	언젠가 이해할 거다.
딸	시간이 흐른다고 인간이 신이 될 순 없어요.
새엄마	신은 본시 마음 안에 있는 거다. 어쩜 신보다 인간이 세상사를 이해하기에 수월할지도 모르지….
딸	왜 나만 항상 이해하는 입장이어야 되죠?

배우 등장하면 아버지 · 어머니 · 새엄마 사라지면서 연습실이 된다.

배우	너에게 이해를 구하진 않으마. 하지만 니 안에 뻗칠 굶주림의 손길을 외면할 순 없구나. 윤기 잃은 육체는 영혼을 황폐하게 만들어 널 사막으로 내몰 거다.
딸	사막의 황량함이 죽음이라고 생각하진 마세요. 그곳에도 생명체는 있으니까.
배우	넌 아직 모른다. 비가 어떤 것인지. 바람이 어떤 것인지.
딸	(힘없이) 아버지 품에서 벗어나 온몸으로 받아들이겠어요.
배우	왜 그래? 어디 아프니?
딸	….
배우	힘내. 공연도 며칠 안 남았잖아.
딸	이 짓 왜 해?
배우	연출가 선생님이 뭐라 하시든? 잊어. 원래 칭찬에 인색한 분이 잖아.
딸	날 찾고 싶었어. 온전한 날.

배우 잠시 다른 인생을 살 뿐이야.

딸 자유롭고 싶어.

배우 결혼해. 성인이 된 남녀가 부모에게서 확실하게 독립할 수 있는 길은 결혼이야.

딸 또 다른 구속이 될 거야.

배우 사랑은 구속이 아니야. 서로 보호해 주는 거야.

딸 소유를 동반하게 돼. 상대를 잃어버릴 것 같은 두려움으로 잠도 제대로 잘 수 없고 다른 사람과의 공유는 절대 용납할 수 없지. 서로가 서로에게 갇혀 상처만 남게 될 거야.

배우 자신을 똑바로 봐. 두려워하고 있는 게 뭔지.

딸 두려움.

배우 아버지가 널 보내는 슬픔보다 더 클, 네가 떠나는 슬픔 같은 거.

딸 결혼하기 위해 남자를 만나면 아버지가 보여. 숨이 막혀 오면서 도망가고 싶어지지.

배우 이름부터 달라. 하나일 수 없어. 그분은 몸에서 널 내놓으셨고 그는 네 몸 안으로 들어가는 거야.

새엄마 (등장하며) 실례합니다.

배우 어떻게 오셨습니까?

새엄마 저….

딸 엄마!

새엄마 아침은 먹었니?

배우 얘기 나누십시오. (나간다)

딸 여긴….

새엄마 앉아도 되겠니?

딸 의자를 내준다.

새엄마 (앉아서) 입원 수속 밟고 오는 길이다.

딸 ….

새엄마 밥을 넘기지 못하신다.

딸 진통은요?

새엄마 보기가 힘들어.

딸 강한 분이시라 잘 이겨내실 거예요.

새엄마 마지막 모습은 봐야지. 들어가자. 많이 허전해 하셔. 눈을 감는 게 무섭다며 잠도 못 주무신다.

딸 엄마가 곁에 있어 드리세요.

새엄마 무서운 건 네 아버지나 나나 같을 거다. 나도 감당할 자신이 없어.

딸 알았어요.

새엄마 난 한다고 했다만 잘못한 게 있다면 네가 이해해라. 나도 애를 낳아 볼 걸 그랬지. 그럼 키우는 법을 알았을 텐데. 넌 결혼하거든 꼭 아이를 낳아라. 그래야 상처를 주지 않지.

딸 누구도 보상하지 못해요.

새엄마 벌써 받았다. 네 아버지 내 손으로 묻잖니.

딸 일어나세요.

새엄마, 딸에게 기대어 퇴장한다.

아버지 휠체어를 타고 등장한다.

힘겹게 휠체어에서 일어나 침대로 가려고 한다.

딸 (이 모습을 지켜보고 서 있다가) 도와 드려요?

아버지 ….

딸 (아버지를 부축해 침대로 간다) 누우세요.

아버지 애비 가는 길 배웅하러 왔냐?

딸　　보고 싶어서요.

아버지　지은 죄가 많아 썩은 육신으로 묻히나 보다.

딸　　썩지 않는 육신은 없어요.

아버지　얼마 안 남았지 싶다.

딸　　영원한 건 없잖아요.

아버지　넌 날 너무 닮았어. 가족보다 친구와 일을 더 좋아하는 거하며 식성, 고집 부리는 것까지. 요즘도 짜장면 먹을 때 고춧가루 뿌려서 먹냐?

딸　　네.

아버지　난 부족한 게 너무 많아. 그래서 네 엄말 닮길 바랬다.

딸　　기억하세요. 어릴 때 아버지 십팔번 따라 부르던 거. 지금도 곧잘 불러요. (노래) 천둥산 박달재를 울고 넘는 우리 님아. (북받치는 눈물을 애써 참는다)

아버지　….

딸　　아들이길 바라셨죠?

아버지　딸이라 고마웠다.

딸　　어릴 때 사내아이 옷만 입히셨어요.

아버지　혼자라 약해질까 봐.

딸　　남자애들이랑 노느라 무르팍이 상처투성이에요.

아버지　네 엄마 아니 그 사람이라 해야겠지. 알리지 마라.

딸　　나중에라도 알게 되시면….

아버지　시간이 널 무뎌지게 하거든 그때 말해라. 그래야 그 사람이 상처를 덜 받아.

딸　　아직….

아버지　사랑하냐고 묻고 싶으냐?

딸　　그분을 위해서도 아버지나 저나 엄마를 위해서도.

아버지　미워하지 마라. 부부가 살 섞고 살다가 남이 되는 건 둘 다 잘

못이 있어서야.

딸   ….

아버지   수의엔 돈 쓰지 말고 그 돈 아껴 할머니 묻히신 산에다 애비 집 지어다오.

딸   무슨 일 있어도 아버지 불에 안 넣어요.

아버지   살 때 두 평 더 사뒀다가 니 엄마랑 합장 시켜다오. 내가 지켜 줘야 한다.

딸   엄마가 아인가요.

아버지   길동무가 필요해서… 살아 있을 땐 네 몫이다.

딸   걱정 마세요.

아버지   부탁이 있다. (사이) 고통 없이 보내다오.

딸   한번쯤 살려 달라고 살고 싶다고 말하셔도 되잖아요. 미련 없 이 가실 만큼 생이 지겨우셨어요?

아버지   죽고 싶은 사람이 어디 있겠니. 하지만 네가 받을 마음의 고통 이 내가 받는 육체의 아픔에 배가 될 줄 아는데 어떻게….

딸   아버지라고 부르고 싶을 땐 어쩌죠?

아버지   결혼하면 지아비가 생길 게 아니냐. 그때 부르렴.

딸   ….

아버지   공연이 언제냐?

딸   ….

아버지   갈 때 되니깐 욕심이 생겨서 보고 싶은 게 많아. 손자도 보고 싶고 무대에서 활짝 웃을 너도 보고 싶고. 시간이 조금만 더 있 으면….

딸   보실 수 있어요.

아버지   팥죽 파는 데 있을까?

딸   사다 드려요?

아버지   돌아가신 네 할머니 팥죽 참 맛나게 만드셨는데.

딸   있을 거예요. 금방 갔다 올게요.

딸 나간다.

아버지 침대에 눕는다.

음악이 무겁게 깔리고 무대 뒤에 그림자가 비춰진다.

죽음에 대한 공포와 육체의 고통으로 일그러진 움직임이다.

아버지의 외마디 비명소리.

무대 침묵이 흐른다.

침대 앞에 걸리는 중환자실 팻말.

새엄마 등장해서 의자에 앉는다.

잠시 후, 딸 팥죽을 들고 등장한다.

딸   어떻게 된 거예요?

새엄마 소리 죽여 운다.

딸   드시고 싶다셨는데…. (의자에 앉아 팥죽만 내려다본다)

아버지 침대에서 내려서 객석 쪽으로 걸어간다.

새엄마 울고 있다.

딸의 눈에만 아버지가 보인다.

딸   어디 가세요?

아버지 네 할머니가 오란다. 네 큰아버지도 놀자고 손짓을 하고.

딸   팥죽 사 왔어요. 아직 따뜻해요.

아버지 산에 가져오렴.

딸   밤이 늦었는데 무섭지 않으세요?

아버지 무서워.

딸 날 밝으면 가세요.

아버지 기다리신다. (객석 쪽으로 걸어간다)

딸 아버지!

아버지 걸음을 멈춘다.

아버지 울지 마라. 애비 가는 길. 발걸음 무거워진다.

딸 조금만 울게요. 눈물 없이 외로워 어찌 가세요. 눈물이 적다곤 마세요. 남겨 됐다가 보고 싶어지면 그때 울게요.

아버지 아직 흘릴 눈물이 남았니?

딸 주신 눈물이니, 이 눈물 받아다가 곱게 화장하고 웃으며 보내 드릴게요.

아버지 돌아서 가려고 한다.

딸 같이 가잔 말 왜 안하세요?

아버지 그러고 싶은 데 이젠 널 놔줘야 될 거 같아서… .(객석으로 걸어 나 간다)

배우 등장하면서 공연장이 된다.

배우 후회할 거다.

딸 놔 줘요. 이젠 지쳐서 더 이상 버틸 수가 없어요. 숨이 막혀요. 제발….

배우 널 묶은 적이 없다. 처음부터 줄을 잡고 놓지 않는 건 너였어. 나도 자유롭고 싶다.

딸 엎드려서 오열을 터트린다.

연출가 (객석에서 일어서며) 왜 그래? 웃어야지. 굴레를 벗어 던졌는데, 행복해 미치겠다는 얼굴로 웃어야 될 거 아니야.

딸 더 큰소리로 운다.

연출가 웃으라니깐. 웃어.

딸 울음소리 더 커지고 막 내린다.

김수미 공연 약력 (초연)

2011 〈녹색태양〉 / 극단 소금창고 / 연출 이자순 / 정미소 소극장 (12/1-12/11)

2011 〈나비효과 24〉 / 극단 소금창고 / 연출 이자순 / 알과핵 소극장 (6/8-6/19)

2011 〈문〉 / 극단 숲 / 연출 임경식 / 동숭아트센터 소극장 (6/12-6/19)

2010 공연예술창작활성화지원(서울문화재단) 〈애국자들의 수요모임〉 / 극단 민예 145회 정기공연 / 연출 정현 /아리랑아트홀 (12/1-12/19)

2010 서울 연극제 '미래야 솟아라' 참가작 〈나비효과24〉 / 극단 화 / 연출 이자순 / 아르코예술극장 (연출상 수상)

2010 무대지원금 선정작(서울문화재단) 〈그런 눈으로 보지마〉 / 극단 미학 제17회 정기공연 / 연출 정일성 / 동덕여대 공연예술센터 대극장 (3/26-4/4)

2009 공연예술작품공모(서울문화재단) 선정작 희곡 〈지옥도 Dark Picture〉 / 극단 민예 / 연출 김성환 / 서강대 메리홀 공연 (9/4-9/13)

2009 제1회 동랑희곡상 수상작 〈태풍이 온다〉 / 극단 전망 / 연출 심재찬 / 제2회 2009 통영연극예술축제 개막공연 / 통영시민문화회관 대극장(6/5-6/6)

2007 〈위험한 시선〉 극단 쎄실 창작극시리즈 18번째 / 연출 이자순 / 대학로 게릴라 극장 (7/18-7/29)

2007 〈장미를 삼키다〉 / 극단 사계 부산 연극제 참가 / 연출 김만중

2007 무대지원 선정작 〈선지-짐승의 피〉 / 극단 민예 142회 정기공연 / 연출 이자순 / 대학로 마로니에 극장 (4/27-5/27)

2005 '2005' 일본 극작가대회 참가 (나고야) - 심사위원상 수상 〈나는 날마다 죽는 연습을 한다〉 / 극단 아루마루 / 연출 현지훈 /나고야 나카쿠테 문화회관 / 심사위원상 수상 / 일본극작가협회에서 발간하는 계간지에 수록

2004 서울시 무대공연 지원 선정작 〈바람의 딸〉 / 극단 민예 제134회 정기공연 / 연출 김성환 / 세우아트센타 (12/18-12/28)

2003 뮤지컬 〈애기봉〉 / 김포연극협회 / 김포여성회관 (9/27-9/28)

2002 혜화동 1번지 3기 동인 festival 섹슈얼리티전 참가작 〈이브는 아담을 사랑했을까〉 / 연출 박장렬 / 극단 연극집단 反 / 혜화동 1번지 (9/19-9/29) / 사후지원금에 선정

2002 〈양파〉 / 극단 전망 / 연출 심재찬 / 바탕골 소극장 1999 〈귀여운 장난〉 / 극단 창작마을 / 연출 박혜선 / 명동창고극장 (4/14-4/25)

1998 여성국극 〈진진의 사랑〉 (원안: 김진진 자서전) / 극단 학전 / 연출 이정섭 / 학전블루

1998 〈사랑아! 사람아!〉 / 동숭아트센터 소극장 (5/8-5/24)

1997 조선일보 신춘문예 / 〈부러진 날개로 날다〉 / 문예회관 소극장

시나리오

2009 〈청담보살〉 - 전망좋은영화사 제작, 김진영 감독

2006 HD 장편영화 〈형제〉 - 일본 개봉, 이주헌 감독

기타

2009 경찰의 날 행사 뮤지컬 〈나는 경찰이다〉 극본

2010 〈못난이 삼형제〉 - 전망좋은영화사 제작중

〈누구세요?〉 - 어거스트필름 제작중